Ist das bissig,
oder kann das weg?

Allyson Snow

Herstellung und Verlag: BoD – Books on Demand, Norderstedt.
ISBN: 9783751994439

Cover created by © T.K.A-CoverDesign / t.k.alice@web.de
// http://tka-coverdesign.weebly.com/font-copyrights.html
Innengrafik Bibel: https://www.freepik.com/free-photos-vectors/background">Background vector created by freepik - www.freepik.com</a
Innengrafik Dornenkranz: https://www.freepik.com/free-photos-vectors/crown">Crown vector created by freepik - www.freepik.com
Lektorat, Korrektorat: Juno Dean, Mathew Snow

Bibliografische Information der Deutschen Nationalbibliothek: Die Deutsche Nationalbibliothek verzeichnet diese Publikation in der Deutschen Nationalbibliografie; detaillierte bibliografische Daten sind im Internet über dnb.dnb.de abrufbar.

Kapitel 1

Spezialsanierung gefällig?

Die Ehe macht aus zwei Menschen einen. Das funktioniert nicht mit bloßem Handschlag, bedauerlicherweise braucht es eine Menge Brimborium, um die Ehe vor Gottes Augen gültig zu machen. Die Zeremonie inklusive göttlichem Segen durchzuführen, war das Privileg eines Priesters.

Eine Ehre, auf die Frédéric getrost verzichten könnte. Eheschließungen waren die Hölle. Bislang hatte er lediglich zwei Hochzeiten erlebt, in denen es nicht mindestens einen Weltuntergang gegeben hatte. Brautzillas, die ihren Gästen nicht nur die Kleiderordnung, sondern gleich noch die Konfektionsgrößen vorschrieben. Bräutigame trennten sich während des Wartens vor dem Altar mit Tränen in den Augen von den Nacktbildern auf ihrem Handy, die definitiv nicht die Brüste ihrer zukünftigen Frau zeigten. Schwiegermonster nahmen mit viel zu großen Hüten allen Reihen hinter ihnen vollständig die Sicht. Die Brautjungfern platzten entweder vor Neid oder sie knobelten untereinander aus, wer später mit dem Trauzeugen in der Garderobe herumknutschen durfte. Es grenzte an ein Wunder, dass bisher niemand den Altar entweiht hatte.

Im Fall der heutigen Hochzeit hatte Gott bestimmt nicht eine untote Festgesellschaft und einen enorm bissigen Brautvater in die Freuden einer Eheschließung einkalkuliert.

Frédéric sollte als Priester alle Geschöpfe Gottes lieben, doch bei diesem Vampir fiel es ihm schwer. Wer auch immer Jason Harris erschaffen hatte, musste bekifft gewesen sein. Das würde definitiv dessen eigenen Drogenkonsum erklären. Gerade zündete sich Jason einen Joint an, mit einem Fuß bereits in der kleinen Kirche des Dorfes Ajou.

Frédéric trat ihm entgegen und ja, vielleicht hielt er die Bibel ein wenig vor sich. Weniger als Schutzschild, eher bereit, sie einem ungehorsamen Vampir über den sturen Schädel zu ziehen. »Drogen sind hier nicht gestattet.«

»Abbé Durand, Sie sollten sich eines merken: Drogen sind in Frankreich nirgends erlaubt«, erwiderte Jason gelassen. »Lassen Sie die Hochzeit ins Wasser fallen, und ich schwöre ein Jahrhundert lang Abstinenz.«

»Falls ich mich recht erinnere, hat Ihr zukünftiger Schwiegersohn Sie mal als König der Lügen bezeichnet«, erwiderte Frédéric.

Jason brummte etwas, was verdächtig nach ›klugscheißerischem Mistkerl‹ klang. Frédéric überhörte es großzügig. Wenn er eines nicht wollte, dann der Seelsorger einer Vampirfamilie werden. Mit deren Problemen kannte er sich nicht aus. Worüber stritt man sich da? Wer den letzten Menschen im Umkreis von fünfzig Kilometer ausgetrunken hatte? Weil man somit wieder so ewig weit laufen musste, um Nachschub zu holen?

»Können Sie nicht einfach sagen, die Hochzeit fällt aus, da Sie unbedingt zu einer Beerdigung müssen?«, schlug Jason vor und inhalierte erneut das Kraut mit einem tiefen Zug.

»Tote können warten.« Stoisch versuchte Frédéric, den leicht muffigen Geruch des Joints zu ignorieren.

»Eine Geburt?«

Frédéric warf dem Vampir einen schiefen Blick zu. »Ich bin keine Hebamme und auch kein Gynäkologe.«

»Eine sterbende Gebärende, der Sie unverzüglich die letzte Ölung verpassen müssen?«

»Passen Sie auf, dass Sie von Ihrer Tochter nicht die letzte Ölung bekommen.«

Genau deren Stimme kreischte in diesem Moment über den Vorplatz der Dorfkirche: »Jason!«

Sämtliche Gäste, die sich vor dem Gang in das schattige Innere des Kirchenschiffs in der Sonne aufwärmten, zuckten zusammen. Selbst Jason machte sich kleiner. Einen Mafioso in sich zusammensinken zu sehen, war sicherlich ein Vergnügen, das man nicht alle Tage erlebte.

»Wo ist der verdammte Kerl?«, lamentierte die Braut. »Peppi, such!«

Ein weißes Fellknäuel mit braunen Ohren sprang kläffend vor Jasons Tochter her, blieb für einen Moment mit suchendem Blick stehen und raste dann voller Begeisterung auf sein Herrchen zu.

»Ich muss Peppi abgewöhnen, mich ständig zu verpfeifen«, murmelte Jason und wollte sich an Frédéric vorbeidrücken.

Allerdings stellte sich ihm Frédéric in den Weg und ja, er versuchte gar nicht erst, den Spott in seiner Stimme zu verbergen: »Joint oder Flucht. Sie müssen sich schon entscheiden.«

»Sie sind sich ziemlich sicher, dass ich Sie nicht umbringen werde«, knurrte der Vampir.

»Sie haben zwei Kirchen beinahe vollständig zerstört. Warum sollte ich denken, dass Sie vor Pfarrern haltmachen?«

»Jason!« Paulines Stimme schraubte sich immer höher, und vor allem kam sie beständig näher. Mit dem viel zu breiten Reifrock schrammte sie an ihren Gästen vorbei und schubste ein Kind von den Füßen. Der Junge landete mit der Nase voran auf der Wiese und starrte verdutzt auf die Grashalme.

»Da bist du ja endlich!« Pauline blieb hinter Jason stehen. »Man könnte meinen, du versteckst dich vor mir.«

Jason knirschte mit den Zähnen und drehte sich zu seiner Tochter um. »Würde mir nicht im Traum einfallen.«

»Dafür in jedem erdenklichen Wachzustand«, fauchte Pauline. »Wo ist Gaylord?«

Jason steckte eine Hand in die Hosentasche, und der Joint

verbreitete von ihm völlig unbeachtet seinen leicht fauligen Geruch. »Noch beim Junggesellenabschied?«

»Der war vorgestern!«

»Nach meinem war ich auch erst mal ein paar Tage weg.« Jason zuckte die Schultern.

»Dein Junggesellenabschied bestand darin, deinen Tod vorzutäuschen«, blaffte Pauline. »Ich war dabei, schon vergessen?«

»Wie könnte ich? Ihr reibt mir es doch ständig unter die Nase«, murrte Jason. »Wo ist eigentlich meine bezaubernde Frau?«

»Keine Ahnung, gerade war Amélie noch hinter mir.« Pauline drehte sich um und fegte dabei mit ihrem Rock über den steinernen Fußboden. Blätter blieben am Saum hängen, aber Pauline scherte sich nicht darum. Sie stellte sich auf die Zehenspitzen und sah sich um. »Bei den anderen scheint sie nicht zu sein. Vielleicht sucht sie ja beim Friedhof nach der Leiche meines Bräutigams!«

Mit einem Mal verengten sich ihre Augen zu schmalen Schlitzen, und sie trat so dicht an Jason heran, dass sich ihre Nasenspitzen beinahe berührten. »Was mich wieder zurück zu meiner ursprünglichen Frage führt: Wo ist Gaylord?«

Jason seufzte resigniert. »Er sollte lediglich einen kleinen Umweg machen, um mir was zu besorgen.«

»Ich kenne deine kleinen Umwege«, fauchte Pauline. »Diese Abstecher führen ganz schnell mal über Panama. Und rein zufällig stürzt das Flugzeug über dem Suez-Kanal ab.«

»Der Suez-Kanal liegt nicht auf der Strecke zwischen Ajou und Panama.«

Es war erstaunlich, aber Pauline konnte tatsächlich noch blasser werden. Bei jeder anderen Frau könnte man annehmen, dass sie gleich in Ohnmacht fiel. Frédéric wusste es inzwischen besser. Pauline sammelte nur das Blut bei ihren Stimmbändern.

»Wenn er nicht auftaucht, mach ich dich dafür verantwortlich«, donnerte sie. »Über *einen* versuchten Mord an ihm kann ich wegsehen. Bei zweien fang ich an, es persönlich zu nehmen!«

Jason erinnerte sich an seinen Joint und zog sekundenlang daran. »Er wird schon kommen.«

Paulines Blick wandte sich hilfesuchend Frédéric zu, aber der hob die Schultern. Hé, er war bloß der Priester. »Ich brauche eine Frau und einen Mann vor dem Altar, die nicht blutsverwandt sind und artig ›Ja, ich will‹ sagen. Für den Rest bin ich nicht zuständig.«

Die Braut knirschte undamenhaft mit den Zähnen und stieß mit dem Zeigefinger immer wieder gegen Jasons Brust. »Ich warne dich ... Wenn er kommt und ein Haar von seinem Scheitel abweicht, ein einziges, dann werde ...«

»Pauline!« Der persönliche Dorn im großen Zeh eines Priesters – eine hellsichtige Hexe namens Cecile – kam angeschlendert. »Du kannst nicht einfach aus dem Brautzimmer verschwinden! Die sollen dich doch erst alle zur Trauung sehen!«

»Vielleicht verhindert *er* die ja.« Pauline rammte ihren aufgeklebten Fingernagel einmal mehr in die Brust ihres Vaters.

»Das würde er nicht tun«, behauptete Cecile und fixierte Jason.

»Ich korrigiere mich: Er würde.«

»Euer Misstrauen ehrt mich«, stichelte Jason. »Aber ich sabotiere die Hochzeit tatsächlich nicht.«

»Darauf würde ich ni-«, setzte Frédéric an und wurde prompt von Jason an der Soutane gepackt.

»Was wollten Sie sagen?«, knurrte der Vampir bösartig, und seine Augen glühten rot.

»Nie-nicht-niemals auf die Idee kommen, mir Sorgen zu machen, dass der Bräutigam nicht auftauchen könnte?«

Jasons Lippen kräuselten sich, und mit einem Ruck ließ er Frédéric los. »Sehr gut.«

Pauline warf ihrem Vater einen vernichtenden Blick zu. »Wehe, du hast Gaylord wieder in die Sonne gehängt und wartest ab, wann der Trank nachlässt, der ihn vor dem Verbrennen schützt!«

Jason hob die Hand mit dem qualmenden Joint und legte die andere auf seine Brust. »Ich schwöre feierlich, ich bin ein Tunichtgut. Aber wenn ich jemanden umbringe, versuche ich, mich nicht in den Methoden zu wiederholen.«

»Hör auf, Harry Potter zu lesen«, fauchte Pauline. »Und es zu zitieren!«

»Genau genommen ist das der einzige Satz, den ich mir gemerkt habe«, verriet Jason an Frédéric gewandt.

»Das spricht entweder nicht für das Buch oder nicht für Ihr Gedächtnis«, erwiderte Frédéric.

»Er hat noch zehn Minuten. Wenn er dann nicht da ist, werde ich dir einen Vorgeschmack auf die Hölle bereiten«, blaffte Pauline ihren Vater an. »Inzwischen gehe ich Amélie suchen. Ich muss dringend pinkeln, und in diesem vermaledeiten Kleid kann man ja nicht mehr als Stehen!«

Sie rauschte davon, während Jason offenbar meinte, Frédéric in die Genetik seiner Familie einweihen zu müssen. »Das Temperament hat sie von ihrer Mutter.«

»Irgendeiner muss das fehlerhafte Gengut ja ausgleichen«, giftete Frédéric.

»Für einen Priester sind Sie ausgesprochen unhöflich«, beschwerte sich Jason. »Sollten Sie nicht liebevoll gegenüber jedem Lebewesen sein? Mensch, Tier, Vampir, Begonie?«

»Er mag uns nicht«, stellte Cecile lieblich fest.

»In Gottes Haus ist jeder willkommen«, behauptete Frédéric.

Die verflixte Hexe strich sich über die Unterlippe und zwinkerte ihm viel zu lasziv zu. »Trotzdem würden Sie uns lieber vor dem Grundstück stehen sehen.«

»Davor reicht nicht. Es braucht mindestens einen Abstand von drei Kilometern, ach, am besten Landesgrenzen.«

»Ihr Liebreiz ist immer wieder umwerfend«, stichelte Cecile. »Was haben wir Ihnen nur getan?«

»Er hat es geschafft, zwei Kirchen zu zerlegen«, erwiderte Frédéric so stoisch, wie er konnte. Gut möglich, dass sein Finger aber vor Empörung zitterte, als er auf Jason zeigte. »Er hat verflucht noch eins Notre-Dame angezündet!«

»Es war ein Versehen«, protestierte Jason. »Außerdem habe ich mich freigekauft, äh, großzügige Spendengelder aufgewandt.«

»Ich nehme es Ihnen übel, wenn Sie diese Kirche hier ebenfalls dem Erdboden gleichmachen!«

»Ich weiß nicht, wovor Sie Angst haben«, gab Jason zurück. »Ich steigere mich bei jeder Katastrophe. Nach Notre-Dame wäre eine simple Dorfkirche ein ziemlicher Abstieg. Als Nächstes muss schon der Petersdom dran glauben.«

Frédéric stöhnte und rieb sich die Schläfen. Das Schlimmste war, dass er es dem elenden Mistkerl zutraute. Hoffentlich war der Vatikan nicht nur auf Terrorgruppen und Diffamierungen aus den eigenen Reihen, sondern auch auf brandschatzende Vampire vorbereitet.

Wenigstens traf endlich der Bräutigam ein und ersparte Frédéric eine Antwort. Gaylord raste mit bestimmt achtzig Sachen die einzige geteerte Straße Ajous entlang, den Hügel hinauf und auf sie zu. Nein, er hatte kein Auto dabei. Er rannte einfach so schnell, dass Frédéric allein beim Hinsehen übel wurde.

»Ich weiß nicht, welcher seltsamen Laune der Natur solche Fähigkeiten zu verdanken sind«, murmelte er.

»Sie meinen eher, was Gott sich dabei gedacht hat«, verbesserte ihn Cecile.

»Ich denke nicht, dass jemand mit Vernunft so was bei vollem Bewusstsein erfindet.«

Die Hexe grinste schief, und Frédéric drückte den Rücken durch.

»Da wir nun vollzählig sind, können wir endlich mit der Trauung beginnen. Scheuchen Sie die Gäste ins Innere. Wir sehen uns am Altar. Und noch mal …«, Frédéric starrte Jason eindringlich an. »Keine Unterbrechungen, keine Explosionen, keine Prügeleien. Die Zeremonie verläuft reibungslos, sonst buche ich persönlich für Sie eine Fahrt in die Hölle.«

»Sie sind ein Priester. Sie dürfen niemanden töten.«

»Bei der Inquisition hat sich auch niemand beschwert.«

»Er hat eindeutig gewonnen«, behauptete Cecile grinsend, und Jason verdrehte die Augen.

Er schnippte seinen Joint ins Gebüsch und fixierte den Strauch sekundenlang. »Schade, ich hatte gehofft, er fängt an zu brennen.«

»Ein brennender Dornenbusch wird diese Hochzeit nicht verhindern, selbst wenn er sprechen kann«, beharrte Frédéric.

Jason warf ihm einen vernichtenden Blick zu und setzte sich gefolgt von Cecile in Bewegung.

Frédéric hingegen lächelte Gaylord aufmunternd an. »Bitte kommen Sie.«

»Pauline ist doch da, oder?«, fragte Gaylord und zerrte an seinem Hemdkragen. »Ich habe letzte Nacht geträumt, dass sie mich vor dem Altar sitzen ließ.«

»Ihre Zukünftige ist viel weniger ein Problem als der Brautvater.«

Mit einer einladenden Geste bedeutete Frédéric ihm einzutreten, und zögernd setzte sich Gaylord in Bewegung.

Gemeinsam traten sie in die Kühle und das Halbdunkel der Dorfkirche. Frédéric bekreuzigte sich lediglich, während Gaylord ein kurzes Gebet murmelte. Es erstaunte Frédéric immer wieder. Vampire sollten Kirchen nicht betreten können. Kreuze schreckten sie. Weihwasser verhielt sich auf ihrer Haut wie Säure, und in ein Gotteshaus zu gehen, bescherte ihnen üblicherweise die Migräne ihres Lebens. Wenn sie allerdings beim Eintreten zu Gott beteten, wirkte das besser als jedes verdammte Aspirin.

Gaylord durchquerte an Frédérics Seite den Mittelgang, ohne sich vor Schmerzen zu krümmen oder auch nur ein einziges Mal zu jammern. Er sah nicht aus, als würden ihn Kopfschmerzen plagen, sondern vielmehr kalte Füße. Sein Blick huschte unruhig über den steinernen Altar und das riesige Jesuskreuz dahinter, er zerrte immer wieder an seinem Kragen oder zupfte seine Manschetten zurecht.

Der rote Läufer auf dem Boden raschelte bei jedem Schritt. Die Orgel stand an der Seite zwischen dem Altar und der ersten Bankreihe. Langsam füllten unzählige Stimmen die Kirche.

Frédéric wies dem Bräutigam die Stelle, an der er auf die Braut warten sollte, und betrachtete die Gäste, die sich ihre Plätze suchten. Nahezu alle Anwesenden kannte er mittlerweile. Nicht, dass er darum gebeten hatte, dass sie viel zu oft in den von ihm betreuten Kirchen aufkreuzten. Die meisten von ihnen waren Berufsverbrecher, die sich so regelmäßig gegen Gottes Schöpfung versündigten, dass Frédéric hoffte, sie kämen nie zu seiner Beichte. Sie bräuchten mehrere Sitzungen, Zehntausende Ave-Marias und Frédéric eine Menge Beruhigungstabletten, um sämtliche Sünden aufzuzählen.

Robert war der einzige Polizist in der Meute. Soweit Frédéric wusste, versuchte Robert trotz seiner Liaison mit Jasons Assistentin Helen nicht den Zweck seines Berufes zu verfehlen. Seiner permanent schlechten Laune nach zu urteilen, gelang es ihm aber wohl zu selten. Selbst jetzt saß er eher genervt als erfreut an der Seite Helens in der zweiten Reihe.

Diese unsägliche Hexe Cecile setzte sich neben einen Vampir von bulliger, ja fast schon viereckiger Gestalt. An seiner anderen Seite hockte eine zierliche Schwarzhaarige mit einem fünfjährigen Kind auf dem Schoß. Vermutlich war es besser, dass Linett und Jeremy niemals darüber nachgedacht hatten, ihren Sohn taufen zu lassen. Es gab nämlich keinerlei Studien, wie Halbvampire eine Taufe wegsteckten.

Die Rolle des Trauzeugen übernahm Gaylords Butler Albert. Er stellte sich neben seinen Dienstherrn und zwinkerte wiederum kokett einem sehnigen Mann in der dritten Bankreihe zu, der aussah, als wünsche er sich gerade meilenweit weg.

»Lass das«, zischte Gaylord. »Wir sind hier in einer katholischen Kirche. Am Ende fällt uns das Dach auf den Kopf.«

»Ich bezweifle, dass Homosexualität Gott nach den Freveltaten eines Jason Harris noch in den Wahnsinn treiben könnte«, beruhigte Frédéric ihn.

Langsam senkte sich Stille über die Kirche, Frédéric gab dem Organisten ein Zeichen, und die Musik setzte ein. Ein ruhiger Marsch, den Peppi inbrünstig und völlig schief mitjaulte. Linetts Sohn stimmte vergnügt grinsend und klatschend in das zweifelhafte Konzert ein. Am liebsten hätte sich Frédéric den Kopf am Altar aufgeschlagen, um diesem Elend entgehen zu können. Letztendlich beschränkte er sich darauf, für einen Moment seine Stirn zu massieren. Am Ende des Kirchenschiffes trat Amélie in den Gang und schritt ihn mit einem Blumenstrauß in der Hand entlang. Sie stellte sich Albert gegenüber auf und grinste verschmitzt in die Runde.

Nach ihr blieb der Korridor zwischen den Bänken allerdings leer. Himmel noch eins. Jason hatte seine Tochter doch nicht ausgeknockt und weggeschleift? Der bange Moment endete abrupt, als Jason samt seiner Tochter endlich um die Ecke bog und den Mittelgang betrat.

Überraschenderweise musste Pauline ihren Vater nicht hinter sich herschleifen, während der sie in die andere Richtung zu zerren versuchte. Auch wenn Jason nicht die geringste Mühe verschwendete, seinen Widerwillen zu verbergen oder Gaylord nicht mit verächtlichen Blicken zu traktieren.

»Hat er sich bei seiner eigenen Hochzeit genauso angestellt?«, raunte Frédéric Amélie zu.

»Nur unwesentlich schlimmer.«

»Hör auf, mich zu kneifen.« Jason knurrte leise, trotzdem verstand jeder in der kleinen Kirche seine Worte.

»Ich bin nervös«, zischelte Pauline.

»Dann zwick *ihm* das Fleisch vom Arm!«

»Mach ich einen Fehler?«

Jason nickte heftig. »Ja!«

»Nein!«, platzten hingegen Frédéric und Gaylord heraus.

Jason verdrehte die Augen, als ihm seine Frau einen giftigen Blick zuwarf. »Du machst keinen Fehler. Jeder Vater wünscht sich doch, dass seine Tochter den Mann heiratet, der sie entführt und dann umgebracht hat.«

»Sie hat es freiwillig getan«, warf Gaylord ein. »*Ich* hatte dagegen Einwände.«

»Ich kann mich nicht erinnern, dass du dich mit Händen und Füßen gewehrt hast.«

»Weil sie zusammengebunden waren!«

»Das ist für einen Vampir eine ziemlich miese Ausrede.«

Frédéric trat vor, bevor Gaylord seinen Schwiegervater ansprang. »Haltet die Klappe und geht auf eure Position, damit ich euch verdammt noch mal Gottes Gnade erteilen kann!«

»Welch liebreizende Einladung«, ätzte Jason. »Ihr hättet wenigstens einen Pfaffen aussuchen können, der so tut, als hätte er Spaß am himmlischen Segen.«

»Möchten Sie vielleicht einen Schluck Weihwasser zur Beruhigung?«, erkundigte sich Frédéric mit einem außerordentlich freundlichen Lächeln.

Jason öffnete den Mund, aber Frédéric redete einfach weiter. »Wenn Sie die Eheschließung länger hinauszögern, streiche ich die Zeremonie auf die Fragen ›Willst du? Und willst du?‹ zusammen, und dann sind wir hier in zwei Minuten fertig!«

»Schon gut«, brummte Jason, schob seine Tochter äußerst liebevoll – genau genommen mit einem lautstarken Knurren – in Gaylords Richtung und stellte sich neben Amélie. »Hör auf, mich mit Blicken abzustechen!«

Mit einem letzten mahnenden ›Ruhe, zum Teufel!‹ schlug Frédéric seine Bibel an der markierten Stelle auf. »Wenn ich in den Sprachen der Menschen und Engel redete, hätte aber die Liebe nicht, wäre ich dröhnendes Erz oder eine lärmende Pauke«, las Frédéric vor. Blöderweise beging er den Fehler hochzusehen und fing prompt Ceciles Blick auf. Die Hexe grinste ihn an, und Frédéric konnte sich partout nicht erklären warum! Trotzdem hatte er Mühe, sich auf den Text zu konzentrieren. »Und wenn ich prophetisch reden könnte und alle Geheimnisse wüsste und alle Erkenntnis hätte, wenn ich alle Glaubenskraft besäße und Berge damit versetzen könnte, hätte aber die Liebe nicht, wäre ich nichts. Und wenn ich meine ganze Habe verschenkte, und wenn ich meinen Leib dem Feuer übergäbe, hätte aber die Liebe nicht, nützte es mir nichts.« Einen gestelzten Text vorzulesen war im Übrigen verflucht mühsam, wenn man gleichzeitig die

Gemeinschaft im Blick zu behalten versuchte. Sein Plan lautete ursprünglich, Jason zu überwachen, damit er sich bei dem kleinsten falschen Zucken des Vampirs dazwischenwerfen konnte. Aber wie von selbst spähte er immer wieder zu Cecile. Was zum Henker wollte ihm sein Unterbewusstsein mitteilen? »Die Liebe ist langmütig, die Liebe ist gütig. Sie ereifert sich nicht, sie prahlt nicht, sie bläht sich nicht auf. Sie handelt nicht ungehörig, sucht nicht ihren Vorteil, lässt sich nicht zum Zorn reizen, trägt das Böse nicht nach. Sie freut sich nicht über das Unrecht, sondern freut sich an der Wahrheit. Sie erträgt alles, glaubt alles, hofft alles, hält allem stand. Die Liebe hört niemals auf[1].«

Dem Himmel sei Dank hatte er sich eine kurze Textstelle ausgesucht. Wer wusste schon, ob nicht doch einer der Gäste bei zu viel biblischem Gerede in Rauch aufging? Die Putzfrau kam schließlich erst am Donnerstag wieder. Und so leitete er nicht sonderlich geschickt zum eigentlichen Punkt der Veranstaltung über: »In der Gemeinschaft ihrer liebenden Familie und Freunde haben wir uns versammelt, um Gaylord und Pauline bei ihrem Bund zu segnen.«

Jetzt musste er nicht mehr auf sein Buch sehen, dafür begann es plötzlich in seinen Beinen gewaltig zu kitzeln.

»Wollen Sie …«, würgte er heraus. Das Kribbeln jagte durch seinen Körper, erfasste jede Faser, jeden Nervenstrang und schnürte ihm schier die Kehle zu.»… Gaylord La Gouette, die hier anwesende Pauline …« Frédéric brach ab, taumelte und presste die Hände gegen seinen Bauch.

»Sagen Sie bloß, Sie können spontan Ihren Blinddarm durchbrechen lassen«, vernahm er Jasons Stimme wie aus der Ferne, durch einen Nebel. Er verstand das Gesagte, auch dessen Sinn.

---

[1] 1. Korinther 13, Hohelied der Liebe

Frédéric wollte antworten, aber wenn er es tatsächlich schaffte, hörte er seine eigenen Worte nicht.

Die Kirche schien sich um ihn zu drehen. Der Raum verdüsterte sich, die Dunkelheit übermannte ihn allerdings nicht gänzlich. Stattdessen tanzte eine Mischung aus grünen und goldenen Funken vor seinen Augen. Merde, das hatte er alles schon mal gehabt. Vor über zwanzig Jahren.

Frédéric krümmte sich, die Bibel fiel mit einem lauten Knall auf den Boden, und er presste die Fäuste gegen seine Oberschenkel, bis sie schmerzten. Er brauchte einen Gegenreiz, etwas, worauf er sich konzentrieren konnte.

»Erzählen Sie mir irgendwas«, schnaufte Frédéric.

»Ich dachte, die geballte Ladung Lügen über meine Freude zu dieser Eheschließung ist erst später dran«, erwiderte Jason. »Na gut, also ich …«

Aber das Gefasel des Vampirs half nicht im Geringsten. Die verdammten Funken hörten nicht auf herumzuwirbeln! Das Kribbeln breitete sich in seinem gesamten Leib aus, verwandelte sich in schmerzhaftes Stechen und raubte ihm schier den Atem. Plötzlich war es, als verließe er mit einem gewaltigen Ruck seinen eigenen Körper, stünde neben jenem und könnte lediglich zusehen, wie der Weltuntergang in die erste Phase ging. Das Licht in der Kirche veränderte sich. Die vereinzelten Sonnenstrahlen wechselten sich nicht mehr mit Kerzenflackern und Dämmerlicht ab, sondern die Luft schien in fahlem Orange zu flirren.

Es polterte fürchterlich, als sich ein Balken aus dem Dach löste und in den Seitengang krachte. Fassungslos starrte Frédéric auf das Holz. Das war Jasons Werk, oder? Der verflixte Vampir brachte seine Kirche zum Einsturz. Wer sollte es auch sonst sein? Frédéric bestimmt nicht! Dass er spürte, wie er regelrecht in dutzende Energieströme zerfloss, bildete er sich nur ein. Genauso wie die Säulen allein in seiner Fantasie gewaltig schwankten, als die Ströme sie erreichten!

»Himmel«, stöhnte Pauline.

Frédéric sah sie im Augenwinkel in die Arme ihres Zukünftigen flüchten, der immer wieder nach oben spähte.

»Ich glaube, uns fällt wirklich noch die Kirche auf den Kopf.«

Gaylord brüllte lauthals: »Alle raus hier. Einsturzgefahr!«

Das Rauschen seines eigenen Pulses in Frédérics Ohren wurde lauter. Er meinte, das Kratzen der Bänke über Steinboden zu hören. In diesem Moment konnte er es nicht länger zurückhalten, nicht mehr buchstäblich hinunterschlucken.

Es brach nicht aus ihm selbst heraus, sondern aus der ganzen Umgebung. Aus dem Jesus, der samt seinem Kreuz zu Boden stürzte. Dem Taufbecken, das in tausend Stücke sprang. In dem Beben unter ihren Füßen. Sogar aus den Säulen, die knirschten und sich vom Dach lösten. Sie wankten wie betrunkene Tänzerinnen, bevor eine nach der anderen das Gleichgewicht verlor. Einige fielen gegen die Außenmauer der Kirche. Eine weitere begrub den Altar unter sich.

Schreie gellten über das Getöse hinweg. Er sah, wie Jeremy Linett samt ihrem Kind packte und gerade rechtzeitig unter einem fallenden Pfeiler wegzerrte. Er fasste sie so fest, dass sie aufschrie, und jagte in Vampirgeschwindigkeit den Mittelgang entlang. Die anderen Menschen wurden bestimmt auf gleichem Wege von den Vampiren nach draußen gebracht. Jedenfalls hoffte Frédéric das inbrünstig, denn sehen konnte er es nicht. Sein Blickfeld schien sich mit jeder Sekunde weiter zu verkleinern und zu verdunkeln. Aber er verlor nicht das Bewusstsein. Warum nicht? Es wäre eine gottverdammte Gnade!

»Was immer Sie tun, hören Sie auf damit«, brüllte ihm Jason ins Ohr.

Im Augenblick wünschte sich Frédéric nichts mehr, als genau das tun zu können. Was immer hier momentan geschah, es sollte definitiv aufhören! Er wollte nichts sehnlicher. Er wusste, dass er die Ursache war und er das Chaos irgendwie lenkte. Er hatte bloß keine Ahnung wie. Er konnte ja nicht mal den kleinen Finger rühren. Als hätte ihn jemand in einen Bottich Zement geworfen und ließ ihn aushärten.

Frédéric fühlte sich gepackt und im nächsten Moment schon wieder losgelassen.

»Fuck«, fluchte Jason. »Er ist so heiß wie glühendes Eisen.«

»Lass mich«, schnarrte die heisere Stimme Ceciles. Oh bitte, sie hatte ihm zu seinem Unglück gefehlt. Doch Frédéric hatte keine Kraft, sich gegen sie zu wehren. Ihre Finger schlossen sich um sein Handgelenk, und es war, als hätte ihm jemand einen Eimer Eiswasser darüber gekippt. Es gelang ihm, sich aus dem Strudel zu lösen, der ihn zu völliger Starre verurteilte, und er strauchelte ihr blindlings hinterher. In seinen Ohren dröhnte es. Staub vernebelte seine sowieso schon begrenzte Sicht und ließ ihn noch unsicherer werden. Er musste sich an Cecile festkrallen, als er über Schutt stolperte.

Sacrebleu! Ein Stück Steinmauer. Seine arme Kirche!

Frédéric wollte stehen bleiben, den Schaden begutachten, aber für eine Frau besaß Cecile erstaunlich viel Kraft. Als er zögerte, kniff sie ihm in die Seite, trieb ihn voran, und mit einem Mal umfing ihn frische Luft. Er hustete sich den Staub aus dem Hals und rang nach Atem.

Endlich hörte das panische Kribbeln hinter seiner Stirn auf, und er erkannte erst Jason, dann Pauline und ihren Bräutigam. Sie waren allesamt völlig verdreckt, und Paulines Schleier hing schief auf ihrem Kopf. Peppi drückte sich winselnd an Jasons Bein, irgendwo lachte Linetts Junge und rief: »Noch mal! Das war lustig!«

»Alle sind in Sicherheit«, verkündete Gaylord.

Immerhin etwas. Frédéric könnte es sich niemals verzeihen, wenn wegen seiner Idiotie jemand zu Schaden gekommen wäre. Oder was hieß hier Idiotie? Es war ja nicht mal Dummheit. Es war einfach nur der elende Fluch seiner Familie. In seiner Kindheit hatte ihn die Magie auf Schritt und Tritt verfolgt, in blanke Desaster geritten und war erst von ihm gewichen, als er gelernt hatte, sie zu ignorieren und in seinem Innersten wegzuschließen. Jetzt hatte das Biest offenbar den Schlüssel gefunden. Ausgerechnet heute! Hätte ihm das nicht auf dem Klo passieren können und nicht vor dieser Bande sensationslüsterner Vampire und Verbrecher? Und warum zum Teufel grinste Jason so?

Frédéric strich sich über das Gesicht und raufte sich die Haare. Das konnte alles nicht wahr sein. Das war wie in einem Traum, völlig unrealistisch. Genau! Das war *die* Lösung! Er lag in seinem Bett und hatte dieses Chaos lediglich geträumt. Wenn es nur so wäre …

»Ich gratuliere, ich hätte die Hochzeit nicht besser sabotieren können«, raunte Jason ihm zu. »Wenn ich gewusst hätte, dass die Kirche doch nicht so wichtig ist, hätte ich den Sprengsatz selbst deponiert.«

»Das war kein Sprengsatz!« Bei seinem himmlischen Vater, er gäbe viel dafür, dass es so wäre.

Aber sogar Frédéric kannte den Unterschied zwischen einer Detonation durch Sprengstoff und Magie. Dynamit kribbelte nicht wie ein Haufen Ameisen in seinem Inneren, die sich dann einer Super-Nova gleich entluden und regelrecht aus ihm herausplatzten.

Seufzend wandte er sich ab und schritt auf den Trümmerhaufen zu, der einst die Dorfkirche Ajous gewesen war.

Die verflixte Hexe stand mit verschränkten Armen davor und warf ihm einen schiefen Blick zu. »Also das können Sie Jason nun wirklich nicht in die Schuhe schieben.«

Kapitel 2

Verleugnung ist sehr wohl eine Lösung

Guter Gott, nichts wäre ihm gerade lieber, als wenn Jason die Kirche in ihre einzelnen Steine zerlegt hätte.

Keine einzige Wand stand mehr aufrecht. Der spitze Kirchturm lag in der Mitte des Trümmerhaufens wie ein achtlos hingeworfenes Streichholz.

Ein Stück Mauer begrub die Bänke, die früher links des Mittelgangs gestanden hatten, und eine einzelne Lehne ragte heraus. Eine Erhöhung im Schutt ließ erahnen, wo das Dach den Altar unter sich begraben hatte.

Grundgütiger. Es grenzte an ein Wunder, dass niemandem etwas passiert war.

Minutenlang starrte er auf die Trümmer. In seinem Gehirn arbeitete es, und doch kam er zu keinem Schluss. Nur zu dem, dass er sich wünschte, Cecile würde endlich weggehen. Er brauchte sie nicht mal ansehen, um zu wissen, dass sie an einem besonders giftigen Spruch feilte.

Er stöhnte innerlich, als sie wirklich den Mund öffnete.

»Ein magischer Priester also.« Die Feststellung brachte sie so genüsslich heraus, als spräche sie über ein köstliches Essen.

Frédéric starrte sie trotzig an. »Ich verbitte mir solche Behauptungen. Das war ich nicht.«

»Das waren eindeutig Sie.«

»Ich bin Priester.«

»Na und? Geistliche sind deswegen nicht weniger Menschen … Oder Hexer.«

»Ich bin kein Hexer«, fauchte Frédéric.

»Ein Muggel sind Sie aber auch nicht«, mischte sich Jason ein.

»Genau«, stimmte ihm Cecile zu. »Kommen Sie. Sie können es ruhig zugeben. Heute kommt dafür niemand mehr auf den Scheiterhaufen.«

»Es sei denn, Sie bestehen drauf.« Jason stellte sich neben sie und klopfte sich demonstrativ den Staub von seinem Anzug. »Ihr Engagement ist wirklich bemerkenswert. Eine Hochzeit kann man kaum gründlicher vermasseln. Mein Dank wird sich auf dem Bankkonto der Gemeinde einfinden. Von der Spende können Sie die Bruchbude zweimal wieder aufbauen.«

Frédéric hörte wohl nicht richtig. »Es war eine Kirche und keine Bruchbude.«

»Sie haben sie zerstört. Nennen Sie es, wie Sie wollen.«

Frédéric rieb sich die Schläfen. Das hielt doch kein normaler Mensch im Kopf aus!

Eilig drehte er sich weg, wandte dem Ergebnis dieses Desasters den Rücken zu und marschierte auf das Brautpaar zu. Gaylord duckte sich unter Alberts Griff weg, der mit betrübter Miene die Risse im Anzug seines Herrn untersuchte, und Pauline schüttelte ihren Zopf, aus dem unaufhörlich kleine Steine fielen.

»Ich fürchte, wir müssen die Hochzeit verschieben«, seufzte Frédéric. »Es sei denn, Sie möchten vor den Trümmern und inmitten von verstörten Gästen von einem griesgrämigen Pfarrer getraut werden.«

»Suchen wir uns lieber einen neuen Termin. In einer anderen Kirche und am besten noch mit einem anderen Pastor«, stimmte ihm Pauline zu, und er kniff die Lippen zusammen. Aber davon ließ sie sich nicht beirren. Sie musterte ihn zweifelnd von oben bis unten. »Ich habe Angst, dass uns beim zweiten Versuch ein Meteorit erschlägt. Sie sollten schleunigst Ihre Kräfte in den Griff bekommen.«

»Ich habe keine Kräfte!«, brüllte Frédéric.

»Das sagen Sie mal dem rauchenden Schutthaufen«, tönte Cecile hinter ihm.

»Es waren eindeutig Sie«, beharrte Pauline. »Sie haben geleuchtet wie ein Weihnachtsstern.«

»Dabei ist erst Juni«, steuerte Jason völlig unnötig bei.

Frédéric schloss gepeinigt die Augen. Wenn er sich nur lang genug einredete, dass er an dem Fiasko keineswegs beteiligt war, glaubte er es vielleicht irgendwann. »Sind Sie sicher?« Bitte, bitte, sagt Nein! Vielleicht hatten sie ja die gleiche Halluzination gehabt? Gruppenwahnsinn war medizinisch gesehen durchaus möglich!

Aber Pauline, Gaylord, Cecile und Jason nickten völlig synchron und vor allem außerordentlich überzeugt.

»Absolut«, schob Pauline noch hinterher.

Gaylord hüstelte. »So ziemlich jeder hat es gesehen. Die Magie strahlte eindeutig von Ihnen aus. Tatsächlich habe ich nie etwas Vergleichbares erlebt oder davon gehört.«

»Oh, es ist auch sehr selten«, mischte sich Cecile vergnügt ein. Warum zum Henker grinste sie, als hätte sie einen Preis gewonnen? »Solches Leuchten kann auftreten, wenn sich Magie unfreiwillig ihren Weg bahnt.«

»Unfreiwillig?«, fragte Gaylord verdutzt. »Ich dachte, Hexen und Magier hätten ihre Kräfte unter Kontrolle.«

Frédéric knirschte unweigerlich mit den Zähnen. Ja! Eigentlich konnte das magische Gesindel seine Fähigkeiten im Zaum halten. Wenn sie nicht gerade Frédéric Durand hießen und alles dafür taten, jener dämlichen angeborenen Begabung die kalte Schulter zu zeigen.

Offenbar wollte sie sich aber ausgerechnet heute nicht mehr ignorieren lassen.

»Wir telefonieren nächste Woche wegen eines neuen Termins«, sagte Frédéric brüsk. »Ich entschuldige mich für die Unannehmlichkeiten.« Die versammelte Gesellschaft, die musternden Blicke und die unterschwelligen Vorwürfe gingen ihm auf die Nerven. Er benötigte Ruhe, und vor allem brauchte er die Gewissheit, dass es ein einmaliger Vorfall war. Allerdings hatte er noch keine Ahnung, wie er die bekommen sollte. Aber ein Schritt nach dem anderen: Erst mit wehendem Talar die Flucht ergreifen, dann sich den Kopf zerbrechen.

Frédéric wandte sich ab und marschierte an den Trümmern der Dorfkirche vorbei, auf sein Fahrrad zu. Es lehnte an der Mauer zum angrenzenden Friedhof. Er wischte gerade den Staub vom Sattel, als sich Jason vor ihm aufbaute und mit einem breiten Grinsen die Arme vor der Brust verschränkte.

»Fahren Sie nach Notre-Dame?«, fragte der Vampir leutselig.

Misstrauisch kniff Frédéric die Augen zusammen. »Wieso?«

»Weil Sie dann mit Cecile den gleichen Weg haben.«

Gott bewahre ihn. Er wollte doch bloß ein wenig Stille und Zeit zum Nachdenken. Nichts davon bekam er in der Nähe dieser verflixten Hexe. »Ich bin mit dem Fahrrad gekommen.«

»Und Cecile mit dem Wagen, binden Sie das Rad hintendran.« Über Frédérics finsteren Blick grinste Jason noch breiter. »Ihre Ausreden taugen nichts.«

»Ich brauche keine Ausreden«, sagte Frédéric so hoheitsvoll wie möglich. »Ich weiß nur nicht, warum ich sie mitnehmen soll. Oder sie mich.«

»Weil sie bei der Restaurierung von Notre-Dame hilft.«

»Fegt sie Schutt zusammen?« Den bissigen Kommentar konnte er sich nicht verkneifen. Der Tag war schon katastrophal genug gewesen, er wollte endlich seine Ruhe!

»Nein, sie erneuert die Zauber, die das Gebäude bisher geschütz haben.«

»Ich bezweifle, dass das der Vatikan gern sieht.«

»Oh, ich habe eine Bestätigung aus Rom«, erwiderte Jason.

Ähm, *wie bitte?*

Zu Frédérics eigenem Leidwesen spürte er, wie seine Kinnlade gen Boden sackte. Fassungslos starrte er auf das Schreiben, das Jason aus der Innentasche seines Sakkos holte und ihm unter die Nase hielt. Das Siegel des Vatikans würde er noch blind wie ein Maulwurf auf zehn Meilen Entfernung erkennen. Er riss dem Vampir das Papier aus der Hand, und sein Blick huschte über die italienischen Worte. Sie dankten einem Berufsverbrecher für die Großzügigkeit seiner illegal beschafften und durch die Geldwäsche gejagten Spendengelder. Das schrieben sie natürlich nicht in diesem Wortlaut, im Grunde hieß es aber genau das! Herrgott, hatten die im Vatikan kein Verzeichnis über notorische Straftäter, von denen man sich nicht kaufen lassen durfte? Jason Harris war nun wirklich kein unbeschriebenes Blatt! Als schlüge das nicht bereits dem Fass den Boden aus, nahmen sie seine magische Hilfe auch noch dankend an.

Gut möglich, dass er sich wiederholte: *Bitte was?*

Der Vatikan bedankte sich für übernatürliche Unterstützung? Hatte Frédéric einen Stein auf den Kopf bekommen, das Bewusstsein verloren und war jetzt in einer Parallelwelt aufgewacht?

Die Kirche hasste Magie! Die Bibel fand harte Worte dafür. Wer Hexerei betrieb, war dem Herrn ein Gräuel. Okay, Vampire waren das angeblich ebenfalls, trotzdem gingen Jason und seine Familie in Kirchen ein und aus. Himmel, wenn das der Vatikan mitbekam, schickten sie Frédéric bestimmt keine Glückwunschkarte. Trotzdem erlaubten sie einer Hexe, an einer heiligen Kathedrale, einem Kulturdenkmal, herumzupfuschen? Das wollte ihm nicht in den Kopf.

»Sie sollten den Mund zumachen, sonst sabbern Sie noch auf das Papier«, erklang die Stimme Ceciles. Ihr Tonfall war warm, Frédéric konnte sie jedoch nicht täuschen. Sie amüsierte sich gerade nicht weniger als der dauergrinsende Blutsauger!

Frédéric schloss den Mund, kniff die Lippen zusammen und gab Jason das Schreiben zurück. Es war eine Ungeheuerlichkeit! Jason war die Personifizierung Satans auf der Erde und ... Moment mal!

»Wer sagt mir, dass das nicht gefälscht ist?«, blaffte er. »Ich habe keine Benachrichtigung erhalten.«

»Ich finde es erstaunlich, welche Schandtaten Sie mir zutrauen«, erwiderte der Vampir und kratzte sich über den Dreitagebart. »Doch warum sollte ich mir die Mühe machen, Sherlock Holmes?«

»In Notre-Dame befinden sich immer noch wertvolle Reliquien.«

»Reliquien interessieren mich nicht. Im schlimmsten Fall bekomme ich davon nur Migräne«, gab Jason gelangweilt zurück. »Jahrzehntelang konnte ich nicht mal eine Kirche betreten, ohne dass gefühlt mein Schädel explodierte.«

»Und trotzdem haben Sie einen Weg gefunden«, brummte Frédéric. »Religiöse Gegenstände erzielen bei gewissenlosen Sammlern ordentliche Preise.«

Er meinte, in Jasons Augen Interesse aufflammen zu sehen. Hatte er jetzt etwa dem Obermafiosi von Paris etwas Neues erzählt? Ihm gar ein weiteres lukratives Geschäftsfeld eröffnet?

»Sollte in der nächsten Zeit auch nur ein Nagel aus Notre-Dame verschwinden, ziehe ich Sie zur Rechenschaft«, drohte Frédéric. »Ein bisschen Exorzismus dürfte sogar einem Vampir schaden!«

»Wenn er mit einem Pflock im Herzen endet, dann bestimmt«, stichelte Jason. »Machen Sie sich keine Sorgen. Ihre Freundschaft ist wichtiger.«

Na toll. Wie ungemein tröstlich.

Das letzte, was Frédéric wollte, war die Kumpanei mit einem Berufsverbrecher oder gar zu der Bande, die er mitbrachte. Allerdings war das für seine Nerven besser, als sich im Vatikan für gestohlene Reliquien verantworten zu müssen.

»Fahren Sie mit Cecile«, sagte Jason sanft. »Aus der Nummer kommen Sie heute nicht mehr raus.«

»Meinetwegen«, brummte Frédéric. Was blieb ihm anderes übrig? Jason würde ihm persönlich das Fahrrad verbiegen, wenn er sich weigerte. Für einen Fußmarsch fehlte ihm eindeutig die Kraft. Nach dem Desaster brauchte er jedes Fitzelchen Nervenstärke, das er aufbringen konnte. Sobald er Cecile losgeworden war, würde er bei Bischof Pierlot anrufen und sich diesen Unfug bestätigen lassen. Frédéric wandte sich der Hexe zu, die auf den Zehenspitzen wippte. Deren Kleid saß im Übrigen wie angegossen. Jedenfalls die mickrigen Stücke Stoff, die sie sich gegönnt hatte. Noch weniger Textilien und es wäre ein Body.

»Haben Sie vor, danach ein Freudenhaus aufzusuchen?«, platzte Frédéric heraus.

Cecile hörte auf zu wippen und legte den Kopf schief. »Um zu vermeiden, dass ich es gleich als Beleidigung auffasse, frage ich lieber nach: Was meinen Sie damit?«

»Ihr Kleid bedeckt gerade mal die wesentlichen Stellen.«

»Somit sollte Ihre Tugend außer Gefahr sein«, gab Cecile schnippisch zurück.

Ach, was regte er sich auf? Ein Mann der Kirche hatte keine Gelüste mehr. Schön, das war falsch. Sie waren nur talentiert darin, sie zu ignorieren. Seit seiner ersten Begegnung mit Cecile hatte er die Hexe außerordentlich gut ignoriert. Warum sollte er diese Kunst nicht heute perfektionieren?

»Wollen Sie sich nicht vorher etwas Wärmeres anziehen?«, schlug er wider besseres Wissen vor. »In Notre-Dame ist es kühl. Und wenn Sie niesen, fallen vielleicht die letzten Dachbalken herunter.«

»Überlassen Sie das ruhig mir«, sagte die Hexe eisig.

Sie wirbelte auf dem Absatz herum und marschierte vor ihm zum Wagen. Jason krallte sich das Fahrrad, legte es in den Kofferraum, und weil es herausstand, befestigte er es mit Gurten. Frédéric zerrte sich die Soutane über den Kopf, faltete sie zusammen und klemmte sich das Bündel unter den Arm. Jetzt wiesen ihn nur noch das Kollar und die schwarze Kleidung als Priester aus. Was sollte er sagen? Auch die Männer Gottes mochten es eben bequem.

Er öffnete die Tür von Ceciles Fahrzeug und setzte sich auf den Beifahrersitz. Der Wagen war verflucht klein und besaß nicht mal eine anständige Rückbank, aber das Display über dem Autoradio war beinahe so groß wie ein Seitenfenster.

Es zeigte die Route von Paris nach Ajou an, bis Cecile die Rückfahrt antippte. Sie startete den Motor und lenkte das Gefährt vom Vorplatz der Kirche herunter. Während sie die löchrige Dorfstraße entlangpolterten, folgten ihnen weitere Autos, einige schlugen wie sie die Straße nach Paris ein.

Frédéric sah auf die vorbeiziehenden Häuser von Ajou, die schnell hinter ihnen zurückblieben und weitläufigen Feldern Platz machten. Er rieb sich über die Stirn. Außer der Eheschließung von Gaylord und Pauline hatte er in diesem Monat drei weitere Trauungstermine. Von seinen vier Kirchen war lediglich die St-Pierre de Montrouge betretbar und nicht einsturzgefährdet! Wenn er die auch noch demolierte, war er geliefert. Seit er mit der Überwachung des Wiederaufbaus von Notre-Dame betraut worden war, lagen viel weniger Gotteshäuser und Gemeinden in seiner Betreuung.

Cecile nahm ein besonders tiefes Schlagloch mit Anlauf und quietschte, als sie auf den Sitzen nach oben hüpften. »Vielleicht sollte der nächste Versuch der Hochzeit auf einem Hügel stattfinden. Oder an einem Strand. Hauptsache, es gibt keine schweren Dinge in der Nähe, die uns auf den Kopf fallen können.«

Frédéric brummte nur etwas, von dem er selbst nicht wusste, ob es überhaupt Worte darstellen sollte.

»In welcher Magierichtung sind Sie besonders begabt?«, bohrte Cecile.

»Ich bin nicht magisch begabt!«, beharrte Frédéric. Jedenfalls würde er es vor ihr nicht zugeben!

»Beifahrer eins erscheint schlecht gelaunt«, tönte eine mechanische Stimme aus dem Armaturenbrett.

»Beifahrer eins hat eine Kirche einstürzen lassen«, flötete Cecile.

»Soll die Feuerwehr alarmiert werden?«

»Nein«, rief Cecile aus. »Das fehlte noch.«

»Tatortreiniger wird angefordert.«

Cecile krümmte sich vor Lachen. Sie kam der Hupe mit der Stirn gefährlich nahe, und für einen Moment verriss sie das Lenkrad. Frédéric krallte sich an den Panikgriff über dem Seitenfenster, bis Cecile den Wagen wieder geradeaus lenkte, ohne ständig in Schlangenlinien zu fahren und an einem Feldzaun entlangzuschrammen.

»Beifahrer eins muss ein wenig lockerer werden«, kicherte sie.

Wie schön, dass sie das lustig fand! Er hatte das Eigentum der katholischen Kirche zerlegt – während einer Hochzeit in seiner Verantwortung –, und er hatte nicht die geringste Ahnung, wie er das seinen Vorgesetzten erklären sollte. Spontanes Erdbeben? Tsunamis konnten auch unvermittelt auftreten, warum sollte das nicht bei Beben ebenfalls möglich sein? Vielleicht war die Spurenbeseitigung keine so schlechte Idee.

Genau das wollte er zu dem Wagen sagen, da tönte dieser: »Suche Stripclubs im Umkreis von fünfzig Kilometern.«

»Ich bin Priester«, fauchte Frédéric.

»Welche Konfession?«, erkundigte sich die mechanische Stimme.

»Katholisch.«

»Stripclubs mit minderjährigen Callboys werden gesucht.«

Glück für das Auto, dass es auf dem Bildschirm keinerlei Ergebnisse anzeigte!

»Das ist eines der Autos, die Jason persönlich umgebaut und ausgestattet hat. Also besitzt es zwangsläufig seinen Humor.«

Cecile zuckte die Schultern und warf ihm einen entschuldigenden Blick zu.

»Ich schätze den Witz im Leben, aber ich muss mich doch sehr allzu kranker Vorurteile verwehren.«

»Sie können ja wohl kaum leugnen, dass …«

»Jeder Dieb ist nicht automatisch ein Vergewaltiger«, blaffte Frédéric. »Oder jeder Vampir ein gewissenloser Mörder. Verflucht, streichen Sie das. Gott besitzt sehr viel Liebe, sonst hätte er die Menschheit schon aussterben lassen. Ach was, vielmehr verfügt er über ein hohes Maß Humor.«

»Grenzt das nicht an Blasphemie?«

»Ich würde es Realitätssinn nennen.«

Cecile grinste erneut. Immerhin hielt sie den Mund, bis sie endlich Notre-Dame erreichten. Sie parkte an der Seite des Gebäudes, neben einem stählernen Bauzaun, und Frédéric stieg aus. Notre-Dame war schon vor dem Brand eine Baustelle gewesen, jetzt würde sie es noch sehr viel länger sein.

Das Feuer hatte die alte Dame empfindlich beschädigt, aber es hatte sie nicht umgebracht. Die meisten Reliquien hatten die Katastrophe heil überstanden und lagerten nun in der Krypta. Sogar die bemalten Fenster waren erstaunlich gut davongekommen. Nur eines war zerbrochen. Das Hauptportal und ein paar Ölgemälde hatten dafür umso mehr gelitten, doch die Experten beteuerten, sie restaurieren zu können.

Es grenzte an ein Wunder, dass nicht mehr passiert war. Ein Wunder, dass man vielleicht sogar Cecile zu verdanken hatte.

»Ihre Magie hat sicher einige schlimme Zerstörungen verhindert«, gab er widerwillig zu.

»Sagen Sie jetzt nur noch, Hexerei kann auch nützlich sein.«

»Ich habe nichts gegen Übernatürliches, solange es sich von mir fernhält.«

Cecile blinzelte in den Himmel und sah die Strebebögen hinauf zu den kastenförmigen Türmen. »Sie Witzbold. Sie sind ein Magier, das Übernatürliche hält sich nicht von Ihnen fern. Es ist ein Teil von Ihnen. Ein Geschenk.«

»Danke, aber ich hatte schon immer was dagegen, Geschenke aufs Auge gedrückt zu bekommen, die man nicht umtauschen kann.«

»Haben Sie solche Ausbrüche öfter?«

»Mon dieu, nein. Ich bin von dieser ›Gabe‹ seit gut zwanzig Jahren nicht mehr behelligt worden.«

Cecile trat um den Wagen herum und lehnte sich gegen die Motorhaube. »Sie verdrängen seit zwei Jahrzehnten einen wesentlichen Teil Ihres Lebens?«

»So kann man es sagen«, erwiderte Frédéric. »Bisher war es sogar recht einfach.«

»Sie haben am Ende nur eine Kirche in Schutt und Asche

gelegt.«

»Immerhin habe ich zwanzig Jahre lang nichts anderes zerstört.«

»Aber auch niemandem geholfen.«

»Wollen Sie mir sagen, ich würde meinen Job schlecht machen?«, stichelte Frédéric und ging auf den Bauzaun zu, um das Tor aufzuschließen. Dabei schienen sich Ceciles Blicke in seinen Rücken zu bohren. Elender Mist. Er wusste selbst, worauf sie hinauswollte, und Cecile wusste es ebenfalls. Sie verdrehte die Augen, stieß sich von der Motorhaube ab und baute sich vor ihm auf. »Ich rede von Ihrer Magie. Was für ein Hexer sind Sie? Wo liegt Ihre besondere Stärke?«

»Ich würde sagen im Ignorieren. Und da wir gerade dabei sind – wenn Sie mir aus dem Weg gehen, könnte ich Sie gleichermaßen ignorieren.«

Er wollte sich an ihr vorbeischieben, aber Cecile machte sich einfach größer und vor allem breiter. Sie stemmte die Arme in die Luft, und bedauerlicherweise gab es an Notre-Dame nichts Loses mehr, das er ihr auf den Kopf fallen lassen könnte.

Cecile stieß mit dem Zeigefinger gegen seine Brust. »Warum zum Teufel können Sie mich nicht leiden?«

»Sie sind eine Hexe.«

»Ha!«, rief Cecile aus. »Ein Psychologe hätte jetzt bestimmt ein paar nette Theorien. Sie haben Angst vor der Magie und damit auch vor mir.«

»Dem muss ich widersprechen. Ich mag Magie nicht, und Sie finde ich aufdringlich. Wenn Sie mir noch näher kommen, schmieren Sie Ihr Make-up an mein Hemd.«

»Ein wenig Farbe könnte Ihnen nicht schaden«, zischte Cecile.

»Und Ihnen ein bisschen weniger, aber wir haben Arbeit vor uns.«

Er griff nach ihrem Arm und sehr schön, sie zuckte überrascht zurück. Das bot ihm genau die Ablenkung, die er brauchte, um sich an ihr vorbei zu schieben. Er schlüpfte durch das Tor des Bauzauns und hechtete zum Nebeneingang. Leider war er zu langsam, um die schwere Holztür vor Ceciles Nase zufallen zu lassen, oder besser noch *gegen* ihre Nase.

»Ich weiß genau, was Sie vorhaben«, murrte Cecile. »Ich bin eine Hexe der Voraussicht.«

»Dann haben Sie das mit dem Einsturz der Dorfkirche vorausgeahnt und mich nicht gewarnt?«

»Da wäre mir doch der Spaß entgangen, Sie völlig bedröppelt vor den Trümmern zu sehen.«

»Und Sie fragen sich, warum ich Sie nicht leiden kann«, fauchte Frédéric. Er ließ die Tür einfach los. Sie fiel tatsächlich gegen Cecile, aber nicht in deren Gesicht, sondern erwischte nur ihre Schulter.

Sie ächzte, verfluchte ihn als einen stocksteifen Penner und stemmte sich gegen das schwere Holz, das in den Scharnieren quietschte. Frédéric schritt an den Gerüsten vorbei und sog die kühle Luft ein, die trotz des fehlenden Daches zwischen den Mauern herrschte. Der Schutt des verbrannten Dachstuhls war mittlerweile weggeräumt worden. Die Bänke, die noch verwendbar waren, stapelten sich neben dem bronzenen Volksaltar.

Hinter ihm krachte die Tür ins Schloss, und er hörte das schnelle Klappern ihrer Absätze auf den steinernen Bodenfliesen, und ein weiteres Geräusch erklang. Ein Klopfen. Es drang aus der Apsis. Frédéric durchquerte den Seitengang, ging am Altar, der marmornen Maria und dem glänzenden Kreuz vorbei und warf einen Blick in den abgeteilten, halbrunden Raum. Er vernahm das Rascheln von Ceciles Kleid, aber sie hatte die Schuhe ausgezogen und folgte ihm auf leisen Sohlen.

In der Nische klopfte ein Mann mit den Handknöcheln gegen die Wände. Zentimeter für Zentimeter schien er abzusuchen. Er wandte ihnen den Rücken zu, doch als er sich ein Stück zur Seite drehte, erkannte Frédéric die y-förmige Narbe auf der Wange des Mannes.

Das war … der Erzbischof von Paris!

»Monseigneur Pierlot!«, rief Frédéric verblüfft und trat in die Apsis. »Kann ich Ihnen behilflich sein? Suchen Sie etwas?«

Der Erzbischof fuhr herum. »Suchen? Ich? Nein«, stammelte er. Er zerrte an seinem Kragen, als wäre er viel zu eng. »Also … ich … ich wollte nur überprüfen, wie die Bauarbeiten vorangehen.«

»Haben Sie mit dem Abklopfen die Standfestigkeit des Gebäudes überprüft?«, fragte Cecile zweifelnd.

Sie stand nahe bei Frédéric, und Monseigneur Pierlots Blick zuckte zu ihr. »Wer sind Sie?«

»Ich bin die Sachverständige für die Statik«, grinste Cecile.

»Es gibt ein Schreiben aus dem Büro des Papstes, dass sie den Wiederaufbau unterstützen soll«, warf Frédéric ein. *Magisch* unterstützen. Doch diese Worte wollten ihm einfach nicht über die Lippen. Außerdem schien der Erzbischof nicht den geringsten Schimmer von einem solchen Schriftstück zu haben. Er starrte Frédéric völlig verständnislos an. Wenn Jason es gefälscht hatte, würde er ihn im Weihwasser ertränken!

»Nun … ich werde das prüfen.« Monseigneur Pierlot richtete sich auf und atmete tief durch. »Genau, ich überprüfe es und melde mich bei Ihnen.« Er ging auf sie zu, und Frédéric trat zur Seite, um ihn zurück in das Kirchenschiff zu lassen. Cecile tat jedoch nichts dergleichen. Sie stand am Eingang der Apsis und starrte den Erzbischof an, als hätte sie nicht weniger vor, seine Seele zu ergründen.

Das diffuse Licht spiegelte sich in den Schweißtropfen auf Monseigneur Pierlots Stirn. »Hier wird nichts angerührt. Weder durch Sie noch durch Madame äh wie auch immer Sie heißen!«, sagte er plötzlich schärfer und fixierte Frédéric. »Es wäre sehr bedauerlich, wenn Ihr Posten als betreuender Priester für Notre-Dame so schnell wieder infrage zu stellen sein müsste. Sie haben die Verantwortung für diese Kathedrale!«

Mit einem Ruck drehte er sich herum und schritt davon. Genau genommen rannte er fast.

»Ist er immer so seltsam?«, fragte Cecile zweifelnd.

»Nein.« Frédéric schüttelte den Kopf. »Normalerweise ist er sehr besonnen.« Er wurde das Gefühl nicht los, dass etwas nicht stimmte. Andererseits hatte Monseigneur Pierlot vielleicht einen ähnlich miesen Tag wie Frédéric gehabt. Wer könnte ihm dann seine ungewöhnliche Laune verdenken?

Kapitel 3

Magie abzugeben, nur wenig gebraucht

Er wollte sich gerade abwenden, da stieß Cecile ein hohes, kieksendes ›Oh‹ aus und zupfte an seinem Ärmel.

»Sehen Sie mal.« Die Hexe deutete auf die Fliese eines Seitenschiffes, aus der ein goldener Zapfen herausragte. Er bildete die einzige Unregelmäßigkeit im Muster der hellen und dunklen Steine, die den Boden Notre-Dames in ein flaches, kaum auffälliges Labyrinth verwandelten. Heute leuchtete der Zapfen im Schein eines einzelnen Lichtstrahls.

»Ja, es ist der 21. Juni«, stellte Frédéric fest.

Cecile sah ihn fragend an.

»Immer zur Mittagszeit des 21. Juni scheint die Sonne durch die einzige unbemalte Scheibe auf jenen Zacken.« Er deutete auf das Glasfenster, durch das es ein einzelner Sonnenstrahl geschafft hatte, während die anderen sich an dem Buntglas brachen.

»Warum eigentlich?«

»Das wissen allein Gott und die Erbauer.« Frédéric hob die Schultern. »In der Kathedrale von Chartres gibt es so was auch. Bisher hat niemand herausgefunden, welche Funktion die goldenen Nadeln haben.«

»Niemand mit Magie«, erwiderte Cecile listig.

»Das Gebäude ist ohnehin schon instabil. Ich denke nicht, dass Hexerei eine gute Idee ist.«

»Ihre womöglich nicht. Sie neigen zu roher Gewalt.« Das Grinsen, mit dem sie das sagte, gefiel ihm irgendwie nicht. Es war … anzüglich. »Aber mit meiner vielleicht.«

»Wie soll das gehen? Sie sind Wahrsagerin.«

»Hellseherin.«

»Wo ist der Unterschied?«

»Ich kann Ihnen mit Bestimmtheit sagen, dass Sie sich von mir bedroht fühlen und sich deswegen so unmöglich verhalten.«

»Dann sind Sie eine miserable Wahrsagerin«, gab Frédéric zurück.

»Nein«, schnappte Cecile. »Sie sind nur ein schlechter Lügner und ein unbelehrbarer Sturkopf!«

Sie kniff die Lippen zusammen, und Wut blitzte in ihren Augen auf. Es war so einfach, sie zu provozieren. Wusste sie das nicht? War ihr nicht klar, dass er das manchmal mit Absicht tat? Weil ... Ja, warum? Er sollte die Menschen behüten, ihnen beistehen und ihnen Gottes wunderbare Liebe zeigen. Diese Hexe machte ihn allerdings wahnsinnig! Sie verkörperte alles, was er nicht sein wollte!

Aber bevor er ihr derartiges an den Kopf werfen konnte, wandte ihm Cecile den Rücken zu, ging zu dem golden leuchtenden Zacken und ließ sich auf die Knie sinken. Sie beugte sich nach vorn, und er schwor bei allem, was ihm heilig war, dass sie ihm mit Absicht ihren Hintern entgegenstreckte.

Gott prüfte ihn. So und nicht anders war es! Nur war sich Frédéric noch nicht so richtig einig, ob Gott seine Standhaftigkeit in Bezug auf das Zölibat oder einfach das Durchhaltevermögen seiner Nerven prüfen wollte. Er traute dem Höchsten alles zu. Vermutlich lief da wieder eine Wette mit dem Teufel persönlich. Genau jener flüsterte ihm in diesem Moment ein, dass Ceciles Hintern wie ein reifer Pfirsich aussah. Leider musste er Luzifer recht geben. Natürlich sah er so aus. Sie trug ja auch ein Kleid von der gleichen Farbe wie die Frucht! Es passte überhaupt nicht zu ihrem Teint! Und hé, er wäre nicht der einzige Priester der katholischen Kirche, dem das auffallen würde. Und warum bekam er gerade solche Kopfschmerzen?

»Was ist los?«, weckte ihn Ceciles Stimme aus seinem heimlichen Leiden. Sie hockte noch immer auf den Knien und hatte sich ihm zugedreht. »Sie sehen aus, als kotzten Sie hier gleich die verbliebenen Trümmer voll.«

»Ich fürchte, ich bekomme Migräne«, seufzte Frédéric.

»Das ist nicht ungewöhnlich, wenn die Magie sich mit Gewalt Bahnen bricht«, erwiderte Cecile. »Es wundert mich, dass Sie vorhin nicht in Ohnmacht gefallen sind.«

»Müssen Sie immer von Neuem damit anfangen? Wenn ich jetzt von Spatzen rede, lenken Sie das Thema auch nur wieder auf diesen unglücklichen Zwischenfall mit dem Erdbeben.«

»Erdbeben?«, echote Cecile. Sie hievte sich auf die Füße und streckte dabei ihren Hintern noch weiter raus.

Gott bewahre, und er hatte ernsthaft gedacht, mit knapp vierzig Jahren wäre er endlich über die kritischste Phase hinaus.

»Das war kein Erdbeben«, rief Cecile. »Im Leben nicht und egal, wie oft Sie es sich einreden. Sehen Sie es ein: Sie sind und bleiben ein Hexer!«

»Shhht«, machte Frédéric, packte Cecile und legte ihr die Hand auf den Mund. Merde, sie könnte genauso gut eine Anzeige bei der hiesigen Tageszeitung rausgeben. Am besten als Schlagzeile auf dem Titelblatt, damit es ja jeder mitbekam! Was, wenn der Erzbischof noch hier war und sie hörte? Dann war er geliefert!

»Hören Sie auf, davon zu reden«, zischte Frédéric. »Hier laufen gern Mitglieder der Kirche herum, und die meisten wissen wahrscheinlich nicht mal, dass ihr existiert!«

Cecile trat ihm gegen den Fuß, und stöhnend lockerte er seinen Griff.

»Ihr solltet wirklich mal toleranter werden.«

»Daran besteht kein Bedarf.«

»Daran besteht jede Menge Bedarf«, fauchte Cecile. »Sonst sind Sie bald ausgeschlossen.«

»Was?«

»Sie glauben doch wohl nicht, dass Ihre Magie sich jetzt hübsch wieder ins stille Kämmerlein zurückzieht?«

Nicht? Gerade darauf hatte er spekuliert …

Cecile verdrehte die Augen, und ihre Lippen verzogen sich zu einem spöttischen Lächeln. »Irgendwas in Ihnen ist heute zum Vorschein gekommen, und es kam nicht einfach so. Also wird es sich auch nicht einfach wieder legen.«

»Das behaupten Sie bloß, um mich zu ärgern.«

»Ich sage es, um Sie winseln zu sehen.«

Toll. Frédéric hatte keine Ahnung, ob sie bluffte. Es war nicht zum Aushalten! Er brauchte die Magie nicht. Er wollte sie nicht haben, sie konnte ihm völlig gestohlen bleiben! Von seinen Eltern hatte er lediglich das geerbt und sonst nichts, geschweige denn etwas Brauchbares! Wäre er nicht in der Obhut eines Paters gelandet, hätte er den Rest seiner Kindheit in einem Waisenhaus verbracht und mit spätestens sechzehn gelernt, wie man mit Drogen dealt!

»Nur für Sie zur Information.« Cecile lächelte ihn lieblich an. »Sie glühen schon wieder.«

Was zum Henker? Frédéric sah an sich hinunter und tatsächlich: Seine Hände umgab ein leicht goldener Schimmer, der sich in seltsamen Mustern wie ein Ornament von der schwarzen Hose abhob. Ein Schein, der sich unter seinen Ärmeln fortzusetzen schien und den Stoff von innen leuchten ließ wie einen Lampion.

Unweigerlich schlug sich Frédéric auf den Arm, als gälte es, einen Schwarm blutrünstiger Mücken loszuwerden. Das Glühen ließ blöderweise nicht nach. Im Gegenteil: Er wurde stärker. Mittlerweile drehte er sich selbst im Kreis, aber er erstarrte mitten in

der Bewegung, als der Boden unter ihnen zu erzittern schien.
»Oh oh«, murmelte Cecile, und beunruhigt spähte Frédéric die Mauern hinauf. Das Gefühl, das sich regelrecht an ihn heranpirschte, behagte ihm ganz und gar nicht. Es war genau das gleiche wie in Ajou! Wieder ging ein Beben durch die Kirche, die Gerüste knackten, und die an der Seite aufgetürmten Bänke rumpelten. Eine fiel sogar von dem Stapel herunter. Der Herr steh ihm bei. Er musste schleunigst hier raus, sonst wiederholte sich das Desaster. Aber er war wie gelähmt. Jede Zelle in ihm wollte nichts anderes, als nach draußen zu laufen, und doch gehorchte kein Muskel seinem Willen.

Einzig und allein Cecile brachte ein wenig Bewegung in seine Starre. Sie packte Frédéric am Arm, drehte ihn zu sich herum, und plötzlich spürte er ihre Hände auf seinen Wangen. Das war schlimmer als die überwältigenden Gefühle der Mutlosigkeit und Panik in seinem Inneren. Jetzt kippte sein Magen. Die Beklemmung prügelte sich mit einem völlig irrsinnigen Anflug der Freude und des Verlangens, sie zu küssen. Wovon er nur noch mehr Angst bekam! Er versuchte, sich von ihr loszumachen, ohne sie anzufassen. Am Ende fügte eine Berührung von ihm ihr Schaden zu oder riss die letzten Mauern seiner Selbstbeherrschung ein. Er hatte keine Ahnung, was diese verdammte Magie bewirkte. Aber Cecile ließ es nicht zu. Sie packte ihn so fest, als ob sie ihm den Kiefer brechen wolle.

»Sehen Sie mir in die Augen.«

Einen Teufel würde er tun! Dann wollte er sich vielleicht nie wieder von ihr lösen. Ihre Berührung war bereits mehr, als er ertragen konnte. Als ging es ihm nicht schon schlecht genug.

»Sehen. Sie. Mir. In. Die. Augen.«

Sie zwang Frédérics Kopf ein Stück nach unten und starrte ihn wachsam an. Ihr Blick bohrte sich regelrecht in seinen. Ihre

Finger wanderten höher, zu seinen Brauen, dem Haaransatz, und in jenem Moment schien ein Blitz durch seinen Leib zu fahren. Er wünschte, es wäre die Strafe Gottes, aber dazu fühlte sich der Blitzschlag nicht endgültig genug an. Er war eher angenehm. Es hüllte ihn ein wie eine schwere Daunendecke und ließ ihm zunehmend schwindliger werden.

»Nein!« Er wusste nicht, ob dieser Aufschrei nur jede Faser in ihm zum Vibrieren brachte oder ob er es tatsächlich aus seiner Kehle schaffte. Es war ihm auch völlig egal. Er stieß Cecile so fest von sich, dass sie den Halt verlor und zu Boden fiel.

Mit überraschender Kraft trat sie ihm das Bein weg, und noch während der Aufprall auf den harten Fliesen die Luft aus seiner Lunge trieb, schwang sie sich über ihn. Sie stemmte die Ellenbogen auf seine Schultern und entlockte ihm ein Ächzen.

Wieder presste sie die Hände gegen sein Gesicht, ihre Finger berührten seine Schläfen, und er könnte schwören, sein Kopf explodierte. Wenn nachher jemand sein Gehirn von den Steinen kratzen musste, es würde ihn nicht wundern.

»Denken Sie an etwas Harmloses!«

Er konnte überhaupt nicht mehr denken. Da war dieser gleißende Schmerz in seinem Kopf und ein erneuter Ruck, als wäre er nicht mehr in seinem Leib, sondern stünde irgendwo daneben. Nur damit seine Seele plötzlich in unzählige Stücke zerspringen könnte, die nichts anderes zu tun hatten, als wieder etwas kaputt zu machen! Ein Druck, der erst aus ihm wich, wenn er sich entlud wie ein Jahrhundertgewitter. Nein, verflucht, aber nicht in Notre-Dame!

Er hörte jemanden stöhnen, sogar schreien. Und plötzlich ließ es nach. Alles verschwand. Der Druck, die unmenschlichste Migräne seit Menschheitsgedenken und die Angst.

Cecile sackte über ihm zusammen.

»Sacre«, stöhnte sie. Ihre Stirn lehnte schwer auf seiner. Er spürte ihren Atem im Gesicht und ihre Haare, die ihn kitzelten. Frédéric wusste nicht, wie lange sie so dalagen oder in Ceciles Fall dahockten. Es kam ihm einerseits wie zwei Sekunden vor, andererseits hörte er auch schon wieder das Schlagen einer Uhr. Jeder Muskel, jede Sehne in ihm schmerzte höllisch.

»Können Sie bitte von mir heruntergehen?«

»Ich bin mir nicht sicher.«

»Dann nehmen Sie wenigstens Ihre Ellenbogen aus meinen Schultergelenken«, raunte er.

Cecile richtete sich auf, und er keuchte, als der Schmerz und der Druck nachließen.

»Das hat mir Jason gezeigt«, erwiderte Cecile und rieb sich über die Nase. »Obwohl, wenn ich mich recht erinnere, hatte er was von Knien auf Schultern gesagt.«

»Er wird es Ihnen garantiert mit Freuden noch mal erklären.« Eigentlich müsste er Cecile sagen, sie solle endlich von ihm heruntersteigen. Ganz ehrlich? Es war ihm im Augenblick völlig egal. Wenn sie aufstand, hieße das, er müsste sich ebenfalls erheben, und dazu verspürte er gerade nicht die geringste Lust. Er fühlte sich müde, zerschlagen, und so richtig unbequem waren die Fliesen ja auch nicht. Rückenschmerzen würde er erst morgen bekommen. Jetzt wollte er einfach nur ein wenig hier liegen bleiben und vor sich hin leiden.

»Wahrscheinlich will ich es nicht wissen«, sagte er schließlich schwach. »Aber warum hat es aufgehört?«

»Zum einen hat sich Ihre Magie heute schon entladen, deswegen war sie nicht ganz so stark wie in Ajou«, gab Cecile leise zurück. »Zum anderen konnte ich Ihre Macht mit meiner kanalisieren. So hat sie sich nicht willkürlich im Raum ausgebreitet, was alles instabil werden lässt, sondern ich habe sie etwas erschaffen lassen.« Sie drehte den Kopf und zeigte mit dem Finger nach links. »Sehen Sie.«

Sein Nacken knackte, als er in die gleiche Richtung sah. Er erstarrte. Also entweder bekam er gerade gewaltige Halluzinationen oder jemand hatte hier spontan einen Baum gepflanzt, inmitten der Steinfliesen!

»Wo kommt der her?«

»Aus Ihnen.«

Merde, das Ding war bestimmt zwei Meter groß! Die Wurzeln hatten die Bodenplatten zum Bersten gebracht und sich scheinbar tief eingegraben. Äste berührten das Kreuz, und ein gezacktes Blatt sank auf den marmornen Jesus in den Armen Marias. Bon sang!

»Wie soll ich das jemandem erklären?«, stöhnte Frédéric.

»Wenn Sie Ihre Kräfte unter Kontrolle hätten, könnten Sie ihn verschwinden lassen.«

Wenn er Ahnung von der verflixten Kraft in ihm hätte, wäre das Gestrüpp überhaupt nicht hier!

»Wenigstens bekomme ich langsam eine Ahnung, in welche Richtung Ihre Magie tendiert«, stellte die Hexe zufrieden fest. »Sie scheinen ein Hexer mit einem grünen Daumen zu sein. Sie könnten unzählige Gärtner glücklich machen.«

»Cecile, der Baum muss unbedingt weg!« Himmel, er flehte schon. Sie hatte ihn doch winseln sehen wollen. Jetzt hatte sie ihn so weit. Mit einer verdammten Eiche!

»Schon gut.« Endlich taumelte sie auf die Füße und nahm ihr Gewicht vollends von ihm. Während er sich aufsetzte, ging sie auf den Baum zu, legte die Hände an dessen Stamm und schloss die Augen. Ihre Hände begannen in einem sanften, dunklen Grün zu schimmern, das sich schließlich um den gesamten Baum wand, jeden Ast, jedes Blatt einnahm. Im ersten Moment meinte

Frédéric, sich zu täuschen, doch dann wurde das Monstrum tatsächlich immer kleiner. Bis Cecile einen Bonsai in der Hand hielt und von dem Loch zurücktrat.

»Was seine Wurzeln zerstört haben, kann ich leider nicht reparieren.« Sie kehrte zu Frédéric zurück und setzte ihm die Miniatureiche in die Hände. Fassungslos sah er von dem winzigen Baum zu dem Loch und den demolierten Fliesen. Beides war immer noch schwer zu erklären, aber wenigstens steckte keine Eiche mehr darin!

»Irgendwas wird mir schon einfallen«, murmelte Frédéric mehr zu sich selbst. Wie verwerflich wäre es, das Loch den Arbeitern in die Schuhe zu schieben? Nein, das wäre schändlich. Aber der Boden könnte doch unter der Kirche ein wenig nachgegeben haben, oder?

»So geht es jedenfalls nicht weiter.« Ceciles Gesicht tauchte über ihm auf. »Sie haben es nicht unter Kontrolle, und irgendwann stürzt etwas wirklich Wichtiges ein, mit-«

»Das wird nicht geschehen«, beharrte Frédéric und wich ihrem starrenden Blick aus. »Es ist nur … ein schlechter Tag.«

»Sie müssen sich endlich Ihren Fähigkeiten stellen!«

»Es wird wieder vergehen. Vor zwanzig Jahren ist es auch vergangen!«

Cecile biss sich auf die Faust, und trotzdem bildete er sich ein, ihre Zähne knirschen zu hören. Widerwillig rappelte er sich auf und schaffte es kaum, auf den Baum in seiner Hand zu sehen, geschweige denn, Cecile ins Gesicht zu blicken.

»Wollten Sie nicht etwas herausfinden? Über die goldene Nadel und den einzigen Sonnenstrahl am 21. Juni?« Gott steh ihm bei, dass er eine Frau der Hexerei anstiftete. Aber es war immer noch besser, sie pfuschte in den Geheimnissen von Notre-Dame herum als in seinen.

Kapitel 4

Wer nicht sucht, findet erst recht

Dieser Mann entwickelte sich zunehmend zu einer Gefahr für die Menschheit. Und für sie. Als ob Cecile keine anderen Probleme hätte.

Okay, gut. Genau genommen hatte sie nicht sonderlich viele Sorgen. Jason und seine Familie achteten stets darauf, dass sie nie an übermäßiger Langeweile litt, aber sie ritten sie auch nicht in den Burnout. Cecile konnte ebenso wenig von sich behaupten, zahlreiche Feinde zu besitzen. Ihre größte Not war das nervtötende Abendprogramm im Fernsehen. Kurzum: Cecile war die ödeste Hexe aller Zeiten. Und Frédéric Durand der sturste Priester seit Menschengedenken!

Wie schaffte er es, die Tatsachen permanent so zu verdrehen, dass er ihnen nicht ins Gesicht sehen musste? Erdbeben, schlechter Tag – dass sie nicht lachte. Selbst jetzt hielt er den Beweis seiner Macht im Miniformat in den Händen, legte ihn vorsichtig auf einer Bank ab und trat ein großes Stück zurück. Mit einer Miene, als wäre nichts gewesen. Zu so viel Ignoranz war nicht einmal Jason fähig, und der kiffte sich alles aus dem Gedächtnis, wenn es sein musste.

Aber ein Problem nach dem anderen. Sollte Frédéric sich nur in Sicherheit wiegen. Cecile würde früh genug wieder mit dem Thema anfangen, und dann erwischte sie ihn in einer schwachen Minute, äh, auf dem richtigen Fuß samt eingewachsenem Zehennagel!

Am besten bereitete sie sich ausgiebig auf diesen Moment vor und hielt ein paar magische Fesseln bereit. Zu seiner eigenen Sicherheit, zur Sicherheit von ganz Paris und weil Cecile es unglaublich unterhaltsam finden würde, ihn an ihren Kaminrost zu ketten.

»Cecile?«, erreichte sie die Stimme des Priesters. »Sie sind doch nicht im Stehen eingeschlafen?«

Sie hob den Blick und seufzte leise. Wahrscheinlich sollte sie aufhören, darüber nachzudenken, wie gut er sich an ihrem Kamin machen würde. Im schlimmsten Fall wurde er wütend und verwandelte ihr Haus in einen wuchernden Urwald.

Mit leidender Miene rieb er sich die Schulter. »Wollten Sie nicht irgendwas vorhersagen?«

»Nein, ich wollte herausfinden, was es mit dem Lichtstrahl auf sich hat«, korrigierte sie ihn.

»Und weil das in der Vergangenheit liegt, bekommen Sie es nicht hin?«

»Wenn Sie mich ärgern wollen, machen Sie nur weiter«, fauchte Cecile.

Der Pater runzelte die Stirn, und sie biss sich auf die Lippen. Es brachte nichts, ihn anzufauchen.

»Notre-Dame wurde meines Wissens nach bereits ausgiebig erforscht«, stellte sie fest, und Frédéric neigte den Kopf.

»Und?«

»Die bekannten und erreichbaren Teile Notre-Dames sollte es wohl heißen«, fuhr Cecile fort. »Wenn nicht gerade jemand in der Krypta eine Geheimtür übersehen hat, gibt es dort nichts mehr zu holen. Was ist da oben?« Sie deutete hinauf, ebendahin, wo früher mal ein Dach gewesen war.

»Ein abgefackelter Dachstuhl. Oder vielmehr dessen kümmerliche Überreste am Mauerwerk.«

»Bravo«, spottete Cecile. »Es mag Ihnen entgangen sein, der Lichtstrahl fiel durch das unbemalte Fenster auf die Nadel *und* er wurde reflektiert. Genau dorthin.« Sie streckte immer noch den Arm aus, doch diesmal zeigte sie in die Richtung der Baugerüste, die sich an die Innenseite des Westportals mit den hohen Türmen lehnten.

Der Priester drehte sich um und legte den Kopf in den Nacken. »Im Ernst?«

»Während Sie damit beschäftigen waren, Notre-Dame beinahe endgültig einstürzen zu lassen, habe ich gesehen, wohin der Lichtstrahl reflektiert.«

»Sie sind sicher, dass Sie sich das nicht nur eingebildet haben?«

»Ich halte mich nicht grundsätzlich für bescheuert – so wie Sie – und stelle alles infrage, was ich sehe – so wie Sie!«

»Dabei täte Ihnen ein wenig Selbstreflexion gut.«

Unweigerlich ballte Cecile die Fäuste. Aber nein, sie riss dem Kerl nicht sofort den Kopf ab. Dafür war später Zeit. Eines Tages würde er zu ihr gekrochen kommen, bettelnd darum, sie solle ihm helfen, seine Kräfte in den Griff zu bekommen. Dann zahlte sie ihm jedes verdammte Wort heim!

Also atmete sie beherrscht ein und aus. »Können wir hinauf?«

»Wenn Sie mich nicht verklagen, sollten Sie sich den Hals brechen.«

»In dem Fall wandle ich vielleicht als Geist über diese Erde.«

»Das hätte uns allen gerade noch gefehlt.«

»Was für ein Problem haben Sie mit mir?«, platzte Cecile heraus.

»Nicht mit Ihnen persönlich«, erwiderte Frédéric. »Ich habe mich bis heute nicht an den ungewöhnlichen Zuwachs meiner Gemeinden gewöhnt – Vampire, Halbvampire, Berufsverbrecher.«

»Wenn Gaylord sich endlich an das Leben als Vampir gewöhnt hat, werden Sie das wohl auch schaffen.«

»Ich hege meine Zweifel, ob die christliche Gemeinschaft solchen Zuwachs überhaupt übersteht«, gab Frédéric zurück. »Mir gehen langsam die Kirchen aus.«

»An der letzten sind Sie selbst schuld.«

»Das sagen *Sie*!«, blaffte Frédéric. »Genauso gut können Sie diesen Zauber gewoben haben, um mich reinzulegen. Wer sagt mir, dass Sie den Baum, den Sie immerhin mühelos verkleinern konnten, nicht selbst erschaffen haben?«

Also jetzt schlug es Dreizehn! Cecile baute sich vor ihm auf, und es war klug von ihm, dass er ein Stück zurückwich! Sie bekam nämlich sein Aftershave in die Nase und hätte fast vergessen, dass sie sich aufregen sollte!

»Das glauben Sie doch selbst nicht! Warum zum Teufel sollte ich das tun?«, fauchte sie.

»Woher soll ich das wissen?«, rief Frédéric aus. »Ihnen macht es Spaß, andere zu quälen.«

»Was?«

»Sie sind ebenso vergnügungssüchtig wie Jason Harris.«

»Sie tun ja so, als wäre das etwas Schlechtes«, platzte Cecile heraus.

Frédéric warf ihr einen finsteren Blick zu. »Wollen Sie nicht Ihrer Einbildung, Pardon, Eingebung folgen, um Ihre unsägliche Neugier zu befriedigen?«

»Und wieder diese Mikroaggressionen«, stichelte Cecile.

»*Mikro?* Ich gebe mir hier größte Mühe, und Sie nennen es winzig?«

»An der Schlagfertigkeit der Sprüche eines Mannes erkennt man die Länge seines ... Sie wissen schon.«

»Ehrlich gesagt nicht.«

Pah, Frédéric war eindeutig zu lange Priester. Im schlimmsten Fall seit der Jugend. Wollte sie ihm wirklich die Zusammenhänge erklären? Nein, absolut nicht. Da würde sich Cecile lieber selbst anzünden. Also schwieg sie, wich seinem forschenden Blick aus und marschierte auf das Baugerüst zu. Etwas dort oben rief nach ihr. Nur vermochte sie nicht zu sagen was. Mit diesem Pfaffen an der Seite konnte sie sich nicht richtig darauf konzentrieren. Wusste die Hölle warum! Vielleicht war es sein stoischer, immer leicht vorwurfsvoller Gesichtsausdruck. Womöglich aber auch die Tatsache, dass er der heißeste Priester war, den sie jemals gesehen hatte und der kein Stripper war und ihr nicht die ›Beichte‹ abnehmen wollte.

Sie sollte schleunigst an etwas anderes denken, sie hatte für heute schon genügend Chaos gestiftet! Wenn sie Frédéric inmitten einer Kathedrale gegen seinen Willen bestieg, würde er ihr das nie im Leben verzeihen.

Also kletterte sie wortlos das Gerüst nach oben, immer die schmalen Metallstiegen hinauf. Draußen gab es einen intakten Fahrstuhl, aber ein wenig Bewegung hatte bisher niemandem geschadet. Sie vertraute lieber ihrer eigenen Muskelkraft als einem mechanischen Metallkasten, der an einem Stahlseil hing.

Auch wenn sie verdammt noch mal mehr Ausdauertraining betreiben sollte. Als sie die obersten Gerüste erreichte, fühlte sie sich, als hätte sie den verflixten Mount Everest bestiegen. Cecile lehnte sich gegen das Mauerwerk, presste die Hände in ihre Seiten und rang nach Luft. Frédéric folgte ihr und sah aus, als hätten sie gerade mal einen Spaziergang quer durch den Kreuzgang gemacht – im Schneckentempo!

»Fühlen Sie sich wohl?«

»Sie sind nicht mal außer Atem«, keuchte Cecile.

Der Priester hob die Schultern. »Ich wüsste ehrlich gesagt nicht wovon.«

Angeber! Der Mann fuhr eindeutig zu viel Fahrrad!

Frédéric lehnte sich gegen einen Metallpfosten. »Nun, wie geht es weiter? Oder wollten Sie lediglich unser Gespräch beenden, weil Ihnen die Argumente ausgingen?«

»Vielleicht will ich Sie einfach nur hinunterstoßen, um zu sehen, ob Sie fliegen können«, gab Cecile patzig zurück.

Frédéric kratzte sich über die glattrasierte Wange. »Angenommen, ich wäre tatsächlich magisch begabt, ginge das?«

»Kommt auf Ihre Kräfte an. Aber wenn Sie sie ignorieren, werden Sie es nie herausfinden.«

»Dann bin ich dafür, dass Sie das mit dem Hinunterstoßen lassen.«

Feigling.

Die letzte Etage nahm Cecile langsamer in Angriff, und sie erreichten die Plattform in der Höhe der Mauern, an denen normalerweise der Dachstuhl beginnen würde.

»Wow«, machte Cecile. »Ganz schön zugig hier oben.«

»Ich weiß nicht, was Sie finden wollen.«

»Etwas Abgetrenntes«, brummte Cecile.

»Doch hoffentlich nicht die verkohlte Leiche?«, fragte Frédéric.

»Die wurde nach dem Brand geborgen. Bis zur Unkenntlichkeit entstellt.«

»Minimiert wenigstens den Aufwand der Feuerbestattung«, gab Cecile trocken zurück.

Frédérics tadelnder Blick sollte ihr vermutlich ein schlechtes Gewissen einimpfen, aber das konnte er sich abschminken. Dieser Bastard, äh, der Tote hatte es nicht besser verdient! Zum Teufel – die genaueren Umstände erklärte sie Frédéric bestimmt nicht hier und jetzt. Am Ende fing dessen Kutte vor Empörung Feuer. Gut, er trug eigentlich nur ein Hemd, mit dem weißen Kollar, ach verdammt. Das Hemd saß viel zu eng. Priester sollten von Haus aus gleichermaßen vermummt wie Nonnen herumlaufen! Wenn sich der Stoff über seine schlanke, dennoch eindeutig trainierte Gestalt (Vermutlich versteckte er in den Katakomben unten eine Bodybuilding-Kraftstation!) spannte, vergaß sie ja beinahe ihren eigenen Namen.

Frédéric musterte sie interessiert. »Haben Sie eine Vision?«

Nein, sie verfluchte nur gerade seinen Gott und machte sich eine gedankliche Notiz, sich unbedingt bei einem Datingportal anzumelden, bevor sie noch einen Kirchenmann vergewaltigte! Der Teufel müsste ihr allerdings schon ins Gehirn spucken, um das freiwillig zuzugeben. Also drehte Cecile sich einfach um und starrte die Mauer an. Sie bestand aus riesigen Steinen, fest aufeinander aufgeschichtet und doch ohne jeglichen Mörtel. Allein die Statik hielt alles aufrecht. Cecile strich über die kühlen Brocken und konzentrierte sich auf das Gefühl, das ihr die Steinwände eingaben. Sie spürte einen Hauch der Geschichte des Gebäudes. Es war keine Lüge, wenn man behauptete, Häuser hätten eine Seele. Sie speicherten die Energie ihrer Bewohner, ihrer Besucher, ihrer Umgebung und das Leid und die Freude, die hier empfunden worden waren. Sie kribbelte in ihren Fingerspitzen, berauschte sie, und wie von selbst ging Cecile das Gerüst entlang, bis ihre Finger plötzlich ins Leere griffen. Ein Loch, das genauso gut von einem mittlerweile fehlenden Dachbalken stammen könnte. Trotzdem fühlte es sich an, als wäre mehr darin.

»Ich glaube, man muss hinein fassen«, sinnierte Cecile. »Es könnte ein Geheimnis versteckt sein.«

»Warum sehen Sie mich dabei so an?«

»Sind Sie mutig?«

»Ich soll meine Hand in ein Loch stecken, von dem Sie sagen, es würde ein Geheimnis verbergen?«, echauffierte sich Frédéric.

»Wissen Sie, in welcher Epoche das Gebäude erbaut wurde? Da waren Fallen an der Tagesordnung. Die Freimaurer hatten ein Patent darauf!«

»Also sind Sie feige.«

»Wenn ich meine Hand verliere, erwürge ich Sie mit der anderen«, fauchte Frédéric, hockte sich vor die Nische und steckte nach einem kurzen Zögern sowie einem Blick auf Cecile, der seinen Gott garantiert zum Zusammenzucken brachte, seine Hand in das Loch.

»Und?«, fragte sie neugierig.

Frédérics Blick verfinsterte sich. Langsam, Stück für Stück zog er seinen Arm zurück. Wenn etwas seine Hand abgetrennt hätte, würde er schon längst vor Schmerz brüllen. Damit konnte er sie nicht einschüchtern. Er musste irgendwas festhalten, denn sie erkannte den Ansatz seiner Faust. Mit einem Ruck zog er sie heraus und warf ihr etwas entgegen. Klebriges Zeug, zentimetergroße Tierkadaver und vielleicht waren auch ein paar lebende Monster darunter! Genau deswegen hatte sie nicht hinein fassen wollen – Spinnweben, Spinnen! Es schauderte sie, sie stolperte zurück und kreischte zu ihrem Leidwesen auf. Der blanke Ekel schüttelte sie. Cecile sah nicht mehr, wo sie hintrat, und plötzlich war da Leere unter ihrem Fuß. Sie schrie lauter und rechnete mit einem harten Aufprall, die Metallstiege hinab, da packte sie eine kräftige Hand und zog sie mit einem Ruck zurück.

Cecile taumelte, prallte gegen Frédéric und fand endlich wieder den Gitterboden unter ihren Füßen.

»Das Geschrei sollte ganz Paris gehört haben. Die Mauern sind ein effizienter Schallverstärker.«

Vielleicht sollte sie sich das mit dem Hinunterstoßen noch einmal überlegen. Für eine gewaschene Erwiderung fehlte Cecile blöderweise die Luft, und das Adrenalin blockierte eindeutig ihr Sprachzentrum. Sie zitterte, und trotzdem hatte sie die Kapazität, seinen Geruch wahrzunehmen. Kein Wunder, sie lehnte ja auch an seiner Brust wie eine altersschwache Weide nach dem letzten Jahrhundertsturm.

Mit einem Ruck riss sie sich los und stützte sich an dem Metallgeländer ab. »Tun Sie das nie wieder, oder ich zünde Ihnen höchstpersönlich die Reste Notre-Dames unter dem Hintern an!«

»Steine brennen schlecht.«

Oh, eines Tages würde sie ihn erwürgen. Aber bevor sie ihm genau das an den Kopf werfen konnte, öffnete er schon wieder den Mund: »Allerdings muss ich zugeben, dass Sie nicht völlig unrecht hatten.« Frédéric hob die Hand. Zwischen den Spinnweben und seinen Fingern wickelte sich eine dünne Silberkette ab und daran baumelte ein Medaillon. Obwohl es aus festem Metall war, wirkte es zerbrechlich, schmutzig und als wäre es aus blankem Dreck geformt. Ein Dreieck, das ein stilisiertes menschliches Auge umschloss.

»Das alles sehende Auge. Ein Zeichen der …«

»Freimaurer«, ergänzte Frédéric. Der Priester drehte ihr den Rücken zu, ging auf dem Gerüst entlang und stoppte schließlich vor der Längsseite der Kathedrale. »Den Legenden nach waren die Freimaurer am Bau der originalen Kirche beteiligt. Ich denke durchaus, dass das wahr ist. Die Großmeister besaßen ungeheures Wissen, insbesondere über Baukunst. Notre-Dame ist heute ein Wunderwerk der Architektur, für die damalige Zeit war sie beispiellos. Sie folgt dem goldenen Schnitt. Jede Länge, jede Breite steht im Verhältnis 1:1,61.«

Also für ihre Begriffe hatte da jemand bei der Planung extrem viel Langeweile gehabt. Wie kam man ausgerechnet auf diese Zahl? Sie war nicht im Geringsten heilig. Wenn es irgendwas mit drei, sieben, neun, zwölf oder dreizehn gewesen wäre. Aber eine Dezimalzahl?

Frédéric blieb stehen, klopfte gegen einen Stein und strich mit der Hand darüber, bevor er sie betrachtete. »Der Ruß klebt seit dem Brand überall.«

»Und aus Versehen findet der hauseigene Magier eine Inschrift«, erwiderte Cecile sarkastisch und deutete auf den Stein
hinter ihm. Da hatte eindeutig jemand Schriftzeichen und wirre
Muster eingehämmert. Wenn er jetzt wieder behauptete, es
wäre ›reiner Zufall‹, würde sie ihm doch noch das Fliegen beibringen.

»Sie haben recht«, erwiderte der Pater hörbar überrascht. »Es
ist eine Inschrift.«

Er zog ein weißes Tuch aus einer Tasche hervor und putzte
damit an dem Stein herum.

»Das ist Altfranzösisch«, stellte er fest. »Und zum Teil Latein.«

»Latein war immer mein schlimmstes Fach«, stöhnte Cecile.
»Können Sie es lesen?«

»Natürlich kann ich es lesen«, platzte Frédéric heraus. »Ich bin
Kunsthistoriker. Deswegen hat der Vatikan mir die Verantwortung für den Wiederaufbau Notre-Dames übertragen.«

»Sie sind also nicht nur ein mürrischer Pfarrer, sondern zusätzlich ein Klugscheißer«, gab Cecile zurück. »Bekommen Sie dafür
wenigstens eine Gehaltserhöhung?«

»Der betreuende Priester für Notre-Dame zu sein, ist Lohn genug.«

»Toll. Sie werden der Pfarrer für einen verkohlten Steinhaufen
mehr«, spottete Cecile.

»Ich hoffe, der Fluch ist wahr«, fauchte Frédéric und deutete
auf die Gravur im Stein. »Dann werden Sie … den Zirkel des Ge-
schehens verlassen. Was immer das heißen mag.«

»Ich habe von Geometrie nie viel gehalten«, murrte Cecile.
»Wie lautet der genaue Text?«

»Im schlimmsten Altfranzösisch, das ich je lesen musste, steht
hier: Bleibe vor diesem Toten nicht steh'n, der ewige Lauf der
Zeit bindet ihn an die Unendlichkeit. Doch brichst du den Stein,

verlässt du den Zirkel des Gescheh'ns.«

»Kurz gesagt: Fass hier nichts an und geh weiter, denn hier gibt es nicht das Geringste zu sehen«, steuerte Cecile bei. Sie fixierte die Schriftzeichen. Unter dem Gekrakel, das Frédéric vorgelesen haben musste, standen zwei weitere Worte, die für sie nicht wie Altfranzösisch aussahen. »Steht da was auf Latein?«

»Ja«, erwiderte Frédéric. »Nicht aufmachen.«

Cecile zog die Augenbraue hoch. »Sie meinen im übertragenen Sinne?«

»Nein, ich meine im buchstäblichen Sinne. Hier steht: Non aperire – nicht öffnen.«

Wow. Da sollte jemand noch mal sagen, die früheren Generationen hätten sich allesamt nur mit komplizierten Versen verständigt.

Frédéric strich über den Stein und die Schrift. »Ich wage zu behaupten, beide Inschriften wurden nicht zeitgleich angebracht. Altfranzösisch wurde bis Ende des vierzehnten Jahrhunderts gesprochen. Die lateinischen Worte sind nicht so nachgedunkelt wie die altfranzösischen. Dennoch müssen sie schon eine Weile alt sein. Neu sind sie definitiv nicht.«

»Ich frage mich, warum sich jemand die Mühe gemacht hat, einen Toten hier einzumauern«, sinnierte Cecile. »Und warum noch mal jemand kam und auf Italienisch …«

»Latein!«

»… wie auch immer eingravierte, man solle gefälligst die Finger davon lassen, wenn man schon kein Altfranzösisch versteht.«

»Dass Priester Latein eher verstehen als Altfranzösisch ist keine abwegige Idee«, erwiderte Frédéric.

Hmpf. Auch wieder wahr.

Frédéric zuckte die Schultern. »Womöglich ist es nur ein dummer Scherz. Die Krypta ist unten. Dort wurden diejenigen bestattet, die würdig für Notre-Dame waren.«

»Vielleicht sollte dieser jemand aber nicht offiziell geehrt werden. Möglicherweise ein Verwandter eines Baumeisters, der nicht um Erlaubnis gefragt hat und mit schlechten Reimen geheimnisvoll tun wollte. Danach kam ein etwas altertümlicher Graffitisprayer und hat sich einen Spaß erlaubt, eine nicht sehr beeindruckende Warnung zu hinterlassen.«

Frédéric warf ihr einen schiefen Blick zu, und den konnte sie ihm nicht einmal verdenken. Sie war ebenso ratlos. Warum schickte die Vorsehung sie ausgerechnet heute zur Mittagsstunde nach Notre-Dame und zeigte ihr den seltsamen Lichtstrahl? War das ein dämlicher Scherz des Universums? Vielleicht gab es Gott ja tatsächlich, und er war sauer auf sie, dass sie seinen zwar miesepetrigsten, aber vorbildlichsten Priester tyrannisierte. Überhaupt, was trieb er da gerade?

Frédéric strich ununterbrochen über die Steinplatte und die Gravuren. Nicht nur über die Schrift, auch über das Muster neben den Zeichen. Er malte den Ring und die Verzierungen bedächtig mit dem Finger nach. Mit einer solchen Inbrunst wollten Frauen gestreichelt werden. Toll, jetzt wurde sie schon auf eine dämliche Steinplatte eifersüchtig! Zwischen seinen Augenbrauen hatten sich zwei steile Falten gebildet, die sich auf seiner Stirn trafen. Nicht mal mit ihrer Gabe der Vorhersicht konnte Cecile einschätzen, was in seinem Kopf vor sich ging. War er fasziniert? Gelangweilt? Steppten in seinen Gedanken Pinguine?

Ehe sie sich versah, hob Frédéric die Hand und legte mit traumwandlerischer Sicherheit das Medaillon auf eine der unzähligen Vertiefungen und Ornamente.

Das Metall schabte über den Stein und rutschte schließlich wie von selbst in die Fassung. Und wer jetzt noch nicht an Magie glaubte, dem konnte sie wirklich nicht helfen. Das plötzliche

Leuchten des Anhängers war bestimmt keine LED, die irgendein Scherzkeks hier eingebaut hatte! Das Amulett glühte, tauchte das Gesicht des Priesters in ein faszinierendes Schattenspiel, und für einen Moment bildete sie sich ein, dass sich die Lichtpunkte und -strahlen zu Zeichen verbanden, die sich über seine Züge, seinen Hals und seine Hände zogen.

Das war … beunruhigend! Das Letzte, was sie brauchen konnte, war ein Priester mit geheimnisvollen Schriftzeichen auf der Haut! Das ging nie gut aus!

Ein ohrenbetäubender Knall zerriss die Stille, und sie warf sich instinktiv zur Seite. Steinbrocken streiften sie, hüpften über die Ränder der Metallgitter und polterten auf die Fliesen der Kathedrale.

Aber das war nicht das Einzige, was an ihr vorbeizischte. Nur konnte sie nicht erkennen, worum es sich handelte. Als sie ihren Kopf vorsichtig anhob, erkannte sie lediglich ein menschengroßes Bündel, das aus unzähligen Stoffstreifen zu bestehen schien.

Es krachte gegen das Metallgeländer und stöhnte kehlig.

»So werdet Ihr in der Zukunft erwachen, haben sie gesagt«, brummte das Ding. »Es hätte heißen müssen: So werdet Ihr in der Zukunft erst mal die verwesten Knochen zertrümmert bekommen!«

Kapitel 5

Tote hassen Wecker

Das war der realistischste Albtraum, den er jemals gehabt hatte. Und er hatte schon eine Menge Schund geträumt, neuerdings tauchte Cecile immer öfter darin auf. Es wunderte ihn also wenig, dass die Hexe nach zwei Minuten hinter einer Staubwolke zum Vorschein kam. Steinbrocken lagen zwischen ihnen, abgestandene Luft schwappte aus dem Loch und raubte Frédéric den Atem. Aber da war noch dieses … Etwas.

Es hing an dem Metallgeländer wie ein Sack Kartoffeln und murmelte Verwünschungen. Was im ersten Moment wie die Binden einer Mumie aussah, waren halbverrottete Kleidungsstücke, die um seinen abgemagerten Leib schlotterten. Eine knochige Hand krallte sich an dem Geländer fest, drückte die Gestalt zurück, dann rülpste sie so laut, dass es dreimal zwischen den Mauern schallte.

»Gütiger Himmel«, murmelte Cecile. »Das Bäuerchen muss einige hundert Jahre alt sein.«

Ihre Worte lenkten die Aufmerksamkeit des Menschen oder was immer er sein sollte, auf sich und dann auf ihn. Frédéric konnte nicht anders als zurückzustarren. Allein das verzerrte Gesicht bescherte ihm Übelkeit. Es war das Antlitz eines Toten. Kein blanker Schädel, aber dunkle papierdünne Haut spannte sich über hohe Wangenknochen, eine breite Stirn und ein kaum vorhandenes Kinn. Die Augen lagen so tief in den Höhlen, dass Frédéric nicht mal einen Eid darauf ablegen würde, dass überhaupt noch welche vorhanden waren. Geschweige denn würde es ihn wundern, wenn bei der Gestalt plötzlich Maden aus den Ohren krochen. Die Zähne standen wie gekippte Steine hervor, schwarz und schief. Wann immer ein Windzug in die Kathedrale fuhr, roch Frédéric die Fäulnis.

Eine dürre Hand strich über die Fetzen auf der knöchernen Brust. Stoff, der vielleicht einmal strahlendweiß und rot gewesen war und nun staubig und verblichen aussah.

»Nennt mir Eure Namen«, forderte der Untote mit tiefer Stimme.

Cecile starrte den Kerl an und gab keinen Mucks von sich. Frédéric ging es nicht besser. Sein Gehirn fühlte sich wie leergefegt an. Er überlegte fieberhaft, wie er hieß, aber am Ende fragte er sich immerzu das Gleiche: Was oder wer war dieses Ding?

»Eure Namen«, donnerte das wankende Skelett, und eine Wolke stinkender Verwesung schlug ihnen entgegen. Frédéric würgte und wich unweigerlich zurück, als die halbverfaulte Mumie auf ihn zuwankte.

» Abbé Frédéric Durand«, stieß er eilig hervor. »Zuständig für den Pfarrbereich Ajou und einen Teil des östlichen Paris. Pfarrer von Notre-Dame. Was dann so viel heißt, dass ich womöglich dem Erzbischof des Bistums nachfolge.«

Er hatte keine Ahnung, warum er das sagte. Es sprudelte aus ihm heraus. Vielleicht weil Bischof wesentlich besser klang als Pfarrer. Sie waren hier in einer Kathedrale, verdammt! Müsste das Knochengestell nicht wenigstens mit der Wimper zucken, wenn ein geweihter Mann Gottes vor ihm stand? Die Antwort lautete: offensichtlich nicht.

Unbeirrt steuerte das Ungetüm auf ihn zu. Frédéric stieß mit dem Fuß an eine Kante zwischen zwei Gitterplatten und verlor das Gleichgewicht. Sein Rücken jaulte auf, als er gegen die Mauer krachte und daran herunterrutschte.

Die verlotterte Mumie blieb vor ihm stehen und bückte sich. Sein Schädel kam Frédérics Gesicht so nahe, dass sein Geruch ihn fast die Besinnung verlieren ließ.

»Ein Diener der Kirche«, stellte die kratzende Stimme des Untoten fest. »Ein mächtiger Diener der Kirche.«

Für sein Alter und seinen Zustand war der Typ ein ziemlicher Blitzmerker. Allerdings verkniff sich Frédéric den Kommentar und nickte lediglich.

»Dann wirst du auch mein Diener sein.«

Ähm ... »Nein, danke.«

Frédéric hatte mit einem weiteren Schwall ekelerregend fauliger Luft gerechnet, als die Mumie den Mund öffnete. Aber mit einem Mal packte er Frédéric am Hals und presste ihn gegen die Steinwand, und zwar so hoch, dass Frédéric den Boden unter den Füßen verlor. Mit schier unbändiger Kraft drückte ihm das Monstrum die Kehle zu, Frédérics Sicht verschwamm, wurde schwarz, und stechender Schmerz fuhr durch seine Brust, ja seinen gesamten Körper.

Und plötzlich hörte es auf. Der Druck schwand, er sackte mit einem Ruck auf das Bodengitter, stieß sich den Kopf an dem Stein und griff an seinen Hals. Sein Kehlkopf fühlte sich an, als wäre er in seine Halswirbelsäule gedrückt worden. Er hustete, würgte und lehnte sich gegen die Mauer, als könnte er hineinkriechen. Er brauchte so viel Abstand zu dem Ding wie möglich.

Das starrte Cecile an und wich tatsächlich vor ihr zurück.

»Rühr ihn noch mal an, und ich koche eine Suppe aus deinen Gebeinen«, fauchte Cecile und hob drohend die grünlich schimmernden Hände.

»Eine Hexe.« Die Mumie spuckte das Wort aus wie eine widerliche Weintraube. »Hexen sind das widerwärtigste Gekreuch auf dieser Erde.«

»Kann ich nicht behaupten«, protestierte Frédéric schwach. Gott steh ihm bei, dass er so etwas freiwillig sagte. Wenn er die Wut in Ceciles Gesicht richtig deutete, hatte das Knochengestell ihn nur wegen ihr losgelassen.

»Widerwärtig?«, beschwerte sich indes Cecile. »Ich zeig dir gleich, was widerwärtig ist.« Sie marschierte auf die viel zu lebendige Mumie zu, doch Frédéric bekam ihr Handgelenk zu fassen und hielt sich an ihr fest.

»Lassen Sie mich los«, verlangte Cecile. »Ich werde diesem Komposthaufen beibringen, was richtig widerwärtig ist. Wenn er sich die Stofffetzen aus dem Beckenknochen fummeln kann!«

»Er ist Jahrhunderte lang eingemauert gewesen. Seine Manieren werden etwas eingerostet sein.« Außerdem hielt er es für keine sonderlich gute Idee, eine Prügelei mit einer Mumie anzufangen. Mochte sein, dass es vor ihrer Magie zurückwich, aber wenn es sie erst mal zu fassen bekam, war das Spiel möglicherweise schnell zu ihren Ungunsten gelaufen.

Cecile schnaubte. »Das kenn ich noch von jemand anderem, doch der hat nicht jahrzehntelang in einer magisch versiegelten Gruft gelegen.«

Frédéric beschloss, die Beleidigung zu überhören.

»So gehet mir aus dem Weg«, verlangte der Untote. »Ich werde furchtbares Unglück bringen. Ich werde Stände anzünden und Äpfel stehlen.«

»Äpfel … stehlen …«, wiederholte Cecile. »Wow, ich bin echt beeindruckt. Dagegen stinken selbst Jasons Machenschaften ab. Wenn er zusätzlich Rosinen klaut, ist der Weg zur Weltherrschaft nicht mehr weit.«

»Mir dünkt, das Weib spottet«, wandte sich die Gestalt an Frédéric.

Jener winkte mit einem schwachen Zucken seiner Schultern ab. »Das würde ich nicht allzu ernst nehmen. Sie erzählt immer mal Unfug.«

»Unfug!«, blaffte Cecile. »Dann ist der da wohl ebenso Unfug.

Oder eine Illusion!«

Oh, das war eine hervorragende Idee! In diesem Fall war das hier alles überhaupt nicht wahr, sondern einfach nur ein verdammt schlechter Scherz. Moment mal. Wieso war ihm der Gedanke noch nicht selbst gekommen? Cecile ließ keine Gelegenheit aus, ihn zu ärgern. Warum sollte sie ihm nicht den mumifizierten Glöckner von Notre-Dame vor die Nase setzen? »Es würde mich nicht wundern.«

»Ich bin eine Hexe der Voraussicht, nicht der Täuschung!«

»Wohl eher eine Hexe des Chaos«, murrte Frédéric. »Sie mussten ja unbedingt Indiana Jones spielen!«

»Wer hat denn das Amulett einfach in die Vertiefung geschoben?«

»Sie hätten mich doch aufhalten können.«

»Tut mir leid, dass ich von Ihrem Anblick fasziniert war«, fauchte Cecile. »Sie haben geleuchtet, als hätten Sie eine Flutlichtanlage verschluckt!«

Unbeirrt erwiderte er Ceciles Blick aus wutblitzenden braunen Augen und rappelte sich auf. »Könnten Sie mal fünf Minuten aufhören, darauf herumzuhacken? Reibe ich Ihnen Ihre Fehler ständig unter die Nase?«

»Sagt der Priester, der alle Wesen Gottes lieben sollte und sich trotzdem nicht zu schade ist, uns zu zeigen, wie scheiße er Wesen findet!«

»Mit Verlaub, das liegt nicht an eurer verfluchten Existenz, sondern an eurem Charakter!«

Als Cecile wie ein Fisch nach Luft und Worten schnappte, wandte Frédéric seinen Blick wieder dem faulig stinkenden Ungetüm zu. Oder vielmehr der Stelle, wo es doch gerade eben noch gestanden hatte! Hé, der machte sich einfach davon! Der untote Kerl hatte es während ihrer Diskussion geschafft, die Funktion der Metallleiter zu erkennen, und flink war der außerdem! Er war schon auf dem halben Weg nach unten!

»Sie … Sie …«, schimpfte Cecile.

»Die Mumie türmt«, unterbrach Frédéric ihr Gestotter.

»Mist«, stöhnte Cecile. »Wir können den nicht draußen herumlaufen lassen.«

»Wie wollen Sie ihn aufhalten?«

Und vor allem: Wollten sie sich dem Ding wirklich in den Weg stellen? Aber verflixt, Cecile hatte recht.

»Mit Magie?«, erwiderte Cecile schnippisch. »Mit Ihrer und meiner größten Waffe? Ach nein, nur meine. Weil Sie Ihre ja ständig ignorieren!«

»Ich wünschte, ich könnte *Sie* ebenso gut ignorieren«, fauchte Frédéric. Er lugte durch die Metallgitter. Merde, der Typ war schon fast unten angekommen.

»Sie könnten das Fliegen ausprobieren«, stichelte Cecile, und Frédéric wirbelte zu ihr herum.

»Schlechter Zeitpunkt.«

»Ach, wieso?«, spottete Cecile. »Eine wahrscheinlich Jahrhunderte alte Leiche rennt durch Paris, und der zugehörige Pfarrer verwandelt sich regelmäßig in ein Glühwürmchen. Ich denke nicht, dass das zwangsläufig einen Weltuntergang nach sich zieht.« Sie starrte ihn ausdruckslos an, bevor sich ihre Lippen höhnisch kräuselten. »Andererseits könnte das Eine das Andere bedingen.«

»Das können Sie kaum rausfinden, wenn das Eine gerade in Paris untertaucht«, donnerte Frédéric. »Aber ich werde nicht fliegen. Ich nehme den Fahrstuhl.«

Sie rannten das Gerüst entlang, hangelten sich über den Übergang der Mauer, der nach draußen führte, und wetzten zu dem Baustellenaufzug. Frédéric fingerte an der Fernbedienung herum und im absoluten Schneckentempo kroch die Kabine herauf.

»Können Sie nicht nachhelfen?«, fragte Frédéric ungeduldig die Hexe neben sich.

»Arbeitsschutz geht uns alle an.«

»Wenn die Mumie erst mal sämtliche aus der Mittagspause zurückkehrenden Arbeiter gefressen hat, bekommen wir bestimmt eine Auszeichnung!«

»Gut, Sie haben gewonnen.« Cecile nahm ihm die Fernbedienung aus den Händen. Ihre Finger glühten in einem smaragdfarbenen Schimmer auf. Er umspielte die Steuerung, jagte das Kabel entlang und brachte das Gerüst zum Zittern. Die Geschwindigkeit des Fahrstuhls erhöhte sich rasant, das Ding schnellte regelrecht nach oben, krachte gegen das Dach des Metallschachts und blieb schließlich schaukelnd hängen.

Cecile stöhnte leise, öffnete die Tür und trat in die Kabine, die lediglich aus Metallgittern bestand. Sie klammerte sich an das Geländer, während sich Frédéric bekreuzigte, ihr folgte und den Knopf drückte. Himmel, so blass, wie sie war, ahnte er bereits, dass der Fahrstuhl mit Sicherheit nach unten die gleiche Geschwindigkeit an den Tag legte. Cecile verhinderte dann hoffentlich, dass sie am Boden zerschellten. Es fiel ihm verdammt schwer, dieser Frau zu vertrauen, aber da rannte eine Mumie durch Notre-Dame, wenn nicht schon durch Paris. Ein Untoter, den *er* freigelassen hatte.

Seine Befürchtung wurde nicht wahr, Cecile schien den Zauber beendet zu haben. Jedenfalls glitt der Lift gemächlich hinab, und sie hatten vielleicht zwei Drittel geschafft, als ein ohrenbetäubender Knall sie zusammenfahren ließ. Das war die Mumie! Sie donnerte mit ihrer knöchrigen Hand gegen das Dach des Lifts, packte zu und riss die Kabine für einen Moment nach oben. Als sie losließ, sackte der Fahrstuhl ab, und Frédéric bildete sich ein, die Kabel knirschen zu hören. Schwarze Klauen und wie mit Leder bespannte Finger klammerten sich in das Seitengitter des Fahrstuhls. Heiliger Vater. Der Zombie war schon fast am Fuße der Kathedrale gewesen, wie kam er jetzt hierher? Das Skelett presste das Gesicht gegen das Metall, und im Hellen sah seine Fratze noch fürchterlicher aus. Mit einem Mal ließ er sich fallen. Frédéric rechnete damit, dass er den Schacht nach unten stürzte, doch wie ein Affe krallte sich das verweste Knochengestell wieder in das Drahtgeflecht und hielt sich am Boden der Kabine fest. Er schwang hin und her, schüttelte den Fahrstuhl, bis sie an das Metallgerüst knallte. Cecile verlor den Halt, stolperte gegen Frédéric, und instinktiv legte er die Arme um sie.

»Ich glaube, der mag uns nicht«, behauptete Cecile, drehte sich in Frédérics Umarmung, und sie stöhnten synchron, als der Untote die Kabine ein weiteres Mal durchrüttelte und sie gemeinsam gegen die Seitenwände geschleudert wurden. Cecile packte den Griff des Geländers, ein Blitz schoss durch das Metall, und ein unmenschliches Jaulen ertönte. Frédéric starrte nach unten, dorthin, wo eben die Mumie gehangen hatte. Sie sprang zur Seite, landete auf einer Etage des Gerüsts und rannte davon.

Frédéric hörte das beunruhigende Knirschen nachgebenden Stahls, und die Kabine schwang hin und her. Merde! Er spähte nach oben und sah den zweiten Strang des Stahlseils reißen. Blitzschnell folgten der dritte und der vierte, und jetzt verlor die Kabine vollends den Halt. Wenn der Fahrstuhl Sicherungsbolzen besaß, dann griffen sie nicht. Unaufhaltsam rasten sie in die Tiefe. Frédérics Magen wurde nach oben gepresst. Ach, was hieß hier nur sein Magen? So ziemlich alles an und in ihm. Das konnte nicht gut gehen. In diesem verflixten Moment wünschte er sich, er könnte das Ding mit seiner Magie zum Bremsen bringen. Er wollte nicht auf dem Boden zerschellen.

Auch wenn es sicherlich Schlimmeres gab, als mit Cecile im Arm zu sterben. Sie war ihm so nahe wie nie zuvor, und zur Abwechslung hielt sie mal den Mund. Sie hielt sich an ihm fest, und als wäre es nicht schon absurd genug, roch er sie. Eine Sünde in den letzten Sekunden seines Lebens würde ihm Gott verzeihen, oder? Er wusste kaum, was er tat, aber er beugte sich zu ihr, und fast berührte er ihre Lippen mit seinen. Da bremste die Kabine mit einem Ruck, taumelte regelrecht in dem Schacht, und Metall knirschte ohrenbetäubend. Ha! Die Sicherungsbolzen hatten doch ihre Arbeit getan! Allerdings geriet nun das gesamte Gerüst ins Wanken. Begleitet von lautstarkem Getöse holperten sie wie eine altersschwache Bahn nach unten und schlugen mit einem Krachen auf dem Boden auf.

»Ich hasse den Kerl jetzt schon«, stöhnte Frédéric.

»Gibt es überhaupt jemanden, den Sie mögen? Also im Fach Nächstenliebe haben Sie eindeutig gefehlt.« Aber selbst Ceciles Spott klang mit ihrer leisen Stimme schwach. Sie fummelte an etwas hinter Frédéric, und mit einem Mal schwand der Widerstand in seinem Rücken. Cecile hatte die Tür geöffnet, und er kippte mit ihr nach hinten.

Jeder Muskel in Frédérics Körper schmerzte, und er hatte nicht die geringste Lust, jetzt aufzustehen und diesem wahnsinnigen Monstrum nachzujagen! Obwohl Ceciles Gewicht schwer auf ihm lag und sie ihren Ellenbogen in seine Rippen bohrte.

Dabei war ihr Gesicht seinem so nah, dass er die Sommersprossen auf ihren Wangen zählen könnte. Der Herr steh ihm bei, er hätte sie beinahe geküsst.

Cecile wälzte sich auf ihm herum, stützte sich auf seiner Brust ab und stemmte sich nach oben.

»Sie müssen unbedingt abnehmen«, keuchte Frédéric, und prompt stieß sie ihr Knie in seinen Magen. Als ob der Tag nicht schon beschissen genug wäre.

Fluchend hievte er sich auf die Füße. Jeder verdammte Nerv in ihm pulsierte schmerzhaft. Er wurde zu alt für solchen Mist. Als Priester schlug man sich höchstens mit deprimierten Trauernden herum, hysterischen Bräuten, Ehebrechern und Familienkrisen, aber doch nicht mit wandelnden Mumien!

Vor allem schien die auch noch im Dauerlauf besser zu sein als sie beide. Sie hängte sie gehörig ab. Es jagte geradewegs in Richtung der Gärten des Square Jean XXIII. Verflucht, da waren zu viele Touristen. Gut, es liefen überall zu viele Touristen herum, nur wie sollten sie eine Mumie einfangen, die rannte, als wäre der Leibhaftige persönlich hinter ihr her? Sie hatten nicht einmal die Hälfte der Strecke zurückgelegt, da verschwand das Knochengestell bereits inmitten blühender Büsche und grüner Hecken.

Cecile blieb stehen und stützte sich mit den Händen auf den Knien ab. »Okay«, keuchte sie. »Jason muss her.« Sie packte Frédéric am Arm und zerrte ihn zu ihrem Auto. Mit zitternden Fingern drückte sie auf der Fernbedingung herum, bis die Sirene anfing zu jaulen.

»Ich bin's doch«, brüllte Cecile. »Lass mich rein.«

»Bitte identifizieren Sie sich«, verlangte der Wagen.

»Du Mistvieh!«

»Hexe Cecile Bureau identifiziert. Status: Erregt, allerdings keine sexuelle Erregung. Beruhigungs-Prosecco wird bereitgestellt. Bitte denken Sie daran, sich nicht bei der Alkoholfahrt erwischen zu lassen.«

Dafür, dass dieses Fahrzeug einem Mafioso gehörte, gab es löbliche Hinweise. Endlich klickte die Verriegelung des Wagens, und die Türen ließen sich öffnen.

Cecile warf sich hinter das Steuer, Frédéric setzte sich auf den

Beifahrersitz, und in der Mittelkonsole öffnete sich tatsächlich ein Fach, aus dem ein Glas Prosecco geschoben wurde. Cecile ignorierte den Service, tippte auf dem Display herum, und es zeigte einen Anruf an.

»Jason«, kreischte Cecile.

»Du weißt schon, dass ich mit gerissenem Trommelfell nichts mehr höre?«, tönte dessen Stimme durch das Innere des Wagens. »Nicht mal als Vampir.«

»Hör auf zu jammern. Ich brauch deine Hilfe.«

Jason seufzte. »Hat das nicht Zeit? Hier herrscht eine Stimmung, als sei jemand gestorben und ich wäre schuld daran. Dabei habe ich niemanden angerührt, und diese Hochzeit ist ja nun wirklich kein Verlust. Moment mal …« Jason stockte. »Wenn du Hilfe brauchst, ist das *die* Ausrede für mich, zu verschwinden. Wohin soll ich kommen?«

»Notre-Dame.«

»Es brennt doch nicht schon wieder?«, fragte Jason besorgt.

»Wir haben nur die hauseigene Mumie befreit.«

»Ah … ja …«

»Kommst du?«

»Natürlich. Wie gesagt, der Spaziergang kommt mir sehr gelegen …«

Aber da hatte Cecile schon aufgelegt. Sie rutschte auf dem Sitz hinunter und schloss für einen Moment die Augen. »Selbst wenn er uns gerade beim Sex filmen müsste, würde er trotzdem kommen.«

»Ich verstehe das Familienverhältnis nicht«, gestand Frédéric. Vor allem verstand er nicht, welche Probleme Jason mit seinem zukünftigen Schwiegersohn hatte. Pauline schien ja nun wirklich zu wissen, auf wen sie sich einließ.

Cecile winkte ab. »Bindungsängste gekoppelt mit Verlustängsten, mit einem Schuss Kontrollzwang und der Tatsache, dass er zu lange nichts von seiner Tochter hatte. Einerseits ist sie ihm viel zu ähnlich, andererseits wird er sie allein deswegen nie wieder aus den Augen lassen.«

»Das klingt seltsam.«

»Der ganze Mann ist seltsam.«

Kapitel 6

Fangen spielt man anders

Cecile griff nach dem Glas auf der Mittelkonsole und kippte den Prosecco in einem Zug runter. Sie stieß nicht sonderlich damenhaft auf, stellte das Glas zurück und prompt tönte der Wagen: »Puls weiterhin erhöht. Zweite Dosis wird vorbereitet.«

»Das Auto will mich abfüllen«, seufzte Cecile für Frédérics Begriffe viel zu glücklich.

Der Wagen schenkte tatsächlich nach. Frédéric kannte sich nicht besonders gut mit Alkohol aus, die Flüssigkeit sah allerdings anders aus als die erste. Wesentlich gelber.

Cecile nahm das Glas und roch daran. »Oh, er hat zu Weißwein gewechselt.«

Doch bevor Cecile ihre Dosis erhöhen konnte, ließ beide ein lautes Kreischen zusammenfahren. Aber es drang nicht aus den Gärten, sondern vom Vorplatz der Kathedrale.

Wie jeden Tag tummelten sich hier unzählige Touristen, die allesamt das Westportal Notre-Dames fotografierten. Es gab schließlich nicht genügend Fotos der Türme und der drei Portale. Heute war es auf dem Platz sogar beengter als sonst. Zwei Dutzend Marktstände samt ihren Besitzern drängelten sich dort und boten ihre Waren feil.

Neben einer Holzhütte, die Crêpes verkaufte, herrschte besonders großes Gedränge, und als sich die Menge endlich teilte, sahen sie auch warum. Die verflixte Mumie war nicht durch die Gärten getürmt, um dann in den Straßen von Paris zu verschwinden, sie hatte sich offenbar wieder zurück verirrt und taumelte nun zwischen den Passanten umher. Wahrscheinlich hielt man sie für einen Werbegag oder einen betrunkenen Cosplayer, denn niemand schien sich großartig um die hässliche Gestalt zu scheren.

Cecile startete den Wagen und trat auf das Gas. In Schrittgeschwindigkeit tuckerte sie dem wandelnden Leichnam hinterher. Diesem Irren zu folgen war keine Kunst. Statt sich unauffällig im Getümmel der Touristen und Passanten zu verlieren, könnte er genauso gut als zwei Meter hoher Riese durch Paris marschieren.

Er stieß ungeniert Menschen zur Seite, und trotzdem schien sich kaum jemand von ihm belästigt zu fühlen. Sicher, die beiseite gestoßenen Fußgänger beschwerten sich und zeigten unsittliche Gesten, aber sie gingen dann einfach ihres Weges. Alle anderen filmten die seltsame Figur mit ihren Handys. So mancher Jugendliche machte sich einen Spaß daraus, betont vorsichtig auf die Mumie zuzurennen, als wäre das Knochengestell ein Stier in Pamplona.

Nur, wenn er versuchte, einen zu greifen und an sich heranzuziehen, begannen sie sich mit Händen und Füßen zu wehren. Zweien schien er einen Kopfstoß zu versetzen, zumindest sah es so aus. Nach ein paar Sekunden stieß er sie von sich, und sie blieben reglos auf den Steinen liegen.

»Irgendwo gibt es hier eine Funktion, mit der man …«, murmelte Cecile und tippte wild auf dem Display herum. »… jemanden mit einem Netz einfangen kann.«

»Ernsthaft?«, fragte Frédéric pikiert. »Warum baut jemand so etwas in einen Wagen ein?«

»Warum baut jemand einen Stimmenerkenner, einen Pulsmesser und eine selbstständig agierende Mini-Bar ein?«, gab Cecile zurück. »Weil diese verrückte Karre von einem verrückten Mann stammt, der zufällig auch Verbrecher ist. Der wird schon irgendwas eingebaut haben, für den Fall, dass er mal keine Lust hat, seinen werten Hintern aus dem Fahrzeug zu schieben.« Sie drückte noch ein paar Mal und ließ dann die Hand sinken. »Verflucht«, stieß sie aus. »Auto! Visiere Zielobjekt an und nimm es fest.«

»Erhöhter Alkoholpegel festgestellt«, schnauzte die elektronische Stimme zurück. »Fahrt nicht mehr zu empfehlen …«

»Ich bin nicht betrunken!«, rief Cecile aus. »Wage es nicht anzuhalten!«

Nun, was sollte Frédéric sagen? Das Auto wagte es. Mit einem Ruck blieb es stehen und stellte den Motor aus. Frédéric sah lediglich einen Fetzen der verwesenden Kleidung der Mumie, bevor sie im Gedränge verschwand.

»Verdammt, verdammt, verdammt«, tobte Cecile. »Ich hasse dich!«

»Das Problem sitzt immer hinter dem Lenkrad«, erwiderte Frédéric.

Hätte er mal lieber den Mund gehalten. Cecile drehte sich auf ihrem Sitz wutschnaubend zu ihm um. »Als ob Ihnen das Mistvieh besser gehorchen würde!«

»Was würdest du davon halten, wenn ich fahre?«, fragte Frédéric, und vielleicht sollte er sich schon mal bei einem Psychotherapeuten anmelden – er redete ernsthaft mit einem Wagen.

»Wäre akzeptabel«, beteuerte das Auto.

»Scheißding«, zischte Cecile.

Frédéric schrak zusammen, als es gegen das Seitenfenster klopfte. Doch das war nicht die Fratze der Mumie, die sich vor der Scheibe abzeichnete, sondern Jasons Gesicht. Mit seinem dämlichen Grinsen!

Frédéric ließ das Fenster herunter, und Jason stützte sich mit dem Arm auf dem Autodach ab. »Also, was gibt es?«

»Warum kann diese Konservendose hier kein Zielobjekt einfangen?«, blaffte Cecile.

»Weil du das nicht wolltest«, erwiderte Jason. »Da du – ich zitiere – diese Funktion völlig hirnrissig fandest und mir empfohlen hast, weniger zu kiffen.«

»Das ist ein lobenswerter Ratschlag«, stichelte Frédéric dazwischen. »Aber dort läuft eine Mumie herum.«

»Wer ist sie?«

»Wir haben keine Ahnung«, seufzte Cecile. »Sie wohnte in Notre-Dame.«

»Bitte kein Geist«, stöhnte Jason. »Geister sind die schlimmste Plage des Planeten.«

»Nein, das sind eindeutig Vampire«, platzte aus Frédéric heraus.

Jason warf ihm einen schiefen Blick zu. »Sie machen sich mit jedem Abenteuer unbeliebter bei mir. Soll ich Ihnen etwa die Spendengelder streichen?«

»Das einzige, was Ihr Karmakonto so halbwegs noch im dunkelorangenen Bereich hält, bevor es ins feuerrote abrutscht?«

»Ich könnte damit die Evangelen unterstützen.«

»Ist ja gut«, brummte Frédéric. Warum musste der Vampir so überzeugende Argumente haben? Andere nannten das Erpressung. »Was macht das Brautpaar? Haben die schon einen neuen Termin im Blick?«

»Ich kann die Überweisungen von meinem Handy aus steuern«, drohte Jason. »Ich brauche nur zwei Tastendrucke, und Sie sehen nie wieder Geld. Und die letzte Buchung lasse ich ebenfalls zurückholen.«

Okay, okay, Frédéric hielt ja schon den Mund. Auch wenn er natürlich nicht im Geringsten verstand, warum Cecile den Kopf schüttelte.

»Könnten wir uns mal auf das wahrhaftige Problem konzentrieren?« Sie deutete auf die wandelnde Mumie, die zwischen zwei Buden auftauchte und einen jungen Mann packte. Sie zerrte den sträubenden Burschen an sich heran, und für einen Moment sah es so aus, als würde sie ihn beißen. Mittlerweile hatte der Untote einen Teil der Stofffetzen verloren, und es trug nicht im Geringsten zu seiner Ansehnlichkeit bei. Der magere Körper wies eine hässlich gräuliche Farbe auf. Über die Knochen spannte sich die ledrige Haut in unzähligen Falten, und sein Geruch überlagerte sogar die Abgase der Stadt.

»Wow, ich habe schon viel Verlottertes gesehen, aber der hier stinkt zum Himmel«, näselte Jason mit zugehaltener Nase.

»Er will übrigens Äpfel klauen«, steuerte Cecile nicht sonderlich hilfreich bei.

»Das ist sein Verständnis von Unrecht«, fauchte Frédéric. »Damals war das fast mit einem Kapitalverbrechen gleichzusetzen.«

»Heute zählt das unter Mundraub oder Bagatelldiebstahl«, zuckte Jason die Schultern.

»Heutzutage kann man auch Dutzende Menschen ermorden oder eine Atombombe zünden und bekommt lediglich eine Haftstrafe von ein paar Jahren«, wandte Frédéric ein.

»Aber wehe, man hinterzieht Steuergelder«, sinnierte Jason. »Deshalb bin ich tatsächlich halbwegs ehrlich bei meiner Steuererklärung. Kein Mensch nimmt einen Mann fest, der denen die Diäten finanziert.«

Als ob Frédéric noch einen Grund gebraucht hätte, um an der Gerechtigkeit dieser Welt zu zweifeln.

Jason drehte den Kopf nach links und rechts, und Frédéric hörte seinen Nacken knacken. »Viel Kraft sollte in dem hässlichen Bandagenhaufen nicht stecken, wenn er so lange eingesperrt war.«

»Pass lieber auf«, warnte ihn Cecile, doch Jason hörte nicht auf sie. Er marschierte auf die Menschentraube zu, die sich mittlerweile inmitten der Buden gesammelt hatte. Mehrere Dutzend Gaffer sahen zu, wie Notre-Dames Glöckner die Auslage eines Holzkunststandes zur Seite fegte, ein paar Meter weiter das Gerüst eines Gemüsestandes umriss und fasziniert vor einem Stand mit blinkenden Skulpturen stehen blieb.

Jason drängte sich zwischen den Passanten hindurch, Cecile und Frédéric stiegen währenddessen aus. Die Hexe zog Frédéric die Stufen einer steinernen Treppe, die auf die Hauptstraße führte, nach oben. Hier hatten sie tatsächlich einen guten Blick auf das Geschehen. Cecile sah sich aufmerksam um. »Haben Sie in Ihrer Ignoranz Ihrer Magie jemals gelernt, Ihre Magie zu übertragen?«

»Nein.«

»Was haben Ihnen Ihre Eltern überhaupt beigebracht?«

»Nichts.«

Cecile hob die Augenbrauen. »Wie nichts? Wussten die nicht, was mit Ihnen los ist?«

»Sie haben es vorgezogen, sich nicht damit zu beschäftigen und das Problem der Kindererziehung der Kirche zu überlassen.«

»Was?«, rief Cecile entsetzt. »Sie wurden ausgesetzt?«

»Ganz so schlimm war es nicht«, erwiderte Frédéric. »Also hören Sie auf, so auszusehen, als würden Sie nachträglich einen Mord verüben wollen. Es ist völlig unnötig.«

»Es erklärt trotzdem einiges«, murmelte Cecile.

Wie bitte? Frédéric wollte gerade nachbohren, da schaffte es Jason an die vorderste Front der sensationslüsternen Meute. Er tippte das zerfledderte Ding an. Als die Mumie nicht reagierte, packte er sie an der Schulter und wirbelte sie zu sich herum. Mit erstaunlicher Leichtigkeit zerrte er sie mit sich. Als sie die erste Reihe der Gaffer erreichten, wichen diese nicht zurück. Sie blockierten ihn, rückten keinen Millimeter. Schlimmer noch: Sie richteten ihre Smartphones auf die Mumie und Jason. Sie standen im Zentrum zerstörerischer Kräfte und begriffen es nicht mal! Wie konnte man so verdammt ignorant sein?

Dem Mann vor sich entriss Jason das Telefon. »Geht mir aus dem Weg oder ihr werdet als Leichen herumliegen können«, drohte er unverblümt.

Aber die Idioten traten nicht zurück. Lediglich ein paar. Der Rest bildete eine undurchdringliche Mauer.

Frédéric wusste, warum Jason unbedingt von den Zeugen wegwollte. Nur so konnte er seine vollen Kräfte entfalten und den Kerl ausknocken. Hier waren sie viel zu sehr in der Öffentlichkeit.

Hatte das Knochengestell sich bisher darauf beschränkt, Jason und die Menge aus tiefliegenden Augenhöhlen anzustarren, kam nun wesentlich mehr Leben ins Spiel. Es packte Jason an der Kehle und stieß ihn zur Seite. Jason strauchelte in eine Gruppe, die ihn zwar für wenige Sekunden auf den Füßen hielt, am Ende trotzdem mit ihm zu Boden stürzte. Die Reihen danach taumelten ebenso, wie ungelenke Dominosteine fielen sie alle nacheinander. Ein paar schrien auf, andere fluchten lautstark. Aber um die scherte sich der Untote nicht im Geringsten. Er fokussierte sich eindeutig auf Jason und klaubte den Vampir aus dem Bündel Arme und Beine. Im Genick gepackt zog er ihn auf die Beine und verdrehte ihm den Arm auf den Rücken. Selbst auf die Entfernung und über den Straßenlärm hinweg hörte Frédéric das Stöhnen des Blutsaugers.

»Merde«, murmelte Cecile. »Er ist doch sonst nicht so untalentiert, jemanden auszuschalten.«

Jason trat der Mumie so fest gegen die Hüfte, dass deren Becken mit einem Ruck unnatürlich schief stand. Das hielt die

Gestalt leider nicht davon ab, an Jason zu zerren und zu wackeln wie an einer Puppe. Der Vampir wand sich in dem Griff, drehte sich herum und fasste unter seine Jacke. Für einen Moment sah Frédéric die Pistole, bevor Jason sie an die Brust der Mumie drückte. Schwer zu sagen, ob er sie abfeuerte. Es erklang kein Schuss, aber es konnte genauso gut an dem Schalldämpfer liegen.

Die Mumie wirbelte Jason herum, brachte ihn mit einem Tritt zu Fall und schlug ihm gegen die Waffenhand. Die Pistole flog in die Luft, landete mit einem Scheppern auf dem Asphalt, und ein kollektiver Aufschrei hallte über den Platz.

Ein Mann mit grauem Haar sackte zusammen, die Hände auf seinen Oberschenkel gepresst und schreiend vor Schmerz. Blut lief unter der knielangen Hose das dunkel behaarte Bein hinab. Endlich kam auch Bewegung in die Meute. Sie rannten unkoordiniert in sämtliche Richtungen, stießen sich gegenseitig zu Boden und kreischten lauthals. In der Ferne hörte Frédéric bereits die ersten Sirenen. Toll. Die fehlten ihnen noch. Wie sollte man das einem Polizisten erklären? Die steckten sie doch allesamt in ein Irrenhaus. Eine Krankschreibung von einem Psychologen war im Vatikan eine verflucht schlechte Referenz. Wer ließ schon einen psychisch instabilen Pfarrer in Notre-Dame predigen?

Jason versuchte vergeblich, die Mumie zu Boden zu ringen. Wann immer ihm ein Griff gelang, kassierte er dafür einen umso heftigeren Tritt oder Schlag.

»Dann eben Magie«, seufzte Cecile und setzte sich in Bewegung. Sie rannte über den Platz, geradewegs auf die Kämpfenden zu. Frédéric beeilte sich, ihr auf den Fersen zu bleiben, und holte sie just in dem Moment ein, als sie die Hände hob. Sie murmelte unverständliche Worte und tauchte die Umgebung in unheimliches Licht.

Jason bekam seine Pistole erneut zu fassen, zielte auf das Bein seines Gegners und drückte ab. Die Mumie zuckte nicht einmal zusammen.

»Das darf doch nicht wahr sein«, beschwerte sich Jason.

Cecile richtete ihren Blick auf den Untoten, als sich der Flimmer nun in dessen Richtung ausbreitete, drehte er sich um, packte Jason und warf den Vampir Cecile entgegen. Mit einem erstickten Aufschrei aus ihrer Kehle und einem wesentlich tieferen Stöhnen Jasons gingen sie zu Boden. Ein weiteres Mal verlor der Vampir die Pistole. Sie schlitterte über den Asphalt, und Frédéric bückte sich eilig danach, unschlüssig, ob er sie auf die Mumie richten sollte.

»Das bringt nichts. Er hat schon zwei intus«, ächzte Jason. »Und es macht ihm nicht das Geringste aus. Selbst ein Vampir hätte wenigstens ein bisschen geheult.« Fluchend rappelte sich Jason auf. Mit übermenschlichem Karacho warf er sich gegen das Knochengestell, aber es fing ihn mit Leichtigkeit ab und schleuderte ihn zurück.

»Die Schlagzeilen werden wieder spannend«, stöhnte Jason, als er neben Frédéric auf den Boden fiel und sich den Rücken hielt. »Vielleicht hätte die Hochzeit besser stattfinden sollen. Die schadet nur meinen Nerven, nicht meiner Bandscheibe.«

Cecile setzte sich auf. Aus einer schmalen Wunde an ihrer Stirn sickerte Blut, und Magie schoss aus ihren Fingern. Sie kniff die Augen zusammen, ihr Gesicht verzerrte sich vor Anstrengung, und hoffentlich schaffte sie es diesmal. Frédéric hatte nicht die geringste Lust, sich näher an dieses Ding heranzuwagen, als es unbedingt nötig war. Was sollte er auch tun? Fassungslos sah Frédéric zu, wie Cecile durch die Luft katapultiert wurde. Sie krachte in einen der Stände und blieb regungslos liegen. Frédéric rannte zu ihr, stieg über die Trümmer hinweg und hockte sich neben sie. Sie zuckte nicht einmal, als er sie berührte, ebenso wenig schlug sie empört seine Hand weg, geschweige denn, dass sie einen sarkastischen Kommentar von sich gab. Zu der Wunde auf ihrer Stirn hatte sich eine fingerlange Abschürfung gesellt.

»Cecile«, sagte er eindringlich zu ihr und hob ihren Kopf vorsichtig an. Aber sie reagierte nicht im Geringsten. Der verflixte Bastard hatte sie k. o. geschlagen, und Jason würde es bald nicht viel besser ergehen. Der Vampir wehrte sich ja kaum noch. Zwar wich er immer wieder vor der Mumie zurück, allerdings versuchte er nicht einmal mehr, einen Treffer zu landen.

Mittlerweile blieben die ersten Polizeiwagen mit knirschenden Reifen stehen. Aus dem vordersten sprang Robert heraus, statt eines Smokings trug er mittlerweile die Uniform eines Polizisten.

»Was zum Henker ist hier los?«, brüllte Robert über den Platz.

»Du hast nicht zufällig Betäubungsmittel für Elefanten einstecken?«, stöhnte Jason. »Vielleicht würde das gegen ihn helfen.«

»Was ist das für ein Monster?«, fragte Robert fassungslos. Zwei seiner Männer legten auf die Mumie an, und bevor Robert ›nicht!‹ brüllte, hallten auch schon die ersten Schüsse über den Platz. Das schien den Untoten wütender zu machen, als er ohnehin schon war. Er packte einen von Roberts Männern am Hals und würgte ihn so stark, dass dieser die Waffe verlor.

Linett sprang aus einem bremsenden Cadillac und schlüpfte zwischen zwei Polizisten hindurch, ihre unsägliche Pfanne in der Hand. Gott, sie wollte doch nicht …? Während die Mumie gerade einen Polizisten durchschüttelte, als wäre er eine halbvolle Saftflasche, ließ sie mit einem saftigen Dong das Küchengerät auf dem bloßen Hinterkopf des Untoten niedersausen. Frédéric bildete sich ein, das hässliche Knirschen des brechenden Schädelknochens zu hören. Als sich das Knochengestell umwandte, offenbarte es Frédéric den direkten Blick in den gesplitterten Kopf. Unweigerlich wurde Frédéric schlecht. Linett starrte ihren

Gegner entsetzt an, sprang zurück und rettete sich hinter den Cadillac. Jeremy war inzwischen ebenfalls ausgestiegen, mit Raphael auf dem Arm. Den fünfjährigen Jungen drückte er Linett in die Arme und stapfte entschlossen wie der Terminator auf Speed auf die Mumie zu.

Zusammen mit Jason versuchte er, sie zu bändigen. Wie zuvor schüttelte das Knochengestell sie mit erschütternder Leichtigkeit ab. Mit einem Knurren wandte es sich um, marschierte auf ihn und Cecile zu. Doch als Frédéric zurückwich, folgte es ihm nicht. Es schien sich mehr für Cecile zu interessieren, und das war falsch! Es sollte seine verwesten Griffel von der Hexe nehmen!

Sie mussten es aufhalten, und das ging anscheinend nicht mit vampirischer Kraft. Also musste Magie helfen. Gott bewahre ihn, dass er das selbst dachte. Freiwillig! Er brauchte seine Zauberkunst. Jetzt. Nur, wie rief man diese? ›Bonjour, ich hoffe, du hast kurz Zeit, denn ich brauche dich?‹

Frédéric versuchte es tatsächlich. Gedanklich befahl er seine Magie herbei und entschuldigte sich halbherzig, sie so lange ignoriert zu haben. Leider bockte das vermaledeite Miststück oder es war eindeutig der falsche Weg. Fakt war, es funktionierte nicht.

Schön! Dann eben anders! In Ajou hatte er sie ja auch nicht bewusst gerufen. Aber er erinnerte sich genau, wie es sich angefühlt hatte. An das Drücken in seinem Magen, das Kribbeln in seinem Kopf, ähnlich einer Panikattacke. Und das aufkommende Gefühl, in gleißendes Licht getaucht zu werden, wie bei schönstem Sonnenschein.

Was nun kam, überstieg seine blanke Vorstellungskraft. Er spürte die Kraft in seinem Herzen wachsen, wie sie sich in seinem gesamten Körper ausbreitete, ihn erfüllte und sich doch gedanklich von ihm lenken ließ. In seine Hände, in den Boden, zu diesem vermaledeiten Kerl. Was um ihn herum geschah, bekam Frédéric nicht mehr mit. Die Welt könnte gerade untergehen, er sah allein Cecile und wie sich der Bastard über sie beugte. Die Mumie streckte ihre knochigen Finger aus. Frédéric hatte keine Ahnung, was das elende Ding vorhatte, aber er würde der bewusstlosen Hexe ganz sicher keine Kopfmassage verpassen. Diese Einsicht gab ihm noch mehr Auftrieb. Er konzentrierte sich völlig auf die Erinnerung des Gefühls in der Kirche und ging darin auf. Wie eine Raupe, die aus ihrem Kokon platzte, bereit, die Flügel auszubreiten. Wurden schlüpfende Schmetterlinge normalerweise von einem so unmenschlichen Dröhnen begleitet? Es klang, als würde ganz Paris in seinen Grundmauern erzittern.

Zu einem gewissen Teil stimmte das auch. Er sah seine Magie in den Boden fließen, wie sie Risse in den Asphalt schlug, die golden aufglühten und sich wie Schlangen immer näher an die Mumie heranwagten. Doch für einen Moment war Frédéric verunsichert. Was wollte er tun? Den Untoten aufhalten, ganz klar! Gewalt schien wenig zu helfen. Wenn er nur anfälliger für Betäubungsmittel wäre. Ja, das war es!

Ihr Gegner musste menschlicher werden. Der Gedanke rauschte in Sekundenschnelle durch Frédérics Hirn, und wie in Zeitlupe umhüllte seine Magie diesen Mann. Sie umgab ihn mit dünnen Fäden, als würde sie ihn einweben. Dunkle Haare brachen aus dem deformierten Schädel, die Augen schienen regelrecht nachzuwachsen, und überhaupt wurde er immer kompakter. Die Haut dehnte sich aus, Muskeln wuchsen nach und gaben dem Skelett mit der Lederhaut zunehmend das Aussehen eines Menschen zurück. Doch mit jeder Sekunde krümmte sich der Untote schmerzerfüllter. Seine Schreie gellten ihm in den Ohren, und unweigerlich keimte in Frédéric das schlechte Gewissen auf. Tat er das Richtige? Er zitterte, verlor den Fokus, und plötzlich spürte er, wie seine Kraft nach allen Seiten ging. Die ehemalige

Mumie wand sich, und der gesamte Platz leuchtete mittlerweile.

»Hör auf damit«, hörte Frédéric Ceciles Stimme. Einerseits klang sie dumpf wie durch einen Nebel und doch so unnatürlich klar, als würde sie ihm geradewegs ins Ohr brüllen. »Du jagst den Place Jean-Paul-II hoch!«

Er spürte Ceciles Berührungen, und ihre Augen kamen ihm unnormal groß und dunkel vor. Magischer als jeder verdammte See, als könnte er direkt in ihre Seele sehen. Und das nicht nur im übertragenen Sinne. Wie sah eine Seele aus? Wie ein Bildschirm, verschwommen, mit sich rasend schnell abwechselnden Bildern. Wie ein Film, der mit enormer Geschwindigkeit mal vor, mal zurückgespult wurde. Trotzdem war er sich verflucht sicher, dass er wirklich in ihre Seele sah. Und irgendwie sah er auch sich selbst. Allerdings nicht aus seiner Sicht. Er hatte sich sehr viel kleiner und weniger attraktiv in Erinnerung. Vielleicht lag es an dem seltsamen Gefühl, das ihn durchströmte. Als würde er sich selbst anziehend finden, sich mögen und … Aber das Gefühl verschwand schnell wieder. Er wusste, dass er ihre Arme packte, und ihr Keuchen klang schmerzerfüllt. Der Druck aus seinem Innersten wich. Er hörte ihren Schrei, er wusste, dass er allein dafür verantwortlich war, und es zerriss ihm das Herz. Sie sollte nicht wegen ihm leiden. Das wollte er nicht. Er wollte sich von ihr losreißen, sie loslassen, er konnte es nicht. Ihr Anblick fesselte ihn einfach. Sie war ein Magnet und er die Büroklammer mit dem zu hohen Metallanteil.

Das Letzte, was Frédéric vernahm, war ein dumpfer Schlag. Ähnlich einem Gong. Oder vielmehr ein ›Klonk‹? Scharfer Schmerz zuckte durch seinen Kopf. Er spürte, wie er schwankte, der Boden näher kam. Vielleicht bekam er noch mit, wie er ihn berührte, doch dann war da nichts mehr. Das Stechen ließ nach, und sein Bewusstsein versank.

»Linett!«, donnerte Cecile. »Musste das sein?«

»Ich habe nicht doll zugeschlagen«, rechtfertigte sich ebenjene und drückte ihrem Sohn einen Kuss auf die Schläfe. Den Jungen hatte sie an der Hand gehabt, während sie Frédéric bewusstlos schlug. Cecile hatte wirklich keine Ahnung von Kindererziehung, aber Kinder sollten bestimmt nicht zusehen, wie ihre Mütter verrückte Priester niederknüppelten.

»Darf ich auch mal, Mama?«, fragte er und deutete auf die Pfanne seiner Mutter.

»Wenn du größer bist«, verkündete diese stolz.

»Das möge der Himmel verhüten«, brummte Jeremy. Sein Anzug war zerrissen, eine Blutspur lief von seiner Stirn über seine Nase, damit sah er trotzdem immer noch besser aus als Jason. Der lehnte an einem Polizeiwagen und drehte mit einem schmerzerfüllten Knurren an seinem schiefstehenden Arm.

»Ich hasse es, wenn mir jemand was bricht und ich es selbst richten muss«, beschwerte er sich.

»Soll ich dir etwa einen Krankenwagen rufen?«, blaffte Robert. »Damit sich der Arzt wundert, warum der Bruch innerhalb weniger Minuten schief zusammengewachsen ist?«

»Du bist bloß neidisch auf die Selbstheilung der Vampire.« Jason verdrehte die Augen und deutete auf das Chaos. »Außerdem kannst du dir schon mal eine nette Ausrede für das Chaos einfallen lassen.«

Etliche bewusstlose Menschen lagen auf dem Platz. Zwei Passanten, von denen sie annahm, dass sie tot waren – an ihren Hälsen leuchteten zwei Punkte im Abstand eines Vampirgebisses –, waren Frédéric und diese elende wandelnde Mumie. Allerdings war ›Mumie‹ wirklich kein passender Begriff mehr. Wusste der Teufel, wie Frédéric es geschafft hatte, er hatte das Ding wohl in seinen Urzustand zurückversetzt. Der Totenschädel wies nun aristokratische Gesichtszüge auf und eine Haut, um die ihn jede Frau beneiden würde. Umrahmt wurde das makellose Gesicht von schwarzen langen Locken. Unter den halbverrotteten Kleidungsfetzen offenbarten sich trainierte Muskeln, ein kräftiger Brustkorb und festes Fleisch. Frédéric hatte aus dem hässlichen Knochengestell einen Adonis mit Sixpack gemacht. Das ließ eigentlich nur einen Schluss zu: Bei der ›Mumie‹ handelte es sich um einen Vampir, der von der langen Zeit ohne Blut völlig ausgetrocknet gewesen war. Er war verwest wie ein normaler Mensch. Aber die Magie seines Grabes, womöglich sogar die Frédérics hatten ihn ohne einen Tropfen Blut zurück ins Bewusstsein geholt. Gott allein wusste, das Blut wie vieler Menschen der Vampir gebraucht hätte, um wieder seine volle körperliche Stärke zu erreichen. Die zwei Menschen, die er getötet hatte, hatten keinen sichtbaren Effekt auf ihn gehabt. Sie hatten ihn nur etwas stärker gemacht, nicht endgültig regeneriert. Das hatte erst Frédéric mit seinem Zauber geschafft. Einem Zauber, mit dem er vielen Menschen das Leben gerettet hatte, denn jetzt sollte der Vampir bloß die übliche Menge Blut benötigen. Er hatte schließlich keine körperlichen Gebrechen mehr, die er ausgleichen musste.

Linett stellte sich vor die viel zu gut aussehende Ex-Mumie. »Also, wenn ich du wäre, würde ich ihn flachlegen«, sagte sie zu Cecile.

»Das werde ich ganz bestimmt nicht«, fauchte die Hexe und kniete sich neben Frédéric.

Der Priester sah mit geschlossenen Augen regelrecht friedlich aus. Die sonst so tiefen Falten zwischen seinen Augenbrauen waren ganz fein zu sehen, und ihre Finger kribbelten, als sie über seine Wange strich.

»Frédéric?«, fragte sie eindringlich.

»Der braucht bestimmt ein paar Minuten, um sich davon zu erholen«, erklärte ihr Linett fachmännisch. »Wenn das Licht einmal aus ist, dauert es eine Weile, bis sie zu sich kommen.«

»Es war unnötig«, beharrte Cecile.

»Euer Gerede hat ja nicht sonderlich funktioniert.«

»Mir wäre schon was eingefallen.«

»Seit wann bist du so empfindlich?«, maulte Linett. »Er hat nur eine Beule und eine Gehirnerschütterung. Aber immerhin hat er nichts Wichtiges auseinandergenommen.«

Leider konnte Cecile nicht mal widersprechen. Als sie unter Frédérics Kopf fasste, fühlte sie zwar die beginnende Schwellung, allerdings kein Blut. Kopfschmerzen würde er beim Aufwachen definitiv haben. Und vielleicht würde er sogar dort weitermachen, wo er aufgehört hatte. Ein Hexer, der seine Macht verleugnete, war eine wandelnde Zeitbombe.

»Dein Fastgeknutsche hat auch nichts gebracht«, beschwerte sich Linett.

»Ich habe ihn nicht ›fastgeknutscht‹!«

»Ach, erzähl das dem kleinen Raphael. Der glaubt dir das vielleicht«, spottete Linett.

Ihr Gefährte packte den vitalen Untoten, als jener sich zu regen begann, und zerrte ihn auf die Beine.

Aber dieser wehrte sich nicht gegen seinen Griff, sondern starrte Linett verzückt an.

»Welch außergewöhnliche Naturgewalt«, murmelte er.

»Hör auf, meine Frau anzubaggern«, murrte Jeremy. »Dem letzten habe ich bei lebendigem Leib die Wirbelsäule herausgezogen!«

»Ein Mann wie Ihr wäre der Inquisition eine Bereicherung gewesen.«

Jeremy kniff die Augen zusammen und knurrte leise. Linett hingegen öffnete ihre Tasche und sortierte ihre Pfanne hinein. Genau genommen rammte sie das Ding in das Innere der Handtasche und schüttelte sie solange, bis der Stiel ebenfalls verschwunden war. Es klimperte ohrenbetäubend.

»Was zum Henker hast du da alles drin?«, fragte Jason.

»Ein Buch.«

»Sag bloß, du kannst lesen.«

Linett warf ihm einen biestigen Blick zu. »Ein Buch für Raphael! Meine Schlüssel, eine Trillerpfeife, eine Bürste, mein Handy …«

»Was jetzt dahin sein sollte.«

»Es hat eine stabile Hülle«, erwiderte Linett triumphierend und kniff die Lippen zusammen, die Zungenspitze dazwischen. Das kannte Cecile inzwischen. Linett hinderte sich gerade daran, ihrem Chef die Zunge rauszustrecken.

»Kann mir vielleicht mal jemand erklären, was hier passiert ist?«, blaffte Robert. »Und wie ich darüber einen Bericht schreiben soll?«

»Willst du wirklich Details wissen?«, fragte Jason interessiert.

Robert stöhnte, fuhr sich durch die Haare und zog daran. »Nein! Nein, ich will keine Details wissen. Ich will, dass ihr verschwindet. Auf der Stelle. Ich muss mir eine Begründung für zwei Leichen, einen Polizei-Einsatz und wahrscheinlich mehrere Dutzend verstörte Passanten ausdenken, für die mich meine Vorgesetzten nicht in die Psychiatrie stecken!«

»Ich helfe dir«, versprach Jason. »Im Vertuschen bin ich großartig.«

Robert gab seinen Leuten das Zeichen, in ihre Wagen zu steigen und zu verschwinden, bevor er sich mit warnendem Blick zu Jason umwandte. »Wehe, du bringst auch nur einen Einzigen dafür um. Dann verpass ich dir eine Dauerinjektion mit Eisenkraut, und du ziehst in unsere zugigste Zelle ein.«

»Wer hilft dann deiner Tochter, mit ihrem untoten Leben klarzukommen?«, hielt Jason dagegen, und Roberts Antwort bestand lediglich aus einem wütenden Knurren.

Seufzend strich Cecile über Frédérics Wange. Sein Gesicht war fahl und eingefallen. Von dem Schlag würde er eine Weile etwas haben, so viel stand fest. Und trotzdem hatte sie Bedenken, was geschah, wenn er erwachte. Gut möglich, dass sie seinen Zauber zwar unterbrochen hatten, aber nicht beendet. Bei unkontrollierter Magie war manchmal nicht mal das Bewusstsein des Hexers erforderlich, damit sie Chaos und Zerstörung anrichtete. Sie suchte sich einfach ihren Weg in die Welt hinaus – unterschätzt, übergangen und nicht fähig, sich dem Willen eines anderen zu beugen.

»Wo liefern wir ihn ab? In seinem Pfarrhaus?«, fragte Jason.

Cecile seufzte leise. »Das Beste ist, ihn zu mir zu schaffen. Mein Haus ist magisch verstärkt. Das sollte mir nicht so schnell über dem Kopf zusammenfallen, wenn er aufwacht.«

Jasons Mundwinkel zuckten, bis der Vampir offenbar keine Lust mehr hatte, sein dämliches Grinsen zu unterdrücken. »Soll ich ihn für dich an die Heizung ketten?«

»Nein«, erwiderte Cecile hoheitsvoll. »Ein Stuhl reicht völlig.«

»Sollte er es schaffen, mit dem Ding dann unter dem Dach zu schweben, will ich davon unbedingt ein Video«, verlangte Jason. Er gab ihr die Hand, zog sie auf die Beine und warf sich schließlich Frédéric über die Schulter, als wäre der ein Sack Mehl.

»Und nehmt gefälligst den halbnackten Michelangelo mit, bevor der noch mehr Chaos anrichtet!«, donnerte Robert.

Kapitel 7

Inquisition gewünscht, Wohnzimmer vorhanden

Frédéric würde ihr definitiv kein Lob aussprechen, sobald er erwachte. Er würde mindestens toben, im schlimmsten Fall ihr Haus zum Einsturz bringen, und wahrscheinlich würde er nicht brav stillhalten, wenn sie ihn küsste. Wusste er eigentlich, wie sehr seine Lippen zum Küssen einluden? Sie wirkten weich, und wenn nicht gerade gemeine Worte zwischen ihnen hervordrangen, waren sie bestimmt zärtlich.

Ceciles Vordertür fiel ins Schloss, als Jason sich davonmachte. Um, wie er sagte, Robert bei seinem Bericht zu helfen. Cecile konnte sich vorstellen, wie die Hilfe aussah. Jason schärfte jedem Polizisten vor Ort ein, gefälligst keine dummen Fragen zu stellen, wenn sie nicht ein paar lebenswichtige Körperteile verlieren wollten; durchforstete das Netz nach sämtlichen Videos von dem Geschehen und ließ sie löschen; innerhalb einer Stunde warf ihn Robert aus dem Revier und wünschte sich, ihnen allen nie begegnet zu sein. Zumindest war es die letzten drei Mal so gewesen.

Genau genommen könnte Robert eine Selbsthilfegruppe mit Frédéric gründen. Der hing auf seinem Stuhl wie eine leblose Puppe, und Cecile konnte nicht anders, als seine Wange berühren.

»Verbrennst du ihn?«, tönte die Stimme der Notre-Dame-Mumie hinter ihr, und schnell zog Cecile ihre Hand zurück.

»Nein!«

»Hexer wie er gehören verbrannt«, beharrte der Kerl.

»In deinem Jahrhundert vielleicht«, widersprach Cecile. »In der heutigen Zeit schneide ich dir dein neugewonnenes Fleisch von den Knochen, wenn du ihn anrührst!«

Sie baute sich vor dem Mann auf ihrem Sofa auf. Er hatte wirklich kaum noch Ähnlichkeit mit dem Knochengestell, das ihnen aus dem Mauerloch entgegengesprungen war. Allein seine vorspringende Nase hatte sich nicht verändert. Tiefe Schatten lagen unter seinen Augen, aber bei Gott, niemand konnte behaupten, dass ihm diese nicht standen. Im Gegenteil – sie könnten davon zeugen, dass er nachts weniger mit Schlafen als mit dem Retten der Welt beschäftigt war. Eine Last, die er selbstverständlich leichtfüßig auf seinen breiten Schultern trug.

Wenigstens war seine Angriffslust mit Linetts Schlag auf seinen Kopf völlig verflogen. Wenn ihn nicht gerade etwas erschreckte, war er friedlich wie ein Eselsfohlen. Er hatte zugestimmt, mit ihr nach Hause zu kommen, damit sie ihm helfen konnten, sich in seiner neuen Gegenwart zurechtzufinden. Im Wagen hatte er mit dem Gurt gekämpft wie mit einer Schlange, die ihn erwürgen wollte, bevor ihn die Tatsache schockiert hatte, dass das Auto nicht etwa von Pferden gezogen wurde, sondern leise dröhnte und von selbst fuhr. Cecile hatte den halben Weg bis hierher gebraucht, um ihm die Funktionsweise eines Autos zu erklären und ihn davon abzuhalten, panisch hinauszuspringen. Den Rest der Zeit hatte er zugebracht, den bewusstlosen Frédéric zu untersuchen.

»Du bist eine Hexe«, hatte die Ex-Mumie festgestellt. »Keine sehr starke Hexe.« Sie war auch nur ein klitzekleines Bisschen beleidigt gewesen, aber als sie seine weitere Schlussfolgerung hörte, hatte sie sich jeden Kommentar verkniffen. Denn ihr neuer Vampirschützling kam zu folgendem Ergebnis: »Ich denke, es ist in Ordnung, wenn ich mir von dir helfen lasse. Du bist klug und scheinst edlen Sinnes zu sein.«

Frédéric kam bei seiner Beurteilung der Lage nicht sonderlich gut weg. (»Er ist mächtig. Mächtige Hexer werden die Welt ins Chaos stürzen und sie vernichten. Ihr solltet ihn töten, dann ist die Welt gerettet.«)

Jetzt bargen seine dunklen Augen einen stechenden Blick, und seine wohlgeformten Lippen verzogen sich leicht missmutig nach unten. Er starrte sie und ihr Wohnzimmer an, als rechne er damit, dass hinter ihrer Yucca-Palme gleich eine Armee Feinde herausspränge.

»Wie heißt du überhaupt?«, bohrte Cecile.

Die Frage brachte ihn aus dem Konzept. Er rutschte auf seinem Platz hin und her, fuhr mit den Fingern über sein Kinn und schien fieberhaft zu überlegen.

Cecile ließ ihm die Zeit. Der Mann hatte Jahre, Jahrzehnte, sogar Jahrhunderte in einem stickigen Mauerloch zugebracht. Nur das Ticken ihrer Wanduhr hallte durch den Raum. Minutenlang, bis er endlich etwas sagte: »Ich bin der Erretter.«

»Von wem?«

»Der Erretter«, wiederholte er. »Das ist mein Name.«

Das war ein dämlicher Name, wenn man sie fragte. Aber vielleicht war ihm ja nur die Bedeutung seines Namens in Erinnerung geblieben. Nachdenklich betrachtete sie ihn. Er besaß die gerade Nase, den südländischen Teint, den stolzen Blick und die Gesichtszüge eines Italieners. Er erinnerte sie an die Marmorfiguren eines gewissen Michelangelos.

»Salvatore bedeutet auf Italienisch ›der Erretter‹«, schlug sie vor.

»Salvatore …« Er ließ sich den Namen regelrecht auf der Zunge zergehen. »Dann ist mein Name Salvatore.«

Ah ja … Das kam ihr jetzt ein wenig zu einfach vor. Aber vielleicht fiel ihm sein richtiger Name irgendwann noch ein. Für ihn schien das Thema abgehakt zu sein, er zerrte lieber am Ausschnitt seines Shirts. »Ich danke dir für die Gewänder, die du mir gabst. Sie sind seltsam.«

»Sie stehen dir ausgezeichnet. Viel zu gut …«, sagte sie gedankenverloren und starrte auf die muskulösen Schultern, die sich unter dem Stoff abzeichneten. Genau genommen hatte Jason mit den Klamotten ausgeholfen, und das Shirt betonte Salvatores breite Brust, wie die Hose die schmale Hüfte zur Geltung brachte.

Salvatore kniff die Augen zusammen. »Dieser Blick, ich kenne ihn. Du siehst auch ihn so an.« Er deutete auf Frédéric. »Du bist eine Dirne.«

»Keine Sorge, ich kann mich gerade so zurückhalten, dich zu vergewaltigen«, blaffte Cecile.

Der Blick Salvatores wanderte von ihr zu dem fixierten Priester. »Solche Metzen wie dich gab es ebenso zu meiner Zeit. Ihre Dienste waren *speciale* – ungewöhnlich. Ihre Freier liebten die Demütigung und baten um Schläge.«

Ähm … *was*? Erst als ihr Mund trocken wurde, begriff Cecile, dass sie ihn mit heruntergeklappter Kinnlade anstarrte. Schlimm genug, dass Salvatore Chaos in Paris angerichtet hatte, über Kräfte verfügte, die nicht einmal Jeremy und Jason in den Griff bekamen, aber er bezeichnete sie allen Ernstes als Domina? Pah. Es war völlig egal, aus welchem Jahrhundert die Kerle stammten, sie dachten lediglich an das eine! Kein Wunder, dass ihr Frédéric wie eine Offenbarung vorkam. Dem war es von seinem Brötchengeber verboten, sich auch nur selbst zu befriedigen!

Ein Stöhnen ließ sie sich herumdrehen, und sie biss sich unweigerlich auf die Lippe. Frédéric begann sich zu rühren. Himmel, der nächste unzufriedene Mann wurde munter. Welche Beschimpfungen er wohl diesmal für sie bereithielt?

»Er sollte brennen«, behauptete Salvatore trotzig. »Hexer brennen.«

»Wenn du ihm das ins Gesicht sagst, spendier ich dir passende Schuhe.«

Frédérics erster Gedanke war, schnellstmöglich ins Bett zu kommen. Er fühlte sich, als hätte er Grippe und Migräne gleichzeitig. Sein Kopf war schwer und schmerzte. Sein Nacken völlig verspannt, sein Rücken hatte sich auch schon mal stabiler angefühlt, und ihm war flau im Magen. Kurzum: Er war bereit zum Sterben. Sollte es jetzt so weit sein, wäre er dankbar. Aber leider tat er nichts dergleichen. Sein Bewusstsein wurde eher stärker als schwächer, und als hätte jede Zelle in ihm darauf gewartet, schrie sie ihm ihre Empörung entgegen.

Er brauchte all seine Willenskraft, um den Kopf zu heben. Es knackte in seinem Nacken, und pure Erleichterung durchflutete ihn, als sein Haupt gegen eine Lehne fiel. Das war sehr viel besser. Frédéric öffnete seine Augen einen Spalt breit. Seine Sicht erschien erst unklar, verschwommen, trotzdem erkannte er zunehmend Einzelheiten. Er war eindeutig nicht mehr in der Kathedrale. Es roch hier ganz anders. Nicht nach Stein und Vergangenheit, sondern dezent nach Räucherstäbchen. Auf der Seitenlehne eines Ledersofas hockte Cecile.

Er wollte an seinen Kopf fassen, allerdings stoppte irgendetwas die Bewegung seines Armes. Warum konnte er ihn nicht heben, verdammte Hölle? Hé, er hatte doch nicht etwa einen Schlaganfall gehabt? Aber dann wäre er nicht beidseitig gelähmt, denn den anderen Arm konnte er ebenso wenig rühren. Seine Handgelenke waren festgebunden. Moment mal! Diese verfluchte Hexe hatte ihn an einen Stuhl gefesselt!

»Das ist nicht Ihr Ernst«, stöhnte Frédéric.

»Das haben Sie sich selbst zuzuschreiben«, behauptete Cecile.

»Wie fühlen Sie sich? Irgendein Verlangen, was zu zerstören oder Ihre Magie rauszulassen?«

»Nein. Eigentlich habe ich nur Hunger.«

Genau genommen musste er auch pinkeln, aber am Ende setzte ihm das Weib noch einen Katheter.

»Hmpf«, machte Cecile. »Ich kann nicht sonderlich gut kochen.«

»War ja klar«, brummte Frédéric. »Machen Sie mich los.«

»Erst wenn Sie zugeben, dass Sie Hilfe brauchen.«

»Natürlich brauche ich Hilfe. Denken Sie, ich kann mich allein befreien?«

»Es wäre eine ziemliche Beleidigung an meine magischen Künste, wenn es Ihnen gelänge«, behauptete Cecile. »Die Seile sind verzaubert. Für Vampire und Magier nicht zu durchbrechen.«

»Handschellen waren Ihnen wohl zu altmodisch.«

»Nein, aber ich verlege immer den Schlüssel.«

Na, hatte er ein Glück.

»Ich will nicht wissen, warum Sie so was überhaupt im Haus haben«, knurrte Frédéric.

»Beinahe jeder von uns hat welche.«

Nur er wieder nicht. Vielleicht sollte er sich doch mal mit seiner Magie auseinandersetzen. Damit *er* zur Abwechslung mal jemanden irgendwo festbinden konnte! Schien ja ein beliebtes Hobby zu sein! Gaylord war von seinem Schwiegervater an einem Baum aufgehängt worden! Sollte er sich jetzt noch glücklich schätzen, weil er es einigermaßen bequem hatte? Ach, was redete er? Der Stuhl war alles andere als komfortabel.

Frédéric zerrte an den Fesseln, sie gaben nicht im Geringsten nach. Er ritzte sich lediglich die Haut ein und verrenkte sich die Arme. Er hörte erst damit auf, als sich ein Schatten über ihn schob.

»Er würde gut brennen. Mächtige Hexer brennen gut«, dröhnte die Stimme des Fremden.

Frédéric hob den Kopf und kniff die Augen zusammen. Der Kerl kam ihm bekannt vor. Aber irgendwie auch nicht. Elender Mist. Er kannte keinen schwarzhaarigen Tarzan in zu engen Shirts, mit einer Nase, auf die Cäsar bestimmt neidisch geschielt hätte. Moment, die Nase hatte er schon mal gesehen. Nur wo?

»Wer ist das?«, fragte Frédéric misstrauisch.

Cecile drängte den Mann zur Seite und zischte ihm zu: »Ich sagte, wir zünden ihn nicht an.«

Was? Ach, vermutlich wollte er es gar nicht wissen.

Cecile drehte sich zu ihm herum und legte die Hand auf den mächtigen Bizeps des Tarzans. »Er ist der Typ aus der Dachmauer.«

Wow, er musste einen gewaltigen Schlag auf den Kopf bekommen haben, wenn er einer verschimmelten Mumie ein so gutes Aussehen verpasste. »Er sieht sogar zivilisiert aus.«

»Leider ist er es nicht«, gab Cecile zurück. »Er ist etwas … grobmotorisch und einfach gestrickt. Er kommt nicht von der Schlussfolgerung runter, dass ich mit Ihnen ein nettes Feuerchen veranstalten sollte.«

»Und warum fesseln Sie mich, aber ihn nicht?«, maulte Frédéric.

»Er hat nicht fast den Place Jean-Paul-II in die Luft gesprengt.«

»Aber er hat Passanten verletzt«, platzte Frédéric heraus.

Cecile hob die Schultern. »Er war verwirrt und nicht Herr seiner Sinne. Er kann sich ja nicht mal an seinen Namen erinnern. Wir haben uns auf Salvatore geeinigt, bis ihm sein richtiger Name einfällt. Ich wette, er weiß ebenso wenig, wie er eingemauert worden ist.«

»Wie schön, dann habt ihr alles geregelt, und ich kann nach

Hause.«

»Sie gehen nirgendwohin«, fauchte Cecile. »Sie sind eine Gefahr für die Allgemeinheit.«

»Sagt die Hexe, die eine Mumie bei sich wohnen lässt.«

»Genau genommen ist er ein Vampir«, erklärte Cecile würdevoll.

»Das macht es nicht besser. Wie viele Menschen musste er töten, um wieder auf den Damm zu kommen?«

Cecile verzog das Gesicht und strich sich über den Mund. Sie nuschelte etwas hinter ihren Fingern, das wahrscheinlich nicht mal sie selbst verstand.

»Ich kann Sie nicht hören!«

»Zwei!«, rief sie aus. »Die beiden Passanten, die er zu fassen bekommen hat. Er hat sich an ihnen genährt. Er hätte sicherlich noch sehr viel mehr gebraucht, wenn Sie ihm nicht mit Ihrer Magie auf die Sprünge geholfen hätten. Deswegen konnte ihn Jason auch nicht bändigen. Die Kugeln gingen anfangs durch ihn hindurch, und Eisenkraut konnte er ihm nicht verabreichen, weil er keine richtigen Adern hatte.«

»*Er* hat zwei Menschen getötet, und *ich* bin das Problem?«

»Ein Vampir muss töten, um zu überleben. Sie hingegen haben sich einfach nur nicht im Griff und bringen alle in Gefahr.«

Ihm gefiel diese Doppelmoral überhaupt nicht! Der Blutsauger drängelte sich an Cecile vorbei, maß ihn von oben bis unten, und Frédéric konnte sich nicht helfen. Er bekam zunehmend das Gefühl, am Arsch zu sein. Welche Hilfe konnte er schon von Cecile erwarten? Sie waren wie Hund und Katze, und vielleicht hätte er weniger zynisch ihr gegenüber sein sollen. Dann würde sie sich vielleicht zwischen ihn und diesen Typen stellen. Er meinte ja immer noch, den Griff Salvatores an seiner Kehle zu spüren.

»Sie haben übrigens meine Frage nicht beantwortet«, tönte

Cecile hinter dessen Rücken hervor.

»Ich weiß nicht, wovon Sie reden. Sie haben mir keine gestellt.«

Cecile seufzte lauthals. »Gut, dann eben die Feststellung, dass Sie meine Hilfe brauchen. Sehen Sie es endlich ein?«

»Ich habe Ihnen doch gesagt, dass …«

»Sie wissen genau, wovon ich rede!«

Die ehemalige Mumie hob die Hand. »Halte ein, Weib.« Cecile lief puterrot an, aber er redete einfach weiter. »Ich weiß, wie man ein Geständnis einer Ausgeburt des Teufels entlockt.«

Na, dann hatte ja Frédéric absolut nichts zu befürchten!

Salvatore streckte die Hand in Ceciles Richtung aus. »Reiche mir eine glühende Zange.«

»Reicht eine Spaghetti-Zange?«

Ihr neuer Mitbewohner runzelte die Stirn. »Wenn sie glüht.«

»Dafür muss ich den Ofen anmachen«, erwiderte Cecile. »Das dauert eine Weile.«

»Schön«, brummte dieser verfluchte Mistkerl. »Die Angst vor den Schmerzen ist sowieso das Schlimmste.«

Was hatte Frédéric getan? Warum strafte ihn Gott auf so grausame Art und Weise? Eigentlich sollte er nicht fragen. Er sollte es ignorieren und einen Weg suchen, hier wegzukommen, und trotzdem konnte er den Mund nicht halten. »Was redet der da?«

Cecile hob die Schultern. »Ich habe keine Ahnung, aber ich finde, es klingt nicht schlecht. Vielleicht sollten wir einfach abwarten, was er tut.«

»Ich spreche von einem peinlichen Verhör«, erklärte Salvatore.

»Hier ist tatsächlich alles peinlich«, brummte Frédéric. Wer hätte gedacht, dass er mal gefesselt bei einer Frau im Wohnzimmer landen würde? Er hatte es ja nicht mal bis ins Schlafzimmer geschafft. Oder in den Keller. Nein, es war das Wohnzimmer.

Wer hielt schon Geiseln in der Stube?

»Wozu brauchst du noch mal die Zange?«, fragte Cecile. »Ich kann dir auch eine Nagelfeile geben.« Sie ging zu ihrer Handtasche, kramte darin herum und reichte Salvatore eine.

Salvatore betrachtete die Feile ausführlich. »Wir haben diese immer später unter den Augapfel geschoben. Dann feuere in der Zeit den Ofen an.«

Moment mal! »Er will mich foltern?«, platzte Frédéric heraus.

»Nein.« Cecile winkte ab. »Oder?«

»Die einzige Art, mit magischem Gesindel umzugehen.« Salvatore drehte die Nagelfeile in den Fingern, und für Frédérics Geschmack kam er ihm nicht nur viel zu nah, sondern schielte auch viel zu begehrlich auf sein Gesicht.

Instinktiv bog Frédéric den Kopf zurück. »Ich fasse es nicht«, blaffte er. »Er hat zu Zeiten der Inquisition bestimmt ständig volles Haus gehabt.«

»Ich finde, er bekommt immer mehr spannende Facetten«, sagte Cecile lieblich.

»Er will mich misshandeln!«

»Oh«, stieß die Hexe aus. »Ich sollte Jason anrufen. Er könnte dabei noch was lernen. Oder Salvatore lernt etwas von ihm.« Cecile tippte mit dem Zeigefinger gegen ihr Kinn und sah sinnierend aus dem Fenster.

»Ich schwöre bei Gott, ich drehe Ihnen persönlich den Hals um!«

»Kann man ihm die schlechten Manieren abgewöhnen?«, fragte Cecile die ehemalige Mumie.

»Er wird winseln«, versprach Salvatore. »Beim zweiten gebrochenen Fingergelenk.«

Dem Bastard würde er Ceciles Haus unter dem Hintern anzünden!

»Warum will er *Sie* eigentlich nicht foltern?«, beschwerte sich Frédéric. »Sie sind ebenso eine Hexe.«

»Ich bin nur … Wie haben Sie mal so schön gesagt? … Eine Jahrmarktspfuscherin. Außerdem hält er mich für klug und guten Sinnes. Aber Sie sind ein Hexer mit Macht«, erwiderte Cecile. »Sie haben immerhin eine Kirche zerstört und beinahe den Rest von Notre-Dame zum Einsturz gebracht.«

Salvatore sog scharf die Luft ein. »Niemand vergreift sich an der heiligen Kathedrale.«

»Dann foltere Jason. Er hat sie abgefackelt!«

»Um seine Lieben zu retten!«, insistierte Cecile.

Das durfte doch alles nicht wahr sein! Der verdammte Kerl beugte sich über ihn und packte grob Frédérics Gesicht. Viel weiter konnte er seinen Kopf nicht mehr nach hinten biegen. Es sei denn, er wollte versuchen, sich selbst das Genick zu brechen.

»Ich bin Priester!«

»Eine Maskerade«, brummte die leibhaftige Inquisition.

»Ganz bestimmt nicht«, fauchte Frédéric. »Ich wurde geweiht, und zwar genau heute vor zwanzig Jahren! Von Bischof Pierlot!«

Ha, das schien diesen verflixten Idioten zu verwirren. Frédéric nutzte den Augenblick der Unaufmerksamkeit, um Salvatore gewaltig gegen das Schienbein zu treten. Okay, was hieß gewaltig? Wie sollte man im Sitzen jemanden so treten, dass es wehtat? Als er im nächsten Moment aufstehen wollte, um sich samt Stuhl herumzuschleudern, sackte er nur wieder zurück. In den Filmen sah das leichter aus!

»Schieb ihm das Ding unter die Zunge«, empfahl Cecile. »Oder mach ihm ein Loch für ein Piercing durch. Vielleicht wird er dann ein wenig zahmer, wenn man den Knebel gleich dort festmachen kann.«

Er würde diese Frau umbringen! Salvatore schienen ihre

Vorschläge auch noch zu gefallen! Er packte Frédérics Kinn mit unmenschlicher Kraft. Der Priester hörte das Knacken seiner Kiefergelenke, unbarmherzig drückte Salvatore zu, sodass Frédéric nichts anderes übrig blieb, als den Mund zu öffnen. Er presste den Kopf an die Lehne, stemmte sich gegen seine Fesseln, aber verflucht, er könnte genauso gut versuchen, aus einem Horrorfilm zu fliehen. Vermutlich hatten die Beteiligten dort mehr Chancen als er. Konnten sich die blöden Seile nicht einfach auflösen?

Mit einem Mal spürte er den Druck an seinen Handgelenken schwinden. Das raue Seil war weg! Das war seine Chance! Frédéric riss die Arme hoch, packte den Arm des Kerls, drehte ihn herum und warf sich mit ihm zur Seite. Damit brachte er sogar den Vampir aus dem Gleichgewicht. Die Nagelfeile fiel zu Boden, und instinktiv griff Frédéric danach. Kaum fühlte er sie in seiner Hand liegen, holte er damit aus. Mit aller Kraft, die er aufbieten konnte, rammte er sie in den Oberschenkel des Blutsaugers.

Salvatore brüllte auf, bekam Frédéric zu fassen und warf ihn durch das Zimmer. Seinen Sturz beendete die harte Kante des Couchtisches. Dumpfer Schmerz jagte durch seinen Körper, raubte ihm die Luft zum Atmen und verdunkelte für einen Moment seine Sicht.

Er sah, wie der Vampir auf ihn zuraste, die Augen glühend rot vor Wut, und er war zu schwach auszuweichen. Aber da erschienen Ceciles Beine im Blickfeld.

»Na, na, na«, sagte Cecile und hob die Hände. »Du hast angefangen zu stänkern. Außerdem verheilt das doch gleich wieder.«

Der Vampir knurrte, und mit einem mörderischen Blick zu Frédéric zog er die Feile aus seinem Fleisch. Als er sie zu seinem Mund hob und sein eigenes Blut ableckte, war Frédéric endgültig schlecht.

»Sehr schön«, behauptete Cecile zufrieden, drehte sich zu Frédéric um und half ihm auf. »Sie haben sich befreit, ohne mein Haus zum Einsturz zu bringen oder jemanden zu verletzen. Ich würde sagen, Lektion eins haben Sie erfolgreich absolviert.« Wenn sie sich jetzt die Hände rieb und dämlich kicherte, würde er ihr wirklich das Haus wegsprengen. Aber mit Gas!

»Ihre Art, jemandem etwas beizubringen, spottet jeder Beschreibung«, fauchte Frédéric. Er wusste nicht, wie sein Gesichtsausdruck war. In Gedanken ging er durch, wie er sie am qualvollsten umbrachte, und sie schien es zu ahnen, denn sie stemmte die Hände in die Hüften, warf ihm einen intensiven Blick zu, und ihre Lippen kräuselten sich spöttisch.

»Aus Ihnen werden wir noch einen stattlichen Hexer machen.«

»Ich hasse Sie«, beteuerte Frédéric, doch Cecile winkte ab.

»Wenn ich jedes Mal einen Euro dafür bekäme, sobald ich das höre, könnte ich mein Haus damit dämmen.«

Warum wunderte ihn das nicht?

Kapitel 8

Flucht ist reine Interpretationssache

»Kann ich jetzt gehen?«, fragte Frédéric grantig und hievte sich auf die Beine. »Oder stürzt sich dann dieser Möchtegern-Folter-knecht mit der Spaghetti-Zange auf mich?«

»Sie können hier schlafen«, schlug Cecile vor. »Es ist spät, und ich habe keine Lust, Ihr Fahrrad aus meinem Kofferraum zu fummeln. Außerdem …«

»Dann nehme ich ein Taxi«, brummte Frédéric.

»Unser neuer Freund hat in der Auslebung seiner kriminellen Energien Ihre Brieftasche geklaut. Allerdings haben ihm die Geldscheine und Ihr Ausweis nicht sonderlich gefallen, und er hat Ihr Portemonnaie auf der Fahrt aus dem Auto geworfen.«

Fassungslos starrte Frédéric die Hexe an. »Das ist nicht Ihr Ernst?« Bitte, bitte, lass es nicht ihr Ernst sein! Tja, was sollte er sagen? Der Höchste trug vermutlich just in diesem Moment Kopfhörer oder er ignorierte Frédéric mit purer Absicht!

Cecile zuckte die Schultern. »Tut mir leid für Sie, und wie ich gerade noch ausführen wollte: Sie sind eine Gefahr für die Allgemeinheit, eine tickende Zeitbombe, und selbst nordkoreanische Atombomben sind berechenbarer als Sie. Wer weiß schon, ob sie nicht als Nächstes Napoleon von den Toten auferstehen lassen, was Sie in die Luft jagen oder wo Sie an den ungünstigsten Plätzen Bäume pflanzen. Sie bleiben hier!« Cecile deutete dann die Treppe hinauf. »Mein Gästezimmer ist recht nett. Und wenn Sie wieder Ihre Magie nicht unter Kontrolle haben, bin ich schnell bei Ihnen.«

Toll … Was hatte er doch für ein Glück. Nur, was sollte er machen? Sie würde ihn kaum ungehindert aus der Tür marschieren lassen. Salvatore stand hinter ihr und betrachtete ihn lauernd.

Dem verdammten Bastard wäre jede Ausrede recht, um Frédéric die verfluchte Nagelfeile dahin zu rammen, wo normalerweise keine Sonne hin schien. Frédérics Rücken hatte jedenfalls nicht die geringste Lust, sich erneut mit ihm anzulegen. Er schmerzte, als wäre er gegen einen Betonpfeiler gekracht.

»Schön«, murrte Frédéric. »Aber morgen verschwinde ich.«

»Das werden wir sehen«, erklärte Cecile mit einem lieblichen Lächeln, für das er ihr am liebsten den Hals umgedreht hätte.

Er wandte sich brüsk ab und stieg die Treppe hinauf. Der Flur war nicht einmal breit genug, um die Hände ausstrecken zu können, und es zweigten vier Türen ab.

»Zweite Tür links«, rief ihm Cecile hinterher.

Frédérics Hand schwebte bereits über der Klinke der ersten Tür, und schnell zog er sie zurück. In Ceciles Schlafzimmer zu landen, würde ihm gerade noch fehlen.

Also ging er ein Stück weiter und drückte die nächste Tür auf, bevor er zögernd eintrat.

Die geblümte Bettwäsche entsprach nicht unbedingt seinem persönlichen Geschmack, aber sie passte zu dem verspielten Wesen der Hexe. Im Grunde war das Zimmer hübsch eingerichtet. Die Wände waren in einem hellen Gelb gestrichen, die Vorhänge rot, und das Bett sah bequem aus. Im angrenzenden Badezimmer fand Frédéric sogar eine Zahnbürste. Das sah aus, als wäre sie auf Besuch vorbereitet gewesen. Herr im Himmel, sie hatte es vorhergesehen und absolut nichts unternommen, um das Desaster im Keim zu ersticken!

Er sollte dieses Haus auf der Stelle verlassen. Dazu müsste er allerdings an Cecile vorbei. Sie konnte er womöglich beiseitestoßen, aber da war immer noch Salvatore. Besser, er wartete, bis beide schliefen. Dann konnte er sich vom Acker machen. Sein Fahrrad aus ihrem Auto zu holen, dauerte mit Sicherheit viel zu lange. Besser, er machte sich zu Fuß davon. Zumindest bis er ein Taxi anhalten konnte. Einen Pfarrer nahm des Nachts ein Taxifahrer kostenlos mit. Oder er könnte zur Polizei gehen und dort den Verlust seiner Brieftasche melden. Hé, wenn er Jasons Namen erwähnte, bekam er womöglich sogar Polizeischutz, der ihm den Vampir und die unsägliche Hexe vom Hals hielten.

Warum zum Teufel hatte er sich nur auf die Eheschließung von Gaylord und Pauline eingelassen? Und auf die gesamte Bande? Er hätte gleich bei der ersten Begegnung Paris verlassen sollen. Woanders war es genauso schön. Monte Carlo oder so. Da gab es weniger hoffnungslose Fälle als im Umfeld dieser Vampire!

Frédéric zog sich die Schuhe aus, setzte sich an das Kopfteil gelehnt auf das Bett und lauschte auf die Geräusche im Flur und der unteren Etage. Er hörte den stapfenden Gang der ehemaligen Mumie, und unweigerlich wurden seine Kopfschmerzen stärker. Salvatore hatte jahrhundertelang in Notre-Dame gelegen, und jetzt ging er durch Ceciles Haus, stolzierte den Flur entlang und schlug die letzte der vier Türen hinter sich zu. Sie ließ ihn ebenfalls hier schlafen? Hegte sie keine Bedenken?

Für ihn stand auf jeden Fall eines fest: Er würde die Nacht nicht hier verbringen. Oder auch nur eine Minute länger als nötig. Er würde in sein Pfarrhäuschen zurückkehren, am besten seine Sachen packen und im Vatikan untertauchen. Er konnte ja vorschützen, etwas Wesentliches zur Architektur Notre-Dames recherchieren zu müssen. Das war eine ausgezeichnete Idee! In der vatikanischen Bibliothek konnte man wochenlang verschwinden, ohne sich zu langweilen. Bis in den Kirchenstaat würde ihn diese Bande hoffentlich nicht verfolgen, und vielleicht besaßen Salvatore und Frédérics Magie die Güte, sich zwischenzeitlich in Luft aufzulösen. Womöglich fand Frédéric etwas in den Büchern des Vatikans, wie er beides loswerden könnte. Es gab also genügend Gründe, sich im Schoß des Petersdoms zu verkriechen, und keiner davon hatte mit Feigheit zu tun!

Irgendwann hörte er Cecile im Zimmer nebenan verschwinden, und kurze Zeit später verstummten die Geräusche im Haus. Frédéric setzte sich auf, stützte die Arme auf die Knie und lauschte angespannt. Niemand rührte sich mehr. Durch den Spalt an der Tür drang kein Licht. Alle Bewohner waren also schlafen gegangen. Hoffentlich. Zur Sicherheit wartete Frédéric eine halbe Stunde, doch bis auf das Gluckern des Kühlschranks in der Küche unten hörte Frédéric absolut nichts.

Das war seine Chance. Er schwang sich aus dem Bett, und mit seinen Schuhen in der Hand tappte er zur Tür. Zentimeter für Zentimeter drückte Frédéric die Klinke herab und verfluchte das leise Quietschen des Scharniers, als er die Tür aufzog. Aber es blieb weiter still im Haus. Vorsichtig trat er in den Flur und schlich zur Treppe. Beinahe in Zeitlupe hangelte er sich die Stufen hinunter, und jetzt musste er nur noch links, an der Küche vorbei und war draußen. Wie viele Schritte waren es? Vielleicht zehn? Fünf hatte er schon mal geschafft, als er die Küchentür erreichte und …

»Suchen Sie etwas Bestimmtes?«

Vor Schreck ließ Frédéric seine Schuhe fallen. Er konnte sich einen spitzen Schrei nicht verkneifen, denn wie es aussah, hatte sich auch sein Schuhwerk gegen ihn verschworen. Der Absatz fiel genau auf den Nagel seines großen Zehs. Mit schmerzerfülltem Blick drehte er sich zu der Stimme um. Das verflixte Biest, pardon, Cecile stand mit verschränkten Armen in der Tür zum Wohnzimmer und sah ihn fragend an.

Im ersten Moment wollte er herausplatzen, den Ausgang zu suchen, nur mühsam biss er sich auf die Zunge. Das Weib besaß mit Sicherheit weitere Seile, und bei seinem Glück setzte sie sich die ganze Nacht auf ihn drauf. Nur, damit er nicht wegkonnte.

»Ich ... Ich hatte Durst.« Er fand die Ausrede lausig, doch hé, er war auf dem Weg zur Küche gewesen. Gut, eigentlich auf dem Weg an der Küche vorbei, aber sie konnte sich wohl kaum in seinen Gedanken einnisten, oder?

»Ich dachte schon, Sie wollen abhauen«, erwiderte Cecile.

Frédéric schüttelte den Kopf. »Nein. Nein, absolut nicht.«

»Sie waren also nicht gerade auf dem Weg zur Haustür?«

»Wenn, dann nur zufällig, weil ich die Küche nicht beim ersten Versuch gefunden habe.«

»Aha.«

Er konnte es sich im letzten Moment noch verkneifen, die Hand zum Schwur zu heben. Das wäre eindeutig übertrieben. Der Herr möge ihm diese Lügen verzeihen, aber hier ging es um ein größeres Ziel – den Erhalt seiner Nerven!

»Was möchten Sie trinken?«, fragte Cecile.

»Wie?«

»Sie wollten doch etwas trinken!«

»Ach ja. Was haben Sie denn?«

»Wasser, Saft, Wahrheitsserum, Liebestränke ...«

»Wasser!«

Cecile marschierte an ihm vorbei und schaltete das Licht ein. Für einen Moment kniff er geblendet die Augen zusammen. Als er sie wieder öffnete, stand Cecile mit einem vollen Glas durchsichtiger Flüssigkeit vor ihm und hielt es ihm entgegen. Er konnte sich nicht helfen. Mit so einem Blick könnte sie ebenso Sokrates angesehen haben, bevor sie ihm den Schierlingsbecher in die Hand drückte, damit er durch das Gift elendig krepieren möge.

Zögernd nahm er das Glas, während sie ihn abwartend

anstarrte. Keine zehn Pferde würden ihn dazu bekommen, das jetzt und hier zu trinken.

»Danke«, murmelte er und drehte ihr den Rücken zu, um den Flur wieder zurückzugehen.

»Schlafen Sie gut«, flötete sie ihm in viel zu hoher Tonlage hinterher. »Und vergessen Sie Ihre Schuhe nicht!«

Hatte er bereits erwähnt, dass er sie hasste? Mit knirschenden Zähnen bückte er sich nach seinen Schuhen und stapfte die Treppe hinauf. Wieder ging Frédéric widerwillig in das Gästezimmer und ließ sich auf das Bett nieder. Das Glas stellte er auf den Nachttisch, allerdings nicht, ohne daran zu riechen. Es schien wirklich nur Wasser zu sein. Aber wer wusste schon, welche geruchlosen Gifte sie kannte. Überhaupt! Wollte sie nicht endlich mal schlafen gehen? Es war zum Mäusemelken! Würde sie die ganze Nacht da unten zubringen?

Nein. Er hörte ihre Schritte auf der Treppe und wie sie in das benachbarte Zimmer gingen. Er würde ihr ein wenig Zeit geben und es dann erneut versuchen.

Nun, der Herr machte sich einen Spaß daraus, ihn ständig in eine Falle laufen zu lassen. Als Frédéric sich endlich ein weiteres Mal hinaustraute, trat er auf der Höhe von Ceciles Tür auf eine lose Diele. Das Knarzen hallte höllisch laut in seinen Ohren, und er war selbst erstaunt, wie schnell er wieder im Zimmer war. Er lauschte in die Dunkelheit, aber das Rauschen seines rasenden Pulses übertönte alles. Verfluchte Hölle. War es denn so verdammt schwer, einfach ein normales Leben zu führen?

Er trat an das Fenster und stützte sich auf dem Sims ab. Der Garten lag friedlich vor ihm, der halbvolle Mond spiegelte sich im Teich, und im Wind bewegten sich die Äste der stämmigen Weide. Auf der linken Seite lagen der Zaun samt Gartentor, das direkt auf die Straße führte. Auf eine Straße, auf der es bestimmt

Taxis gab. Er musste einzig und allein dort hinunterkommen. Wie viele Knochen brach man sich bei einem Sturz aus dem ersten Stock? Hätte er in Biologie nur besser aufgepasst. Einer Eingebung folgend öffnete Frédéric die Fensterflügel und lehnte sich vorsichtig hinaus. Das Fenster des Nebenzimmers wurde nicht im gleichen Moment aufgerissen, nur, damit ihn Cecile fragen konnte, was er jetzt schon wieder suchte.

Das Gemäuer wies keinerlei Vorsprünge auf, doch dafür gab es hier mehrere hölzerne Pflanzengitter, an denen sich der Efeu nach oben rankte. Das nächste war lediglich einen halben Meter von seinem Fenster entfernt. Ob es sein Gewicht halten könnte?

Frédéric zog seine Schuhe an, schwang sich auf das Fensterbrett und hielt sich an dem Rahmen fest. Vielleicht sollte er seinem täglichen Trainingsprogramm neben Seelsorge und Fahrradfahren noch Akrobatik hinzufügen. Auf dem Außensims balancierend hängte er sich an die Regenrinne und schaffte es schließlich, ein Bein auf das Rankgitter zu bekommen. Mit einem Ruck zog er sich endgültig hinüber und klammerte sich keuchend daran. Begleitet von leisen Flüchen hangelte sich Frédéric das Gitterspalier hinab. Das Ächzen des Holzes ließ sein Herz prompt hektischer schlagen. Wenn der Herr ein wenig gnädig zu ihm war, würde es halten. Sonst machte er eine unsanfte Landung in Ceciles Blumenbeet.

Unweigerlich stieß Frédéric die angehaltene Luft aus, als seine Füße endlich den Boden berührten. Dem Himmel sei Dank. Er hatte keine Bruchlandung hingelegt oder sich schnaufend wie ein asthmatisches Streifenhörnchen abgeseilt. Er spähte zu Ceciles Fenster hinauf, aber dort flammte kein Licht auf. Alle Fenster bleiben dunkel. Also hatte ihn niemand gehört. Das war … perfekt. Jetzt musste er bis auf die Straße kommen. Wenige Meter – ein Kinderspiel.

Mit einem leichten Lächeln auf den Lippen drehte sich Frédéric um, bereit, den Kiesweg entlang zu gehen. Nur gab es da ein klitzekleines Problem.

Im Schatten der Weide stand eine hochaufgerichtete Frauengestalt. Frédéric konnte sich nicht erinnern, vom Fenster aus dort eine Statue gesehen zu haben. Sollte er einen winzigen Augenblick gehofft haben, sich die Gestalt einzubilden, wurde diese Illusion zerstört, als sich der Schemen bewegte und immer näher kam.

Für einen Moment bildete er sich ein, Ceciles Augen würden rot aufglühen. Aber das musste eine Täuschung gewesen sein. Die Wut auf ihrem Gesicht halluzinierte er hingegen eindeutig nicht. Sie presste die Lippen zusammen, blähte die Nasenflügel, und wenn sie weiter so mit den Zähnen knirschte, brauchte sie bald die Dritten.

»Guten Abend«, brachte Frédéric hervor.

Ceciles Antwort bestand nur in einem unmenschlichen Knurren, das er nie zuvor von einer Frau gehört hatte. Zu seiner Schande musste er gestehen, dass er beinahe einen Schritt zurückgewichen wäre.

»Ich würde Sie wahnsinnig gern dazu zwingen, durchs Fenster zurückzuklettern. Aber wie ich Sie kenne, brechen Sie sich dabei aus Protest das Genick.«

»Äh …«

»Einfach, damit Sie Ihren Willen bekommen«, fauchte Cecile. »Gehen Sie sofort wieder in Ihr Zimmer, sonst sperre ich Sie in den Schuppen. Oder noch besser in den Keller. Dort haust seit vorgestern ein Ghul.«

»Vielleicht sollten Sie einen Kammerjäger rufen«, schlug Frédéric vor.

»Vielleicht sollte ich ihm einen sturen Priester als Festmahl hinlegen. Dann überfrisst er sich und stirbt an Verstopfung!«

»Nun, äh«, stammelte Frédéric. »Gute Nacht.« Er drehte sich um und marschierte zum Gartentor.

»Ins Gästezimmer geht es in die andere Richtung«, rief ihm Cecile hinterher.

Er hörte ihre eiligen Schritte hinter sich, aber er beschleunigte einfach das Tempo. Mit dem Öffnen des niedrigen Gartentores hielt er sich nicht auf, er machte gleich einen Satz darüber. Allerdings blieben ihm lediglich zwei winzige Sekunden, um sich an seiner Freiheit zu erfreuen. Im ersten Moment erkannte Frédéric nur das glimmende Ende einer Zigarette. Oder was hieß hier Zigarette? Es war vielmehr ein Joint! Ein Joint, ein rotblonder Bart – Jason! Verflixt. Frédéric wirbelte herum und wechselte die Richtung. Doch da fühlte er sich gepackt und zurückgerissen. Er prallte gegen das Gartentor, die Klinke bohrte sich schmerzhaft in seine Hüfte, da wurde er schon buchstäblich darüber hinweggezerrt. Das war nicht Jason, der ihn da so rüde behandelte. Der stand nämlich immer noch mit seinem verdammten Joint als Glühwürmchen vor ihm und starrte ihn im Schein der Straßenlaterne mit spöttisch hochgezogener Augenbraue an. Wer zum Teufel war es dann?

Ein harter Ruck brachte Frédéric endgültig zu Fall, und jetzt erkannte er auch, was ihn da festhielt. Zweige! So lächerlich es auch klang, aber die Ruten der Weide schienen sich immer mehr zu verlängern und schlangen sich wie Gurte um ihn. Um seine Brust, seine Arme und seine strampelnden Beine. Es gelang ihm, einen wegzutreten, doch der nächste wickelte sich umso hartnäckiger um seinen Knöchel und riss ihm fast das Bein aus. Die Inquisition wäre wirklich stolz auf diese Art der Streckbank. Daraus gab es nämlich kein Entkommen.

»Lassen Sie mich los«, verlangte Frédéric ächzend.

Cecile drehte sich zu dem kiffenden Vampir.»Er wollte einfach abhauen!«, verkündete sie mit sich fast überschlagender Stimme.

»Dein Liebreiz muss ja überwältigend sein«, spottete Jason.»Rennen alle deine Übernachtungsdates so schnell? Er hat sogar einen Satz über das Gartentor gemacht.«

»Er ist kein Übernachtungsdate«, fauchte Cecile.

»Dafür hatte er es ziemlich eilig wegzukommen.«

»Weil er ein Idiot ist.«

»Ich muss doch sehr bitten«, blaffte Frédéric dazwischen.»Und würden Sie endlich Ihrem verrückt gewordenen Garten sagen, er soll mich in Ruhe lassen?«

»Damit Sie noch mehr Fluchtversuche starten können?«, spottete Cecile.»Ich für meinen Teil möchte gerne schlafen. Aber das kann ich nicht, wenn ich darauf hören muss, ob Sie durch's Haus schleichen und sich dabei anstellen wie der untalentierteste Axtmörder aller Zeiten!«

»Hätte ich nur eine Axt«, knurrte Frédéric.

»Sie bleiben hier«, bestimmte Cecile.»Und da Ihnen das Bett oben ja offenkundig nicht gefällt, nächtigen Sie eben im Garten. Und zwar so, wie Sie jetzt sind.«

»Was?«

»Ich kann Ihnen eine Nutte besorgen, die es Ihnen ein wenig schöner macht«, schlug dieser unsägliche Vampir vor.

»In meinem Garten wird nicht gevögelt«, widersprach Cecile.

»Nur weil *du* hier keinen Sex hast, muss das doch nicht auch auf andere zutreffen«, schoss Jason zurück.

»Ich bin Priester«, rief Frédéric empört aus.

Jason zog an seinem Joint.»Inwiefern ist das für das Gespräch maßgeblich?«

»Ich ziehe es vor, nach Hause zu gehen!«

»Das können Sie von mir aus vorziehen«, gab Jason zurück. »Aber dann werden Sie die Nacht wirklich in Gestrüpp eingewickelt verbringen.«

»Das ist Freiheitsberaubung«, protestierte Frédéric.

»Genau genommen ist es eine unserer leichtesten Übungen«, grinste Jason. »Sie haben die Wahl. Entweder Sie bleiben und wir unterhalten uns über Ihr kleines Problem, oder wir überlassen Sie der Obhut des kuschelbedürftigen Baumes.«

»Was für ein Problem?«, fragte Frédéric misstrauisch.

»Die befreite Mumie Ihrer Kirche. Wie wollen Sie das eigentlich Ihren Vorgesetzten erklären?«

»Überhaupt nicht. Der Kerl hockt friedlich in Ceciles anderem Gästezimmer und träumt wahrscheinlich gerade von brennenden Hexern, Einhörnern oder seinem alten Leben. Was interessiert das jemanden im Vatikan?«

»Früher oder später wird bekannt werden, dass *Sie* ihn in Notre-Dame wiedererweckt haben.«

»Sie meinen, früher oder später werden *Sie* es jemandem petzen, nur um *mir* eins reinzuwürgen«, fauchte Frédéric.

»So könnte man es auch nennen.«

Kapitel 9

Prophezeiungen sind meist überdramatisiert

Für einen winzigen Moment tat ihr der Priester tatsächlich leid. Allerdings nur für einen sehr kleinen Augenblick. Jeder halbwegs normale Mensch hätte längst eingesehen, dass er den Kampf gegen die Weide nicht gewinnen könnte. Auch nicht als Hexer. Seine Macht mochte zwar stärker sein als ihre, aber im Gegensatz zu ihm wusste sie, wie sie ihre benutzte. Jedoch war Frédérics Dickköpfigkeit größer als die Vernunft. Er kämpfte mit den Ranken um jeden Zentimeter und stöhnte, wenn ihm der Baum noch mehr die Glieder auseinanderzerrte.

»Irgendwann wird er schon müde werden«, kommentierte Jason.

Frédéric versuchte, mit einem Ruck seinen Arm an sich zu ziehen. »Eines Tages verpasse ich Ihnen eine Taufe mit Weihwasser und Brennspiritus!«

Jason bückte sich, nahm eine Ranke, die sich neben Frédéric kringelte, und stopfte sie ihm kurzerhand in den Mund. Ein ersticktes Gurgeln drang aus dessen Kehle. Also Cecile wusste wirklich nicht viel über Priester, aber die Mordlust in seinen Augen war für einen Mann der Kirche bestimmt nicht angemessen.

»Seit Jahrhunderten liegt dieser Typ eingemauert in Notre-Dame. All die Jahrhunderte soll keinem aufgefallen sein, dass dort eine Inschrift ist? Bis versehentlich Sie des Weges kommen? Ein Pfarrer, der ausgerechnet am gleichen Tag die Kontrolle über seine Magie verliert? Das sind mir zu viele Zufälle«, erklärte Jason. »Und entweder Sie schalten jetzt Ihre letzten Gehirnzellen ein und kooperieren, oder Sie werden erleben, wie ich fehlendem

Verstand wieder auf die Sprünge helfe.« Jasons sonst so sanfter Bariton war verschwunden. Seine Stimme war hart und so kalt, dass es Cecile unweigerlich fröstelte. Jason kurierte mangelhaftes Denkvermögen mit dem Loslösen des Lebens vom zugehörigen Menschen. Wer nicht denken konnte, brauchte genauso wenig atmen, und Jason kam gleichzeitig zu einem Frühstück.

Frédérics gesamter Körper stand unter Anspannung, und als er scheinbar die Zähne zusammenbiss, rächte sich die Ranke in seinem Mund, indem sie sich noch tiefer hineinschob. Erstickt stöhnend kniff er die Lider zusammen.

Jason versetzte ihm einen Schlag auf die Wange, sodass er die Augen wieder aufschlug.

»Sind Sie jetzt vernünftig?«, fragte er.

Der Priester antwortete mit einem undeutlichen Röcheln.

»Sie können nicken oder blinzeln«, erklärte Jason ungerührt.

Für einen Moment blitzte das Weiße in Frédérics Augen auf, als er ebenjene verdrehte. Aber am Ende nickte er doch.

»Schwören Sie es bei Gott«, forderte Jason.

Diesmal drang aus Frédérics Kehle eine Mischung aus Knurren und Ächzen.

»Ich kann Ihnen noch die Nase zuhalten, wenn das Ihrer Entschlusskraft einen Schubs gibt«, versetzte der Vampir ungerührt.

»Kann es sein, dass du gerade einen Konflikt mit ihm ausarbeitest?«, stichelte Cecile.

»Nein, ich bin einfach nur ein sadistisches Arschloch.«

Frédéric nickte mehrfach überdeutlich, und zur Strafe kniff ihm Jason wirklich die Nase zu. Der Priester bäumte sich auf, schnappte nach Luft und wand sich in sichtlicher Panik.

»Hör auf damit«, befahl Cecile, stieß den Vampir zur Seite und zog ihre Magie aus den Ranken. Sofort erschlafften sie, Frédéric krachte zu Boden und blieb einen Moment reglos liegen, bevor er die Zweige an seiner linken Hand abschüttelte und das Gestrüpp aus seinem Mund zog.

»Der Teufel soll Sie holen«, fauchte der Priester und rappelte sich auf.

»Sie haben da noch ein Blatt …« Jason drehte ihm den Rücken zu und marschierte auf Ceciles Hintertür zu. Frédéric folgte ihm mit einem sehnsüchtigen Blick auf das Gartentor und linste misstrauisch zu Cecile. Er sollte sie nicht so ansehen, sie war lediglich für die verrückten Pflanzen zuständig. Ernstzunehmende Morddrohungen gab nur Jason von sich.

Der Priester schlurfte hinter Jason ins Wohnzimmer und ließ sich in einem Sessel nieder. Cecile lauschte einen Moment in ihr Haus hinein, aber Salvatore hatte von dem Tumult entweder nichts mitbekommen oder es interessierte ihn schlichtweg nicht. Jedenfalls kam er nicht die Treppe heruntergerannt, um voreilig Frédérics Scheiterhaufen aufzubauen.

Jason plünderte derweil Ceciles Bar und schenkte ihnen drei Gläser Scotch ein.

Frédéric kippte den Inhalt auf ex und wartete gar nicht erst, dass ihm jemand nachschenkte. Er riss Jason die Flasche aus der Hand und behielt sie gleich. Es wunderte Cecile, dass er beim Trinken überhaupt den Umweg über das Glas nahm.

Jason schnaubte amüsiert. »Ich dachte immer, Priester dürften nicht saufen wie Löcher.«

»Ich dachte auch immer, Vampire dürften nicht in Kirchen, schließlich sind es ja Schutzorte vor dem Bösen«, murrte Frédéric. Jason öffnete den Mund, doch der Priester wurde immer lauter: »Aber nicht mal da habe ich vor euch Ruhe. Also kann ich auch trinken!«

Cecile sollte es recht sein. Wer betrunken war, kletterte nicht mehr aus dem Fenster. Sie hätte wirklich nichts dagegen, den

Rest der Nacht schlafen zu können, statt Wache schieben zu müssen!

»Schön, was stelle ich mit dem Glöckner von Notre-Dame an?«, fragte Frédéric. »Ihn mit Esmeralda verkuppeln?«

»Wäre eine Idee«, schnaubte Cecile. »Kennen Sie eine?«

Prompt starrte sie der Priester an, als wäre *sie* Esmeralda!

»Vergessen Sie das ganz schnell wieder!«

»Sie passen gut zusammen«, behauptete der verfluchte Kerl. »Wir finden bestimmt auch eine Kirche, die uns nicht über dem Kopf zusammenfällt. Ansonsten wird eben mit buntbemalten Bauhelmen geheiratet. Sie mögen doch ungewöhnliches Zeug.«

»Langsam mag ich *Sie* aber nicht mehr«, blaffte Cecile. »Heiraten *Sie* ihn.«

»Das wäre gleich in mehrfacher Hinsicht nicht im Sinne der Kirche.«

»Faule Ausreden liegen Ihnen wirklich.«

Frédéric knurrte etwas in sein Glas, das keine Sekunde später schon wieder leer war.

»Haben Sie eine Idee, was es mit diesem Mann auf sich haben könnte?«, fragte Jason.

Nachdenklich drehte Frédéric das Scotchglas in den Händen.

»Die Legende vom Glöckner von Notre-Dame ist eine Erfindung des Schriftstellers Victor Hugo. Dort ist der Glöckner nur eine Figur von vielen. Ich bezweifle, dass jene ausgerechnet auf einen Vampir zutreffen soll.«

»Was ist mit den Freimaurern?«, bohrte Cecile.

»Die haben tatsächlich eine Menge Geheimnisse.«

»Unter anderem Schriftrollen«, mischte sich Jason ein. »Während ihr euch so reizend die Zeit vertrieben habt, war ich noch mal in Notre-Dame und habe mir das Loch angesehen, aus dem ihr unseren altertümlichen Freund geholt habt. Dort lag das hier.«

Er warf Frédéric eine Schriftrolle in den Schoß. Sie war so verwittert, dass sie prompt auf dessen schwarze Hose krümelte, und als der Priester sie vorsichtig aufrollte, brach sie in drei Teile.

»Grundgütiger«, murmelte Frédéric. »Das sind die Prophezeiungen Marias.« Er strich über die Schrift und sah auf. Wahrscheinlich sah Cecile nicht intelligenter aus als Jason, der Frédéric stoisch anstarrte und offenbar auf mehr wartete.

Sekundenlang erwiderte Frédéric dessen Blick, bevor ihm endlich die zündende Eingebung zu kommen schien. »Im Jahr 1917 soll in Portugal drei Hirtenkindern in der Krone einer Steineiche eine weiße Frau erschienen sein.«

»Ich hasse Geister«, murmelte Jason.

»Es war kein Geist, sondern Maria. Sie soll versichert haben, die nächsten Monate jeweils am 13. Tag immer um die Mittagsstunde zurückzukehren. Der Ort Fatima wurde danach zu einem populären Wallfahrtsort, aber abgesehen davon, verriet Maria drei Geheimnisse – drei Prophezeiungen. Jedenfalls sind drei bekannt. Eines der Kinder schrieb die Geheimnisse auf, und sie landeten im Vatikan unter Verschluss. Die ersten beiden Prophezeiungen drangen schnell an die Öffentlichkeit, die dritte jedoch wurde von verschiedenen Päpsten immer weiter zurückgehalten, bis Johannes Paul II klar wurde, dass sich die Prophezeiung auf ihn bezog. Genau genommen auf das Attentat auf ihn. ›Und wir sahen in einem ungeheuren Licht, das Gott ist: Etwas, das aussieht wie Personen in einem Spiegel, wenn sie davor vorübergehen, einen in Weiß gekleideten Bischof; wir hatten die Ahnung, dass es der Heilige Vater war‹, heißt es in dem Text. ›Der Bischof in Weiß sei halb zitternd und mit wankendem Schritt durch eine halb zerstörte Stadt gegangen. Als er vor einem großen Kreuz niedergekniet sei, habe ihn eine Gruppe von Soldaten mit

Feuerwaffen und Pfeilen getötet.‹«

»Am Ende hat er jedoch überlebt.«

»Überdramatisierungen gehören nun mal zu Prophezeiungen dazu«, erwiderte Frédéric.

»Und warum legt dann jemand die Prophezeiungen in Salvatores Grab und verwahrt sie nicht im Vatikan?«, fragte Cecile verwirrt.

»Wenn wir das wüssten, wäre der Fall vermutlich geklärt«, steuerte Jason bei.

»Es könnte eine Abschrift der Prophezeiungen sein. 1917 dienten Schriftrollen im Vatikan nur noch dem Ausdruck der Wichtigkeit«, meinte Frédéric. »Sie haben nicht zufällig eine Lupe?«

Als Cecile ihm eine reichte, untersuchte er die drei Schriftrollenstücke, bis seine Nase beinahe die Lupe oder auch das Papier berührte. »Das Papier ist alt«, stellte er fest. »Es könnte tatsächlich um die hundert Jahre sein.«

»Was soll Salvatore damit zu tun haben?«, bohrte Cecile.

»Vielleicht soll er ja die letzte Prophezeiung wahr werden lassen«, vermutete Jason. »Oder sie verhindern. Je nachdem, ob man an das Gute oder das Schlechte in ihm glauben möchte.«

»Das ist Unsinn«, widersprach Cecile. »Frédéric hat gerade gesagt, die dritte Prophezeiung trat schon ein.«

»Das war zumindest die Meinung Johannes Pauls II«, steuerte Frédéric sinnierend bei.

»Was, wenn das Attentat auf Johannes Paul II nicht der gemeinte Vorfall war?«, fragte Jason. »Bei einem einzelnen Attentäter kann man kaum von einer Gruppe Soldaten mit Feuerwaffen und Pfeilen reden.«

»Portugal liegt nicht um die Ecke«, gab Cecile zu bedenken. »Wie kommt eine Leiche in Notre-Dame damit in Verbindung?«

»Seit Jahrhunderten beschäftigen sich Prophezeiungen zu

gerne damit, die Nachfolger Petri zu stürzen und womöglich mit ihnen die gesamte Kirche«, erwiderte Frédéric. »Oder sie gar zu übernehmen. Wie Jason schon sagte – Salvatore könnte derjenige sein, der die Prophezeiung wahr werden lassen oder verhindern soll.«

»Die Datierung von der Inschrift auf der Mauer passt nicht ins Jahr 1917«, beharrte Cecile. »Altfranzösisch wurde im 16. Jahrhundert gesprochen.«

»Latein war auch mit dabei, und beide Sprachen sind nicht sonderlich geschickt benutzt worden«, erwiderte Frédéric. »Jemand, der heute den Google-Übersetzer benutzen würde, hätte vermutlich eine bessere Grammatik als diejenigen, die die Inschrift hinterließen. Wer mauert allerdings für einen dummen Scherz einen Vampir samt einer womöglich nicht erfüllten Prophezeiung ein?«

»Das ist zu viel«, stöhnte Cecile. »Wenn die uns verwirren wollen – es ist ihnen eindeutig gelungen. Und was machen wir jetzt mit dem Kerl? Er kann ja kaum die nächsten Monate in meinem Gästezimmer pennen.«

»Herausfinden, was sein Auftrag ist und ihn entweder unterstützen oder vereiteln«, gab Jason zurück. »Er scheint ja selbst nicht recht zu wissen, was er tun soll.«

»Ach ja?«, fragte Frédéric neugierig.

»Ich sagte doch, er kann sich an nichts erinnern«, erwiderte Cecile.

»Was angesichts der Tatsache, dass er überhaupt nicht mehr leben dürfte, nicht sonderlich überraschend ist. Aber was für ein Glück, dass wir eine hellsichtige Hexe haben«, sinnierte Jason. »Was siehst du eigentlich in der Sache?«

Cecile verzog widerwillig das Gesicht.

Jason verdrehte die Augen. »Jetzt sag bloß, du darfst nichts sagen, damit du nicht in die Geschichte und das Schicksal von irgendwem eingreifst.«

»Nein, das Problem ist, dass ich nicht viel sehe«, gab Cecile zurück und streckte die Hand in Frédérics Richtung aus. »Bitte geben Sie mir die Schriftrolle. Vielleicht habe ich dann eine Eingebung.«

Mit spitzen Fingern sammelte Frédéric die drei Teile von seiner Hose und legte ihr diese vorsichtig in die Hände. Cecile wartete auf einen Geistesblitz. Buchstäblich. Wenn sie etwas sah, kam es meist unvermittelt und als Bruchstück fernab der normalen Realität.

»Ich sehe nichts«, seufzte Cecile und hielt Jason ihr Glas hin. »Vielleicht hilft ja der Alkohol.« Sie wusste jedenfalls, was nicht half. Frédérics durchdringender Blick, der ihr Herz Extra-Hüpfer einlegen ließ, sodass es nur noch ein Seil zum Springen brauchte. So konnte sie sich nicht konzentrieren!

Leider passierte nach dem dritten Glas Scotch ebenso wenig, außer einem Bäuerchen. Frédéric hatte zwar mittlerweile den Blick auf das Fenster gerichtet, dafür wuchs mit jedem Promille ihr Verlangen, sich auf seinen Schoß zu setzen und herauszufinden, ob seine filigranen Finger so sanft sein konnten, wie sie es versprachen. Was half gegen solche Gedanken? Mehr Alkohol.

Mit jedem Glas packte sich ihre Welt mehr in flauschige Watte. Ihre Sicht verschwamm, und irgendwann drückte die gesamte Flüssigkeit in ihrer Blase. Sie wollte aufstehen, auf Toilette gehen, doch mit dem ersten Schritt stolperte sie gegen Jason und rutschte beinahe an ihm hinab.

»Du hast auch schon mal besser im Training gestanden«, spottete Jason. Er packte erst sie unter dem Arm und zerrte schließlich Frédéric vom Sessel. Also entweder schwankte Ceciles gesamte Welt oder der Hexer war genauso unsicher auf den Füßen wie sie.

Jason schnaubte. »Keiner von euch wird es mit der Ladung schaffen, aus einem Fenster zu klettern.«

»Taxi!«, brummelte Frédéric.

»Ja, das Taxi fährt Sie jetzt ins Bett«, behauptete Jason.

»Hervorragend«, nuschelte Frédéric. »Endlich weg von diesen Irren.«

Hé, das wollte sie doch wohl überhört haben! Jason zerrte sie in den Flur und stützte Cecile, als sie gegen das Geländer der Treppe taumelte und daran entlangschleifte.

Frédéric hickste auf seiner anderen Seite.

»Er hat bestimmt nie Training«, nuschelte Cecile.

»Trotzdem trifft er noch die Stufen, im Gegensatz zu dir.«

»Es ist kein Wunder, dass er dich nicht mag«, murmelte Cecile. »Du bist unausstehlich.«

»Dann macht es mich kaum unbeliebter, wenn ich dir sage, dass er genauso inbrünstig behauptet, *dich* zu hassen.«

»Hassen? Wer hasst sie? Dieser Mistkerl«, rief Frédéric aus.

»Sie ist renitent, das stimmt. Und … und … aufdringlich. Sonst ist sie ganz hübsch.«

Irgendwo in ihrem vernebelten Gehirn machte sich der Gedanke breit, dass sie darüber beleidigt sein sollte. Aber so kam nur eines an: Er fand sie hübsch. Ein Priester, der sie hübsch fand. Das machte sie ja geradezu zur Göttin der Schönheit.

Der Flur wankte vor ihr, die Tür zu ihrem Schlafzimmer schaukelte gleichermaßen mehr als üblich. Wellenbewegungen, die auch nicht aufhörten, als Jason sie in das Zimmer bugsierte, losließ und Cecile mit dem Gesicht voran auf ihr Bett fiel. Gott, war das herrlich. Wenn sie die Augen schloss, schwankte die Welt nicht mehr so furchtbar. Sie krallte sich ihr Kissen, vergrub die Nase darin und schnaufte zufrieden. So war das Leben verdammt schön. Solange man ausblendete, dass es in der Früh bestimmt ganz und gar nicht schön war. Ach, wen interessierte das Morgen?

Cecile wälzte sich herum, und ihre Hand stieß gegen ein Hindernis. Nanu, hatte sie irgendwas in ihrem Bett liegen lassen? Den Wäschekorb? Aber nein. Als sie tastete, spürte sie eine Schulter. Cecile rutschte näher heran, schmiegte sich an den männlichen Körper, und bevor sie sich überhaupt wundern konnte, wo der plötzlich herkam, war sie eingeschlafen.

Kapitel 10

Ups

Irgendwann wachte Frédéric auf, weil er das Gefühl hatte, etwas Entscheidendes versäumt zu haben. Leise schimpfend schob er sich aus dem Bett und blieb schwankend stehen. Er hatte keinen Schimmer, was er tun sollte. Das Gefühl blieb, aber sein Erinnerungsvermögen ließ ihn im Stich. Dafür drückte ihm sein Gürtel unangenehm auf den Bauch. Warum trug er noch seine Klamotten und keinen Pyjama? Er tastete nach seinem Reißverschluss, aber das verflixte Ding versteckte sich vor ihm. Schön, zog er eben mit einem Ruck alles runter. Allerdings war das bei der sich drehenden Umgebung ziemlich schwierig. Er stieß mit den Schienbeinen gegen die Bettkante, als er aus den Hosenbeinen stieg, drehte sich und plumpste mit dem Hintern auf das Bett. Er schüttelte die anhängliche Hose ab. Jetzt fehlte nur noch sein Hemd, dann konnte er endlich bequem weiterschlafen. Während er die Knöpfe öffnete und sich aus dem ersten Ärmel zu winden versuchte, stieß er gegen etwas Festes.

»Wasch?«, tönte es verschlafen. Ups. Da hatte er jemanden geweckt. Aber wen? War er im falschen Bett? Und wenn ja, warum?

Der Gedanke kam so schnell, dass er ihn nicht mal richtig wahrnahm. Dass er aus seinem Ärmel nicht herauskam, beschäftigte ihn wesentlich mehr.

»Hilf mir mal kurz beim Ausziehen«, bat er sein Traumgespinst.

»Okay.« Flinke Finger zerrten ihm wenig liebevoll den Stoff runter. Was gab es da eigentlich zu kichern?

Ach, egal. Er gähnte nahezu ununterbrochen und hievte sich erneut ins Bett. Er zog sein Traumgespinst an sich und vergrub die Nase in dessen Halsbeuge. Bevor ihm auffallen konnte, dass die Frau hier womöglich echter war, als er glaubte, war er bereits wieder eingeschlafen.

Frédéric versank im Schlaf, tief genug, um zu träumen und in jenen Träumen von einer smaragdfarben schimmernden Cecile verfolgt zu werden. Das war schon abstrus, als er jedoch aufwachte, lag ein Frauenarm über seiner Brust.

Wie zur Hölle kam ein Frauenarm auf seine Brust?

Vorsichtig drehte Frédéric den Kopf und verfluchte sich im nächsten Moment für diese Dummheit. Der Herr steh ihm bei. Einen solchen Kater hatte er seit Ewigkeiten nicht mehr gehabt. Durch die kleine Bewegung schien sein Hirn gegen seine Schädelinnenseite zu schlittern, und das tat verdammt weh. Er blinzelte, das Bild wurde klarer und sacrebleu, hätte er nur nicht hingesehen! Neben ihm lag Cecile! Wie zum Teufel kam sie zu ihm ins Bett? Sie war doch hoffentlich angezogen, oder?

Frédéric hob die Bettdecke und spähte darunter. Der Anblick brachte ihn zum Stöhnen. Ja, Cecile war vollständig bekleidet. Im Gegensatz zu ihm. Er trug lediglich eine Unterhose. Um Himmels willen, warum war er halbnackt? Was hatte er verpasst? Und vor allem: Was hatte er getan? Vielleicht träumte er nur? Vorsichtig drehte sich Frédéric zu Cecile um und blinzelte mehrfach. Leider löste sich seine Halluzination nicht in Luft auf. Sie blieb und prustete im Schlaf. Na ja, bis sie tief einatmete, sich völlig verschlafen streckte und sich dann seinen Arm krallte. Ehe er sich versah, zerrte ihn Cecile an sich und klammerte sich an seinen Arm, sodass er sie in selbigem halten musste. Ihre Haare kitzelten ihn im Gesicht, und er konnte spüren, wie sein Herz raste.

Das war nicht gut! Ach, das war die Untertreibung des Jahres! Es war ein absolutes Desaster! Sie hatten doch nicht ... Oder? ODER? Das Letzte, woran er sich erinnerte, war die Müdigkeit. Er war eingeschlafen, und er könnte schwören, er hatte zu diesem Zeitpunkt allein im Bett gelegen.

Frédéric versuchte, Cecile seinen Arm zu entziehen, ohne sie zu wecken, aber das schien ihm zu riskant.

Cecile ließ plötzlich von selbst los, und Frédéric wollte die Gelegenheit nutzen, um sich schleunigst aus dem Bett zu verkrümeln und die Flucht zu ergreifen. Allerdings war er zu langsam und Cecile besitzergreifend. Sie drehte sich und wälzte sich einfach auf ihn drauf. Im Schlaf zufrieden schnurrend lag sie auf ihm. Nur seine Schulter störte sie offenbar. Sie zog ein Kissen heran und drückte es ihm ins Gesicht. Jetzt schien sie sich rundum wohlzufühlen, denn ihr Körper entspannte sich zusehends, und sie blieb endlich ruhig liegen. Ihr Gewicht lastete auf ihm, und ihr Bein war ziemlich nahe seines … äh … morgendlichen Ausdrucks seiner Männlichkeit.

Och, bitte! Womit hatte er das verdient? Merde. Merde. Merde! Er musste hier raus, bevor sie aufwachte und anfing, Fragen zu stellen. Oder schlimmer noch: Ihm verriet, wie er in ihr Bett kam. Obwohl … Das war eindeutig das Gästezimmer und damit *sein* Bett. Jedenfalls hatte *sie* es ihm aufgedrängt!

Aber das würde ihm kaum helfen. Besser, sie merkte überhaupt nicht, dass er da gewesen war. Grundgütiger. Er war Priester! Warum musste er sich einen Weg einfallen lassen, wie er frühmorgens klammheimlich das Bett einer Frau verließ?

Frédéric rutschte unter Cecile vorsichtig zur Seite und versuchte gleichzeitig, sie von sich herunterzuschieben. Millimeter um Millimeter.

Cecile knurrte, scheinbar fühlte sie sich gestört und wachte mehr oder weniger auf. Ihre Hand fuhr über seine Brust, verharrte, und dann wanderte sie zu seinem Hals hoch. Frédéric schluckte gegen ihre Finger an, und zum Schluss fasste sie ihm ins Gesicht, tastete seine Nase entlang, seine Wange und fummelte ihm am Mund herum.

Cecile hob den Kopf, zog das Kissen weg und fixierte ihn blinzelnd. »Was machscht du in meinem Bett?«

»Es ist *mein* Bett«, protestierte Frédéric. »Also *dein* Gästezimmer, wohingegen…«

Cecile gähnte, und ihre Fahne ließ ihn fast k. o. gehen. »Schön, was machscht du dann in *deinem* Bett, während *ich* drinliege?«

Das wüsste er genauso gern!

Cecile stützte sich auf seiner Brust ab, entlockte ihm damit ein Ächzen und setzte sich ernsthaft auf. Auf ihn … Genau genommen auf … Gütiger Gott, konnte sich jetzt ein Loch auftun und ihn verschlingen? Er rauschte auch ohne Protest direkt bis zur Hölle durch.

»Könntest du *bitte* von mir runtergehen?«, presste er hervor.

»Mach dir nicht ins Hemd«, murmelte Cecile. »Mich hat bisher jeder so frühs begrüßt.« Stöhnend fuhr sie sich über die Stirn. »Was zum Teufel ist nur passiert?«

»Kannst du das überlegen, wenn du nicht auf mir sitzt?«, blaffte Frédéric.

Cecile legte den Kopf schief. »Nein.«

Was?

»Ich finde es hier recht gemütlich.«

»Cecile, bitte.« Himmel, er flehte doch schon fast.

»Ich dachte, Priester bekämen keine Morgenlatten.«

»Ich wurde bei meinem Eintritt in die Kirche nicht kastriert. Wir haben genau die gleichen Reaktionen wie Schaffner oder Gärtner oder …« Heiliger … Jetzt rutschte sie auch noch auf ihm herum. Das war zu viel. Mit einem Ruck setzte er sich auf, sein Kopf röhrte vor Schmerz, und für einen Moment schwindelte ihn. Er packte gerade Ceciles Hüfte und wollte sie von sich herunterstoßen, als sie ihm die Hände an die Wangen legte und ihn in einen festen Kuss zog.

Der Herr steh ihm bei. Er wünschte wirklich, es wäre nur ihre Fahne, die ihn so in Panik versetzte. Aber es war das Gefühl ihrer Lippen auf seinen. Das war schlimmer als jeder verdammte Magieausbruch. Dabei fühlte es sich ähnlich an. Wie ein Sonnenstrahl, der durch seinen Körper fuhr und ihn für einen winzigen Moment frohlocken ließ, bis sein Verstand einsetzte. Und wie der einsetzte. Der brüllte ihm zu, gefälligst das Weite zu suchen. Schleunigst!

Er wälzte sich mit ihr auf die Seite, und hätte sie ihn nicht ohnehin losgelassen – er hätte nicht gewusst, was er tun sollte.

»Ich weiß jetzt, wo wir suchen müssen«, keuchte sie. »Also, um herauszufinden, was Salvatore in dem Loch verloren hatte.«

Mit dem Bein tastete er schon nach dem Ende vom Bett und dem Boden. Ihre Worte jedoch ließen ihn innehalten. »Ach ja?«

»Ja, es gibt eine Verbindung nach Ajou. Zum Friedhof. Zum Grab einer Lucia des Saints. Sie liegt dort begraben.«

»Und das fällt dir mal eben so ein?«

»Das ist Magie, und eigentlich habe ich nur gesehen, was du ohnehin bereits weißt.«

»Es gibt viele Gräber in Ajou! Das Dorf ist alt, der Friedhof auch, und bisher war für neue Gräber immer genug Platz. Selbst die Gräber, deren Frist abgelaufen ist, blieben bestehen. Ich habe keine Ahnung, wer Lucia des Saints ist und ob sie dort liegt.«

»Bewusst vielleicht nicht.« Cecile setzte sich auf, und schon wieder fixierte sie ihn so gierig. »Ich könnte noch mehr sehen, gib mir eine Minute mit deinen Lippen.« Sie streckte erneut die Hände nach ihm aus, doch er wich zurück. Und zwar ein sehr großes Stück. So groß, dass er das Bettende nicht nur erreichte, sondern gleich drüber hinaus rutschte. Polternd schlug er auf dem Boden auf und stöhnte unterdrückt.

»Du tust ja so, als hätte mein Kuss was bei dir ausgelöst und du müsstest das Ergebnis vor mir verstecken«, spottete Cecile von oben.

»Würde dich jemand gegen deinen Willen küssen, würdest du ihm die Eier weggrillen«, murrte Frédéric. Aber das nannten sie Feminismus, Männer hingegen mussten sich das gefallen lassen. Er rappelte sich auf, und endlich sah er auch sein Hemd. Es lag vor dem Bett. Während er sich den Stoff überzog, huschte Cecile ins Bad. Nein, nicht in das Bad, das zu ihrem Zimmer gehörte, sondern zu seinem. Dort pinkelte sie erst vernehmlich und übergab sich anschließend geräuschvoll.

Vielleicht war sein Zölibat doch nicht in Gefahr.

Kapitel 11

Hysterische Vampire sind undankbare Patienten

Das war der übelste Kater seit zwei Jahrzehnten, dennoch hatte er sich gelohnt. Sie hatte Frédéric geküsst. Womöglich klang sie wie eine verliebte Teenagerin, aber was sollte sie machen? Bei dem verfluchten Kerl musste sie alles genießen, was er ihr anbot. Oder was sie ihm eben entriss.

Als sie das Bad verließ, hockte er halbnackt auf der Kante des Bettes. Das Hemd hatte er bereits angezogen, und doch konnte es sie nicht davon abhalten, ihm auf den Hintern zu schielen, als er an ihr vorbei ging.

»Ich weiß genau, was Sie tun«, blaffte er und warf die Tür zu. Offenbar waren sie wieder beim ›Sie‹ angelangt.

Cecile tappte in ihr Schlafzimmer, zog frische Kleidung an und torkelte hinunter in ihre Küche. Dort saß Jason mit Salvatore am Esstisch und musterte diesen durchdringend.

»Ich habe Neuigkeiten«, verkündete Cecile. »Wir müssen nach Ajou. Auf dem Friedhof werden wir etwas finden, was uns weiterhilft.«

»Zuerst müssen wir Sally was zu essen besorgen«, brummte Jason.

»Wem?«, fragte sie verdutzt.

Jason deutete auf Salvatore, der ihn finster anstarrte.

»Salvatore!«, schnappte ebenjener.

»Sag ich doch: Sally.« Salvatores Knurren hielt Jason nicht davon ab, anklagend auf ihn zu zeigen. »Er hat mich beim Betreten deines Hauses angefallen wie ein tollwütiger Köter. Selbst Peppi hatte beinahe Respekt vor ihm.«

Jasons Hund lag neben dessen Stuhl und gähnte so inbrünstig, dass Cecile es ihm gleichtat. Bevor sie die Welt retteten, ein Rätsel lösten oder sich auch nur auf einen unerwünschten Spitznamen einigten, brauchte sie unbedingt einen Kaffee.

Sie warf die Kaffeemaschine an, füllte Wasser hinein und griff nach dem Kaffeepulver. Sie schaufelte einige Löffel in die Filtertüte und wollte das Päckchen gerade wieder wegstellen, als Jason hinter ihr sagte: »Mach mehr rein. Von deiner Suppe wird niemand munter.«

Hé! Sie kochte guten Kaffee, aber bitte schön, dann eben vier weitere Löffel. Das Zeug, das aus der Kanne lief, als sie Jason die erste Tasse einschenkte, verdiente eher den Namen Teer als Kaffee. Jeder Straßenbauarbeiter hätte daran seine größte Freude. Vielleicht sollte sie sich die Rezeptur patentieren lassen.

»Was dauert da eigentlich so lang?« Jasons Genörgel riss sie aus ihren Gedanken. Himmel, ein Vampir auf Koffeinentzug ist ja gefährlicher, als wenn er Durst hatte.

»Geht doch«, seufzte dieser nach einem Schluck zufrieden.

Cecile goss sich ebenfalls ein, streckte die Brühe jedoch mit Leitungswasser. Sie würde Frédéric bestimmt nicht den Gefallen erweisen und die Welt (und ihn) vorzeitig von sich erlösen. Ebenjener Priester betrat mit einem Gesichtsausdruck die Küche, als sehne er die Sintflut herbei.

Er fixierte die Kaffeemaschine, trat darauf zu und nahm die Kanne heraus.

»Sie sollten nicht ...« Cecile wollte ihn wirklich warnen, bevor sie jedoch eine Chance besaß, ihren Satz zu beenden, goss sich Frédéric eine Tasse voll und trank. Für einen Augenblick weiteten sich seine Augen, und er ließ den Becher sinken.

»Heiliger Vater«, keuchte Frédéric. »Wollen Sie mit dem Zeug Ihren Gartenweg asphaltieren?«

»Der Kaffee weckt wenigstens die Sinne«, brummte Jason.

»Dieser ›Kaffee‹ brennt jede Zelle durch!«

»Sie sind für einen Priester ziemlich weinerlich«, stichelte Jason mit einem müden Grinsen. »Ich dachte immer, die würden am Anfang ihrer Karriere zum Abhärten nach Afrika geschickt.«

»Dort trinken sie aber auch keinen flüssigen Teer!«

»Dann solltet ihr definitiv euer Ausbildungsprogramm erweitern«, gab Jason zurück. »Das ständige Gejammer ist unerträglich.«

»Vielleicht sollten wir ›Wie hetzen wir die Inquisition dauerkiffenden Vampiren auf den Hals?‹ in den Lehrplan aufnehmen!«

»Das könnten Sie tun, aber dann müssten Sie sich als Magier ebenfalls bei der Inquisition zum Wellness-Programm melden, Monsieur Hexer.«

Frédéric knirschte mit den Zähnen und stellte die Tasse mit einem Knall auf dem Tisch ab. »Ich wünsche Ihnen einen guten Tag, ein Leben weit abseits meiner Wege, und wagen Sie es nie wieder, meinen Gottesdienst zu besuchen!«

Der Priester wandte sich dem Ausgang zu, da trat ihm Cecile in den Weg. »Vergessen Sie in der Eile Ihre Notre-Dame-Mumie nicht.« Mit zuckenden Mundwinkeln deutete sie auf Salvatore, pardon Sally, der sich mit verschränkten Armen hinter Frédéric stellte.

»Er soll zur Hölle fahren!«, fauchte der Priester.

»Du bist ein Mann Gottes«, sagte Salvatore, und Frédéric verdrehte die Augen, bevor er sich umdrehte.

»Und?«

»Du musst helfen, wann immer Hilfe notwendig ist.«

»Du bist hier hervorragend aufgehoben«, behauptete Frédéric.

»Darum geht es nicht.« Salvatore machte eine wegwerfende

Geste. »Ich habe nachgedacht. Meine Erinnerungen sind schleierhaft. Ich weiß, ich wurde bei Bewusstsein in den Mauern der heiligen Kathedrale versteckt. Ich habe einen Zweck.«

»Und der wäre?«, forschte Frédéric. »Zufällig einen Papst zitternd vor einem großen Kreuz mit brennenden Pfeilen niedermeucheln?«

Salvatores Miene war schwer zu deuten. Er starrte auf Frédéric herunter, als würde er ihn gedanklich mit Spiritus übergießen und anzünden. Gleichzeitig wirkte er verunsichert.

»Ich weiß nicht, wovon du sprichst, Hexer.«

»Ich spreche von der Prophezeiung«, schnauzte Frédéric. »Wie alt bist du? Zu welcher Zeit hast du gelebt?«

»Ich lebte in Neapel unter der Herrschaft König Philipp II.«

»Bon dieu de merde«, fluchte Frédéric inbrünstig. »Zu deiner Zeit gab es die Prophezeiung noch nicht. Was hatte die also in deinem Mauerloch verloren? Wer hat sie dorthin gelegt?«

»Ich verstehe nicht«, gab Salvatore verwirrt zurück, und Cecile warf Jason einen fragenden Blick zu. Der wiederum betrachtete die beiden Männer lediglich mit zusammengekniffenen Augen.

Salvatore streckte die Brust nach vorn und fixierte Frédéric. »Ich erinnere mich nicht an meine Aufgabe. Aber ich weiß, sie ist wichtig, und ich muss sie erfüllen, und ein Mann Gottes muss mir dabei helfen. Solange du mir hilfst, werde ich nicht mehr sagen, du solltest brennen.«

Frédéric wirbelte zu Cecile herum. »Das habt ihr ihm doch eingeredet.«

»Ehrlich gesagt, wünsche ich mir gerade, ich wäre schon gestern Abend auf die Idee gekommen«, grinste die Hexe. »Das hätte uns das Intermezzo im Garten erspart.« Andererseits wäre sie dann nicht mit ihm volltrunken im Bett gelandet, und das wiederum war das Chaos wert.

»Fahren Sie heute mit uns nach Ajou«, schlug sie vor. »Vielleicht finden wir da den entscheidenden Hinweis darauf, wofür Salvatore bestimmt ist. Womöglich soll er die Erfüllung der Prophezeiung verhindern. Dann ist es tatsächlich Ihre Pflicht, ihm zu helfen. Je eher wir das schaffen, umso schneller sind Sie uns alle los.«

»Sie machen mir nur Hoffnungen, um sie anschließend umso hämischer zerstören zu können«, behauptete Frédéric.

Pah. Sollte sie jemandem Hoffnungen machen, dann sich selbst. Viel zu viele, um genau zu sein. Hoffnungen, die ein Kirchendiener nicht erfüllen konnte, erst recht nicht ein Mann der katholischen Kirche. Und in Frédérics Fall würde er das mit Sicherheit nicht einmal wollen, wenn ihm der Papst persönlich die Erlaubnis für ein Verhältnis mit einer Frau gab.

Vielleicht war sie all das verkehrt angegangen. Aber zum Teufel, einen Versuch war es wert gewesen, oder? Gut, sie hatte jetzt einen überkoffeinierten und völlig in sich gekehrten Jason in ihrer Küche sitzen, einen anderen Vampir mit irgendeiner geheimnisvollen Mission und einen verkaterten Priester, der die Lippen so fest aufeinanderpresste, dass die Bartstoppeln oberhalb seines Mundes und die seines Kinns nahtlos ineinander übergingen. Die dunkelblonden Härchen sahen hart aus, trotzdem fühlten sie sich weich an und …

»Nehmen Sie sofort Ihre Hand aus meinem Gesicht«, verlangte Frédéric, während Jason im Hintergrund zu lachen begann.

Eilig zog Cecile ihre Finger zurück und steckte die Hände in die hinteren Taschen ihrer Jeans. »Kommen Sie einfach mit«, beharrte sie nun und wirbelte zu Jason herum. »Und du hör auf zu lachen, sonst verwandle ich dich in einen Frosch! Dann will ich mal sehen, wie du deine Joints rauchst!«

Doch ihre Drohung verpuffte im Nichts. Jason wand sich auf seinem Stuhl, den Arm auf den Bauch gepresst und keuchte so um Luft, dass sein Hund bereits besorgt zu winseln begann.

»Ich hätte diese Nacht bei euch bleiben sollen. Wer weiß, ob du ihn nicht völlig besoffen bestiegen hast«, prustete der Vampir.

Sie hörte, wie Frédéric hinter ihr erst tief einatmete und dann den Atem mit einem Knurren entweichen ließ. »Können wir jetzt endlich fahren, zum Teufel?«

Oh ja, sie konnten los und gerne ohne den Leibhaftigen. Der war nämlich bereits da und verzögerte die Abfahrt. Genau genommen lachte er sich als Jason gerade buchstäblich den Allerwertesten ab. Cecile war versucht, einen Exorzisten zu rufen. Aber hé, sie hatten einen geweihten Priester hier.

»Ist er besessen?«, wandte sie sich an diesen, und ihre Mundwinkel zuckten über dessen fassungslose Miene.

»Nein«, erwiderte Frédéric nach einem kurzen Moment des Nachdenkens. »Er ist hysterisch.«

Ehe Cecile es verhindern konnte, holte Frédéric aus und verpasste Jason eine Ohrfeige. Eines musste sie neidlos zugeben: Innerhalb eines Wimpernschlages hörte Jason auf zu lachen. Der Nachteil: Er packte Frédéric am Kragen und bleckte mit rot glühenden Augen seine Zähne.

»Sie betteln wirklich um meine Missgunst, kann das sein?«, raunzte Jason.

Vergeblich versuchte Frédéric, sich aus Jasons Griff zu winden. »Ohrfeigen sind probate Mittel gegen hysterisches Gelache.«

»Pech für Sie, dass ich nicht im Geringsten hysterisch war.« Mit einem Ruck ließ Jason den Priester los und versetzte ihm ebenfalls eine Ohrfeige. Hätte er mit voller Kraft ausgeholt, wäre Frédéric gegen eine Wand geschleudert worden und hätte einige Zeit in friedvoller Bewusstlosigkeit zubringen können, bevor er mit den mörderischsten Kopfschmerzen aller Zeiten aufwachte. Aber so ging Frédéric lediglich stöhnend in die Knie.

»Sie haben recht. Ohrfeigen helfen gegen unangebrachtes Gelächter«, stellte Jason zufrieden fest.

Frédéric richtete sich wieder auf, trat allerdings einen großen Schritt zurück, bevor er Jason anfauchte:»Ich habe nicht gelacht!«

»Tja, dann muss ich mir das eingebildet haben. Komm, Sally« Jason bedeutete Salvatore, ihm zu folgen, während Frédéric die Hand auf seinen geschundenen Kiefer presste.

»Hoffentlich stimmt es, dass diejenigen, die Gott am meisten liebt, am härtesten geprüft werden. Dabei weiß ich wirklich nicht, wie ich so viel Liebe verdient habe«, maulte der Priester, bevor er Ceciles Zug an seinem Arm folgte und sich von ihr zum Wagen führen ließ.

Auf halbem Weg zwischen Paris und Ajou nannte Jason Salvatore erneut Sally, und sie donnerten beinahe mit dem Wagen gegen eine Litfaßsäule, als Salvatore sich zwischen die Vordersitze schob und ernsthaft versuchte, Jason zu erwürgen.

»Gut, dann halten wir eben hier, wenn dich der Hunger dermaßen unausgeglichen macht«, spottete Jason und parkte in einem heruntergekommenen Wohnviertel. Allein die Beteuerung, ihm eine unauffällige Stelle zu zeigen, animierte Salvatore endlich, die Hände von Jasons Hals zu nehmen und nicht mehr mit Peppi um die Wette zu knurren.

»Unauffällige Stelle wofür?«, forschte Frédéric, aber Cecile zog es vor, ihm nicht zu antworten.

Stattdessen stieg sie wie die Vampire aus, und mit einem leisen Fluchen folgte ihnen Frédéric zwischen die aneinandergereihten Bruchbuden.

Jason brauchte noch nicht einmal auf den einsamen Jogger

zeigen, da schnappte sich Salvatore diesen bereits und zerrte ihn in einen schmalen Durchlass zwischen zwei Häusern.

»Was tut er da?«, fragte Frédéric verdutzt.

»Sich nähren«, erwiderte Cecile geduldig. »Was Vampire eben so tun. Er nimmt einen Becher Blut to go.«

»Was?«, donnerte Frédéric. »Sind Sie eigentlich völlig des Wahnsinns?«

»Das fragen wir uns ziemlich oft, aber laut des Onlinetests ist sie nur ein wenig geistig eingeschränkt«, mischte sich Jason ein und besaß nicht den Anstand unter Frédérics garstigem Blick zurückzuzucken.

»Ich werde das auf keinen Fall zulassen«, knurrte der Priester. »In meiner Nähe hat keiner zu sterben, dem Gott das nicht vorherbestimmt hat. Sei es durch Krankheit oder einen Unfall.«

»Einen Vampir zu treffen kann man durchaus als Unfall ansehen …«, begann Cecile, doch da marschierte Frédéric bereits an ihr vorbei. Er steuerte den Durchlass an, in dem Salvatore mit seinem Opfer verschwunden war. Mon dieu, sie konnte wirklich nicht sagen, ob Frédéric unsagbar dumm oder mutig war. Er hatte erst vor Kurzem von einem Vampir eine Ohrfeige kassiert und ging sich prompt mit dem nächsten anlegen.

»Es ist ohnehin schon zu spät«, rief ihm Cecile nach, aber verflucht, der Kerl hörte nicht auf sie. Es war Jason, der ihn festhielt.

»Lassen Sie mich auf der Stelle los!«, verlangte Frédéric.

»Kriegen Sie sich wieder ein«, mahnte Jason. »Das ist nun mal der Lauf der Natur.«

»Ich pfeif auf den Lauf der Natur«, blaffte Frédéric. Er kniff die Augen zusammen und fixierte Jason, als würde er ihn mit Blicken erdolchen wollen.

»Hat er Blähungen oder was macht er da?«, fragte Jason irritiert.

»Ich glaube, er versucht zu zaubern.« Cecile verkniff sich das Grinsen nicht im Geringsten. Wenn jemand einen unwilligen Magier dazu bringen konnte, sich gefälligst seinen Mächten zu stellen, dann war es eindeutig Jason.

»Wächst mir schon eine Warze?«, spottete Jason.

»Irgendwann finde ich heraus, wie es funktioniert«, drohte Frédéric. »An jenem Tag wird es mir eine Freude sein, mit meinen Prinzipien zu brechen.«

»Sagen Sie Bescheid, wenn es so weit ist«, erwiderte Jason. »Dann brauche ich nicht überlegen, ob Sie wegen einem Blinddarm-Durchbruch ins Krankenhaus müssen.«

Frédéric knurrte etwas, das Cecile nicht verstand. Jason hingegen wohl schon. Er ließ den sich wehrenden Priester unvermittelt los. Cecile stützte ihn, als er taumelte, und ein regelrechter Blitzschlag fuhr in sie hinein. Die Sicht vor ihren Augen verzerrte sich, die Farben und Konturen wirbelten durcheinander und setzten sich neu zusammen. Vor ihrem inneren Auge erschienen Ajou, der Friedhof und ein geöffnetes Grab. Der Erdhaufen daneben wirkte frisch, der Grabstein war hingegen bereits verwittert. Genauso wie der Sarg. Sie sah eine Eisenstange, die das Holz gewaltsam auseinander brach und den Deckel aufschwingen ließ. Ein brüchiges Skelett und leere Augen, die hinauf in den Himmel starrten. Die Überreste langer, dünner Haare klebten an dem Schädel, und zwischen den gefalteten Händen steckte ein hölzerner Becher. Oh! Jetzt bekam sie langsam eine Ahnung davon, was sie in Ajou tun sollten!

»Wenn das vorbei ist, verlasse ich Paris auf der Stelle«, fauchte der Priester und riss Cecile damit aus ihrer Vision.

»Sie wollten doch in Notre-Dame predigen«, sagte Cecile erstaunt.

»Die Chinesen bauen die Kathedrale bestimmt irgendwann

nach, so wie Schloss Neuschwanstein, dann kann ich das immer noch tun!«

»Bald haben Sie es hinter sich«, versprach Cecile. »Wenn ich meine Eingebung richtig verstanden habe, müssen wir lediglich eine Leiche exhumieren und einen Becher finden.«

Kapitel 12

Wer gräbt, sündigt nicht

Die hatten doch nicht mehr alle Pfähle im Zaun! Eine Leiche exhumieren! Das hatte er seit Ewigkeiten nicht mehr gemacht. Was einmal im Boden war, blieb gefälligst dort. Ach, was redete er? Wenn Gott nicht persönlich einen seiner Engel vorbeischickte, konnte höchstens der Teufel Jason aufhalten. Aber warum sollte sich der Fürst der Hölle plötzlich gegen seinen eigenen Günstling wenden?

Still in seinem Innersten betete Frédéric während der restlichen Fahrt inbrünstig zum Herrn, Cecile möge ihn nicht belogen haben. Nur noch dieser Ausflug, und er war die Bande für den Rest seines Lebens los. Dafür würde er zehn Leichname ausgraben. Seinetwegen auch den gesamten Friedhof von Ajou!

Es waren Gedanken, die immer wieder wie ein Mantra durch seinen Kopf rauschten, während er auf die vorbeiziehende Landschaft sah. Jason fuhr viel zu schnell, doch wenn der den Wagen an einen Baum setzte, käme das Frédéric sogar gelegen. Dann konnte er sich bei seinem Chef persönlich über diese Rasselbande beschweren.

Die Reifen knirschten auf dem Kies, als Jason auf dem Friedhofshügel hielt. Sie stiegen aus, und so gut es ging, versuchte Frédéric den Trümmerhaufen, der früher mal eine Kirche gewesen war, zu ignorieren. Allerdings hatte sich mittlerweile dort etwas verändert. Bedauerlicherweise war kein Gras über die ganze Sache gewachsen. Es war eher in der knallenden Juni-Sonne verdorrt. Vor dem Zaun standen zwei Männer, die selbst Frédéric um mindestens eine Haupteslänge überragten und aussahen, als wären sie auf dem Weg zum Rocker-Club zu früh abgebogen.

Widerwillig lenkte Frédéric seine Schritte in die Richtung der

Besucher. Was wollten die beiden? Doch hoffentlich keine Beichte ablegen. Der Beichtstuhl lag nämlich irgendwo unter den Trümmern. Außerdem hatte er schon genügend Kopfschmerzen, und er wollte nicht auch noch Geheimnisse über Tod und Verderben hüten, nur weil ihn das Beichtgeheimnis band und ihm jeder Idiot ungestraft seine Verbrechen aufzählen konnte. Sogar Psychologen konnten Patienten ablehnen. Er konnte sich höchstens das Kreuz gegen die Stirn rammen und sich selbst bewusstlos schlagen.

»Wer sind Sie?«, fragte Frédéric misstrauisch.

Der größere der Männer nahm seine Sonnenbrille ab und musterte Frédéric von oben bis unten. »Abbé Durand?«

»Derselbe.«

»Mein Name ist Padre Tussio Venturo, und das ist Padre Terz Picardi. Kardinal Pierlot hat berichtet, dass es für den Einsturz der Kirche ungewöhnliche Ursachen gäbe.«

Padre? Für Frédéric sahen die Kerle aus, als würden sie Kinder aus Waisenheimen stehlen, statt ihnen dort beizustehen. Und was hieß hier bitte ungewöhnliche Ursachen? Hier war überhaupt nichts ungewöhnlich! Außer diesen beiden Männern! Sie trugen ja noch nicht einmal die Alltagskleidung eines Priesters, sondern lediglich schwarze Hemden mit ebenso dunklen Lederjacken darüber. Kein Kollar wies sie aus, nur kleine silberne Kreuze als Anstecknadeln an ihren Revers könnten ein Hinweis sein. Aber das reichte nicht! Die Dinger konnte sich jeder an die Hutkante nageln und behaupten, vom Vatikan geschickt worden zu sein!

Gerade wollte er eine gewaschene Erwiderung zurückgeben, da griff Venturo in die Innentasche seiner Jacke und zog ein elfenbeinfarbenes Papier heraus. Mit einer Handbewegung entfaltete er es und reichte es Frédéric. Das Siegel des Papstes war nicht zu übersehen, und unweigerlich bekam Frédéric wieder Kopfschmerzen.

Untersuchung der Ursache für den Einsturz der Kirche in Ajou

Hiermit bevollmächtigen wir die Padres Tussio Venturo und Terz Picardi zur Untersuchung der Umstände des Einsturzes. Des Weiteren sind die Kosten für einen Wiederaufbau zu prüfen und die entsprechenden Maßnahmen in Absprache mit dem zuständigen Abbé Durand zu leisten.

Was hatte er nur getan, um das zu verdienen? Wieso glaubte Kardinal Pierlot an ungewöhnliche Umstände? Hatte jemand außer den Gästen das Leuchten gesehen, von dem alle behaupten, es sei von Frédéric ausgegangen? Und warum zum Teufel interessierte sich der Vatikan für eine kleine Dorfkirche?

Sie hatten doch mit Notre-Dame alle Hände voll zu tun! Ajou konnten sie aus den Baumaterialresten von Notre-Dame wieder zusammenzimmern. Das hatte er sich schon ausgerechnet. In Ajou starb höchstens einmal im halben Jahr jemand. Die letzte Beerdigung war in der vergangenen Woche gewesen. Bis zur nächsten Bestattung hatten sie also lang genug Zeit, und der Trauergemeinde war es egal, ob sie sich in eine Kirche oder eine winzige Kapelle quetschten.

Padre Venturo zog das Schreiben aus Frédérics Fingern, faltete es sorgfältig und steckte es wieder ein. »Wie kam es zu dem Einsturz?«

Frédéric hob die Schultern. »Die Statik muss versagt haben.« Im weitesten Sinne versündigte er sich mit dieser Aussage nicht einmal gegen seinen Gott. Er log nicht. Die Statik hatte wirklich versagt. Dank ihm.

»Wir haben mit zwei Dorfbewohnerinnen gesprochen, die gerade auf dem Weg zum Friedhof waren, als … die ›Statik nachgab‹.«

Die Art, wie der Padre die zwei letzten Worte betonte, gefiel Frédéric nicht. Aber was sollte er sagen? Er konnte kaum zugeben, seine eigene Kirche zerstört zu haben, weil er ein Hexer war. Gott mochte Vampire in sein Herz geschlossen haben und seine heiligen Hallen für sie öffnen. Frédéric bezweifelte aber, dass der Vatikan genauso tolerant war. Also sah er den Mann lediglich abwartend an.

»Sie sprachen von einem seltsamen Leuchten des Gebäudes«, ergänzte dieser nun und starrte zurück, ohne auch nur einmal mit der Wimper zu zucken.

»Vielleicht die Kerzen?«

»Kein Kerzenlicht«, wiegelte Venturo ab. »Sie beschrieben es als Minisonne, die aus der Sonnenbank ausgebrochen war.«

.»Wir haben hier kein Solarium.«

»Das ist uns bewusst«, erwiderte der Mann kalt. »Deswegen ist es notwendig, zu erfahren, was das für ein Leuchten gewesen sein soll.«

»Ich kann Ihnen leider nicht helfen«, behauptete Frédéric. »Wenn Sie mich entschuldigen würden, ich muss einer Exhumierung beiwohnen.«

»Wer wird exhumiert?«

Verflucht. Musste der Kerl sich überall reinhängen? Er konnte denen kaum sagen, dass sie ein Grab plündern wollten, weil das eine hellsichtige Hexe so beschlossen hatte. Oder den entsprechenden Wink vom Universum bekommen hatte. Himmel noch eins, wenn der heutige Tag vorbei war, brauchte er eine Ladung Valium, mit der man mindestens einen Elefanten schlafen legen konnte. Dann könnte er in einen Dornröschenschlaf verfallen und warten, bis ihn Mutter Maria wieder weckte. Doch bei seinem Glück wäre diese Hexe schneller und würde sich die Chance mit dem Wachküssen bestimmt nicht entgehen lassen.

»Es handelt sich um eine alte Frau«, sprach Frédéric das Erste aus, was ihm einfiel. »Eigentlich nahm man an, sie wäre eines natürlichen Todes gestorben. Allerdings sieht es mittlerweile so aus, als hätte jemand mit Gift nachgeholfen. Sie soll nun obduziert werden.«

Venturo nickte bedächtig. »Wir werden Sie unterstützen.«

»Das ist überaus …« ›beschissen‹, wollte er sagen, presste dann jedoch ein anderes Wort heraus: »… gütig.«

Merde, die sollten verschwinden! Er konnte sie hier nicht gebrauchen! Er konnte nicht mit offiziellen Polizeibeamten aufwarten. Nicht mal mit einem ordentlichen Totengräber. Denn der hatte momentan Urlaub.

Auch davon schaffte es kein Wort über seine Lippen, stattdessen sagte er: »Sie müssen sich wirklich nicht die Mühe machen.«

»Es ist für uns nie eine Mühe, eine Seele zu begleiten, damit ihre Ruhe nicht übermäßig gestört wird.«

Toll, ausgerechnet heute suchten ihn zwei Vorzeige-Christen heim. Wahrscheinlich fragte er das nun zum hundertsten Mal, aber verdammter Mist – womit hatte er das verdient? Strafte ihn Gott? Oder lachte sich der Allmächtige gerade eine Blähung in die Darmwindungen? An seiner Stelle würde sich Frédéric gleichermaßen amüsieren. Es war wie Sims spielen, nur sehr viel unterhaltsamer.

In Ermangelung einer Alternative ging Frédéric den beiden wie paralysiert voraus. Sie hatten nicht einmal den halben Weg zum Friedhof hinter sich gebracht, da sprang Cecile über die niedrige Mauer und stellte sich ihnen in den Weg.

Prüfend starrte sie die Padres an und wurde im Gegenzug ebenso eingehend gemustert.

»Wer ist das?«, fragte Venturo.

»Eine, äh …«, stammelte Frédéric und platzte schließlich heraus: »Eine Prostituierte, die unter meiner Obhut den Weg zurück in ein anständiges Leben finden soll.«

Cecile lief so rot an wie eine überreife Tomate, und Frédéric konnte es ihr nicht mal verübeln. Diesmal sagte er das nicht, um sie zu ärgern, sondern weil ihm nichts Besseres eingefallen war!

Cecile lächelte gezwungen, senkte die Lider und betrachtete den Vatikanbeamten so lasziv, dass Frédéric plötzlich das Bedürfnis verspürte, ihm eine reinzuhauen.

»Können Sie mir auch helfen, von meinen Sünden fernzubleiben?«, hauchte sie und spielte an ihren Locken.

»Es ist nicht zu spät, den rechten Pfad einzuschlagen. Sie sind schon zu lange dort unterwegs«, behauptete Venturos Kumpan. »Ich hörte ohnehin, je älter man wird, umso schwieriger wird die Konkurrenz in diesem Gewerbe.«

Frédéric presste die Faust auf den Mund, um nicht lauthals loszulachen. Wahrscheinlich wurde er jetzt doch hysterisch. Es war der Stress – es war einfach zu viel für ihn, und deswegen fing er im unpassendsten Moment zu einer wirklich flachen Bemerkung das Lachen an.

Cecile kniff leicht die Augen zusammen, und womöglich war es reines Glück, dass sie sie nicht allesamt zum Teufel hexte. »Über mangelnde Kundschaft konnte ich mich nie beklagen. Sie nahm eher zu, je älter ich wurde. Schließlich wachsen mit dem Alter auch die Erfahrungen.« Sie strich sich mit dem Finger spielerisch das Schlüsselbein entlang, ließ ihn langsam zum Ausschnitt wandern. Allein an der Bewegung ihrer Haare merkte Frédéric, dass sie den Kopf schief legte, und er sah gerade rechtzeitig hoch, um mitzubekommen, wie sie sich wahnsinnig dezent die Lippen leckte.

Kreuzdonnerwetter. Dieses Kribbeln im Bauch hatte er zuletzt in seiner Jugendzeit empfunden. Ach was, nein, kurz vor seiner Priesterweihe. Damals hatte er sich Hals über Kopf verliebt und beinahe eine völlig hirnrissige Entscheidung getroffen und die Kirche verlassen.

»Sie haben einen weiten Weg vor sich«, verkündete Venturo unbeeindruckt und stieß Cecile grob zur Seite. Sie stolperte und prallte gegen Frédéric, der instinktiv zugriff.

»Ungehobelte Kerle«, knurrte Cecile. »Sie hätten wenigstens so tun können, als wäre ich gut gewesen.« Ihre weichen Haare streiften seinen Hals, als sie den Kopf hob. »Vielleicht sollte ich das mit der Nutte noch mal üben. Was meinen Sie?«

»Ich habe tatsächlich schon begabtere Huren gesehen, aber warum wollen Sie deren Fertigkeiten bei sich trainieren?«

Sie zuckte die Schultern. »Vielleicht brauche ich es ja irgendwann mal.«

Dann strich sie offenbar nur zu Übungszwecken über seine Brust. Jedes Härchen an seinem Körper stellte sich auf, als sie den Kopf drehte und ihre warmen Lippen seinen Hals berührten. Unweigerlich sog er die Luft ein, und er spürte, wie sich sein Griff um sie verstärkte.

»Vielleicht bin ich doch nicht so schlecht.« Mit diesen Worten wand sie sich aus seiner Umklammerung und kehrte ihm den Rücken zu. Sie marschierte den beiden vatikanischen Spionen, äh, Priestern hinterher und ließ ihn einfach hier stehen. Das war sein Part! Er musste die lebende Versuchung stehen lassen, nicht sie ihn! Wo kamen sie hin, wenn die Sünde sich abwandte, ohne wenigstens abzuwarten, ob er ihr erlag? Was er natürlich nicht tun würde!

Ach zum Henker. Seit dieser verflixten Hochzeit lief alles gegen ihn. Gaylord und Pauline sollten schleunigst den Bund fürs Leben schließen, Salvatore seinen blödsinnigen Zweck erkennen, und dann konnten ihm alle gestohlen bleiben. Am besten packte er wirklich seine Koffer und floh in ein anderes Land. Nein, das reichte nicht, am besten auf einen anderen Kontinent.

Und vielleicht sollte er sich jetzt ranhalten. Die Dreier-Gruppe hatte fast den Friedhof erreicht, da erwachte Frédéric aus seiner Starre. Als er sie endlich eingeholt hatte, standen sie bereits vor dem Grab und vor Jason, der die beiden Padres misstrauisch von oben bis unten musterte.

»Sie waren nicht vorgesehen«, teilte er ihnen unverblümt mit.

»Wir begleiten die arme Seele bei der Störung ihrer Ruhe«, erklärte Venturo stoisch.

Jasons Blick huschte zu Frédéric und maß ihn scharf.

»Die beiden Padres sind vom Vatikan«, steuerte Frédéric bei. »Sie untersuchen den Zusammensturz der Kirche.«

»Notre-Dame?«, fragte Jason misstrauisch.

»Ajou.«

»Ach so.« Jasons Tonfall klang von einer Sekunde auf die nächste gelassener und gleichgültiger. Wunderbar, der Vampir war raus aus der Nummer! Er hatte ja nur Notre-Dame angezündet! Das war, als würde man Al Capone laufen lassen, um dann einem Apfeldieb die Finger abzuhacken!

»Kennen Sie diesen Mann?«, forschte Venturo.

Frédéric seufzte. »Leider ja.«

»Ich bin der Oberförster«, grinste Jason.

»Dann haben Sie hier nichts zu suchen«, erwiderte Venturo scharf.

Himmel noch eins, was hatte der für ein Problem mit dem Vampir? Wenn Frédéric Jason misstraute, war das etwas ganz anderes. Er wusste schließlich, wie dieser lästige Kerl drauf war!

Jason verdrehte die Augen, aber es war Frédéric, der einsprang. »Der leitende *commissaire de police*. Für den Mordfall. Er hat eine Verfügung für die Exhumierung.«

So unauffällig wie möglich stieß er Cecile zur Seite, damit sie den Grabstein und die Daten darauf verdeckte. Wer glaubte denn schon, dass sich jemand für die Todesursache einer Lucia des Saints, die im Jahr 2005 gestorben war, interessierte? Moment mal! Lucia des Saints? Lucia von Heiligen? Das war die französische Übersetzung für Lucia dos Santos, dem verbliebenen Hirtenkind der Prophezeiungen von Fatima! Das war ihm nie aufgefallen!

»Wo ist die Verfügung?«, schnarrte Venturo unterdessen.

Sacrebleu, hatten die nichts Besseres zu tun, als ständig Frédérics Worte infrage zu stellen? Das war doch nicht zum Aushalten!

»Die habe ich vorgestern Ihrem vertrottelten Kollegen gegeben«, behauptete Jason. »Und wie ich ihn kenne, hat er sie schon wieder versiebt. Oder, Abbé Durand?«

»Oh ja.« Frédéric tastete sich ab. »Ich habe sie irgendwo. Wahrscheinlich in meinem Büro.«

»Oder wieder in der Vorratskammer wie das letzte Mal«, flötete Cecile.

»Vielleicht beruhigt Sie ja das.« Jason zog einen Dienstausweis der französischen Polizei hervor und hielt ihn den beiden Männern unter die Nase. Unweigerlich verrenkte sich Frédéric den Hals. Von wem hatte der Vampir das wieder geklaut? Aber auf dem Ausweis war eindeutig Jasons Foto!

»Nun, *commissaire* Moreau, das reicht durchaus.«

Dem Herrn sei Dank. Cecile stieß ihn in die Seite, als er vermutlich zu erleichtert die Luft abließ. »Was?«, raunte er.

»Reißen Sie sich zusammen, und halten Sie endlich den Mund. Sie sind ein mieser Lügner«, zischte Cecile zurück. »Sie werden bei Jason Nachhilfe nehmen müssen.«

»Ich denke nicht daran.«

»Schaden kann es keinesfalls.«

Verflucht, vermutlich hatte sie recht. Aber Lügen passte nicht zu ihm. Magie passte nicht zu ihm. Dieses ganze verdammte Theater passte nicht zu ihm!

»Dann können wir jetzt endlich anfangen?« Er merkte selbst, wie gereizt sein Tonfall war. Zum Henker, die sollten einfach verschwinden! All seinen Wünschen zum Trotz stellten sich die beiden Padres neben dem Grab auf und beobachteten sie mit Argusaugen. Venturo schien sich besonders für Salvatore zu interessieren. Er musterte ihn so eindringlich, als würde er ihn bis auf die Knochen durchleuchten wollen. Unweigerlich flatterte die Nervosität in Frédérics Magen. Wie hoch war die Wahrscheinlichkeit, dass der Padre Salvatore als Vampir erkannte? Sehr gering, oder? Menschen erkannten Vampire nicht. Das hatte Cecile jedenfalls behauptet. Hoffentlich hatte sie ihn nicht angelogen.

Frédéric nahm Ceciles Platz in der Sichtlinie zwischen ihnen und dem Grabstein ein, schlug die Bibel auf und las eine Bibelstelle vor, die ihm passend erschien. Wenn Moses über Gebeine philosophierte, konnte das kaum unpassend sein, oder? Er war gerade beim zweiten Satz angelangt, da vermisste er eindeutig die Geräusche einer Schaufel in der Erde. Er stockte und sah zu Jason und Salvatore. Die im Übrigen noch nicht mal eine Schaufel in der Hand hielten.

Er deutete auf den niedrigen Holzverschlag. »Spaten sind im Schuppen.«

»Soll ich etwa selbst graben?«, fragte Jason.

»Soll *ich* vielleicht graben?«, fauchte Frédéric. »Ich bin der

Geistliche. Die Arbeitsteilung ist nun wirklich vorhersehbar: Ich lese vor, ihr grabt.«

»Ich grabe nicht«, behauptete Salvatore. »Graben ist Entehrung der Toten.«

Ach, aber wenn er selbst aus seiner Gruft in luftiger Höhe sprang und nicht brav darin liegen blieb, war das in Ordnung?

»Dann könnten mir die zwei Hutständer helfen«, sagte Jason und deutete auf die beiden Männer des Vatikans. Das fehlte noch! In deren Bericht an den höchsten Stellen kam er dann bestimmt verdammt schlecht weg, und er konnte zusätzlichen Ärger nicht gebrauchen!

Frédéric steckte widerwillig die Bibel weg. »Meinetwegen. Ich helfe dir.«

»Sie scheinen ja sehr gut mit diesem *commissaire* verbunden zu sein«, stellte Padre Venturo überflüssigerweise fest.

»Zu gut«, knurrte Frédéric, ging zum Schuppen und holte zwei Spaten.

Jason achtete darauf, dass die beiden dem Grabstein nicht zu nahe kamen. Eine Schippe Dreck warf er sogar direkt gegen den Stein und zuckte mit einem ›Ups‹ die Schultern.

Als sie endlich die gesamte Erde entfernt hatten, hatte Frédéric Schwielen an den Fingern und die schlechteste Laune aller Zeiten. Selbst die himmlischen Plagen waren sonniger als sein Gemüt! Seine Hände zitterten, als sie Seile um die Griffe des Sarges fädelten und das Ding schließlich ans Tageslicht hievten und auf einen Karren luden.

Wenigstens jetzt besaß Salvatore den Anstand, mit anzupacken, anstatt weiter über den Friedhof zu stromern. Er schob gemeinsam mit Jason den Karren zum Ausgang, während Venturo neben Frédéric trat. »Wir möchten gern mit Ihnen sprechen.«

Frédéric schloss resigniert die Augen. Verflucht noch eins, sein Rücken schmerzte, seine Hände brannten, und er sehnte sich nach einer verflixten Dusche. »Hat das nicht Zeit?«

»Ich fürchte nein. Wir werden uns zusammen die Trümmer ansehen.«

Wenn es nur das war. Was wollten die da schon zu sehen bekommen? Frédéric nickte, und die beiden gingen voraus, da packte ihn Cecile am Arm.

»Das ist keine gute Idee.«

»Wieso nicht?«

»Ich habe ein sehr mieses Gefühl dabei«, murmelte die Hexe. »Die wissen ganz genau, dass der Einsturz keine natürliche Ursache hatte.«

»Hatte sie auch nicht. Eine Kirche fällt nicht einfach in sich zusammen. Zwangsläufig hat es eine nichtnatürliche Ursache!«

»Davon rede ich nicht.« Mittlerweile kniff ihn Cecile regelrecht. »Ich meine, sie werden dahinterkommen, dass Magie im Spiel war. Und dann werden sie herausfinden, wessen Magie.«

»So ein Blödsinn«, protestierte Frédéric, trotzdem zögerte er. »Das geht?«

»Natürlich geht das. Dazu muss man nicht mal selbst magisch begabt sein. Es reicht zu wissen, wonach man suchen muss, und man muss ein übernatürliches Medium sein.«

»Reden Sie keinen Unsinn«, schnaubte Frédéric. »Das sind Priester. Im besten Fall haben die eine Ausbildung als Bauleiter oder Statiker, aber sie stehen im Dienst der Kirche, und die stellt keinesfalls übernatürliche Medien ein.«

»Und doch befindet sich ein Magier in ihren Reihen.«

»Davon wissen die aber nichts«, fauchte Frédéric.

»Sind Sie sich sicher?«

»Wenn Jason nicht gepetzt hat, woher sollen sie es wissen?«

Kapitel 13

Ein bisschen Exorzismus schadet nicht

Das war eine gute Frage, und doch hatte Cecile ein verdammt mieses Gefühl bei der Sache. Diese Kerle gefielen ihr nicht, und wenn ihr jemand nicht behagte, dann hatte das nichts mit Sympathien, sondern mit Vorahnungen zu tun.

Frédéric drehte ihr den Rücken zu und ging Venturo und Picardi nach, während Cecile zu Jason und Salvatore aufschloss. Letzterer war bereits im Begriff, den Sarg mit bloßen Händen aufzustemmen.

»Lass das«, bat sie ihn. »Wenn wir den jetzt hier aufbrechen, macht das die Typen erst recht misstrauisch.«

Salvatore deutete auf die beiden Männer in den Lederjacken. »Sind sie auch Diener der Kirche?«

»Ja, und ich fürchte, die beiden Padres haben etwas gegen Magier.«

»Die Männer leben also nach Gottes Wort.«

»Das tut Frédéric gleichermaßen«, fauchte Cecile, aber Salvatore schüttelte beharrlich den Kopf.

»Er ist ein Hexer. Er ist nicht in Gottes Sinn. Genauso wenig wie du.«

Es war bestimmt ebenfalls nicht in Gottes Sinn, wenn sie diesem Bastard seine Locken einzeln ausriss und ihm als Pferdeschwanz wieder in den Hintern steckte! Gerade wollte sie Salvatore eine gewaschene Erwiderung an den Kopf werfen, als Frédéric ›Was in drei Teufels Namen soll das eigentlich werden?‹ über den Platz brüllte. Fassungslos sah Cecile zu, wie sich die beiden Männer auf Frédéric stürzten. Venturo schlug mit einem

Holzkreuz gegen Frédérics Stirn, während sein Kumpan Picardi ihm die Arme auf den Rücken verdrehte. Fluchend krümmte sich Frédéric vor Schmerz und sackte auf die Knie.

»Wow«, sagte Jason. »Denken die wirklich, sie kommen damit durch?«

Entweder waren die Männer unglaublich dumm oder sie hatten ein Ass im Ärmel, von dem weder Jason noch Cecile etwas ahnten. Jedenfalls sahen sie nicht überrascht aus, als Jason mit der völlig überhöhten Geschwindigkeit eines Vampires auf sie zu rauschte. Er stieß allesamt zu Boden, katapultierte Picardi über den gesamten Vorplatz und packte Venturo am Kragen.

Jason schüttelte den Kerl durch wie einen ungezogenen Hund und bog seinen Kopf zur Seite.

»Nein«, donnerte Frédéric, aber Jasons Zähne näherten sich dem Hals des Mannes.

»Ich sagte *Nein*«, brüllte Frédéric lauter. »Wag es nicht, ihn zu töten!«

»Gewöhn dich endlich dran, dass Vampire Blut trinken«, blaffte Jason und zwang den Kopf Venturos ein weiteres Stück beiseite, als dessen zunehmend kraftlosere Schläge seine Schulter trafen.

»Dann tu das woanders!« Frédéric warf sich gegen den Vampir. Ebenso gut könnte er versuchen, sich mit einer Steinmauer anzulegen. Die hatte wenigstens den Anstand, ihn nicht mit einem leichten Tippen an seiner Schulter zurückzuschleudern. Stöhnend krachte Frédéric auf den Rücken.

Aber auch Venturo blieb nicht untätig. Er hörte auf, sich gegen Jasons Griff zu wehren, und zerrte etwas unter seiner Jacke hervor, das Priester bestimmt nicht standardmäßig mit sich herumtrugen!

»Jason, pass auf«, brüllte Cecile und warf die Hände nach vorn.

Aus ihren Fingern schoss ihre Magie wie eine Peitsche heraus, allerdings war sie zu langsam. Sie erreichte die Pistole nicht mehr, deren Mündung Venturo mit einem erstickten Röcheln gegen Jasons Brust richtete. Es gab keinen Knall, nur ein leises Flitschen, und doch war die Wirkung enorm.

Jason zuckte zusammen, wurde kreidebleich, und Blut schoss aus seinem Mund.

»Damit habe ich jetzt nicht gerechnet«, hustete Jason, taumelte und sackte zu Boden. Er ließ Venturo fallen, der sich prompt auf die Knie hockte und erneut auf ihn anlegte. Diesmal erwischte ihn Ceciles Magie, riss ihm die Knarre aus der Hand und ließ sie in die Höhe schnellen. Sie landete hinter Frédéric, der sich über den reglosen Jason beugte und Venturo zubrüllte: »Das nehme ich Ihnen verdammt übel. Wenn ihn einer umbringt, bin ich das!«

Venturo ließ sich davon nicht beeindrucken. Er erwischte das Holzkreuz, das er beim Kampf mit Jason verloren hatte, und warf es nun nach Frédéric. Dieser konnte ausweichen, da verfolgte ihn das Ding! Es zischte durch die Luft, blieb stehen und machte wie ein Bumerang kehrt. Diese elenden Vatikanpriester mochten selbst keine Hexer sein, dennoch waren sie eindeutig mit magischen Requisiten ausgestattet. Durchflutet von jahrhundertealter Magie konnten die Dinger verheerenden Schaden anrichten. Ceciles Zauber streifte das verflixte Kreuz, änderte seine Flugbahn, doch verflucht, Cecile konnte nicht zaubern und sich gleichzeitig verteidigen. Im Augenwinkel sah sie, wie Picardi in ihre Richtung hechtete. Sie versuchte, auszuweichen und sich gleichzeitig auf ihren Zauber zu konzentrieren. Aber sie duckte sich nicht weit und nicht schnell genug.

Etwas Dünnes, Unnachgiebiges legte sich um ihre Kehle und schnürte ihr die Luft ab. Ihre Magie verpuffte, sie versuchte, ihre Finger unter das zu schieben, was sie da würgte. Sie ertastete

Perlen und ein Kreuz, das lose daran herabhing. Boah, bitte nicht. Picardi erdrosselte sie mit einem Rosenkranz? Leider ziemlich erfolgreich. Sie spürte ihre Kraft weichen, die Schmerzen an ihrem Hals, und vor ihren Augen tanzten dunkle Flecken. Flecken, zwischen denen sie sah, wie Frédéric sich nur immer wieder knapp unter dem angreifenden Kreuz wegducken konnte.

Sie erkannte auch Salvatore. Er stand neben dem Karren mit dem offenen Sarg! Wieso hatte er den Sarg geöffnet, Herrgott, und warum half er ihnen nicht? Er starrte auf Venturo, der sich Stück für Stück näher an seine auf dem Boden liegende Waffe heranarbeitete. Im Moment lag sie hinter Frédéric, aber wie lange noch? Zur Hölle, warum tat Salvatore nichts?

Mit ihrer gesamten verbliebenen Kraft warf sich Cecile gegen Picardi, und für einen Moment lockerte sich der Druck auf ihre Kehle.

»Salvatore«, röchelte sie. »Hilf uns!«

Entweder hörte der Kerl sie nicht oder er *wollte* sie nicht hören. Jedenfalls kam der Untote aus vergangener Zeit nicht mit seiner blöden schillernden Rüstung an und rettete sie! Er drehte einzig und allein den Becher in den Händen. Der Becher! Es war der gleiche wie in ihrer Vision!

Könnte Jason jetzt bitte, bitte wieder aufwachen? Venturo hatte ihm doch hoffentlich keine volle Dröhnung Eisenkraut verpasst und ihn für Stunden schlafen gelegt. Eine Kugel sollte der ja wohl wegstecken können! Leider sah sie Jason nirgends zum Angriff übergehen. Andererseits sah sie gerade ohnehin herzlich wenig. Als wäre die Kirche noch einmal eingestürzt, wirbelte Staub in der Luft und bildete einen undurchdringlichen Nebel. Sie spürte das Zerren Picardis an ihr, doch selbst das ließ für einen Augenblick nach. Ein Ruck brachte sie aus dem Gleichgewicht, und sie sackte zu Boden. Cecile hustete gegen den Staub an, der in der Luft hing und sich zunehmend in ihre Lunge verirrte, und wälzte sich auf den Bauch. Picardi lag reglos neben ihr. Blut sickerte unter seinem Kopf hervor, das wild gewordene Kreuz lag neben ihm und versuchte sich unter Frédérics Fuß hervorzuwinden.

»Das darf doch alles nicht wahr sein«, stöhnte er und schien sich mit seinem gesamten Gewicht auf das Kreuz zu stellen. Seine Hände schimmerten golden, und endlich verstand sie, wo der Nebel herkam. Es war Frédérics Zauber.

»Gibt es keinen Ausschalter? So geht man nicht mit einem Reliquienkreuz um«, beschwerte sich Frédéric. »Warum zum Teufel hat sich Jason bisher noch nicht auf Reliquien spezialisiert? Hätte er es ihnen schon geklaut, könnten sie mir nicht dermaßen eins damit überbraten.«

Cecile hielt es für klüger, ihn nicht darauf hinzuweisen, dass er Jason einen Einlauf mit Weihwasser verpasst hätte, wenn der gewagt hätte, irgendwas Heiliges zu stehlen.

Frédéric presste die Hand gegen seine Stirn. »Und kann die Welt bitte aufhören, sich zu drehen? Ich habe Karusselle schon als Kind gehasst.«

Verflucht noch eins, das war nicht gut. Im besten Falle hatte er lediglich eine Gehirnerschütterung. Doch wer wusste schon, welche Magie diese Kerle durch ihn gejagt hatten?

Cecile hielt nach Venturo Ausschau. Sie hörte gedämpft seine Stimme, sie meinte auch Salvatores Stimme zu hören, aber in dem dichten Dunst sah sie gerade mal Frédéric und Picardi. Wären sie einen halben Meter weiter von ihr entfernt, würde sie nicht einmal mehr die beiden sehen. Bevor sie sich um den anderen Padre kümmerten, mussten sie das aufmüpfige Kreuz loswerden.

»Auf drei nimmst du den Fuß runter«, bat sie und deutete auf das zuckende Kreuz.

»Das werde ich bestimmt nicht«, gab Frédéric zurück. »Es war reines Glück, dass es Picardi bewusstlos geschlagen hat. Weißt du, wie weh das Scheißteil tut? Ich habe in meinem Leben noch nie eine solche Tracht Prügel bezogen!«

Dann hatte er ein behütetes Leben gehabt, nichtsdestotrotz verkniff sie sich das lieber. »Vertrau mir«, sagte sie eindringlich. »Venturo wird uns über kurz oder lang selbst in dem Dunst hier finden.«

»Wehe, es verpasst mir erneut eine«, stöhnte Frédéric und sprang zurück. Er verschwand in dem Nebel, aber ihn musste sie auch nicht sehen. Als das Kreuz nach oben schoss, jagte Cecile ihre eigene Magie dagegen, und für einen Moment spürte sie die immense Macht in der Reliquie. Sie war alt, sie war mächtig, und Cecile musste ihre gesamte Kraft aufbieten. Sie musste es zerstören – nur dieser Gedanke hämmerte in ihrem Kopf. Für einen Moment sah sie die Geschichte des Kreuzes. Ihre Vision zeigte sogar den Baum, aus dessen Holz es geschaffen worden war. Den Zimmermann mit der schmutzigen Schürze und den schwieligen Händen und einen hochgewachsenen Mann mit fast schon mädchenhaften Gesichtszügen, der einen Zauber darüber sprach. Ha, es gab also doch Magier im Vatikan! Denn der Kerl trug die Tracht eines Bischofs. Nicht die rotweiße Festtracht der heutigen Bischöfe, diese hier war reich verziert, blau, mit roten Säumen und einem breiten ebenfalls roten Streifen in der Mitte. Solche Gewänder hatten die Bischöfe früher getragen, das hatte sie auf Bildern gesehen. Die letzte Sequenz enthielt Venturos Gesicht, aber er trug andere Kleidung als die heute. Eine schwarze Robe, und ein rotes Samthütchen saß auf seinem Hinterkopf. Sollte ihr das etwas sagen? Bevor sie den Gedanken richtig fassen konnte, zersprang das Kreuz in unzählige Splitter. Cecile sackte auf die

Knie und Himmel, so alt hatte sie sich schon lange nicht mehr gefühlt. Ihre Glieder zitterten unkontrolliert, sie schnaufte, und bleierne Müdigkeit überkam sie.

Mit ihrem Zauber schien sie gleichzeitig den Frédérics zerstört zu haben oder er war so erschrocken, dass er ihn selbst gelöst hatte. Jedenfalls sackte der Dreck zu Boden, und endlich konnte Cecile wieder reine Luft einatmen. Frédéric stand nur wenige Schritte von ihr entfernt und starrte fassungslos auf die Überreste des Kreuzes.

Leider sahen sie sich nun Venturo gegenüber, der just in jenem Moment zu ihnen herumwirbelte und mit seiner Pistole auf sie anlegte.

»Keine Bewegung«, fauchte Venturo. »Noch ein Zauber, und ich pumpe mindestens einem von euch Blei in den Körper. Denkt ja nicht, euer letzter Fluch würde mich dann abhalten!« Seine Jacke trug er nicht mehr, dafür hatte er einen Hemdsärmel hochgerollt, und aus einem handlangen Schnitt an seinem Unterarm tropfte Blut auf den Boden.

Für einen Moment überlagerte Verwunderung ihr Entsetzen. Solche Wunden kannte sie. Die brachte man sich bei, wenn man sich umbringen wollte – dann sehr viel tiefer – oder einem hilflosen Vampir sein Blut verabreichte.

Jason hatte er kaum wieder auf die Beine helfen wollen, der lag immer noch reglos auf dem Boden. Hatte Venturo sein Blut Salvatore gegeben? Nur warum? Wo war der verflixte Kerl eigentlich?

»Letzter Fluch?«, unterbrach Frédéric ihr Gedankenroulette.

»Jede Hexe und Hexer haben einen letzten Fluch«, flüsterte Cecile. »Werden Sie getötet, trifft jener Ihren Mörder, und sie enden nahezu immer tödlich. Nur Feuer kann ihn abwenden.«

Frédéric knurrte und presste die Finger auf seine Stirn. »Wie ungemein tröstlich, davon ist mir gleich viel weniger schwindlig.«

»Ruhe«, blaffte Venturo. Er schien noch mehr sagen zu wollen, allerdings zögerte er, als Cecile hinter sich das Knirschen von Reifen auf dem Kies hörte.

Bitte, bitte, lass es Jeremy oder Gaylord sein, betete sie insgeheim und wandte den Kopf. Was sollte sie sagen? Ihr Flehen wurde nicht erhört. Es war nicht Jeremy, es war nicht Gaylord. Es war niemand aus Jasons Truppe, der ihnen mal eben die Feinde vom Hals hielt und seinem Boss zur Hilfe eilte.

Es war ein alter Mann, der dort aus dem Wagen ausstieg. Die Hand auf der Tür zögerte er, ließ seinen Blick unsicher über sie und Frédéric schweifen und schließlich zu Venturo.

Hé, den kannte sie! Die aufgedunsene Wange mit der Narbe, geformt wie ein Y, hatte sie schon mal gesehen! Genau genommen in Notre-Dame.

»Was … was … was ist denn hier los?«, stotterte Monseigneur Pierlot.

Cecile öffnete den Mund, doch es war Frédéric, der mit der Antwort herausplatzte. »Die beiden sind völlig durchgeknallt!«

Der Bischof stutzte und schlug die Wagentür zu. Während Venturo die Arme vor der Brust verschränkte wie ein Security-Beamter der untersten Preiskategorie, fingerte Pierlot nervös an seinem Kinn. Er starrte zu Picardi hinab, der immer noch vor Ceciles Füßen lag und sich nicht rührte. »Was genau ist denn passiert?«

»Was passiert ist?«, donnerte Frédéric so laut, dass der Finger des Bischofs beim Zusammenzucken über seine Lippe bis in sein linkes Nasenloch rutschte. »Diese ›Experten‹ stellen völlig idiotische Fragen zum Einsturz der Kirche! Nicht etwa, ob die Statik mal überprüft worden ist, sondern wie viele unmenschliche

Kreaturen sich da aufgehalten haben, ob jemand schwarze Schleier gesehen hat und ob es in dem Ding spukt. Kaum gefällt ihnen das dritte ›Nein‹ nicht, holen Sie das Kreuz heraus und fallen über mich her. Ich bin schon einigen verrückten Menschen begegnet, aber die Idioten schlagen alles! Buchstäblich! Sie greifen nicht nur mich an, sondern auch völlig Unbeteiligte, wie Cecile und diesen Mann dort.« Er deutete an dem Bischof vorbei auf den bewusstlosen Jason. »Er hat Millionen für den Wiederaufbau Notre-Dames gespendet. Es wäre absolut fair, wenn er jeden einzelnen Cent wieder zurückhaben will.«

»Die Kirche erstattet nie Spendengelder, sobald wir erst mal die Quittung verschickt haben«, platzte der Bischof heraus. Er lief rot an und warf dann einen schiefen Blick auf Jason und Picardi. »Sind die beiden tot?«

»So viel Glück haben wir bestimmt nicht«, murrte Frédéric und sagte lauter, mit dem Fingerzeig auf Picardi: »Er ist definitiv bewusstlos. Jason jedoch …« Sein Blick wandte sich Cecile zu. »Ist er tot?«

»Er lebt. Wie lange noch, liegt in Gottes Hand«, tönte ausgerechnet Salvatore dazwischen. Er kam hinter dem Karren mit dem Sarg hervor. Blut klebte an seiner Unterlippe, und von der Unsicherheit und dem Misstrauen, die sonst seine Züge beherrscht hatten, war nichts mehr zu sehen. Er sah so aus, als wüsste er verdammt gut Bescheid, was hier lief, und müsste nicht eine Sekunde der Geschehnisse infrage stellen. Noch immer hielt er den verflixten Becher in der Hand, und er stellte sich ernsthaft neben Venturo. Dieser sah ihn zwar von der Seite an, allerdings richtete er seine Waffe nicht etwa auf den Vampir, sondern weiter auf Frédéric.

»Salvatore«, sagte Cecile eindringlich. »Ich weiß, du bist erst gestern von den Toten auferstanden und verwirrt, aber *er* ist der

Böse.« Sie zeigte auf Venturo.

Salvatore zuckte nicht mal mit einer Wimper. »Dessen bin ich mir nicht sicher. Während des Nebels reichte er mir sein Blut im Becher der Erkenntnis …«

Neben Cecile stöhnte Frédéric. »Langsam gehen mir die wahr werdenden Ammenmärchen auf die Nerven. Warum nicht gleich der Heilige Gral?«

Salvatore hingegen ließ sich von Frédérics Gemurmel nicht aus der Ruhe bringen. Er fuhr fort: »Ich erinnere mich.«

»Schön für dich«, knurrte Frédéric. »Dann brauchst du meine Hilfe ja nicht mehr, um die du noch vor einer Stunde gebettelt hast!«

»Nein«, erwiderte Salvatore und starrte Frédéric ungerührt an. »Ich brauche dich nicht. Du bist ein Hexer, du solltest …«

»… wenn du jetzt ›brennen‹ sagst, fliegt mir gleich eine Sicherung raus!« Mit einem inbrünstigen Stöhnen drückte Frédéric ein weiteres Mal die Finger gegen die Stirn. »In meinen Hirnwindungen tobt sowieso schon ein Buschbrand.«

»Haben Sie sich gestoßen?«, fragte Monseigneur Pierlot.

Frédérics Antwort bestand aus einem bitteren Lachen, während Venturo höhnisch die Lippen kräuselte. »Das heilige Kreuz hat ihn berührt.«

»Oh«, murmelte der Bischof, und seltsamerweise schien er in sich zusammenzusinken. »Das sagt wohl alles.«

»Das sagt was?«, bohrte Cecile.

»Eine unnatürliche Reaktion auf heilige Reliquien«, erwiderte Pierlot. »Es bedeutet nichts anderes, als dass er vom Bösen besessen ist.«

»Jetzt fangen Sie nicht auch mit diesem hirnrissigen Blödsinn an«, fauchte Frédéric. »Ich wüsste es, wenn ich vom Bösen besessen wäre. Das Böse geht mir zwar regelmäßig auf den Kranz, es nervt mich jedoch durch *andere* zu Tode und nicht durch mich selbst. Herrgott noch mal!«

Sein Ausbruch brachte den Bischof dazu, betrübt die Schultern weiter nach unten sinken zu lassen und das Haupt zu schütteln. »Das ist ebenfalls ein typisches Anzeichen. Die Verleugnung, gepaart mit Flüchen.«

Cecile kannte sich zwar in Sachen Exorzismus und Besessenheit nicht sonderlich gut aus, aber sie könnte schwören, Frédéric könnte jetzt einen Stepptanz hinlegen oder völlig stoisch einen Bibelvers runterrattern, es wäre genauso ein Anzeichen dafür, er sei vom Bösen beherrscht.

»Ich. Bin. Nicht. Besessen«, presste Frédéric heraus. »Der Einsturz der Kirche war ein Unfall! Es war nicht der Teufel, der das Ding in sich zusammenkrachen ließ, sondern i-«

Mit aller Kraft trat ihm Cecile auf den Fuß.

Frédéric zischte vor Schmerz. »Verfluchte Hölle!«

»Es muss wohl sein«, seufzte der Bischof. »Tun Sie, was getan werden muss, Monseigneur Venturo. Sie haben meine Erlaubnis.« Er warf Frédéric einen traurigen Blick zu. »Ich bedaure, dass es so enden muss. Sie waren stets ein sehr vielversprechender junger Mann …«

»Und Sie waren schon immer ein naiver Narr, der nicht weiß, wem er besser nicht vertraut«, blaffte Frédéric. »Sei es ein Buchhalter oder Ihre Haushälterin, die Sie wegen Belästigung anzeigen wollte, oder diesen verflixten Fotos, die Sie mit einer Prostituierten zeigen!«

»Sie war zur Seelsorge bei mir«, behauptete der Bischof.

»Ja, für *Ihre* Seele und deren irdische Belange!«

»Da sehen Sie es, der Teufel spricht aus Ihnen.«

Besagter Teufel knurrte lediglich und packte Cecile um die Taille. Seine Hände verkrampften sich vor Wut so sehr, dass er sie kniff. »Ich hätte jetzt nichts gegen noch mehr Magie«, zischte er. »Ich weiß nur nicht wie.«

»Der Nebel?«

»Reiner Zufall.«

Ein sehr praktischer Zufall, wenn man sie fragte. Leider hatten sie wohl keine Zeit für viele Versuche.

»Du«, schnarrte Venturo und deutete auf Salvatore, allerdings nicht ohne erneut die Pistole zu heben und auf Frédéric zu zielen. »Im Wagen ist Benzin, kipp es über den Karren, dann verbrennen wir sie.«

Salvatores Züge verzogen sich zu einem selbstgefälligen Grinsen. »Meine Wahl schien richtig gewesen zu sein.«

»Toll, jetzt bedient er seine fixe Idee«, brummte Frédéric unzufrieden.

Elender Mist. Ihr fehlte eindeutig die Kraft für einen starken Zauber, der ihnen mal eben den Hintern rettete. Und wenn sie nur ein kleines Feuerwerk startete, knallte Venturo Frédéric ab. Dass dieser dann unter Frédérics Todesfluch zu leiden hätte, würde Cecile herzlich wenig trösten. Himmel, sie musste sich sehr schnell einen verdammt guten Plan einfallen lassen.

»Muss es wirklich so sein?«, stammelte Pierlot nervös, während Salvatore Benzin über dem Fuhrwerk und dem offenen Sarg verteilte. »Ein Feuer ist ziemlich auffällig.«

»Wenn das Ihre einzige Sorge ist, dann töten *Sie* die beiden und nehmen deren Flüche auf sich.«

»Lieber nicht«, murmelte Pierlot. »In letzter Zeit habe ich ohnehin schon sehr viel Pech. Verwünscht zu werden fehlt mir gerade noch.«

»Auf den Karren«, befahl Venturo und meinte damit leider nicht Pierlot, sondern Frédéric und Cecile.

»Wir wären ziemlich bescheuert, da raufzuklettern«, wandte

Frédéric ein.

»Wärt ihr«, lächelte Venturo hämisch. »Aber wenn ihr es nicht tut, stirbt erst unser verehrter Monseigneur hier und dann euer Vampirfreund.«

Der Bischof erstarrte und wurde aschfahl, als Venturo die Mündung in seine Richtung schwenkte.

Eine Wahl erübrigte sich ohnehin, denn Salvatore wollte offenbar nicht abwarten, bis sie sich entschieden hatten, ob sie sich freiwillig für einen völlig durchgeknallten Bischof und Jason opferten oder lieber zickten. Er packte sie und wuchtete sie mit einem Ruck auf den Karren. Genau genommen parkte er sie direkt in dem offenen Sarg.

Im ersten Moment versuchte Cecile, auf der anderen Seite wieder hinauszusteigen, aber Salvatore riss sie zurück und warf sie gegen Frédéric.

»Öffnen Sie Ihren Geist für mich«, flüsterte sie dem Priester hektisch ins Ohr. »Ich brauche Ihre Kraft.«

»Tu, was immer dich glücklich macht«, seufzte Frédéric. »Hauptsache, wir enden nicht als Grillhähnchen.«

So gut es auf den Überresten der Frau ging, schob sich Cecile unter Frédérics schlechtgelaunten Kommentaren (»Mit einem solchen Bockmist hat sie bestimmt weder im Leben noch im Tode gerechnet.«) hinter ihn und schlang die Arme um seinen Oberkörper. Ihre Hände verschränkte sie mit seinen, und sie presste die Stirn gegen seinen Rücken.

Sie vernahm Pierlots Seufzen. Dieser Feigling kehrte ihnen tatsächlich den Rücken und hielt sich die Ohren zu! Aber darauf durfte sie sich jetzt nicht konzentrieren. Sie schloss die Augen, konzentrierte sich auf die Magie, die sie allein durch Frédérics Finger spürte, und riss an dem Energiestrom. Sie lenkte ihn zu sich und hörte das Schnappen eines Feuerzeugs. Venturo hatte einen Stock aufgehoben, setzte ihn seelenruhig in Brand und warf ihn in ihre Richtung. Das Ding musste sie zuerst aufhalten. Gedanklich schuf Cecile einen Schutzwall um sich und Frédéric. Sie riss an Frédérics Kraft, verstärkte damit ihre eigene, und um sie beide legte sich ein mannshoher grüner Schimmer. Für einen Moment schien er sich wie ein Flummi zusammenzuziehen, bevor er sich mit einem Ruck über die Umgebung verteilte.

Es krachte ohrenbetäubend. Der Karren brach unter ihnen zusammen und Gott, sie wollte lieber nicht darüber nachdenken, dass sie jetzt auf einer zerlegten Leiche hockten.

Venturo und Salvatore wurden zurückgeschleudert, der Bischof landete mit dem Rücken voran auf der Motorhaube seines Wagens. Der Krach schien auch endlich Jason wieder zu Bewusstsein zu bringen. Der Vampir kam schwankend auf die Knie, robbte in Picardis Richtung und zog ihn mit einem Ruck zu sich. Jason roch an dem Mann und versenkte seine Zähne in dessen Hals.

Sie spürte, wie Frédéric sich verkrampfte, aber zum Teufel, auf seine Moralvorstellungen konnten sie jetzt keine Rücksicht nehmen. Gerade überlegte sie, wie sie Venturo und den verräterischen Bastard Salvatore ausschalten konnte, da packte dieser Venturo um die Hüfte und raste mit ihm davon.

Für einen Moment war sie darüber nicht froh, sondern verdammt sauer! Da bekamen sie endlich die Oberhand, und die Memmen hauten einfach ab! Cecile stieß die angehaltene Luft aus und löste ihre Hände von denen Frédérics. Dabei widerstrebte ihr das zutiefst. Am liebsten würde sie noch lange so mit ihm dasitzen. Okay, vielleicht nicht auf der alten Lucia des Saints. Vorsichtig rappelten sie sich auf und stiegen von ihren Überresten.

»Wir sind ein gutes Team. Das war ausgezeichnet«, sagte Cecile und stemmte die Hand in ihre Hüfte. »Nun ja, bis auf den

Krater.«

»Mit etwas Glück gibt es dort irgendeine Leitung. Dann kann ich behaupten, sie würde repariert«, seufzte der Priester und ließ sich auf die niedrige Friedhofsmauer nieder. Er legte den Kopf in den Nacken und schloss die Augen. »Kann Magie auch die Zeit zurückdrehen?«

»Ich fürchte nein«, gab Cecile zurück. Allerdings hielt sie bei Frédéric wenig für unmöglich. Eine solche Macht war ihr in ihrem ganzen Leben noch nicht begegnet. Sie selbst war nicht gerade unbegabt. Aber ihre Talente lagen auf dem Gebiet der Weitsicht, Ortungszaubern und dem Herstellen magischer Gebrauchsgegenstände, die den Umgang mit bissigen Vampiren und störrischen Priestern, äh, Magiern erleichterten. Tränke, die Vampire vor dem Tod in der Sonne schützten, heilende Salben und eben Handschellen. Wow, sie hatte echt nicht viel zu bieten.

»Nettes Intermezzo«, stellte Jason fest und betrachtete wenig begeistert sein Hemd. In der Mitte seiner Brust verunstaltete ein kreisrundes Loch seine Brust. »Zu schade, dass ich das Meiste verschlafen habe.«

»Immerhin siehst du wieder aus wie neu«, seufzte Cecile.

»Was man von dem nicht behaupten kann«, erwiderte Jason und deutete mit dem Kopf auf den toten Picardi. Vorsichtig spähte Cecile zu Frédéric. Hielt er Jason jetzt einen Vortrag über die Schändlichkeit von Mord und Totschlag? Aber der Priester rieb sich nur den Kopf, starrte ins Leere, und schließlich zog er ein schwarzes Band hervor, an dem ein silbernes Kreuz baumelte. Kurz zögerte er, bevor er es mit der anderen Hand umschloss und keine Sekunde später fluchend fallen ließ. Als er die Faust öffnete, sah sie den eingebrannten Abdruck des Kreuzes auf seiner Handinnenfläche.

»Himmel«, sagte sie entsetzt.

»Ihr habt mich doch nicht irgendwie zu einem von euch gemacht«, rief Frédéric aus. »Also zu einem Vampir.«

»Nicht im Geringsten.«

»Verdammt noch eins, warum kann ich dann kein Kreuz mehr berühren?«

»Sie sind ein Feind der Kirche, das Kreuz hat Sie gekennzeichnet«, tönte Pierlot und verzog im nächsten Moment das Gesicht, als würde er sich am liebsten selbst ohrfeigen wollen. Der Bischof hangelte sich an seinem Wagen entlang zur Fahrerseite. »Vielleicht sollten Sie einen Exorzismus in Erwägung ziehen. Ich, äh, fahre zu mir und stelle die nötigen, äh, Formulare.«

Aber bevor er die Wagentür öffnen konnte, war Jason bei ihm und hielt die Tür zu. Er kesselte ihn zwischen seinen Händen ein, die er links und rechts auf dem Dach des Wagens ablegte.

»Nicht so eilig. Wenn ich es mir recht überlege, haben Sie eine interessante Blutgruppe.«

»Ich kann das alles erklären«, beteuerte der Bischof. » Abbé Durand, mein lieber Freund. Sie werden doch nicht zulassen, dass mir dieser Mann Gewalt antut!«

Abbé Durand sah nach Ceciles Meinung aus, als überlege er, ob er Jason nicht noch anfeuern sollte. Jedenfalls spiegelte seine Miene nicht gerade Mitleid mit dem alten Mann wider. Er starrte ihn nur ausdruckslos an. Dass er kein Wort sagte, schien dem Bischof mehr zuzusetzen als jede Drohung. Nervös zerrte er an seinem Kragen und schielte immer wieder zu Jason.

»Erinnern Sie sich, was wir bisher zusammen erlebt haben! Sie waren einer meiner liebsten Schützlinge! Bereits mit Antritt Ihres ersten Pfarramtes habe ich Ihr Potenzial erkannt. Habe ich Ihnen nicht bei jedem Problem zur Seite gestanden?«

»Ich bin sicher, Sie hätten an meinem Grab eine nette Rede gehalten, wenn die mit mir fertig gewesen wären«, blaffte Frédéric.

»Ich habe Ihren Tod nie geplant oder gewollt«, beteuerte der Bischof. »Es ging nur um … um … äh …«

»Um was?«, bohrte Frédéric.

»Also ich kann das wirklich erklären!«

»Vielleicht solltest du ein wenig nachhelfen?«, schlug Cecile Jason vergnügt vor. »Er sieht aus, als würde er uns unbedingt etwas mitteilen wollen, traut sich aber nicht.«

Eine glatte Lüge. Der Mann sah aus, als wäre er beschäftigt, seine Darmtätigkeiten unter Kontrolle zu halten und dabei nicht zu vergessen, vor Angst zu schlottern.

Jason schüttelte den Bischof am Kragen ein wenig durch. »Ich bin sicher, er wird reden wie ein Wasserfall, wenn wir uns bequemere Gefilde gesucht haben.«

Kapitel 14

Moralapostel schlagen jede Gewerkschaft

Hätte Frédéric geahnt, welche Gefilde Jason damit meinte, wäre er niemals in das verdammte Auto gestiegen.

Jasons Fahrzeug hielt nicht etwa in einem heruntergekommenen Gewerbegebiet vor einem Lagerhaus, in dem man Pierlot nicht schreien hörte, sondern in einer Querstraße des Boulevard de Clichy. Als er ausstieg, konnte er die rote Mühle des Moulin Rouge erkennen. Die Schaufensterläden in den Erdgeschossen der Wohnhäuser verkauften abwechselnd Reizwäsche, DVDs oder gleich den Sex an sich.

Die Tür, auf die Jason nun zusteuerte, gehörte zum Glück zu keinem der Ladengeschäfte und sah aus wie jede andere Eingangstür eines Wohnhauses. Leider verbarg sich dahinter nicht ein Flur, in dem Briefkästen hingen und Kinderwagen standen. Nein, hier floss das Leben. Buchstäblich. Es floss in Form von Spermien aus Freiern, von denen einige zum Warmwerden die Stripperinnen betatschten.

Fassungslos blieb Frédéric einen Schritt hinter der Schwelle stehen. Vor ihm tat sich ein großer Raum auf. Die Luft war so stickig, dass er sich nach einer Sauerstoffflasche sehnte. Wenigstens schien der Laden sauber zu sein, solange niemand ein Schwarzlicht anschaltete. Die Tische glänzten, der Boden reflektierte die flackernde Deckenbeleuchtung. Die Kellnerinnen trugen zwar nur zentimeterbreite Stoffstreifen am Leib, aber sie verbargen besser die wesentlichen Stellen als die Herzchenaufkleber auf den Brüsten der Tänzerinnen. Warum zum Teufel hatten die sich die Mühe gemacht, etwas auf ihre Nippel und ihren Schambereich zu kleben? Jeder Idiot wusste, wie er in seiner Fantasie die verdeckten paar Quadratzentimeter ausfüllen musste.

»Wem gehört das Etablissement?«, fragte Frédéric.

»Mir«, erwiderte Jason und grinste breit. »Sie bekommen also den Freundschaftsrabatt.«

Frédéric warf ihm einen missmutigen Blick zu. »Gibt es eigentlich eine Sünde, die Sie auslassen?«

»Völlerei.«

Wie ungeheuer schwer für einen Vampir! Das konnte ihm Gott doch kaum zugutehalten! Ach, was regte er sich auf? Aus der Nummer kam er ohnehin nicht so schnell wieder heraus. Ein Priester in einem Puff. Jahrelang hatte er sich um einen guten Ruf bemüht und nun das.

Was zum Henker wollten sie hier? Das würde dem Erzbischof sicher nicht genügend Respekt einflößen, um endlich zu erklären, warum er ein Mordkommando auf Frédéric angesetzt hatte. Was anderes war es nämlich nicht gewesen!

Brauchte Jason ein Hinterzimmer, um aus dem Mann ein Geständnis zu schütteln? Vielleicht wartete dann hinter einer Tür ja schon die Polizei, die lauschte? Das würde Frédéric gefallen. Aber wie erklärte man das Geschehen in Ajou einem Richter? Der sprach Monseigneur Pierlot sofort frei und steckte Frédéric in eine Nervenheilanstalt.

Jason hielt noch immer Monseigneur Pierlot am Kragen gepackt und schleifte ihn an der Bar vorbei.

»Was hat er vor?«, fragte Frédéric die Hexe.

Diese hörte auf, eine vollbusige Brünette mit dicken Locken anzuglotzen. Es schien ihr sichtlich schwerzufallen, ihren Blick von ihr zu lösen und ihn Frédéric zuzuwenden. »Entschuldigung, ich habe nicht zugehört.«

»Ich hätte nicht gedacht, dass Sie dem weiblichen Geschlecht zugeneigt sind«, spottete Frédéric, und Cecile riss die Augen auf. »Das bin ich nicht«, rief sie aus. »Ich habe mich nur gefragt, ob sie ihre Brüste mit Beton ausgegossen hat. Ich meine, die Frau muss mindestens Mitte dreißig sein, und sie hat den Busen einer Zwanzigjährigen!«

Im Ernst? *Das* war ihre Sorge? Zu allem Überfluss packte ihn Cecile am Arm und zerrte ihn zu der Stripperin, die in ihren Bewegungen stoppte und ihnen neugierig entgegensah.

»Die können unmöglich echt sein«, behauptete Cecile. »Fühlen Sie doch mal!«

Einen Teufel würde er tun!

»Cecile, hör auf, meine Mitarbeiterinnen zu betatschen«, donnerte Jason, und zum ersten Mal in seinem Leben war Frédéric froh über dessen Prioritäten. Vor allem, weil Cecile jetzt an ihren eigenen Brüsten herumgrabschte.

»Ich bin neidisch«, gestand sie.

»Dafür gibt es keinen Grund. Ihre sind äh …« Sacre, die Worte kamen schneller über seine Lippen, als er denken konnte. Cecile hob den Kopf und sah ihn an.

»Sie sind was?«, bohrte sie.

Warum hielt er nicht den Mund?

»Wir müssen zu Jason«, sagte Frédéric schnell, drehte sich um und sah zu, dass er diesem verflixten Vampir folgte. Aber wo er auch hinging – er verließ vielleicht Sodom, landete hingegen in Gomorrha.

Das Hinterzimmer war an der Längsseite voll verspiegelt, die restlichen Wände waren schwarz gestrichen, und die diffuse Beleuchtung erinnerte Frédéric an eine Opiumhöhle. Nur gab es in solchen Stätten keine Edelstahlstangen in der Mitte des Raumes.

Monseigneur Pierlot hockte zusammengesunken auf einem Stuhl. In dem schummrigen Licht glitzerten die Schweißtropfen auf seiner Stirn, und mittlerweile kaute er schon so lange auf seiner Lippe, dass sie aufplatzte und zu bluten begann.

Jason deutete auf Cecile. »Setz dich auf seinen Schoß.«

Zum Teufel, Cecile ließ sich nicht zweimal bitten. Sie zerrte an ihrem Ausschnitt, dass ihre Brüste noch weiter herausgedrückt wurden, und marschierte auf den Bischof zu. Dieser ächzte, als sie sich auf ihm niederließ und ihm die Arme um den Hals schlang. Spätestens als sie die Hände Pierlots auf ihren Ausschnitt legte, wusste Frédéric nicht mehr, wem er zuerst am liebsten etwas brechen würde. Es gab eindeutig zu viele Kandidaten!

»Was … was … was tun Sie da?«, stotterte der Bischof und versuchte vergeblich, seine Hände zurückzuziehen. Cecile hielt sie unerbittlich an Ort und Stelle.

Jason holte hingegen ein Handy heraus. »Wir machen Fotos.«

»Fotos?«, entfuhr es Frédéric und Pierlot gleichzeitig.

»Alternativ kann ich Sie foltern und Ihre Leiche anschließend irgendwo in einem Abwasserkanal versenken«, konterte Jason. »Aber dann heult mir ein gewisser Priester die Ohren voll und lenkt mich so ab, dass mir wieder jemand eine Eisenkrautkugel reinknallt.«

»Ich kann nichts für Ihre mangelnde Aufmerksamkeit«, gab Frédéric patzig zurück.

Jason legte die Hand auf seine Brust. »So was tut weh.«

Frédéric runzelte die Stirn. »Die Beleidigung?«

»Nein, die Kugel!«, rief Jason. »Ihr Glück, dass sie glatt durchgegangen ist. Sonst hätten Sie mich mal mit richtig schlechter Laune erlebt.«

»Ich versteh das nicht«, stotterte Monseigneur Pierlot. Damit war er nicht der Einzige. Frédéric kam nämlich ebenso wenig mit.

»Die Fotos gehen an Ihren werten Vorgesetzten«, gab Jason zurück.

»Den Kardinal?«, rief Pierlot entsetzt aus. Er versuchte wieder, seine Hände von Ceciles Brüsten zu ziehen, aber er müsste sie sich schon abbeißen.

»Nein, den Papst.« Jason grinste vergnügt, und das Blitzlicht seiner Kamera erleuchtete den Raum.

»Wie wollen Sie sicher sein, dass die Fotos nicht vorher aussortiert werden?«, fragte Frédéric verdutzt.

»Ich habe meine Kontakte. Die kommen dort an, wo sie hinsollen. Wie ich hörte, mag der momentane Papst solches Gesocks nicht in seinen Reihen. Ihre Karriere wäre zweifellos ruiniert«, erklärte Jason süffisant. »Dabei machen Sie sich nicht wenig Hoffnungen, Kardinal zu werden …«

»Nur, wenn mich die Kirche als würdig erachtet«, keuchte Pierlot und stöhnte, als Cecile auf seinem Schoß herumrutschte.

»Nach den Fotos sollte das schwerfallen. Dann müssten die anderen Kandidaten ja noch schlimmer drauf sein, und in diesem Fall sollte man dem Heiligen Vater den Vorschlag unterbreiten, ob er den Job nicht gleich an unseren Abbé Durand hier vergibt.«

»Was?«, entfuhr es Frédéric.

»Sie haben schon so viel für uns getan, da kann ich mich revanchieren.«

Das listige Grinsen des Vampirs gefiel Frédéric nicht im Geringsten.

»Außerdem kann man selbst im Vatikan nicht genügend Leute haben, die die Hühneraugen im Zweifel mit zu drücken.«

»Ich verzichte«, fauchte Frédéric. Das fehlte ihm noch! In tausend Jahren würde er niemals in der Schuld Jasons stehen wollen. Der lachte nun.

»Kriegen Sie sich wieder ein. Das war ein Scherz.« Jason beugte sich zu Pierlot hinunter. »Was Sie betrifft, ist es allerdings mein voller Ernst. Sie haben die Wahl. Entweder wir machen ein reizendes Fotoshooting und schicken die Bilder an den Vatikan oder Sie sagen uns, was der Aufstand in Ajou eigentlich zu bedeuten hat.«

»Sie haben keinen Schimmer?«, platzte Pierlot erstaunt heraus, und Jason richtete sich auf.

»Willst du vielleicht noch ein, zwei Posen üben?«, fragte er Cecile. Jene zog ihr Bein an und hängte es dem Bischof über die Schulter. Grundgütiger, war diese Frau gelenkig!

»Schon gut«, stöhnte Monseigneur Pierlot. »Es tut mir außerordentlich leid. Ich habe dem Vatikan gemeldet, dass die Dorfkirche in Ajou eingestürzt ist und die Gerüchteküche der Dorfbewohner brodelt. Es war von einem goldenen Flimmern die Rede. Die dachten ja ernsthaft, der Heiland persönlich wäre in dem Moment erschienen. Wie ich hörte, haben auch einige von ihnen nach Rom geschrieben …«

»Der Teufel soll sie alle holen«, brummte Frédéric. Die verdammte Bande hatte ihn verpetzt! Jahrelang besuchten sie seine Gottesdienste, jammerten ihn mit ihren Problemen voll, und zum Dank verpfiffen sie ihn bei der erstbesten Gelegenheit!

»Weiter«, verlangte Jason, und Pierlot ächzte unter Ceciles Bewegungen.

»Außerdem gibt es bereits einen neuen Kardinal für Frankreich«, lamentierte der Bischof. »Er wurde noch nicht berufen, aber sein Büro schrieb mir, dass ich ein besonderes Auge auf Notre-Dame haben solle. Nun ja … Nachdem ich Abbé Durand mit dieser, äh, äh …« Er starrte Cecile verzweifelt an. »… netten Dame sah, habe ich am Abend ein weiteres Mal Notre-Dame besucht. Der Fußboden und ein Baugerüst waren zerstört, auf dem Altar fand ich einen Miniaturbaum, und in der Mauer oben war ein Loch!«

»Was hatten Sie überhaupt an dem Tag in Notre-Dame verloren?«, unterbrach Frédéric. »Sie haben doch etwas gesucht!«

»Das Büro des Kardinals schrieb, es gäbe etwas Wichtiges in Notre-Dame, das unbedingt geschützt werden müsse.« Erneut biss sich Pierlot auf die geschundene Lippe. »Es wird ja immer mal wieder von versteckten Schätzen in Notre-Dame gemunkelt. Ich war neugierig.« Sein Blick huschte nervös von Frédéric zu Cecile und schließlich zu Jason, der sein Handy in der Hand hielt und Pierlot ausdruckslos anstarrte.

Dieser schluckte und musste sich zweimal räuspern, bevor er überhaupt wieder einen Ton herausbekam. »Dann kamen die beiden Padres aus Rom«, rasselte er herunter. »Sie stellten eine Menge Fragen. Nicht nur zu dem Vorfall, auch zu Abbé Durands bisheriger Laufbahn. Ob er jemals durch ungewöhnliche Geschehnisse aufgefallen sei. Nun ja, jahrelang war sein Lebenslauf tadellos gewesen, aber in letzter Zeit ließ er ein wenig zu wünschen übrig. Wir beobachten schon seit längerer Zeit mit einiger Sorge, dass er Ihnen und Ihrer Familie immer mehr verbunden ist. Verstehen Sie mich nicht falsch, Sie sind wirklich ein geschätztes Mitglied unserer Gemeinde, trotzdem pfeifen die Spatzen von den Dächern, womit Sie Ihr Geld verdienen.«

Das hätte Pierlot wohl besser nicht gesagt. Jason beugte sich über ihn, und seine Nase war nur wenige Millimeter vom Zinken des Erzbischofs entfernt. »Womit denn?«, grollte er so tief, dass es selbst in Frédérics Brust vibrierte.

»Äh …«, ächzte Pierlot. »Erpressung, Geldwäsche, Auftragsmord, Diebstahl …«

»Inwiefern hebt mich das von euch Scheißern im Vatikan ab?«

»Ich muss doch sehr bitten«, protestierte Pierlot.

»Ich setze nicht das Mordkommando auf meine eigenen Leute an, nur weil sie was kaputt machen«, schnauzte Jason.

»Das war überhaupt nicht geplant!«, rief Pierlot aus. »Ich

wusste nicht, was diese Männer vorhatten!«

»Sie wussten es vielleicht vorher nicht, aber was ist an einer gezogenen Waffe falsch zu verstehen? Oder daran, uns verbrennen zu wollen?«, blaffte Frédéric.

Pierlot zog den Kopf ein und wich ihren Blicken aus, indem er ausgerechnet auf Ceciles Brüste sah.

Jason seufzte. »Er ist ein Idiot«, lautete sein vernichtendes Urteil. »Allerdings harmlos.«

Pierlot nickte heftig, blickte zu Jason und öffnete den Mund. Als der Vampir nun gefährlich knurrte, machte er sich noch kleiner und brachte keinen Ton heraus.

Jason nickte Cecile zu. »Lehn dich auf seinem Schoß zurück.«

Cecile lehnte sich tatsächlich nach hinten. Genau genommen könnte man meinen, die hätten bereits öfter solche geschmacklosen Foto-Shootings veranstaltet.

»Das wird dem Heiligen Vater gefallen«, spottete Jason.

Monseigneur Pierlot bog den Kopf zurück, als ihm Cecile ernsthaft einen Fuß auf die Stirn stellte. »Aber Sie sagten …«

»Ich habe gelogen. Die Fotos gehen trotzdem an den Vatikan«, erwiderte der Vampir kalt und wandte sich Frédéric zu. »Wollen Sie vielleicht auch noch ein Foto mit Cecile?«

»Die Kamera soll Ihnen in der Hand explodieren«, murrte Frédéric.

Himmel, das konnte er sich nicht mit ansehen. Ob der Kerl ihn nun hatte umbringen lassen wollen oder nicht, sein Fremdschäm-Level war für diese Farce einfach nicht ausreichend!

»Ich warte draußen«, brummte Frédéric und drückte gegen die Tür. Er fand sich in dem schmalen Flur wieder und ging zurück in den Eingangsbereich. Dorthin, wo die Mädchen tanzten und die Bar war. Die Kirche wusste schon, warum sie ihre Priester den Frauen abschwören ließ, aber nichts gegen mäßigen

Alkoholkonsum hatte. Irgendwie mussten sie ja wahnsinnige Hexen und Vampire ertragen!

Der leichte Druck hinter seiner Stirn erinnerte ihn an die Eskapade des Vorabends und das grauenvolle Erwachen in der Früh. Ach, verflucht.

»Einen Eistee, bitte«, bestellte Frédéric mit einem resignierten Seufzen.

»Mit Rum?«, fragte der Barkeeper.

»Ohne!«

Der Mann hinter dem Tresen war im Übrigen der Einzige, der mehr als die Hälfte seines Körpers mit Textilien bedeckte. Aber umso kritischer musterte er Frédéric. »Sind Sie Polizist?«

»Priester«, gab Frédéric entnervt zurück und deutete auf sein Kollar.

»Manche tragen das, um dann hier eine ›Nonne‹ klarzumachen.«

Als bräuchte Frédéric noch einen Grund für Kopfschmerzen. »Ich will keine Nonne, sondern einen Eistee!«

»Schon zu viele von den richtigen Nonnen gehabt, was?«, lachte der Barkeeper und stellte ihm ein Glas mit einer braunen Flüssigkeit hin. Gott bewahre! Frédéric roch an dem Getränk, aber es war wirklich nur Eistee.

»Setzen Sie es auf Jasons Rechnung«, bat Frédéric. Wenn der Vampir ihn schon hierherschleifte, sollte er nicht noch an ihm verdienen!

»Der Papst zahlt wohl nicht gut?« Der Barkeeper zog spöttisch die Augenbrauen nach oben. »Oder wirft dann die Spesenabrechnung Fragen auf?«

Zum Teufel. Jasons Angestellte waren genauso nervtötend wie der Vampir selbst. »Schön, also wie viel schulde ich Ihnen?«, fragte Frédéric genervt.

»Geht aufs Haus«, grinste der Barkeeper. »Eistee nehmen wir hier nur zum Auffüllen von Cocktails. Ohne Alkohol haben wir dafür überhaupt keine Nummer in der Kasse.«

»Danke«, presste Frédéric heraus. Ohne ein weiteres Wort wandte er sich schnell von der Theke ab und setzte sich in eine Nische.

Lange blieb er allerdings nicht unbehelligt. Eines der Mädchen trat auf ihn zu. Lange, braune Haare legten sich über ihre nackten Schultern, sie hatte riesige Augen wie eine Puppe. Ein Effekt, der sich noch verstärkte, als sie die Augen aufriss und einen kleinen Schmollmund zog. Sie mochte sicherlich denken, es sei erotisch. Frédéric hingegen hatte den Eindruck, als hätte sie etwas furchtbar Peinliches angestellt oder sei mit einer Ente verwandt.

»Hi«, begrüßte ihn die junge Frau. »Ich bin Hazel, und wer bist du?«

»Frédéric …«, gab er gedehnt zurück. » Abbé Durand, um genau zu sein.«

»Oh, ein Priester«, stellte sie fest.

»Ja.«

»Sie sehen aber nicht aus wie ein Priester.«

Ähm, er trug einen Kollar und ein Kreuz auf der Brust. Das verbrannte ihm zwar die Haut, wenn er es berührte, aber deswegen kennzeichnete es ihn nicht weniger als Gottesdiener. Auffälliger wäre nur noch die Papst-Robe.

»Wie sehen deine Priester denn normalerweise aus?«, fragte er vorsichtig.

»Älter«, gab sie zurück. »Fleischiger und lüsterner. Die hätten mich schon längst angefasst.«

Sie setzte sich neben ihn auf die Bank. Viel zu nah für seinen Geschmack, und wenn er dabei nicht ihre Schenkel streifen würde, hätte sich Frédéric spätestens jetzt auf seine Hände gesetzt.

Stattdessen hielt er das Glas in der einen, während Hazel seine andere nahm.

»Sie haben schöne Finger. Spielen Sie Klavier?«

»Orgel.«

»Dieses Dam dam damm dam dam dadam?«

»Das auch, ja«, sagte Frédéric schwach. Wie lange brauchte Jason noch? Und hatte das Mädchen nichts anderes zu tun, als ihre Zeit bei einem Priester zu verschwenden? Merde. Genau genommen war es seine Aufgabe, sie davon abzuhalten, sich bei anderen Männern auf den Schoß zu setzen. Oder war sie ›nur‹ eine Tänzerin?

»Und was ist Ihre spezielle Dienstleistung?«, fragte Frédéric vorsichtig.

»Oh, vieles«, erwiderte Hazel heiter. »Lapdance, Oralsex, normaler Sex, und manchmal übernehme ich den Escort-Service.«

»Sie sollten nicht hier sein«, platzte er heraus.

Hazel wiederum sah ihn mit großen Augen an. »Wieso, gefalle ich Ihnen nicht?« Sie streckte den Brustkorb raus und spähte hinunter. »Hab' ich zu kleine Brüste?«

»Was? Nein!«, rief Frédéric aus.

»Sind sie zu hässlich?« Nun legte sie die Hände unter ihren BH und schubste dessen Inhalt hin und her.

»Sie sind perfekt«, beteuerte Frédéric, und jetzt strahlte sie ihn an.

Ehe er sich versah, schlang Hazel ihm die Arme um den Hals. »Sie sind so lieb«, verkündete sie und gab ihm einen Kuss auf die Wange. »Aber wenn es nicht meine Brüste sind, dann vielleicht mein Gesicht?«

»Das muss Gott ebenso persönlich erschaffen haben«, ächzte Frédéric. »Sie sollten Ihren Körper nicht so zur Schau stellen. Es gibt so viel anderes, was Sie machen könnten.«

»Was denn?«, fragte Hazel neugierig.

»Ich bin mir sicher, Sie sind sehr pfiffig, dazu noch jung und motiviert. Sie können alles machen, was Sie wollen. Studieren. Oder in einem Büro arbeiten. Vielleicht besitzen Sie ja auch künstlerisches Talent …«

»Ich kann an der Stange tanzen.«

Donnerwetter, das glaubte er ihr ungesehen. »Lassen Sie die Stange weg und werden Sie Tanzlehrerin", schlug er vor.

»Eigentlich will ich ja Schauspielerin werden.«

»Schauspielerin …«, wiederholte Frédéric. Warum wollten immer alle Schauspielerin werden? Was war gegen Verkäuferin oder Tischlerin einzuwenden?

Hazel nickte eifrig. Mit ihren Brüsten im Takt. Der Herr steh ihm bei, dass er hoffentlich nicht mitnickte. »Leider habe ich bisher noch keinen guten Job bekommen. Also bin ich hier.« Sie zuckte die Schultern und lächelte ihn betörend süß wie der Himmel persönlich an. Er hatte eindeutig ein Schleudertrauma, und sie war hier falsch. Hier waren alle falsch.

»Schauspielerei ist in Ordnung«, sagte er nun, nach dem dritten Räuspern. »Sie sollten wirklich nicht Ihren Körper verkaufen, um die Begierde von Männern zu befriedigen.«

»Och, manchmal hab' ich auch Frauen.« Erneut nahm sie seine Hand und strich mit ihren Fingern über seine.

»Suchen Sie sich einen anständigen Job«, bat er sie inbrünstig. »Ich kann ihnen dabei helfen. Unsere Obdachlosenküche braucht immer ein wenig Hilfe. Viel Geld bezahlen wir nicht, dafür können Sie gleich mitessen und sind unter freundlichen, dankbaren Leuten.«

»Hmm«, sie schürzte die Lippen. »Sind Sie ebenfalls dort?«

»So oft ich kann«, erwiderte Frédéric. »Kommen Sie doch

einfach in die St-Pierre de Montrouge. Am besten gleich morgen. Wer weiß schon, wie lange das verflixte Ding noch steht.«

Bei seinem Glück wurde die letzte Kirche in seiner Betreuung samt seinem Pfarrhaus von einem riesigen Erdloch verschluckt. Aber erst einmal verschluckte er sich und zwar an dem Eistee. Wegen Hazel! Sie schlang die Arme um seinen Hals, schob sich auf seinen Schoß und drückte ihm einen Kuss auf die Wange.

»Sehr gern«, säuselte sie. »Wir haben ein Date.«

»Äh, ich wollte Ihnen die Suppenküche zeigen.«

Sie blinzelte ihn an. »Dann eben ein Date in der Suppenküche.«

Womit hatte er das verdient? Und wo zum Henker kamen plötzlich die vielen Frauen her? Sie fluteten seine Sitzecke ja regelrecht.

»Hör auf zu lachen«, pflaumte Cecile den Vampir an. »Und hör auf, ihm die Mädchen auf den Hals zu hetzen!«

Aber Jason hörte nicht auf sie! Jedes freie Mädchen schickte er zu Frédéric. Dessen Nische war jetzt schon hoffnungslos überbesetzt. Genauso wie sein Schoß! Dort räkelte sich eine Brünette und küsste ihn zu allem Überfluss auf die Wange. Durften Priester sich das überhaupt gefallen lassen?! Flogen die bei so was nicht automatisch aus ihrem Amt?

»Hör auf, mit den Zähnen zu knirschen, sonst fallen sie noch aus«, hörte sie Jasons spöttische Stimme hinter sich. »Dann verlierst du für Männer erst recht jeden Reiz.«

»Entweder das oder ich beiße ihr wie ein verdammter Vampir in den Hals«, fauchte Cecile. Sie marschierte auf den Pulk Weiber zu, allerdings müsste sie die schon wegsprengen, um überhaupt in Frédérics Nähe zu kommen. Jason hatte doch nichts dagegen, wenn sie seinen Puff dem Erdboden gleichmachte, oder?

Auf jedem freien Zentimeter in Frédérics Nische hockte eine halbnackte Frau. Der elende Priester hatte im Übrigen nicht den Anstand, auch nur etwas indigniert auszusehen. Nein, der führte angeregte Unterhaltungen mit den Damen, vorrangig mit der auf seinem Schoß. Frédéric zuckte nicht einmal mit der Wimper, als sie sich an seine Schulter lehnte und ihm mit dem Finger über die Wange strich.

»Ohne den Job hier kann ich mir aber die Miete nicht mehr leisten«, seufzte das Weib. »Ich muss sie jeden Tag meinem Vermieter geben. Sonst setzt er mich sofort auf die Straße.«

Frédéric runzelte die Stirn. »Was ist das für ein seltsamer Vermieter?«

»Ich bin eben noch nicht lange in Paris, seit ein paar Tagen erst«, gab dieses verfluchte Flittchen zu. »Es ist meine erste Wohnung, bis ich mir was Besseres leisten kann. Ich meine, bei ihm kann ich zur Not die Miete bezahlen, indem ich … nun ja …«

»Indem du *was*, Hazel?«, forschte Frédéric.

Jetzt senkte ebenjene die Lider, neigte den Kopf und ließ die Schultern hängen. Cecile kotzte gleich in Jasons Puff!

»Indem ich meine Dienstleistung anbiete«, hauchte Hazel, und es war Cecile ein Rätsel, wie sie gleichzeitig schuldbewusst wirken konnte und trotzdem die Musik übertönte. Außerdem war das kompletter Unsinn. Hazel war eine Vampirin! Wenn der Vermieter sie zu etwas nötigen wollte, endete der als Abendessen, und irgendwann konnte jemand seine aufgequollene Leiche aus einem Abwasserkanal fischen! Das war doch absoluter Bullshit!

»Die Kirche hat Sozialwohnungen. Ich besorge dir eine dort«, verkündete der Nuttenretter vom Dienst.

Ach bitte, der fiel auf den ältesten Trick der Welt rein! Hazel starrte ihn mit ihren großen Augen und kleinen Brüsten an, setzte den Bambi-Blick auf, und er legte ihr mal eben ein sorgenfreies Leben zu Füßen!

»Wirklich?«, staunte Hazel, und Cecile könnte schwören, dass das Weib gleich die Krokodilstränen auspackte. »Ich könnte bei Ihnen wohnen und für Sie sorgen. Für Sie kochen, Ihren Haushalt machen. Pfarrer haben doch immer so jemanden.«

»Äh, nicht immer, manchmal …«, gab Frédéric ernsthaft zu.

»Oh bitte«, rief Cecile, aber sie könnte vermutlich einen perfekten Flamenco tanzen, der Pfaffe hatte keinen Blick für sie übrig. Vielleicht sollte sie sich ebenfalls bis auf den BH ausziehen, um mal seine werte Aufmerksamkeit auf sich zu ziehen. Dass sie ihm mit seiner Magie helfen konnte, reichte ja offensichtlich nicht, um Sympathie für sie zu entwickeln! Anscheinend brauchte sie selbst eine dramatische Geschichte!

Mit all diesen Worten wollte sie herausplatzen. Sie wollte ihn anschreien, beschimpfen und durchschütteln. Trotzdem explodierte ihr einfach nur eine Gehirnwindung. Vielleicht rauchte sie auch aus den Ohren, aber es interessierte ohnehin niemanden!

»Na, willst du sie immer noch von ihrem Leid erlösen?«, spottete Jason. »Dabei scheint ihr Leben gerade ein wenig die Kurve nach oben zu bekommen.«

»Sie quartiert sich bei einem verdammten Priester ein. Was denkt sie? Dass er ihr die Beichte im Schlafzimmer abnimmt?«

»Praktische Vorführungen untermauern manchmal die geschilderten Sünden.«

Warum zum Teufel konnten ihre Blicke nicht töten?

»Hol ihn da raus«, forderte Cecile. »Sonst hex ich den Weibern Akne an!«

»Du hast doch nur Angst vor der Konkurrenz«, spottete Jason, aber er tat ihr endlich den Gefallen und trat auf die Schar seiner ›Mitarbeiterinnen‹ zu. »Lasst den Mann leben.«

»Oh Jason«, rief Hazel aus und drehte sich auf Frédérics Schoß um, was diesem ein Keuchen entlockte. »Ich kündige.«

»Vergiss es«, erwiderte der Vampir. »Du bist erst seit zwei Tagen hier und hattest trotzdem schon die meisten Freier. Über deine Gewinnspanne kannst du dich nun wirklich nicht beschweren.«

»Die Mädchen sind nicht freiwillig hier«, warf Frédéric ein.

»Ja, ihre Leinen liegen im Hinterzimmer« spottete Jason. »Genauso wie die Käfige, damit sie nicht heimlich abhauen. Lassen Sie sich nicht solchen Unsinn einreden. Keine ist unter Zwang hier. Wenn sie zu dumm sind, ihr Geld anders zu verdienen, ist das ihr Problem.«

»Das ist es ja«, rief Frédéric. »Ihnen fehlen die Perspektiven. Nur deswegen sind sie hier. Und aus dem gleichen Grund wollen sie nun aufhören!«

»Will vielleicht noch jemand seiner herzzerreißenden Moral folgen?«, donnerte Jason.

Tatsächlich hoben sich acht Frauenarme, und Jason verdrehte die Augen. »Das ist nicht wahr.«

»Offenbar doch«, erwiderte Frédéric trotzig. »Sie haben jetzt eine bessere Alternative.«

Jason beugte sich über Frédéric und stützte die Hände links und rechts von ihm ab, sein Gesicht wenige Zentimeter von der Nase des Priesters entfernt. »Wie sieht die aus?«

»Jobs, in denen sie Menschen etwas Gutes tun.«

»Das tun sie hier auch!«

»Sie befriedigen lediglich niedere Triebe!«

»Besser, die Kerle kommen hierher. Oder sollen sie lieber eine von der Straße wegfangen?«, knurrte Jason.

»Diese Menschen werden niemals liebende Beziehungen aufbauen, wenn sie sich so schnell eine Ersatzbefriedigung holen können«, beharrte Frédéric. »Und aus Geldnot bedienen die Frauen solche Männer, lassen sich von ihnen erniedrigen und anstatt das Geschenk der Intimität mit jemandem zu teilen, den sie wirklich lieben, werden sie als Sexobjekte benutzt!«

»Na, wer hat jetzt Angst vor Konkurrenz?«, stichelte Cecile. Bedauerlicherweise warf ihr Jason nicht mal einen Blick zu. Er packte lieber Frédéric am Kragen und zerrte ihn aus dem Wust der Mädchen heraus. Allerdings schwand Ceciles Genugtuung schnell, als er Frédéric erst schüttelte und dann seine Hand um seine Kehle legte.

»Jason«, rief sie warnend aus. »Das wirst du nicht tun.«

»Nenn mir einen Grund, der mich davon abhalten soll«, donnerte der Vampir. Die Mädchen wichen erschrocken zurück, und Cecile konnte es ihnen nicht verübeln. Von Jasons üblichem Grinsen war nichts mehr zu sehen, stattdessen stand ihm die blanke Wut ins Gesicht geschrieben, und zu allem Überfluss glühten seine Augen scharlachrot.

»Er ist ein Freund?«, vermutete Cecile.

»Ich verbitte mir solche Unterstellungen«, fauchte Frédéric. »Der Tag, an dem ich einen solchen Mann als Freund bezeichne, ist der, an dem ich aus der Kirche austrete!«

»Du kannst von Glück reden, wenn du überhaupt lang genug lebst, um irgendwo auszutreten«, blaffte Jason und schleifte den Priester am Hals zur Tür. »Geh mir aus dem Licht«, schnauzte Jason. »Bevor ich dir heute noch einen Grabstein besorgen muss.«

Kapitel 15

Vorwärts in die Vergangenheit

Das ließ er sich bestimmt nicht zweimal sagen. Zumal Jason ohnehin nicht darauf wartete, dass Frédéric von selbst das Feld räumte, sondern ihn noch mit einem gewaltigen Stoß aus der Tür hinaus auf die Straße beförderte. Allein, dass er gegen eine Straßenlaterne taumelte, bewahrte ihn vor dem Sturz auf die Gehwegplatten. Außerdem hatte er Glück im Unglück, da war ein Taxi!

Mit einem Ruck richtete sich Frédéric auf, lief zwischen zwei parkenden Autos hindurch und hob die Hand. Der Wagen hielt neben ihm, und ohne zu zögern, riss Frédéric die Tür auf und stürzte sich auf den Rücksitz.

»Wo wollen Sie hin?«, holte ihn Ceciles Stimme ein, aber da schlug er schon die Tür zu und rief dem Fahrer zu: »Geben Sie Gas!«

Zum Glück ließ er sich nicht lange bitten, sondern trat auf das Gaspedal. Erst kurz vor der nächsten Kreuzung drehte sich Frédéric um und spähte durch das Rückfenster. Er konnte Cecile vage erkennen, dem Himmel sei Dank, schien sie nicht die Verfolgung aufnehmen zu wollen. Damit hatte er die Bande endlich los. Gewiss nicht für immer; wenn es wenigstens eine Stunde war, war es schon ein Geschenk.

Er bat den Fahrer, ihn zum nächsten Polizeipräsidium zu chauffieren. Wenn er schon unterwegs war, konnte er dort seine Brieftasche als verloren melden. Ebenso den Überfall in Ajou, aber zum Henker, das konnte man kaum jemandem erklären. Höchstens Robert. Warum eigentlich nicht? Er war Jason gegenüber genauso von Skepsis zerfressen wie Frédéric.

Frédéric konkretisierte die Adresse für den Fahrer, entschuldigte sich bereits dafür, dass er die Fahrt nicht bezahlen konnte, und es soll noch einer behaupten, es gäbe keine Güte auf Erden.

»Solange Sie ein gutes Wort bei dem da oben für mich einlegen, fahr ich Sie, wohin Sie wollen«, behauptete der Taxifahrer.

»Das werde ich tun, aber geben Sie mir trotzdem Ihre Nummer, damit ich es Ihnen nachträglich zahlen kann«, bat Frédéric.

Mit dem Versprechen, das Geld an das Taxiunternehmen zu überweisen, und dem Schwur, bei ›dem da oben‹ eine Lobeshymne einzulegen, stieg Frédéric eine halbe Stunde später vor dem Polizeirevier aus dem Wagen.

Im ersten Moment rechnete er tatsächlich damit, Cecile neben dem Eingang stehen zu sehen. Oder gar den übrig gebliebenen Padre Venturo. Oder den Erzbischof, sofern dieser nicht wirklich in einem Abwasserkanal endete. Verflucht noch eins, er wurde langsam paranoid.

Niemand behelligte ihn, als er das Revier betrat, und es sprang ihn auch niemand an, als er am Empfang darum bat, mit Robert Moreau sprechen zu dürfen. Er kam der Bitte nach, sich auf einen der grauen Stühle zu setzen und zu warten. Kaum hatte er sich eine Sekunde niedergelassen, tauchte bereits Robert auf.

» Abbé Durand«, sagte der Polizist erstaunt. »Was machen Sie denn hier?«

»Den Verlust meiner Brieftasche melden«, erwiderte Frédéric. Und sich in Gefilden aufhalten, die er für halbwegs sicher hielt – aber das behielt er für sich. Man müsste ihn schon foltern, um das aus ihm herauszubringen.

»Kommen Sie mit in mein Büro«, bat Robert und führte ihn an den Arbeitsplätzen seiner Kollegen vorbei, in einen abgetrennten Raum. Seufzend ließ sich Frédéric auf dem Stuhl vor dem breiten Schreibtisch nieder.

Robert ließ sich in den Bürosessel dahinter fallen. »Sie sind doch nicht nur wegen der Brieftasche hier.«

Toll. Warum waren Priester zwangsläufig miese Lügner?

»Schön. Sie haben recht. Ich bin hier, weil ich fürchte, dass ich in meinem Pfarrhaus zu schnell zu finden bin. Sowohl für irgendwelche Verrückten aus dem Vatikan als auch für Cecile und Jason.«

»Sie sind vor ihnen getürmt.«

»Genau genommen nur vor Cecile«, erwiderte Frédéric. »Jason hat mich selbst vor die Tür gesetzt. Wissen Sie, dass er ein Bordell besitzt?«

»Genau genommen besitzt er zwölf.«

»Legal?«

»Natürlich legal. Irgendwo muss er ja sein Geld waschen.«

»Jedenfalls haben ein paar seiner Angestellten gekündigt.«

Robert runzelte die Stirn und beugte sich vor. »Warum?«

»Weil ich den Mädchen einen Weg in den anständigen Arbeitsmarkt offeriert habe.«

Der Polizist starrte ihn einige Sekunden lang durchdringend an, bevor sich sein Gesicht entspannte, die Mundwinkel hoben und er sich breit grinsend zurücklehnte. »Da wäre ich gern dabei gewesen.«

»Sie mögen ihn nicht sonderlich«, stellte Frédéric fest.

»Er bereitet mir Kopfschmerzen. Aber was soll ich machen?«, seufzte Robert. »Helen ist seine Assistentin, und er hat meiner Tochter das Leben gerettet. Und wenn ich es richtig verstanden habe, hat er ihnen auch mehr als einmal den Hintern vom Eis gezogen.«

»Der Teufel soll ihn dafür holen.«

»Wem sagen Sie das?«

Der verdammte Mistkerl war abgehauen! Wie konnte er sich nur von Jason auf die Straße setzen lassen und dann einfach das Weite suchen?

Die Hexe wirbelte zu Jason herum. Dieser stand in der Tür seines Bordells und zündete einen seiner unsäglichen Joints an.

»Das hast du prima hinbekommen«, giftete Cecile.

»Ja, ich fand mich auch ganz überzeugend«, gab Jason zurück.

»Was, wenn ihn jemand angreift?«

»Dann schüttle ich dem anschließend die Hand und gebe ihm Trinkgeld.«

»Da draußen laufen ein Priester mit unbeherrschten magischen Kräften und ein uralter Vampir herum, der meint, seine neue Bestimmung wäre, einem Padre aus dem Vatikan in den Hintern zu kriechen und ihm selbigen zu retten!«

»Die beiden haben sich also tatsächlich verbündet?«, fragte Jason interessiert.

»Salvatore hat für uns den Scheiterhaufen vorbereitet, und als wir uns gewehrt haben, hat er Venturo gepackt und ist mit ihm fortgerannt – wie soll man das bitte sonst interpretieren?«

»Klingt tatsächlich nach einem Bündnis.« Jason stieß den Rauch aus und nebelte sie damit ein. »Falls einer der beiden Durand in einem Abwasserkanal versenkt, zahl ich ihm eine Prämie.«

»Hör auf damit!«

»Cecile, was willst du von mir hören?«, fragte Jason genervt.

»Ich werde versuchen, Salvatore und Venturo ausfindig zu machen. Bei deinem Priester fehlt mir allerdings jegliche Lust, mehr Zeit als nötig für ihn zu vergeuden. Er will sich nicht helfen lassen. Er will nicht mal in deiner Nähe sein. Aber gräm dich nicht – meine Nähe ist ihm gleichermaßen unangenehm, und das zeigt mehr als deutlich, wie idiotisch er ist. Mich mag nahezu jeder.«

»Das hilft mir nicht!«

»Dann mach ihn ausfindig und rede mit ihm. Wenn er dumm ist, ist er zu seinem Pfarrhaus gefahren.«

»Er ist nicht dumm«, fauchte Cecile. »Und ich kann ihn nicht ausfindig machen, weil ich ihn nicht orten kann. Genauso wenig wie ich etwas über ihn vorhersehen kann! Es scheint, als würde er meine Magie mit seiner eigenen blockieren. Dieser Mann ist für mich ein Buch mit sieben Siegeln. Was zum Teufel gibt es da zu lachen?«

»War es nicht in Twilight, wo der besagte Vampir bei dem Mädchen keine Gedanken lesen konnte, in das er verliebt war?«

»Hör auf, solche Bücher zu lesen. Das ist nicht lustig!«

»Welchen Grund sollte es sonst haben?«

Sie hatte keine verdammte Ahnung! »Liebe ist es schon mal nicht.«

»Dabei begattest du ihn doch regelmäßig allein mit deinem Blick.«

Oh, eines Tages würde sie den Vampir umbringen, so wahr sie hier stand!

»Gib Robert Bescheid, er soll eine Suchmeldung für unseren Freund rausgeben«, schlug Jason vor und stieß den modrig riechenden Rauch aus. »Wer ihn findet, soll ihn einkassieren. Vielleicht jagt er ja gleich das Präsidium in die Luft.«

Der Teufel sollte sie holen, dass sie diese Idee überhaupt in Betracht zog. Aber Frédéric konnte überall sein. Sollte er wirklich leichtsinnig sein, fuhr er in sein Pfarrhaus. Wenn der Priester vom Vatikan nicht völlig verblödet war, tauchte dort auch Venturo auf. Wenn Frédéric dann sehr viel Pech hatte, brachte der Verstärkung mit! Zur Hölle. Frédéric war ein so mächtiger Magier. Um seine Sicherheit müsste sie sich überhaupt keine Sorgen machen, sondern darum, ob er nicht versehentlich halb Frankreich wegsprengte. Doch er hatte seine Kräfte nicht im Mindesten im Griff, geschweige denn hatte er eine Ahnung, was er da tat. Bei Robert und in einer Gefängniszelle wäre er wenigstens gut aufgehoben. Ach, verflucht.

Cecile zog ihr Handy heraus und tippte eine Nachricht an den Polizisten.

»Ich soll Sie in den Knast stecken«, sagte Robert unvermittelt, nachdem er einen Blick auf sein Handy geworfen hatte.

»Was?«, platzte Frédéric heraus. »Warum?«

»Warten Sie kurz«, bat Moreau, tippte eine Nachricht und legte das Handy neben sich. Wenige Sekunden später vibrierte es, und der Polizist las den eingeblendeten Text. »Wegen Erregung öffentlichen Ärgernisses.«

Er wiederholte sich zwar ungern, aber: »Was?«

»Außerdem Belästigung von Angestellten des Clubs ›Red String‹. Ach ja, und wegen Zerstörung Allgemeineigentums sowie des Besitzes der katholischen Kirche.«

»Wer schreibt das?«

»Cecile.«

»Sie soll zur Hölle fahren!«

Zum Henker. Er wollte nicht ins Gefängnis. Hierher zu kommen war ein Fehler gewesen! »Das tun Sie doch nicht?«, fragte er zweifelnd, aber zum Teufel, was bildete er sich eigentlich ein? Robert gehörte genauso zu Jasons Bande wie alle anderen auch. Selbst in seinem Pfarrhaus wäre er besser aufgehoben gewesen als hier!

Robert erhob sich. »Ich nehme ohnehin an, Cecile wird Sie bald abholen.« Er trat um den Schreibtisch herum.

Frédéric sprang auf und wich zurück. »Das ist absolut nicht

rechtens!«

»Da stimme ich Ihnen zu«, erwiderte Robert gelassen. »Leider bin ich Jason noch einen Gefallen schuldig.«

Wo war der verflixte Nebel, wenn man ihn mal brauchte? Frédéric bekam nichts Magisches zustande, nicht im Geringsten. Das Einzige, was er erreichte, war, dass er erstarrt wie ein Kaninchen stehen blieb, völlig ins Leere stierend und er es erst aufgab, als Robert ihm Handschellen angelegt hatte.

»Hoffentlich landen Sie eines Tages im heißesten Fegefeuer«, platzte Frédéric empört heraus.

Oh, beim Jüngsten Gericht würde Frédéric persönlich Robert verpetzen! Doch der scherte sich nicht um Frédérics Fluchen, sondern schleifte ihn aus dem Büro und verkündete im Getümmel seiner Kollegen lauthals. »Unsere Zellen sind wirklich sehr gemütlich, nur der Service lässt zu wünschen übrig. Aber die Aussicht ist klasse, und Sie haben immerhin Ihre eigene Toilette.«

»Wie ungemein tröstlich«, fauchte Frédéric.

Der Polizist zerrte ihn unbarmherzig den Gang entlang, bis zur hintersten Zelle und … daran vorbei?

»Ab jetzt halten Sie den Mund«, zischte Robert und stieß die Hintertür auf. »Ich kenne meine Leute. Einige verdienen zu gern durch Jason dazu, und sollten die Jason bestätigen, dass Sie hier sind, haben Sie ein wenig Zeit, sich einen Plan auszudenken, wie Sie Paris schnellstens verlassen. Oder Sie gewöhnen sich einfach an den Gedanken, dass Sie mit Cecile und damit auch mit Jason unwiderruflich verbunden sind und die Sie erst in Ruhe lassen, wenn es denen passt.«

»Hawaii soll sehr schön sein«, erwiderte Frédéric ebenso leise. »Das mit dem Fegefeuer nehme ich zurück.«

»Verschwinden Sie lieber, anstatt die Bestellung für mein Fegefeuer zu stornieren.« Robert nahm ihm die Handschellen ab, wartete, bis Frédéric sich dem Hofausgang näherte und ließ dann die Tür zufallen.

Das Tor zur Straße stand weit offen, und dort wandte sich Frédéric eilig nach rechts, weg von dem Revier, und hastete zur Hauptstraße. Ein weiteres Mal an diesem Tag blieb er einem Taxifahrer seinen Lohn schuldig. Ganz toll. Er würde mit Schulden aus Paris verschwinden. Blöderweise wusste er noch nicht wohin. Allerdings hatte Robert recht. Wenn er jetzt nicht ging, schaffte er es nie wieder abzuhauen. Aber in den Vatikan konnte er kaum, oder? Wenn die nun wussten, dass er magische Kräfte hatte, wäre das so, wie damals bei der Inquisition an die Tür zu klopfen und zu fragen, ob sie mal eben Zeit für ein nettes Lagerfeuer hätten.

Nach einem raschen Fußmarsch stand er vor dem Pfarrhäuschen der St-Pierre de Montrouge und sah sich aufmerksam um. Er sah weder Jason noch Cecile, noch stürzte irgendein anderer Irrer auf ihn zu. Gut, viel Zeit hatte er nicht. St-Pierre war die einzige Kirche in seinem Bereich, die nicht völlig hinüber war. In dem niedrigen Anbau wohnte und schlief er, und dort hatte er auch die wenigen Habseligkeiten deponiert, die er sein Eigen nannte. Vor der Kirche tummelten sich zwei Touristengruppen, doch sie war heute für Touristen nicht geöffnet. Sie würden bald weitergehen. In deren Schutz konnte sich also niemand an ihn heranschleichen.

Er schloss das Pfarrhäuschen auf, trat ein und schlug schnell die Tür hinter sich zu. Es war vermutlich völlig affig, trotzdem drehte er innen den Schlüssel und zog die Vorhänge zu. Oder war das zu auffällig? Ach, verflixt.

Frédéric ging in sein Schlafzimmer, holte eine schwarze Sporttasche aus dem Schrank und packte Wechselkleidung ein. Darauf folgten Zahnbürste und Hygieneartikel, seine beiden Lieblingsbücher und die wenigen Erinnerungsstücke seiner Kindheit. Der

Rest konnte seinetwegen Cecile in die Hände fallen. Sollte sie das Jesuskreuz an der Wand und die traurigen Kunstdrucke verwünschen, wenn es ihr danach besser ging. Hauptsache, sie war lang genug beschäftigt, bis er Rom erreichte.

Gepackt hatte er, jetzt musste er lediglich unbemerkt die Stadt verlassen und versuchen, keine Spuren zu hinterlassen. Herrgott noch eins. Er hatte keine Ahnung, wie man so was machte. Seine Kreditkarte benutzte er lieber nicht. Sie war nicht in seinem Portemonnaie gewesen, sondern lag zwischen einem Wust Unterlagen auf seinem Schreibtisch. Sollte er sein Handy hierlassen? Er hatte nur eine Prepaid-Karte. Machte das einen Unterschied? Warum zum Teufel hatte er nicht mehr Thriller angesehen? Dann wüsste er jetzt über solche Dinge Bescheid.

Sein Handy ließ er liegen. Die Kreditkarte nahm er trotzdem mit. Er brauchte unbedingt Bargeld, und wenn er mit einem Taxi zu einem Automaten fuhr, dort schnell Geld holte und sich anschließend von dem Fahrer am anderen Ende der Stadt absetzen ließ, war es sicher verwirrend genug, oder?

Frédéric betrat gerade den schmalen Pfad, der ihn zum Eingangstor führte, da stockte er. Von hier aus hatte er einen guten Blick auf die Straße, und vielleicht wurde er langsam paranoid – er sah in der Sonne rotblondes Haar. So rotblond wie das von Jason Harris. Fehlte zwar noch der Rauchkringel des Joints, doch Frédéric ging lieber kein Risiko ein. Er verbarg sich hinter einem grünen Weidenstrauch. Es gab verdammt viele Männer mit rotblonden Haaren. Selbst in Frankreich. Aber wollte er das Risiko wirklich eingehen? Die Antwort war einfach: im Leben nicht. Er musste einen anderen Weg finden. Durch den Hinterausgang! Der kürzeste Weg führte quer durch die Kirche, und Frédéric huschte über den Pfad zu einer Seitentür. Seine Finger zitterten, als er den Schlüssel ins Schloss steckte und die quietschende Tür aufschob. Stück für Stück tappte er in die Kirche und spähte hinein. Er mochte kein Kreuz mehr berühren können, zu seiner Erleichterung ging er aber nicht in Flammen auf, kaum dass er die Schwelle überquert hatte. Gott hatte ihn also noch nicht völlig verlassen. Der Anblick des Kirchenschiffes mit dem Holzdach und den niedrigen Steinbögen zwischen den Säulen beruhigte ihn zusätzlich. Durch jene Steinbögen wurden die Seitengänge vom Gebetsbereich abgeteilt, die Kirche war weniger hellhörig und vermittelte damit mehr Geborgenheit als der weitläufige Pomp Notre-Dames.

Trotzdem hörte Frédéric Schritte. Sein erster Instinkt war, kehrtzumachen und sich hinter der Kirche zu verstecken. Aber die Tritte klangen nicht schnell wie die eines Mannes, der ihn suchte, und auch nicht klackernd wie mit den Absätzen einer Frau. Nein, sie waren bedächtig, fast schleppend.

Der Herr war ihm gnädig. Frédéric lief nicht in die Arme eines gewissen Vampirs, einer bestimmten Hexe oder eines Mannes vom Vatikan, der ihm wieder einmal ein Holzkreuz über die Stirn ziehen wollte. Vielmehr kam ihm ein Mann entgegen, der eher ein Obdachloser zu sein schien. Unter den weißen Haaren zogen sich unzählige Falten über das eingesunkene Gesicht. Und trotzdem wirkten seine Augen klar, kühl und berechnend. Im ersten Moment hatte Frédéric mit dem unsteten, verschwommenen Blick eines Alkoholikers gerechnet. Stattdessen glaubte er, den Mann schon einmal gesehen zu haben.

Der Alte ging gebückt, dennoch hatte er keinen Stock bei sich. Zielstrebig schlurfte er auf Frédéric zu. »Ich möchte die Beichte ablegen. Ist das jetzt möglich?«

Nein, es war nicht möglich! Er musste hier weg!

»Es tut mir leid«, erwiderte er. »Aber ich habe einen dringenden Termin und …«

»Dann warte ich, bis Sie wieder da sind.«

»Das kann sehr lange dauern«, sagte Frédéric. Er wollte bestimmt nicht, dass der gebrechliche Mann vergeblich auf ihn wartete, nur weil Frédéric vor ein paar Idioten flüchten musste. »Es ist mir außerordentlich wichtig«, flehte der Alte und griff sich an die Brust. »Ich muss es loswerden … Meine Seele erleichtern.«

Zum Teufel, konnte er nicht einfach beten? Sein Pflichtbewusstsein würde ihn eines Tages noch umbringen. Frédéric wusste es ganz genau. Er wollte nichts mehr als abhauen, aber trotzdem brachte er es nicht übers Herz, den betagten Mann stehen zu lassen. Wenn die Diener Gottes nicht mal Zeit hatten für die, die Gottes Wort wirklich brauchten, dann konnten sie die Welt auch gleich komplett zugrunde richten.

»Natürlich«, seufzte Frédéric und deutete an dem Alten vorbei, zu den Beichtstühlen. Sie bestanden aus dunkel lackiertem Holz, und Frédéric stellte seine Tasche daneben ab, bevor er sein Abteil betrat. Er zog den Vorhang zu, setzte sich auf die Pritsche und legte die Bibel auf seine Knie. Sie war so heiß wie Eisen, und während er sich darüber wunderte, ging das Ding in Flammen auf. Eilig stieß er sie von seinem Schoß, sein Herz raste, und kaum schlug die Bibel auf dem Boden auf, erlosch das Feuer. Das Buch qualmte lediglich wie ein unmotiviertes Räucherstäbchen. Herr im Himmel, was sollte ihm dieses Zeichen sagen?

»Alles in Ordnung?«, tönte die zitternde Stimme seines Beichtlings.

»J-j-ja«, ächzte Frédéric.

Merde, er konnte dem Mann kaum erklären, dass er seine Beichte bei einem Priester ablegen wollte, der christliche Insignien in Brand setzte. Es musste ohne Bibel gehen. Mit dem Finger schob er den Riegel zwischen ihnen auf, sodass er hinter dem vergitterten Fenster die Gestalt sehen konnte. Sein Herz hämmerte weiterhin kräftig gegen Frédérics Brust, und er holte zitternd Luft. Er musste sich konzentrieren. Je eher sie die Beichte hinter sich brachten, umso eher konnte er davonlaufen und sich am Ende der Welt verstecken.

»Erkennst du mich nicht?«, fragte ebenjene, und Frédéric runzelte irritiert die Stirn.

»Sollte ich Sie kennen?«

»Och, es spricht für meine Verkleidung, wenn du mich nicht erkennst, mein Sohn«, seufzte es auf der anderen Seite des Beichtstuhls.

»Vielleicht sollten wir noch mal kurz hinaustreten …«

»Nein, nein«, sagte sein Beichtling schnell. »Je weniger ich gesehen werde, umso besser. Frédéric, hast du deinen alten Mentor, Pater Bernier, vergessen?«

Frédéric erstarrte. Jetzt wurde ihm auch bewusst, warum ihm diese verlotterte Gestalt so bekannt vorgekommen war!

»Monsieur«, stieß Frédéric verdutzt aus. »Natürlich. Ich bin untröstlich, ich habe Sie wirklich nicht erkannt.«

»Oh, ich hoffe doch, dass es den meisten wie dir geht«, sagte die Stimme heiter.

»Das müssen Sie mir erklären.« Frédéric erhob sich bereits von seiner Bank. »Gehen wir ins Büro. Dort ist es angenehmer als hier!«

»Nein, lieber nicht«, wehrte Pater Bernier ab. »Ein Beichtstuhl ist weniger auffällig als ein Büro. Ich bin nur ein armer Tropf. Vielleicht einer, der dann noch eine Mahlzeit in der Suppenküche bekommt?«

»Natürlich«, erwiderte Frédéric überfahren. »Was ist eigentlich geschehen? Zuletzt habe ich gehört, Sie wären im Sudan unterwegs.«

»Genau genommen bin ich da verschollen«, gluckste Pater Bernier. »Eine meiner besseren Ideen, wenn ich das so sagen darf.«

»Aber wieso?«

Auf der anderen Seite des Beichtstuhls seufzte es. »Weil ich versucht habe, dem Papst zu helfen und es mit dem Leben bezahlen sollte. Ihm sind Korruption und Machtmissbrauch ein Gräuel. Er will Fairness, klare Strukturen, und niemand soll sich in die eigene Tasche wirtschaften. Ich habe einige interessante Verbindungen aufgedeckt. Daraufhin hat er auch bereits drei Bischöfe ausgetauscht, das haben sie mir übel genommen. Im Sudan sollte ich bei einem ›bedauerlichen Zwischenfall‹ zu Tode kommen. Aber ich wurde vorher gewarnt und bin untergetaucht.«

»Sacrebleu«, entfuhr es Frédéric.

»Na na«, kritisierte Bernier. »Es ist allerdings weniger mein Leben, um das ich fürchte, als um das des Heiligen Vaters. Er ist bereits vielen auf die Füße getreten, jetzt will er sich bei der Vatikanbank einmischen. Ich befürchte, sie wollen dafür sorgen, dass Gott ihn zu sich ruft, bevor er zu viel ›Durcheinander stiftet‹.«

»Die wollen den Papst ermorden?«, stieß Frédéric entsetzt aus. »Wer in Gottes Namen sind ›sie‹?«

»Oh, ›sie‹ sind viele Leute. Hochrangige Beamte im Vatikan, Kardinäle, Bischöfe, bis hinab zum einfachsten Priester. Kurzum jeder, dem der Papst gewaltig auf die Finger haut, sobald er hinter ihre Machenschaft kommt. Die meisten Positionen besetzen sie unter sich – mit ihren loyalen Günstlingen, manchmal auch mit Verwandten«, erwiderte Pater Bernier lakonisch. »Es war immer klar, dass irgendwann ein Papst käme, der sich nicht in das feste Gefüge einbinden lassen und einfach nur seinen repräsentativen Job klaglos machen würde, sondern womöglich versuchen könnte, die Kirche zu reformieren und die Korruption zu bekämpfen. Jedenfalls weiß ich davon, dass Kardinäle sich eine Rückversicherung gegönnt haben – genau genommen schon vor Jahrhunderten.«

»Zufällig Ende des 16. Jahrhunderts?«, fragte Frédéric vorsichtig.

»Rein zufällig ja«, seufzte Bernier.

»Diese Prophezeiung ...«, bohrte Frédéric.

»Oh, du hast sie gefunden?«, fragte Pater Bernier. »Das ist gut. Ich habe sie dort hinterlegt.«

»*Sie* waren an dem Grab?« Er rief es viel zu laut aus, und für einen Moment schallte es in dem Kirchenschiff sogar nach.

»Für den Fall, dass mir etwas zustößt, wollte ich zumindest einen dezenten Hinweis hinterlassen«, erwiderte Pater Bernier. »Wie kann man sonst auf einen möglichen Papstmord hinweisen, wenn nicht mit den Prophezeiungen? Ich habe keine Ahnung, ob sich die dritte Prophezeiung tatsächlich auf Papst Johannes Paul II und das Attentat bezog. Mir wurde zugetragen, dass man sich an die Prophezeiung erinnerte und meinte, sie wäre eine nette Deckung für einen Papstmord aus den eigenen Reihen. ... Es gibt so viel, was du tun musst. Nun, eigentlich ist es nicht viel, im Ausmaß dennoch eine Menge.«

»Ich verstehe nicht ...«, sagte Frédéric hilflos. »Was kann ich schon tun?«

»Hör mir aufmerksam zu«, verlangte Pater Bernier eindringlich. »Zuerst musst du ...«

Sie hörten das Schlagen des großen Holzportals im Rahmen. Jemand hatte die Kirche betreten! Frustriert stöhnte Frédéric auf. Das konnte doch nicht wahr sein! Die Kirche war heute für Touristen geschlossen, und an solchen Tagen herrschte meistens Flaute, was Besuche betraf. Aber nein, ausgerechnet wenn er mal

türmen wollte, gaben sich hier die Gäste die Klinke in die Hand!
»Warten Sie hier«, bat Frédéric und trat aus dem Beichtstuhl.
Hoffentlich war es nicht Cecile.

»Wo zum Teufel ist er?«

»Ich wünsche dir ebenfalls einen schönen Tag, Cecile. Mir geht
es hervorragend, zum Mittagessen gab es Quiche, und es war
nicht völlige Pampe, danke der Nachfrage«, erwiderte Robert.

Der verflixte Polizist besaß auch noch die Stirn, auf die Tür seines Büros zu zeigen und ihr zu erklären, warum man allgemein
anklopfte. (»Es handelt sich um eine simple, gesellschaftliche
Konvention, die selbst du anwenden kannst.«)

»Ich klopf gleich gegen dein Gehirn«, blaffte Cecile. »Es hieß,
Frédéric sei hier.«

»Wer hat das gesagt?«, bohrte Robert.

»Jason.«

»Und wer hat es ihm gesagt?«

Cecile warf die Hände in die Luft. »Die Korruption in deinem
Haufen musst du mit Jason besprechen. Ist er hier?«

»Wenn *du* ihn nicht mitgebracht hast …«

»Was?«

»Na, Jason.«

Sie wollte diesen Mann umbringen! Er sollte ja nicht denken,
dass sie nicht seine Mundwinkel zucken sah. »Ich weiß nicht, wie
Helen es mit dir aushält.«

»Ich dachte, ihr seid Freundinnen, erzählt ihr euch da solche
Dinge nicht?«, gab der Polizist stoisch zurück.

»Robert«, flehte sie. »Frédéric steckt in der Klemme. Sein Bischof wird bestimmt bald petzen, dass er den Häschern des Vatikans entkommen ist. Der Vampir aus Notre-Dame will Frédéric

liebend gern brennen sehen, und besagter Häscher aus dem Vatikan wird bestimmt auch nicht einfach nur einen Haken an seinen Misserfolg setzen. Ich muss ihn finden, bevor *die* ihn finden.«

»Das alles hat ihn nicht überzeugt, sich in eure zweifelhafte Fürsorge zu begeben?«, fragte Robert interessiert und drehte einen Bleistift zwischen seinen Fingern. »Dabei hatte euer Haftbefehl doch überhaupt nichts Bedrohliches an sich.«

Mit einem Seufzen ließ sich Cecile auf den Stuhl vor Roberts Schreibtisch fallen. »Du hast ihn laufen lassen«, stellte sie fest. »Und du hast dafür gesorgt, dass jemand Jason anruft, damit wir in der Zwischenzeit nicht weiter nach ihm suchen.«

»Immerhin war ich so freundlich, für *euch* nicht wegen Missachtung der Polizei und der Gesetze einen Haftbefehl ausstellen zu lassen.«

»Du solltest wirklich mit Frédéric eine Selbsthilfegruppe gründen«, brummte Cecile. In diesem Moment konnte sie Jason nur inbrünstig zustimmen, wenn er behauptete, Rechtschaffenheit wäre die schlimmste Pest aller Zeiten. Robert hielt nichts von Jasons Machenschaften, und seinem süffisanten Lächeln nach zu urteilen, hatte er auch gerade immens viel Spaß dran, sie zu sabotieren.

»Hat er gesagt, wo er hinwollte?«, fragte Cecile lahm, in der leisen Hoffnung, Robert könnte ihr tatsächlich helfen.

»Er hat eine Andeutung gemacht.«

»Teilst du dein Wissen mit mir?«

»Nein.«

»Schön«, meinte Cecile und griff in ihre Handtasche.

»Sag bloß, du willst mich mit einer Waffe bedrohen«, spottete Robert.

Cecile lächelte ihn lieblich an und nein, sie zog keine Pistole aus ihrer Handtasche, sondern eine Voodoopuppe, auf deren

Kopf ein Bild von Robert geklebt war.

»Wenn du dich meinem Liebesglück in den Weg stellst, werde ich dir deins zur Hölle machen.«

»Liebesglück?«, fragte Robert pikiert. »Der Mann ist Priester.«

»Der Mann ist vor allem rattenscharf, und wenn ich wegen dir nur noch seinen toten Körper betatschen kann, lasse ich mir eine Gemeinheit nach der anderen einfallen. Zuerst wird deine sexuelle Lust verdammt groß sein, während Helen sich einzig und allein für Frauen interessiert.«

»Du kannst sie nicht lesbisch machen«, beharrte Robert, die aufflackernde Unsicherheit in seinen Augen entging ihr trotzdem nicht.

»Voodoo ist mein Hobby«, grinste Cecile vergnügt, holte eine Nadel heraus und stach geradewegs dort in die Puppe, wo bei dem richtigen Robert die Kronjuwelen saßen. Wie beabsichtigt wand sich Robert nicht vor Schmerz, auch wenn er gründlich zusammenzuckte. Nein, es gab was Schlimmeres als Schmerzen. Unerfüllte sexuelle Erregung würde ihn viel eher zum Reden bringen. Wieder und wieder pikste sie in die Puppe, bis Robert die Lehnen seines Schreibtischstuhls umklammerte und eine Mischung aus Stöhnen und Knurren von sich gab.

»Wenn du nicht sofort aufhörst, wirst du bis ans Ende deiner Tage wegen sexueller Belästigung im Knast schmoren!«

»Ich habe dich nicht einmal berührt«, erwiderte Cecile süffisant. »Und ich werde nicht eher aufhören, bis ich weiß, wo er ist.«

Um ihren Worten Nachdruck zu verleihen, stach sie erneut zu, und Robert sprang beinahe von seinem Stuhl. Oh, sie konnte die Beule deutlich in seiner Hose sehen. Er schnappte sich eine Akte und hielt sie vor seinen Schoß. Im Gegenzug drückte sie die Nadel tiefer in die Puppe.

»Hör auf damit«, zischte Robert.

»Du kannst mir glauben, dass die erst abschwellen wird, wenn du Sex hast. Helen hat zufällig ihren freien Tag. Je eher du mir sagst, wo Frédéric ist, umso eher kannst du sie anrufen, damit sie herkommt und sich um dein ›Problem‹ kümmert«, erklärte Cecile und ließ die Nadel über der Puppe schweben.

Robert verdrehte die Augen, bis sie das Weiße sehen konnte.

»Der Teufel soll dich holen.«

»Der kifft gerade mit Jason. Also, ich höre.«

Kapitel 16

Was im Beichtstuhl passiert, bleibt im Beichtstuhl

Nein, es war nicht Cecile, die in diesem Augenblick die Kirche betrat. Es war schlimmer.

»Hazel«, stieß er überrascht aus. »Was machen Sie hier?«

»Sie sagten doch, ich solle herkommen. Sie klangen so drängend, da wollte ich nicht bis morgen warten.« Sie zuckte die Schultern. »Außerdem habe ich bereits fristlos gekündigt.«

Hazel sah ihn treuherzig an. Himmel, was machte er nun mit ihr? Sie hatte wegen ihm gekündigt, und jetzt musste er sie irgendwo unterbringen. Mist, dann gingen sie jetzt eben zu dritt in die Suppenküche, vielleicht konnte er später weiter mit Pater Bernier reden. Er *musste* sogar mit ihm sprechen! Eigentlich musste er viel dringender abhauen! Sacrebleu, er war einfach nicht multitaskingfähig!

»Gehen wir«, seufzte Frédéric, und sein Blick legte sich auf Pater Bernier, der aus dem Beichtstuhl schlurfte. Er war tatsächlich kaum noch wiederzuerkennen, und sein Magen knurrte laut vernehmlich. Verflucht, der Mann brauchte Nahrung. »Dann bekommen Sie auch etwas zu essen.«

Pater Bernier nickte, und tiefe Fältchen bildeten sich neben seinen Augen. Das einzige Zeichen, dass er sich amüsierte, denn sein Mund blieb in dem Wust des verfilzten Bartes verborgen.

»Aber ich möchte beichten«, rief Hazel aus.

»Jetzt?«, fragte Frédéric entsetzt. »Das können wir hinterher machen.«

Bevor Hazel etwas erwidern konnte, legte Pater Bernier seine faltige Hand auf Frédérics Arm. »Ich gehe voraus. Wenn Sie später nachkommen, können wir alles Weitere klären.«

Nein, verdammt. Doch in den klaren Augen seines Mentors sah er, dass sich dieser nicht davon abbringen lassen würde. Also nickte Frédéric widerwillig.»In Ordnung.« Eher wurde er Hazel ohnehin nicht los. Hoffentlich dauerte Hazels Beichte nicht lange. Zu allem Überfluss begann Frédérics Magen ebenfalls zu grummeln. Hungrig vor immer wieder neue Geduldsproben gestellt zu werden, war schlimmer als jedes Höllenfeuer.

Hazel nahm seine Hand und zog ihn mit sich zum Beichtstuhl. Mit einem letzten innerlichen, ergebenen Seufzen begab er sich wieder in sein Abteil, allerdings sah er auf der anderen Seite des Gitters nicht Hazels Silhouette. Er hatte sich kaum niedergelassen, da wurde der Vorhang zur Seite geschoben, und jemand setzte sich auf seinen Schoß!

»Hazel«, keuchte Frédéric überrascht.

»Also, ich war ein böses Mädchen«, behauptete Hazel und rieb sich ganz und gar nicht brav auf ihm. Der Herr steh ihm bei. Er versuchte, sie von sich herunterzuschieben, aber er müsste sie schon mit Gewalt von sich runterschubsen. Jetzt legte sie die Arme um seinen Hals, und er spürte seinen eigenen Atem, der an der Barriere ihrer Brüste stockte.

»Ich habe mit Männern geschlafen, und bei meinem letzten Kunden habe ich an einen anderen gedacht«, verkündete Hazel. »Wollen Sie wissen, an wen?«

»Ich denke, das spielt keine Rolle«, stöhnte Frédéric.

»An Sie.«

Der Herr sei ihm gnädig.

»Hazel«, platzte Frédéric heraus.»Kannst du bitte von mir runtergehen?«

»Warum?«, fragte sie erstaunt.»Gefalle ich dir nicht? Soll ich noch sündiger und verruchter sein?«

Wollte sie ihn umbringen? Er war auch nur ein Mann! Und sie zerquetschte ihm gerade mit ihrem Gewicht und ihrem Herumgerutsche die Eier. Und langsam gingen ihm die abtörnenden Gebete aus.

»Ich weiß etwas, das dich überzeugen wird.«

Oh, bitte nicht! »Hazel, ich bin ein Priester«, widersprach Frédéric verzweifelt. »Ich habe das Zölibat abgelegt, und ich habe nicht vor, es heute zu brechen.«

»Das brauchst du nicht«, hauchte Hazel. »Du wirst mich zufriedenstellen, ohne einen Schwur brechen zu müssen, mach dir keine Sorgen. Eigentlich dürfte ich es nicht. Aber ich kann einfach nicht widerstehen …«

Wie meinte sie das schon wieder? Und warum zum Henker konnte er sie nicht einfach von sich herunterstoßen? Sie war nun wirklich kein Schwergewicht. Trotzdem fühlte es sich an, als würde er an einem Felsbrocken herumschieben. Mit einem Mal packte sie ihn an den Handgelenken, presste diese mit irritierender Kraft zusammen und über seinen Kopf gegen das Holz. Jetzt sah sie ihn direkt an, und ihre Augen waren nicht mehr braun, sondern scharlachrot. Merde, das hatte er schon mal gesehen. Bei Jason!

»Du bist ein Vampir?«, rief er aus, und sie lächelte so breit, dass er ihre spitzen Eckzähne sehen konnte.

»Richtig«, säuselte sie. »Ich sagte doch, du wirst mich zufriedenstellen.«

Mit einer Hand ließ sie seine Handgelenke los, trotzdem schaffte er es nicht, sie aus ihrem Griff zu lösen.

»Lass mich los«, fauchte Frédéric.

»Ich fürchte, das geht nicht«, spottete Hazel. Sie fuhr in seine Haare und drückte seinen Kopf so rigoros zur Seite, dass er die Wirbel in seinem Hals knacken hörte. Toll, bekam er auch noch einen steifen Nacken! Sofern er überhaupt lang genug lebte, sich darüber zu beklagen. Denn Hazel beugte sich über ihn und quetschte einmal mehr seine Testikel. Ein Schmerz, der allerdings nicht mit dem mithalten konnte, was nun geschah. Zwei spitze Dornen schienen sich in seinen Hals zu bohren, und scharfer Schmerz schoss durch die Wunde bis in seinen Kopf. Ihm wurde übel, und alles in ihm schrie danach, sie loszuwerden. Egal, wie sehr er sich wand, er entkam ihr nicht.

Cecile schob sich an einer Gruppe Touristen vorbei und betrat die Kirche. Auf den Eisenständern neben dem Eingang brannten Kerzen, das Weihwasserbecken war gefüllt, und ihre Schritte hallten auf den Fliesen.

Es könnte tatsächlich ein friedlicher Ort sein, doch etwas störte – ein hohes, mädchenhaftes Kichern.

»Oh, Abbé Durand«, schnurrte es nun laut und deutlich aus dem vorderen Teil der Kirche. »Na, gefällt dir das?«

Moment mal … Der Bastard gab sich ihr gegenüber spröde, lief davon, aber sobald ihn eine Nutte in der Kirche aufsuchte, nahm er ihr persönlich die Beichte ab?

Wie wahr diese Worte waren, wurde ihr erst klar, als sie auf leisen Sohlen immer weiter ins Innere der Kirche tappte und die Geräuschkulisse im Beichtstuhl lokalisierte.

»Hazel, bitte …«, stöhnte eine männliche Stimme. Oh, ihr konnte keiner einreden, dass es nicht die von Frédéric war. Den dunklen Ton erkannte sie überall! Ein unterdrücktes Gurgeln drang aus der Kabine, gefolgt von einem dumpfen Schlag. Denen würde sie ihre Einlage mit Freude vermiesen! Mit einem Ruck riss Cecile den Vorhang zurück.

»Oh«, machte Hazel, und mit finsterem Blick sah Cecile ihr zu, wie sie von dem geweihten Schoß herunterrutschte und die billigen Stofffetzen auf ihrem Körper zurechtrückte.

Als sie nach draußen trat, musterte sie Cecile von oben bis unten und verzog die Lippen. »Ach, Sie sind es nur.«

»Ja, ich bin es nur«, erwiderte Cecile spitz.

»Zum Glück sind Sie es«, warf Frédéric ein. Er lehnte in seinem Verschlag und zerrte an seinem Kragen, als wäre er ihm plötzlich wie sein Heiligenschein zu eng. Seine Haut wirkte fahl, und er sah völlig fertig aus.

»Ich hoffe, ich habe nicht mitten in der Beichte gestört«, sagte Cecile lieblich.

»Keineswegs«, rief Frédéric aus und trat ebenfalls aus dem Beichtstuhl. »Wir hatten ja eine … Verabredung.«

»Nein, herzukommen war ein spontaner Entschluss«, gab Cecile zurück, und Frédéric warf ihr einen finsteren Blick zu. »Ich muss doch nachsehen, ob meinem flüchtigen Priester nicht was passiert ist.«

»Aber wir müssen dringend was zusammen erledigen!«

Sein beschwörender Blick entlockte ihr ein Lächeln, und sie sah zu der schmollenden Hazel.

»Ach ja, diese Erledigung.«

Hazel mochte nicht helle sein, trotzdem merkte sie, wenn sie nicht mehr erwünscht war oder unerwartet Konkurrenz bekommen hatte. Sie lehnte sich gegen Frédéric, strich ihm über die Wange, und der Priester hob abwehrend die Hand.

»Wir werden uns wiedersehen«, gurrte sie, und in Frédérics Miene spiegelte sich blanker Widerwille.

»Bitte nicht!«

Mit einem letzten süffisanten Blick auf Cecile drehte sich Hazel um und stolzierte den Gang entlang. Wie ein übermotiviertes Model, selbst der Hüftschwung passte, und sie tat Cecile nicht den Gefallen, mit ihren Pfennigabsätzen auf den glatten Fliesen auszurutschen und sich den Hals zu brechen. Die letzte Ölung durch Frédéric würde Cecile sogar zulassen. Streng von ihr überwacht natürlich!

»Eigentlich sollte ich mich nicht freuen, Sie zu sehen«, seufzte Frédéric und zerrte an seinem Kragen. »Aber das verflixte Weibsstück hat mich gebissen.«

Er wandte sich gerade ab, da packte Cecile ihn an der Schulter und zog ihn zurück. »Sie hat *was*?«

»Mich gebissen.« Frédéric deutete auf seinen Hals, und Cecile stellte sich auf die Zehenspitzen. Sie zog seinen Kragen hinunter und tatsächlich … Dort prangten zwei rote Punkte.

»Wie hat es sich für Sie angefühlt?«, bohrte sie.

»Was?«, fragte Frédéric pikiert.

»Wie es sich angefühlt hat!«

»Als würde mir jemand zwei Bohrer in den Hals rammen! Das tut verdammt noch mal weh.«

Cecile konnte nicht anders. Ihre Lippen verzogen sich zu einem breiten Lächeln, und Frédéric wich einen Schritt vor ihr zurück.

»Was zum Teufel gibt es da zu grinsen?«

»Dass es für Sie nicht angenehm war, heißt, dass Sie keine Gefühle für sie hegen.«

»Das hätte ich auch ohne diesen Biss gewusst«, schimpfte Frédéric, doch Cecile achtete nicht auf ihn. Sie trieb ein anderer Gedanke um.

»Die Frage ist, ob sie das genauso wusste. Vampire verführen üblicherweise erst und beißen dann zu. Als letzter spektakulärer Reiz sozusagen. Aber nicht andersherum. Also warum hat sie Sie gebissen?«

»Woher soll ich das wissen?«

»Es wäre jedenfalls völlig wahnsinnig gewesen, Sie zu töten. Ihr letzter Fluch hätte ihr echt das Essen versaut.«

»Toll, dann wollte sie mich nicht töten, sondern nur anbeißen, das macht es sehr viel besser«, blaffte Frédéric und rieb sich im nächsten Moment mit den Fingern hart über die Stirn. »Wie wahrscheinlich ist es, dass Sie mich jetzt einfach gehen lassen?«

»Eher entwickelt der Heilige Stuhl einen Raketenantrieb.«

»War ja zu erwarten«, seufzte der Priester.

Seine betont verhärmte Miene brachte Ceciles Blut in Wallung. Nur nicht auf die positive Art. »Stellen Sie sich nicht so an«, schimpfte sie. »Sie sind nicht mein Gefangener. Sie sind nicht auf der Flucht, und erst recht sind Sie im Moment nicht in der Lage, allein zurechtzukommen. Ich habe verstanden, dass Ihnen meine Gegenwart zuwider ist, aber Teufel noch eins, Sie sollten wenigstens vernünftig denken. *Ich* kann Ihnen zeigen, wie Sie Ihre Kräfte richtig einsetzen. *Ich* kann Ihnen helfen, herauszufinden, warum Padres aus dem Vatikan Sie unbedingt beseitigen wollten und warum eine Mumie in Notre-Dame herumlag. *Ich* kann ebenso Ihren jämmerlichen Hintern vor liebeshungrigen Vampirinnen beschützen! Also, wenn Sie wieder vor mir die Flucht ergreifen wollen, dann gehen Sie!«

Es hätte sie wirklich nicht gewundert, wenn er ihre Erlaubnis kurzerhand genutzt hätte und aus der Kirche gejoggt wäre. Doch zu ihrer Überraschung blieb er. Er sah zwar nicht begeistert aus, trotzdem blieb er.

»Legen Sie Ihre Leidensmiene ab«, fauchte sie.

»Sie sind ganz schön anspruchsvoll.«

»Vielleicht sind Sie ja zu lange Priester, aber eine Frau will nicht ständig das Gefühl haben, eine Last zu sein! Falls Sie es immer noch nicht verstanden haben, *ich* brauche keine Nachhilfe in Sachen Magie.«

Frédérics Augen weiteten sich für einen Moment so sehr, dass sie Gefahr liefen herauszufallen. Erstaunlicherweise verkniff er sich jeglichen Kommentar, dafür wurden seine Lippen so dünn wie ein Strich.

»Vielleicht haben Sie recht«, sagte er gedehnt. »Je eher sich das alles löst, umso eher habe ich mein altes Leben zurück.«

Darauf würde sie zwar keine Wette abschließen, allerdings war sie nicht närrisch genug, ihm die Illusion zu nehmen. Hoffnung war manchmal die beste Motivation.

»Jetzt habe ich jedoch zu tun. Vielleicht können Sie hier warten.« Er wandte ihr ernsthaft den Rücken zu und schickte sich an, in Richtung Altar zu verschwinden.

»Moooment«, sagte Cecile, packte ihn am Arm und zerrte ihn herum. Forsch legte sie ihm die Hand auf die Brust und schob ihn wieder in Richtung des Beichtstuhls.

»Ich will das jetzt auch ausprobieren.«

Ehe ihm klar werden konnte, wovon Cecile sprach, dirigierte sie ihn in den Beichtstuhl zurück. Er landete mit dem Hintern ein weiteres Mal auf der Pritsche, nur setzte sich diesmal Cecile auf ihn. Den Rücken aufrecht und durchgedrückt und die Beine ladylike angewinkelt. Sie legte sogar die Hände um ihr Knie und maß ihn von oben.

»Und wie funktioniert das jetzt mit der Beichte?«

»Eigentlich müssten Sie in der anderen Kabine sitzen«, stotterte Frédéric.

Ha, sie bekam ihn endlich auch mal dazu, dass sich seine Stimme panisch überschlug. Wer hätte gedacht, dass ihr das gelingen möge. Im Übrigen fühlte sie sich auf ihrem Platz fantastisch. Sie rutschte ein wenig hin und her, und dass er dabei resigniert die Augen schloss, war wohl eher als Kompliment zu verstehen. War das seine Bibel, die sie da spürte?

»Und wenn ich nicht auf der anderen Seite sitzen will?«, fragte Cecile und machte es sich bequemer.

Ein leises Stöhnen drang aus seiner Kehle. »Scheren Sie sich doch zum Teufel.«

»Sehr nachlässig. Gerade davor sollten Sie meine Seele retten.«

»Da ist nichts mehr zu retten«, beteuerte Frédéric und rieb sich die Nasenwurzel. »Ich weiß nicht mal, ob bei mir noch etwas zu retten ist.«

Ehe sie es für eine schlechte Idee halten konnte, beugte sie sich vor und küsste ihn.

Kapitel 17

Wer zuletzt beißt, küsst am besten

Donnerwetter.

Viel mehr fiel ihm dazu nicht ein. Er hockte in einem Beichtstuhl, mit Cecile auf dem Schoß und ihren Lippen auf seinen. Das Schlimmste war: Er wollte nirgendwo anders sein. Nicht in diesem Augenblick. Ceciles Lippen fühlten sich wunderbar weich an. Instinktiv legte er die Arme um sie. Ihre Finger strichen über seinen Nacken, jagten ihm einen Schauer durch den Körper, und er drückte sich unweigerlich ihren süßen Lippen entgegen.

Sacrebleu, es war schon viel zu lange her, dass er eine Frau geküsst hatte. Warum eigentlich? Ach, verflucht, weil er Priester war.

Frédéric zog seinen Kopf abrupt zurück, löste sich von ihren Lippen und schlug sich prompt den Hinterkopf am Holz an. Elender Mist. Er stöhnte leise. Leider nicht wegen des Schmerzes, sondern weil Cecile von ihm herunterkletterte und er sich plötzlich allein gelassen fühlte. Das war nicht gut. Das war überhaupt nicht gut.

»Nun, ich will dich nicht zu lange von deinen Besorgungen abhalten«, verkündete Cecile, und er konnte sich nicht helfen – für ihn klang sie spöttisch. Sie trieb ihn mit Absicht in den Wahnsinn, oder? Sie küsste ihn und erfreute sich daran, dass ihn das völlig konfus machte.

War es normal, dass man sich nach einem simplen Kuss fühlte, als wäre man durch Himmel und Hölle gleichzeitig marschiert? Und was meinte sie mit Besorgungen? Nur langsam fiel es ihm wieder ein – die Suppenküche, Bernier, die ganze verdammte Verschwörung. Das waren ziemlich viele Probleme auf einmal. Sie sollten wie eine kalte Dusche wirken, aber in der nächsten

Sekunde dachte er lediglich wieder an das Gefühl von Ceciles Lippen auf seinen. Er war so richtig am Arsch.

Seine Beine zitterten, als er aufstand und aus dem Beichtstuhl trat.

»Ich muss in die Suppenküche«, stieß Frédéric hervor. »Dort ist Pater Bernier. Hazel wollte da ursprünglich ebenfalls mit hin.« Das hatte sich nun hoffentlich erübrigt. Er wollte sie dort nicht sehen, und dieses eine Mal schienen Cecile und er sich sogar einig zu sein. Kaum erwähnte er Hazels Namen, verzog sie das Gesicht.

»Was wollte sie dort?«, fragte sie.

»Suppe austeilen.«

»Und der Pater?«

»Der wollte eine Suppe.«

Zugegeben, das Gespräch war nicht von außergewöhnlicher Eloquenz beseelt. Das Denken fiel ihm enorm schwer. Er fühlte sich, als säße er noch auf der Pritsche mit Cecile auf seinem Schoß. Frédéric schüttelte den Kopf und bot jegliche Willenskraft auf, um sich endlich auf seine Worte und nicht auf Ceciles Mund und den Wunsch zu konzentrieren, sie möge ihn erneut küssen.

»Pater Bernier weiß über Salvatore Bescheid, und er weiß ebenso, warum er dort ist. *Er* hat die Prophezeiung hinterlegt. Als Hinweis auf ein mögliches Mordkomplott gegen den Papst.«

»Also soll Salvatore den Papst töten?«, bohrte Cecile.

»Das hat er nicht gesagt. Nur, dass der Heilige Vater sich gegen Machtmissbrauch und Korruption wendet und im Vatikan aufräumt. Bernier denkt, er selbst sei auch in Lebensgefahr.«

Cecile seufzte. »Wenn er so was tut, dann wundert mich das nicht. Der Vatikan findet es bestimmt nicht lustig, wenn jemand diese Prophezeiung vielleicht als bisher nicht erfüllt deklarieren will. Und womöglich nachhelfen will, dass sie wahr wird.«

»Das würde er niemals tun«, widersprach Frédéric. »Er war ein Vertrauter des Papstes, er ist absolut loyal und integer. Er hat nachgeholfen, dass einige Bischöfe ihres Amtes enthoben wurden. Deswegen musste er untertauchen.« Er klang brüsker, als er wollte, aber Herrgott, langsam musste sein Verstand doch mal wieder mitarbeiten! Wie brachte man den besser auf Trab als mit ein wenig Wut?

»Schön, dann ist er einer von den Guten«, gab Cecile nach. »Trotzdem komme ich mit. Mein Wagen steht draußen.«

»Es ist nur um die Ecke«, erwiderte er.

Noch vor einer halben Stunde hätte er sich mit Händen und Füßen gegen ihre Gesellschaft gewehrt. Nun könnte sie verlangen, ihn in sein Schlafzimmer begleiten zu wollen, er würde wahrlich nicht nein sagen. Innerlich stöhnte er. Sie hatte ihn verzaubert. In dem Kaffee heute Morgen war ein Liebestrank gewesen. Ganz bestimmt. Was anderes konnte es nicht sein.

Diese Gedanken verließen ihn auch nicht, als sie den Seitengang durchquerten und auf die Straße traten. Nicht einmal der Lärm des Verkehrs konnte sein Denken übertönen. Immer wieder schob sich der verflixte Beichtstuhl und der Anblick ihres Gesichtes nahe bei ihm vor sein inneres Auge.

Cecile hakte sich bei ihm unter, um nicht inmitten der Passanten verloren zu gehen. Eine kleine Geste, die ihm einen Stromschlag durch den Leib schickte. Er hatte sie geküsst. Oder nein, sie hatte ihn geküsst. Ach, das war doch nur Kleinkrümelei. Sie hatten sich geküsst! Darüber schüttelte Gott bestimmt noch nicht den Kopf. Dass es Frédéric allerdings ziemlich gut gefallen hatte, brachte ihn mit Sicherheit zum Lachen. So lange hatte er keinerlei Probleme damit gehabt, auf Frauen zu verzichten, und dann kam diese eine, nervtötende Hexe und machte die Selbstbeherrschung mit einem Mal zunichte.

Hieß es nicht, für jeden Priester gab es irgendwann eine Eva, die ihn in Versuchung führte? Stolz sein konnte der, der dieser Verlockung widerstand und im Priesterstand blieb, ohne seinen Schwur zu brechen. Wann fing das Brechen eigentlich an?

Verdammte Axt.

Er musste sich schnellstens auf etwas anderes konzentrieren. Vor allem musste er mit Pater Bernier reden. Das war alles, was zählte. Den Rest konnte er so außerordentlich praktisch ignorieren. Oder es zumindest versuchen.

»Woher kennst du Pater Bernier?«, fragte Cecile über das Geklingel eines drängelnden Radfahrers hinter ihnen hinweg.

»Er hat mich faktisch aufgezogen«, erwiderte Frédéric. »Anfangs kam er jeden Freitag in das Waisenhaus, in dem ich war. Irgendwann besuchte er mich täglich, und als ich zehn war, zog ich in seine Pfarrei und erledigte kleinere Arbeiten in der Kirche, ging zur Schule, und er brachte mir die Bibel näher.«

»Das klingt … nett«, sagte Cecile zögernd.

»Das war er auch«, gab Frédéric scharf zurück. »Er war wie ein Vater zu mir.«

»Schon gut«, rief Cecile aus. »Ich wollte ihm nichts unterstellen.«

Frédéric stoppte vor einem niedrigen Bau. Die graue Fassade zierten nicht sonderlich ansprechende Graffiti, wenigstens brachten sie ein wenig Farbe in das triste Grundstück. Der Rasen verdiente nämlich nicht mal ansatzweise seinen Namen. Im Grunde war es nur eine flachgetrampelte Fläche mit Erde und vereinzelten Grashalmen. Aber im Gebäude gab es eine funktionierende Küche, viele freundliche Helfer und genügend Plätze für hungrige Menschen.

Sie hatten gerade mal die Tür erreicht, da schallten hinter ihnen die Sirenen eines Krankenwagens. Mit quietschenden

Reifen bremste der Rettungsdienst direkt am Tor, die hinteren Türen wurden aufgestoßen, und hätte Frédéric den Sanitätern nicht die Tür aufgehalten, hätten sie diese in ihrer Eile vermutlich aus den Angeln gerissen.

Er zog Cecile hinter sich her und folgte den Rettungshelfern. Sie beugten sich über einen Mann am Boden und unweigerlich stöhnte Frédéric auf. Merde, er hatte es bereits beim ersten Sirenenton befürchtet – der reglose Patient war Pater Bernier.

»Was ist passiert?«, fragte er Mademoiselle Lagarde. Normalerweise sammelte sie das leere Geschirr ein, jetzt hockte sie mit bebenden Lippen und Tränen in den Augen an einem Esstisch.

»Er hat um eine Mahlzeit gebeten«, flüsterte sie, als könnte eine zu laute Stimme die Sanitäter stören. »Er war ausgesprochen höflich. Das ist ja echt selten. Ich habe nur mal kurz nicht hingeschaut, weil ich einen Teller für ihn geholt habe. Als ich zurückkam, war er schon zusammengebrochen. Außerdem war da diese Brünette. Die hatte ich vorher noch nie hier gesehen. Keine Ahnung, sie wollte dringend mit ihm reden. Ich dachte, sie wäre seine Tochter.«

Brünette? Doch nicht etwa Hazel?

»War sie sehr leicht bekleidet?«, forschte Frédéric, und Mademoiselle Lagarde nickte.

Oh, Himmel, das war mit Sicherheit Hazel gewesen!

»Eine Vampirin verursacht keinen Herzinfarkt«, flüsterte Cecile, als hätte sie seine Gedanken gelesen. »Es sei denn, sie hat ihm was verabreicht.«

»Kannst du etwas tun?«, fragte Frédéric, und zum Teufel, wenn er sie anbetteln musste, würde er es tun. Aber er sah in ihren Augen, dass es überhaupt nicht nötig war. Das Bedauern in ihrem Blick war echt.

»Tut mir leid«, seufzte sie. »Ich kann niemanden vor dem Tod retten, der schon so weit ist.«

»Sag so was nicht«, stöhnte Frédéric. »Die haben jedenfalls noch nicht aufgegeben!« Er deutete auf die Sanitäter. Der Notarzt verabreichte Bernier gerade zwei Spritzen, ein Sanitäter setzte dem alten Mann die Sauerstoffmaske auf, und sie hievten Pater Bernier auf die Trage. Schnell trat Frédéric an den Sanitäter heran.

»Wie geht es ihm?«

»Es sieht aus wie ein Herzinfarkt, aber seine Augen haben sich gelb verfärbt. Das ist eher ein Leberschaden. Wir können erst im Krankenhaus mit Sicherheit feststellen, was ihm fehlt. Für den Moment ist er stabilisiert. Wollen Sie mitfahren, Abbé?«

Cecile drückte Frédérics Hand. »Wir müssen unbedingt mit«, flüsterte sie ihm zu. »Es ist womöglich die letzte Gelegenheit.«

Was? Irrte sich der Notarzt, und Bernier war keineswegs stabil?

»Wir fahren mit«, rief Frédéric aus. Hoffentlich lag Cecile falsch, aber selbst wenn, dann taten sie gewiss nichts Falsches.

»Schnell, schnell«, befahl der Notarzt und lief eilig neben seinem Patienten her. Sie rammten die Liege in das Fahrzeug, und der Arzt drehte sich zu ihm. »Steigen Sie ein.«

Frédéric zögerte nicht. Er reichte Cecile die Hand, damit sie einsteigen konnte, und schwang sich ebenfalls in den Wagen. Die Türen wurden zugeknallt, und er setzte sich in Bewegung. Die Sirene tönte draußen gedämpft. Der Notarzt schloss Bernier an ein Gerät an, das Berniers Puls und Blutdruck überwachte.

Pater Bernier ächzte und versuchte offenbar, unter der Maske etwas zu sagen.

»Ich glaube, es ist wichtig«, sagte Frédéric. Normalerweise würde er einen Teufel tun und zulassen, dass der Sauerstoff weggenommen wurde, aber dieser Mann wollte ihm irgendetwas mitteilen!

Mit einem Blick auf den Arzt, der ihm zunickte, schob Frédéric die Maske vom Mund des Patienten.

»Frédéric«, keuchte der. »Du musst ihn aufhalten.«

»Wen?«

Sacre, er hatte keinen Schimmer, wen er aufhalten sollte. Und wie! Er konnte doch nicht in den Vatikan marschieren und dem Papst etwas von einem geplanten Attentat vorfaseln, von einer Mumie in den Mauern Notre-Dames, von der sie keine Ahnung hatten, wo sich diese gerade aufhielt. Und ach ja, wenn der Pontifex fragte, woher er das alles wusste, dann natürlich, weil Frédéric seine magischen Kräfte nicht mehr unter Kontrolle hatte und irgendwelche Untoten freiließ!

Im besten Fall steckten sie ihn nur in die hiesige Psychiatrie!

»Wen?«, bohrte er.

»Er zerstört die Kirche«, keuchte Bernier.

Herrgott noch eins, konnte man einem kranken Mann unterstellen, mit Absicht solche kryptischen Aussagen von sich zu geben? Allerdings reichte ein Blick in die Augen Berniers, um zu wissen, dass er das keineswegs mutwillig machte. Er klammerte sich an das Leben, trotzdem schien es ihm mehr und mehr zu entgleiten. Als hätte das Ding, welches Berniers Puls überwachte, Frédérics Gedanken gelesen, fing es hysterisch an zu piepsen.

Sacrebleu! Warum zum Henker musste diese Hexe immer recht behalten? Der Notarzt fluchte nicht innerlich wie Frédéric, er platzte lautstark damit heraus und begann, den Stoff über Berniers Brust aufzureißen. Er riss den Defibrillator aus der Halterung und setzte ihn auf die Brust des alten Paters. Dessen Leib zuckte, das Gerät piepste jedoch ununterbrochen weiter.

»Wer zerstört die Kirche?«, fragte Frédéric erneut eilig und drückte die Hand seines Mentors, um vielleicht noch ein Fitzelchen seiner Aufmerksamkeit zu erhaschen. Aber es war völlig sinnlos. Egal, wie oft der Arzt ihn wiederzubeleben versuchte, es war zu spät. Berniers Hand erschlaffte in der Frédérics, und das letzte Stück Leben wich aus den Augen. Man sagte gern, dass die Seele mit einem Seufzen entwich. Bernier seufzte nicht, dafür Frédéric. Mit einem Mal fiel jegliche Anspannung von ihm ab, und zurück blieben Resignation und Ratlosigkeit.

Er hob die Hand und schloss die Augen des Toten. »Gott, der Herr lasse sein Angesicht über dich leuchten und sei dir gnädig. Der Herr wende sein Angesicht dir zu und schenke dir Heil[2].«

Mit einem Mal fühlte er sich furchtbar müde und rieb sich über die Stirn. Er konnte nachvollziehen, wenn Trauernde sagten, sie würden nicht richtig verstehen, dass jemand gegangen war. Es war wie ein schlechter Traum. Zwar war Frédéric bewusst, dass er echt war, dennoch wollte es gerade nicht so recht bei ihm ankommen.

»Tut mir leid«, hörte er Cecile leise sagen. Sie berührte ihn an der Wange, ein leichtes Streifen, bei dem er doch zu deutlich die Wärme ihres Körpers fühlte. Ein Rumpeln des Wagens stieß sie gegen ihn, und nach einem kurzen, sichtbaren Zögern legte sie die Arme um Frédéric und lehnte den Kopf an seine Schulter.

Auch die Sanitäter sagten kein Wort. Sie schalteten die Geräte aus und waren in sich gekehrt. Allein der Notarzt durchbrach die Stille mit rauer Stimme und übertönte das Rumpeln des Fahrzeugs auf der Straße. »Wollen Sie bis zum Krankenhaus mitfahren oder sollen wir Sie irgendwo rauslassen?«

»Rauslassen«, bat Frédéric.

Der Arzt klopfte gegen die Scheibe, die den Fahrer vom Innenbereich trennte und rief ihm zu, er solle bei Gelegenheit anhalten.

An der nächsten Kreuzung stoppte der Krankenwagen, und sie hielten einen Spalt weit die Türen auf. Ein letztes Mal sah

---

[2] 4. Buch Mose 6

Frédéric zu seinem Mentor und altem Freund, bevor er aus dem Wagen stieg.

Wie bereits auf dem Weg in die Suppenküche schlang Cecile den Arm um seinen. In Frédérics Kopf herrschte das pure Chaos. Gedanken schossen in Sekundenschnelle hindurch, und doch bekam er keinen zu fassen. Es gab zu viele Fragen.

War es Hazel gewesen, die Bernier getötet hatte? Oder rein zufällig irgendeine Brünette? Junge Frauen verirrten sich allerdings selten in die Suppenküche. Erst recht keine hübschen, höchstens die verlotterten und drogenabhängigen. Wenn sie es gewesen war – was hatte sie mit der Prophezeiung zu schaffen?

Vielleicht war das alles ein dummer Zufall und Bernier hatte einen simplen Herzinfarkt gehabt? Das konnte lediglich die Autopsie klären. Ach, verdammt. Er wusste nicht, was er denken sollte. Er wusste gerade nicht einmal, wohin sie gingen.

Abrupt blieb er stehen, und Cecile taumelte gegen ihn.

»Was jetzt?«, fragte er. »Wie finden wir Salvatore?«

»Du bist dir ziemlich sicher, dass er ihn gemeint hat, als er davon sprach, jemanden aufzuhalten«, gab Cecile zurück.

»Wen sollte er sonst gemeint haben?«

Cecile hob die Schultern. »Er starb leider, bevor die Vision zu ihm richtig klar wurde.«

»Du hattest eine Vision?«

»Ja, eine sehr verworrene«, gab sie zurück. »Tatsächlich kam er in der nicht sonderlich gut weg. Er mag den hiesigen Papst nicht und …«

»Du irrst dich«, beharrte Frédéric. »Er war dem Vatikan immer treu ergeben und damit auch dem Inhaber des heiligen Amtes.«

»Aber …«

»Ich weiß nicht, was du gesehen hast, deine übersinnlichen Synapsen liegen falsch! Ich kenne diesen Mann seit knapp dreißig

Jahren. Er würde niemals etwas tun, das dem Papst schadet. Oder nur irgendeinem Menschen.«

Cecile presste die Lippen zusammen, und für einen Moment sah es so aus, als würde sie auf Teufel komm raus mit ihm diskutieren wollen. Doch dann senkte sie den Blick und atmete tief durch.

»Visionen sind gern etwas ungenau«, sagte sie nun. »Jason lässt nach Salvatore und Venturo suchen. Wenn Salvatore den Papst töten soll oder es jemand anderes versucht, werden wir versuchen, es zu verhindern. Dafür solltest du aber langsam lernen, deine Kräfte bewusst einzusetzen. Sonst legst du noch den Vatikan in Schutt und Asche.«

»Meinetwegen«, brummte Frédéric. »Dann zeig es mir. In meinem Pfarrhaus gibt es nicht viel, das zu Bruch gehen kann.«

»Wir fahren zu mir«, bestimmte sie.

»Vergiss es. Du lässt mich dort nie wieder weg.«

In Ceciles Augen blitzte blanke Wut auf. »Dein Mentor ist gerade gestorben. Willst du vielleicht der nächste sein?«

»Was? Nein!«

»Dann folge der bösen Hexe in ihr Lebkuchenhäuschen«, erwiderte Cecile mit einem schiefen Lächeln. »Ich verspreche hoch und heilig, den Ofen auszulassen.«

»Pah«, schnaubte Frédéric. »Als ob das deinen wild gewordenen Garten davon abhalten könnte, über mich herzufallen.«

Cecile hob die Schultern. »Er mag dich eben.« Ihre Lippen teilten sich zu einem verschmitzten Lächeln. »Wenn ich mit dir fertig bin, hast du ihn ohnehin selbst unter Kontrolle.«

Toll, und er hatte gedacht, sein Leben könnte im Augenblick nicht unerfreulicher werden. Mit Sicherheit beinhalteten ihre Lektionen doch, sich auf seinen Schoß zu setzen und ihn zu küssen. Warum zum Teufel kribbelte es in seinem Bauch, sobald er ansatzweise darüber nachdachte? Damit fühlte sich der Gedanke nur noch halb so schlimm an. Er war jetzt schon verloren.

Kapitel 18

Kann denn Liebe Sünde sein?

Es war wirklich außerordentlich ärgerlich, dass ihre Kräfte ausgerechnet bei Frédéric versagten! Wenn es darum ging, ihr Dinge zu zeigen, die sie überhaupt nicht wissen wollte, funktionierten sie doch auch! Zum Teufel, bei Bernier hatte sie vieles gesehen. Ränkespielchen, das unbestimmte Gefühl der Schuld gepaart mit bemühten Rechtfertigungen, seinen wankenden Glauben. Aber Frédéric glaubte ihr sowieso nicht. Bernier war für ihn ein verdammter Heiliger. Was er von ihrem Vorschlag hielt, ihm seine Kräfte näherzubringen, konnte sie nicht einschätzen. Ihren verflixten Garten für ein Fitzelchen seiner Gedankenwelt.

Während sie in die Kirche zurückkehrten, seine Tasche mitnahmen – ha, sie hatte es gewusst, er hatte vorgehabt abzuhauen! – und mit ihrem Wagen zu Ceciles Haus fuhren, sagte er kein Wort.

Das brütende Schweigen setzte sich im Auto fort, und am liebsten hätte sie ihn erneut geküsst. Um ihn zu trösten und endlich wieder ein Wort aus ihm herauszubringen und sei es, dass er sie nur verwünschte.

»Unterkühlte Stimmung«, stellte die Software des Autos fest. »Entspannungsmusik wird empfohlen.«

Keine Sekunde später tönte lautstarkes Vogelgezwitscher durch den Wagen, unterbrochen von Blätterrauschen, und das tiefe Röhren könnte genauso gut von einem Hirsch wie von einem Wal stammen. Vielleicht brachte das Auto ja die Lebensräume der Tiere völlig durcheinander.

Aus der Mittelkonsole wurde eine 500-g-Tafel Schokolade geworfen, die direkt auf Frédérics Schoß landete. Mit der Kante zuerst.

»Bordel de merde«, stöhnte dieser. »Macht so weiter, und das Zölibat spielt für mich keine Rolle mehr, weil ich zum Eunuchen geworden bin.«

Er legte die Schokolade beiseite, und prompt pfefferte das Auto einen eingepackten Keks gegen seine Schulter.

»Zucker hilft bei schlechter Laune«, verkündete die elektronische Stimme gewichtig. »Joints auch.«

»Wag es nicht, mir einen Joint anzubieten!«, donnerte Frédéric.

»Valium leider nicht mehr vorhanden. Bitte an der nächsten Apotheke auffüllen.«

»Ich fasse es nicht. Ich werde von einem Auto gemobbt«, brummte Frédéric.

Doch was war das? Seine Mundwinkel zuckten! Vielleicht sollte sich Jason diese Software patentieren lassen. Die Zahl der Auffahrunfälle nahm mit Sicherheit zu, aber wenigstens hätten sie Spaß dabei.

Cecile parkte vor ihrem Carport und wartete im Garten auf Frédéric, der seine Tasche in ihr Gästezimmer brachte. Es war lächerlich, trotzdem spähte sie zu dem Fenster hinauf. Mittlerweile traute sie ihm zu, wieder vor ihr flüchten zu wollen. Jede andere Frau hätte das inzwischen wohl als persönliche Beleidigung aufgefasst, oder?

Ihre letzte Nacht noch verrückt gewordene Weide ließ ihre Zweige raschelnd im Wind hängen. Dieser fuhr auch durch die langen Grashalme ihrer Wiese, bog die Wildblumen, und ein besonders starker Windstoß brachte sogar eine Hummel für einen Moment von ihrer Flugbahn ab. An solchen Orten fand man Frieden, trotz des Rauschens der Autos auf der Straße. Es war nur ein entferntes Grundrauschen, das sich nahezu harmonisch einfügte. Wenn man von dem gelegentlichen Hupen absah. Es gab keinen besseren Ort, um mit seinen Kräften eins zu werden.

Aus der Küche holte Cecile ein halbes Dutzend Kerzen und verteilte sie in Laternen unterhalb der Weide im Kreis. Sie hatte gerade die letzte aufgestellt, als Frédéric aus dem Haus trat. Zögernd näherte er sich dem Baum und betrachtete die Zweige misstrauisch.

»Das Ding fällt mich doch nicht erneut an?«

»Erst wenn du einen Hürdenlauf über mein Gartentor startest.«

Ha, da war es wieder! Dieses feine, beinahe unmerkliche Lächeln, das seine Züge eroberte!

Er ließ sich auf der herausstehenden Wurzel der Weide nieder und lehnte sich an den Stamm. »Dann sag mir, was ich tun muss, um Magie zu wirken«, bat er. »Ein Pentagramm in den Boden meißeln, irgendwelche Tiere opfern oder vielleicht den Gehörnten beschwören?«

Cecile schnaubte amüsiert. »Das würde dir so passen. Der Teufel bricht in Tränen aus, wenn er es mit dir zu tun bekommt.«

»Weil ich Priester bin?«

»Weil du einfach du bist.«

Frédérics Mundwinkel zuckten. »Dann ist der Teufel eine größere Memme als du. Also, was brauche ich dann?«

»Im Grunde nicht viel. Du brauchst nur dich, deine Willenskraft und … Einigkeit.«

»Was heißt das nun wieder?«

»Bist du eins mit deiner Seele, bist du eins mit deiner Magie.«

»Das klingt ziemlich einfach.«

Cecile legte den Kopf schief. »Trotzdem bekommst du es nicht hin.«

»Danke, für einen Moment habe ich es tatsächlich vergessen«, brummte Frédéric.

»Zu deiner Seele gehört auch deine Magie, und solange du sie nicht haben willst, bist du weder mit dem einen noch mit dem anderen eins.«

»Das klingt schon eher nach dem Teufelskreis, den ich erwartet habe.«

Wie verkorkst musste ein Schüler sein, damit seine Lehrerin innerhalb der ersten fünf Minuten Kopfschmerzen bekam?

»Er ist spielend zu durchbrechen«, behauptete sie. »Wenn du es endlich annimmst.«

»Schon gut«, murrte Frédéric. »Ich nehme sie an. Zufrieden?«

»Erzähl das nicht mir, sag das deiner Magie. Die wird sich keinesfalls so leicht veräppeln lassen.«

»Herrgott.« Frédéric legte frustriert den Kopf in den Nacken. »Vor zwanzig Jahren habe ich sie sehr erfolgreich verdrängt. Das hat mich knapp fünf Jahre intensive Übung gekostet. Das löst sich kaum in einer Nacht auf.«

»Du hast innerhalb von fünf Minuten eine Steinkirche zerstört. Du wirst doch wohl deine eigene Blockade einreißen können«, stichelte Cecile und erntete einen garstigen Blick von ihrem Priester.

»Dann gib mir eine Aufgabe.«

Cecile ging über ihre Wildwiese, bückte sich und pflückte ein Gänseblümchen, dessen Blüte noch geschlossen war. Sie reichte es Frédéric. »Stell was damit an.«

»Soll ich es mir ins Haar stecken oder ›sie liebt mich, sie liebt mich nicht‹ spielen?«

»Du kannst dem Ding meinetwegen Jodeln beibringen, das ist völlig dir überlassen.«

Eine einfache Blüte zu verzaubern konnte vieles über denjenigen offenbaren, der es tat. War er kreativ? Neigte er sogar dazu, sie zu zerstören, indem er sie zu Staub zerfallen ließ? Oder liebte er die Schönheit und ließ sie strahlend erblühen? Übertrieb er es dabei aus Geltungssucht? Magie konnte durchaus ein Stück der Seele verraten.

Frédéric drehte das Gänseblümchen unschlüssig zwischen den Fingern und kniff schließlich die Augen zusammen. Seine Brauen verengten sich, und aus den zwei Falten auf seiner Stirn wurde eine gewaltige. Sie hörte ihn sogar mit den Zähnen knirschen, so fest presste er seine Kiefer aufeinander. Sie hatte keinen Schimmer, was er vorhatte, aber wenn er so weitermachte, fielen ihm bald alle Zähne aus, und seine Falten vermochte dann nicht einmal mehr Botox zu glätten.

Cecile setzte sich ebenfalls auf die Wurzel und betrachtete Frédéric.

»Denk an etwas Schönes, etwas Entspannendes. An einen Moment in deinem Leben, in dem du einfach nur glücklich warst. An einen Ort, an dem du dich zu Hause gefühlt hast, oder an einen Menschen, der dir viel bedeutet«, schlug sie vor.

Für einen Augenblick bohrte sich sein Blick regelrecht in ihren, und ihr wurde heiß und kalt zugleich. Himmel, sie wüsste zu gern, woran er gerade dachte. Er senkte bereits wieder die Lider und sah auf das Gänseblümchen.

Sie schluckte. »Was ist es? Ein Ort, eine Begebenheit oder Jemand?«

»Ein Jemand und eine Situation«, erwiderte Frédéric, und seine Stimme klang rauer als sonst. Irgendjemand sollte schleunigst eine Gedankenlese-Maschine erfinden. Vielleicht konnte sie ihn eines Tages wieder betrunken machen, und dann verriet er es ihr.

»Dann geh zurück zu diesem Moment und diesem Menschen. Erinnere dich an das Glück und die Schönheit des Augenblicks.«

Wenn man ihn so ansah, könnte man meinen, er erinnerte sich an seinen letzten Arztbesuch inklusive Prostatauntersuchung. Er zerquetschte das Blümchen ja fast. Die Lider hatte er zwar gesenkt, dennoch konnte sie an seiner Kinnlinie erkennen, wie verspannt er war. Konnte sich der Mann überhaupt entspannen? Schön, erst vor knapp zwei Stunden war sein Mentor gestorben. Das gestaltete das Relaxen ein wenig schwierig, aber zum Teufel, es gab nur diesen einen Weg.

Frédéric hob die Lider und starrte sie unzufrieden an.

»Was?«, fragte sie.

»Nichts.«

»Wenn das Nichts ist, dann sind es Blähungen.«

»Also bitte«, gab Frédéric pikiert zurück. »Willst du dich auch noch in meine Verdauung einmischen?«

Sie legte die Hände an seine Wangen und sah ihm in die Augen. »Du kannst mir entweder selbst sagen, was deinen Darm in Verwirrung bringt, oder ich sehe einfach in deinem Kopf nach, und wer weiß, was ich da alles finde.« Das war eine eiskalte Lüge. Sie kam ohnehin nicht in seine Gedanken hinein. Seine Magie mochte zwar genauso launisch sein wie er, sie verschloss allerdings sehr zuverlässig seinen Geist. Gegen ihn war Fort Knox eine Spielzeugburg, deren Grundriss gleich neben der Tür hing und bei der man den Schlüssel zugeworfen bekam, sobald man vorbeiging.

Frédéric knirschte mit den Zähnen, und die zwei steilen Falten auf seiner Stirn vertieften sich.

»Ich hätte erwartet, dass du mir auf den Schoß steigst, damit es überhaupt funktioniert.«

Okay, wow, sie hatte mit vielem gerechnet, jedoch nicht mit einem solchen Satz. Sie zog die linke Augenbraue hoch, doch ehe sie zu Wort kam, sprach er schon weiter.

»Und du mich wieder abknutschst.«

War das zu fassen? Bei ihm konnte sie es sowieso nicht richtig machen. Setzte sie sich auf seinen Schoß und umgarnte ihn wie eine Gottesanbeterin ihr nächstes Opfer, verfiel er nicht in ekstatische Vorfreude. Hockte sie sich wie eine brave Klosterschwester in gebührenden Abstand zu ihm, war es auch wieder falsch … Himmel noch mal, hatte sie schon erwähnt, dass der Mann sie kirre machte?

Sie rutschte von der Wurzel herunter, aber nur, um sich im nächsten Atemzug auf ihn zu schwingen. Seine Hände legten sich bereitwillig auf ihre Hüften. Sie fuhr in seine Haare, zog seinen Kopf näher zu sich und sah ihm für einen Moment forschend in die Augen. Von dem stoischen oder gar unzufriedenen Ausdruck war nichts mehr zu sehen. Sie erkannte ein wenig Misstrauen und … freudige Erwartung? Da brat ihr einer einen Storch. Er nahm sie doch auf den Arm, oder? Sobald sie ihn küsste, würde er sie von ihrem Schoß werfen. Als Rache für die letzten Stunden. Andererseits könnte sie ihn vorher küssen, und diese Gelegenheit ließ sie sich definitiv nicht entgehen.

Sie legte die Hand an seine Wange und strich mit den Lippen über seine. Sie sah, wie er die Lider senkte, und wesentlich mutiger intensivierte sie ihren Kuss. Er stieß sie nicht hinunter. Er ließ es auch nicht einfach nur über sich ergehen, sondern erwiderte ihn. Mit einem Gefühl, das ihr Herz spontan zu einem Doppelflip animierte.

Normalerweise wäre es wohl die blanke Beleidigung, wenn ihre Küsse einen Mann *ent*spannten, in dem Fall wollte sie nicht so sein.

Frédérics Atmung vertiefte sich, und sie musste nicht einmal die Augen öffnen, um zu spüren, wie sich die Magie in seinem Innersten ihren Weg bahnte. Als das Leuchten immer stärker wurde, löste sie sich aus dem Kuss und sah hinunter. Der Schimmer bildete sich unter seiner Haut, brach durch seine Fingerspitzen und wand sich um das Gänseblümchen, bis es heller als eine Lampe strahlte.

Die Weide, die Wiese, ja selbst die Fassade ihres Hauses schillerte in dem dunklen Lila seiner Magie. Das Gänseblümchen wurde größer, entwickelte Wurzeln, teilte sich und aus ihm wuchsen dutzende Blumen.

Was sollte sie sagen? Seine Magie war wunderschön. Sie war rein, sie war kraftvoll, und sie besaß eine Unschuld, die ihresgleichen suchte. Der Strauß vervielfachte sich erneut und wuchs wie ein Teppich über Frédérics und ihren Schoß. Gut, vielleicht neigte der Priester zu Übertreibungen, doch Blumen konnte es nie genug geben.

»Ich dachte mir gleich, dass es mit ein wenig Nötigung wesentlich besser funktioniert«, stellte Frédéric fest.

»Dann probier' es jetzt ohne mich.« Cecile versuchte, von seinem Schoß herunterzurutschen, aber er hielt sie fest.

»Ohne dich wird es nicht gehen.«

Bitte was? Selbst jetzt vervielfältigten sich die Gänseblümchen noch. Langsam sammelten sie sich zwischen ihren Leibern an wie zu viel Popcorn in der Schüssel und fielen auf die Wiese.

Ein weiteres Mal setzte Cecile an, von ihm herunterzusteigen, nur er verstärkte seinen Griff.

Verwirrt sah sie ihn an. »Natürlich wird es gehen. Du musst lediglich meine Ratschläge beherzigen, dich entspannen und deine Fähigkeiten annehmen. Ich kann mich doch nicht bei jedem Zauber auf deinen Schoß setzen.«

»Wieso nicht?«, fragte der Priester. »Zumindest bei den ersten fünfzig.«

»Fünfzig?«, rief sie aus. »Du willst, dass ich dich fünfzig Mal gegen deinen Willen küsse?«

»Vielleicht ist es auch hundertmal nötig.«

Vernebelte ihr der Duft der unzähligen Blumen die Sinne und sie hatte Halluzinationen? Anders konnte sie sich das hier nicht erklären. Der Priester, der sie inbrünstig mit Beleidigungen bedachte, wollte, dass sie ihn fünfzig- bis hundertmal küsste?

»Zur Rettung des Papstes müssen eben Opfer gebracht werden«, erläuterte ihr Frédéric und zog sie näher an sich. Das war doch seine Flasche Weihwasser to go, was sie da in seiner Hose spürte, oder?

Seine Lippen streiften hauchzart ihren Hals und bescherten ihr wohlige Gänsehaut. Sein Atem bewegte ihre Haare, die sie zusätzlich kitzelten, und sie erbebte vor Wonne.

»Wenn allein ein Kuss von dir das auslöst, was passiert dann erst bei mehr?«, sinnierte Frédéric. Wäre sie ein Miststück, würde sie ihm jetzt mindestens die Weltherrschaft versprechen, aber blöderweise war sie keines. Gott, sie wünschte, sie könnte spontan zum Bösewicht des Jahrhunderts umschulen.

»Da wird nicht viel mehr passieren«, wandte sie gerade vorsichtig ein, da fing er an, ihren Hals zu küssen. Sacrebleu.

»Das ist unfair«, beschwerte sie sich.

»Wieso?«

»Wenn ich mit dem Gefühl deiner Küsse jetzt ins Bett gehe, steht mir eine schlaflose Nacht bevor.«

Er hörte auf, ihren Hals zu liebkosen, und sah auf. »Das könnte stimmen.«

Ganz toll. Da hatte sie einmal recht, zu einem völlig bescheuerten Zeitpunkt.

»Böse Hexen gehören ins Bett«, sagte Frédéric.

Halt, Moment. Was? »Ich dachte, in den Ofen.«

»Der Ofen ist mir zu unbequem«, gab Frédéric zurück. »Trotzdem will ich keine Zuschauer, wenn ich dem Chaos die Krönung aufsetze.«

Er packte sie an ihrem Hintern und stand einfach mit ihr auf. Die Beine um ihn geschlungen, klammerte sie sich an ihn und ließ zu, dass er sie ins Haus verschleppte. Auf der Treppe wankte er einmal, aber er bekam das Geländer zu fassen, bevor sie beide die Stufen hinabstürzten. Ts, seine Koordination war fürchterlich. Gut, vielleicht lag es auch daran, dass sie abwechselnd seinen Hals und seine Lippen küsste.

Für einen Moment presste er sie gegen die Tür, erwiderte ihren Kuss gierig, bis das Holz nachgab und sie zusammen in ihr Schlafzimmer taumelten. Er drückte ihre Schenkel auseinander, ließ sie auf das Bett fallen und beugte sich über sie. Ihre Bluse war schneller Geschichte, als sie bis drei zählen konnte. Ihren BH öffnete er mit einer Leichtigkeit, als würde er den ganzen Tag nichts anderes machen. Seine Hände streichelten ihre nackte Haut, hinterließen eine warme, ja fast schon feurige Spur, und ihre Finger zitterten so stark vor Erregung, dass sie es kaum schaffte, seine Hemdknöpfe zu öffnen. Irgendwann streifte sie es ihm doch ab und warf es zu Boden. Samt seinem Kollar. Dem Zeichen seiner Priesterwürde. Verflucht, was tat sie hier? Sie dachte noch darüber nach, da liebkoste er sachte ihre Brustwarze und umspielte ihren Nippel bis zur himmlischen Entzückung. Sie sollte wirklich den Mund halten. Sie sollte nicht fragen, sie sollte einfach nur genießen. Ach, verflixt.

»Bist du dir sicher, dass du das tun willst?«, keuchte sie.

»Ziemlich sicher.«

»Das Zölibat …?« Der Teufel sollte sie holen, dass sie von selbst davon anfing!

»Ich bin ohnehin ein lausiger Priester. Wer zerlegt schon seine eigene Kirche, lässt zu, dass sein Erzbischof in einen Puff gezerrt und mit Bildern erpresst wird und lässt sich mit dem schlimmsten Feind der Kirche ein? Magie? Die auch nur dann funktioniert, wenn du mich küsst? Ich kann kein Kreuz mehr berühren, keine Bibel. Das heiligste aller Bücher verkohlt buchstäblich in meinen Händen. Es grenzt an ein Wunder, dass ich überhaupt die Kirche betreten konnte. Wer weiß, wie lange noch. Wenn Gott meint, mein Leben ruinieren zu müssen, dann will ich wenigstens einen schönen Moment dabei haben.«

Wow. Sie wusste nicht, ob sie jetzt froh sein sollte oder beleidigt. Wenn er schon in seinem Beruf scheiterte und von seiner Magie sabotiert wurde, konnte er es also mit ihr gleich richtig vermasseln? Ceciles Sinn für Romantik konnte man nun wirklich nicht als sonderlich ausgeprägt betiteln, aber selbst das kümmerliche Häuflein zog empört die Fühler ein.

Jedenfalls bis Frédéric ihr die Hose samt Slip von den Hüften zog. »Willst du es mir noch mehr ausreden?«, fragte er, und ehe sie antworten konnte, küsste er sie inbrünstig auf ihre empfindlichste Stelle.

Was sollte sie sagen, außer: Halleluja! Womöglich rief sie es auch, sie hatte keine Ahnung. Was er dort unten anstellte, war bestimmt nicht ohne Waffenschein erlaubt. Er streichelte ihre Schenkel, saugte an ihrer Perle, als wäre sie ein Strohhalm, und als er einen Finger in sie schob, sprang sie beinahe vom Bett. Innerhalb kürzester Zeit sorgte er dafür, dass sie nicht mehr wusste, wo oben und unten war oder wie ihr Name lautete.

In einer Sekunde würde sie die berühmte Klippe erreichen, und so wie sie sich bereits jetzt wand, würde sie die blanke Sternenexplosion erleben. Cecile keuchte, bog sich ihm entgegen und … Dieser Bastard hörte einfach auf! Er entzog ihr jeglichen Reiz. Cecile sackte in sich zusammen, ihr Herz hämmerte, und hätte sie noch Luft in der Lunge, hätte sie inbrünstig geflucht. Sie sog gerade eine ganze Menge Sauerstoff ein, als Frédéric nach oben rutschte und sie küsste. Sie schmeckte sich selbst, spürte seine Härte an ihrem Bauch, und ehe sie wirklich anfing, ihn um Erlösung anzubetteln, drängte er sich zwischen ihre Schenkel und eroberte sie mit einem Ruck. Es entlockte ihr erst einen Aufschrei und dann ein hingebungsvolles Stöhnen. Heiliger Kuhmist, jeder Stoß von ihm fühlte sich an, als würden Tausende Raupen in ihren Nervensträngen zu Schmetterlingen werden und hysterisch herumflattern. Sie bog den Kopf zurück, drängte sich ihm entgegen und genoss die Reibung, die Hitze und die Spannung zwischen ihnen. Verfluchte Hölle – es konnte keine Rede davon sein, dass er völlig unerfahren sei. Er wusste, was er wollte, und er wusste, wie er es sich nehmen musste. Er wusste, wie er *sie* nehmen musste. Es raubte ihr den Atem, er fehlte ihr sogar zum Stöhnen. Sie keuchte wie eine alternde Dampflok, aber es war ihr egal. Halt suchend krallte sie sich in seine Schultern und spürte, wie er sie fester packte. Was nun kam, stellte selbst die Sternenexplosion in den Schatten. Das ganze verdammte Universum bebte mindestens einmal!

Als sie wieder zurück in die Realität fand, lastete Frédérics Gewicht auf ihr, und sein Gesicht war lediglich wenige Zentimeter von ihrem entfernt. Instinktiv schlang sie die Arme um seinen Hals und küsste ihn, bis ihr erneut die Luft ausging.

Jeder Nerv in ihrem Inneren schien zu vibrieren, zu pochen und ›you got this feeling‹ zu singen. Frédéric zog sich aus ihr zurück und wälzte sich auf die Seite. Ein Moment, in dem er ihr bereits fehlte, bis er den Arm um sie legte und sie enger an sich zog. Ihre Nase landete an seinem Hals, und sie sog seinen Duft ein. Diesen Duft, der sie vom ersten Tag an betört hatte. Man konnte auch sagen: fertig gemacht. Wie oft war sie mit der Erinnerung an ihn in der Nase eingeschlafen und hatte sich danach gesehnt, ihn sich nicht nur ins Gedächtnis rufen zu müssen, sondern ihn wirklich bei sich zu haben?

Jetzt war es wahr. Ein wenig fürchtete sie allerdings den Preis. Morgen kam bei ihm die Vernunft wieder zurück, das schlechte Gewissen gesellte sich dazu, und wer war schuld? Sie natürlich.

»Frédéric«, sagte sie leise und unsicher.

Seine Finger strichen eine Haarsträhne aus ihrem Gesicht, und er küsste sie auf die Schläfe. »Du bist die wundervollste Dummheit, die ich je begangen habe.«

Seine dunkle Stimme, nein, seine Worte jagten einen schieren Stromstoß durch sie hindurch. Zu ihrer Schande musste sie gestehen, dass sie den Atem anhielt und wie ein verliebtes Girlie darauf wartete, ob er mehr sagte. Er könnte ihr gerade wirklich das Blaue vom Himmel erzählen, im Moment glaubte sie ihm jedes Wort. Aber er tat ihr nicht den Gefallen, weiterzureden. Sein Arm ruhte zunehmend schwerer auf ihr, und als sie den Kopf hob, stellte sie fest, dass er eingeschlafen war. Ts, Männer. Sagten die schönsten Dinge und fingen keine fünf Sekunden später zu Schnarchen an.

Kapitel 19

Racheengel entführt man nicht

Kreuzdonnerwetter. War man noch nicht mal in seinen Träumen ungestört? Immer wieder tauchte Hazel auf. Sie tanzte, sie setzte sich auf seinen Schoß, sie biss ihn, und was das Schlimmste war: Sie flüsterte ihm ins Ohr, dass sie ganz genau wisse, wer Bernier getötet habe. Dazwischen schob sich der Anblick seines alten Mentors im Krankenwagen. Die Sauerstoffmaske, das penetrante Piepsen des Gerätes, seine fahle Haut und das Fluchen des Arztes. Frédéric meinte ja sogar, sein Keuchen zu hören, bis schließlich das Licht in seinen Augen brach.

Er wollte das nicht sehen. Er wollte nicht davon träumen, und mit einem Ruck erwachte Frédéric. Im ersten Moment wusste er nicht, wo er sich befand. Dann stieg ihm Ceciles Geruch in der Dunkelheit in die Nase, und er erinnerte sich. Der Herr steh ihm bei, er hatte mit ihr geschlafen.

Mit einem leisen Stöhnen schloss Frédéric die Augen wieder. Seinen Job hatte er damit ja wohl endgültig vermasselt.

»Ah, sehr gut, du bist endlich wach.«

Die Stimme neben ihm ließ ihn erstarren. Das war nicht Ceciles Stimme, diese hier war höher, heller, und sie klang jünger. Das war jetzt bitte nicht wahr. Doch ihre Silhouette löste sich auch nicht auf, als er sich selbst in den Arm kniff. Elender Mist, das war kein Traum. Sie war wirklich hier! Warum zum Henker? Wollte sie ihn wieder beißen? Oder ihn töten?

Unweigerlich setzte sich Frédéric auf, rutschte zurück und stieß sich prompt den Rücken an dem Kopfende des Bettes. »Hazel.«

»Hi«, sagte sie fröhlich zu ihm.

Ihr Schemen hob sich gegen das Mondlicht ab, das durch die

Fenster fiel. Sie saß auf dem Fensterbrett, die Füße auf die Bettkante gestützt.

»Ihr habt ja eine heiße Nummer hingelegt«, stichelte Hazel. »So lange Priester und trotzdem so erfahren. Mir scheint, es war nicht das erste Mal, dass du das Zölibat brichst.«

Er würde ihr zu gern was ganz anderes brechen! »Ich war nicht immer Priester«, fauchte er. »Manches vergisst man nicht und es ist ja nun wirklich keine Wissenschaft.« Zur Hölle, warum rechtfertigte er sich überhaupt?

Sie kicherte leise. »Also ein Naturtalent.«

Nein, er würde nicht darauf eingehen. Auch wenn es verflucht schwerfiel. »Was willst du?«

»Mit dir reden. In der Kirche wurden wir ja leider gestört.«

Für einen Moment sah er ihre weißen Zähne aufblitzen. Die viel zu großen Eckzähne. Seine Hand tastete nach Cecile, und er rüttelte an ihrer Schulter. Sie sollte aufwachen, Herrgott! Sie murrte ja noch nicht mal im Schlaf. Sie lag einfach still da.

»Was ist mit ihr?«, fragte Frédéric alarmiert.

»Sie ist nur ein bisschen betäubt«, gab Hazel zurück. »Sie soll nicht wieder unser Gespräch unterbrechen oder belauschen. Tatsächlich kann man in diesem Spiel gerade nicht wissen, wem man trauen darf und wem nicht. Sie mag zwar nicht die mächtigste Hexe sein, trotzdem ist sie gefährlich.«

»Sagt die Vampirin, die mich gebissen hat«, blaffte Frédéric. »Warum eigentlich?«

Hazel lächelte versonnen. »Keine Sorge, ich wollte dich nicht töten. Ich konnte einfach nicht widerstehen. Du hast eine so außergewöhnliche Blutgruppe.«

»Ja, AB negativ.«

»Sie ist selten.«

»Was zum Henker willst du von mir?«

Hazel seufzte. »Also in erster Linie würde ich gern abermals von dir naschen …«

»Untersteh dich!«

»Sag bloß, du weißt meine Bisse nicht zu schätzen«, spottete Hazel, und erneut blitzten ihre Zähne auf, als sie lachte. »Nein, ich seh' doch, dass du in das Hexlein verliebt bist.«

Diese infame Unterstellung wollte er überhört haben. Gerade brauchte er keine weiteren Probleme. Seine Kapazitätsgrenze war erreicht. Dabei war verliebt zu sein definitiv eine bessere Begründung, das Zölibat zu brechen, als einfach den Trieben der Natur nicht widerstanden zu haben.

»Hörst du mir zu?«, unterbrach Hazels Stimme seine Gedanken.

»Was bleibt mir anderes übrig?«, brummte Frédéric.

»Schön, dann kann ich dir endlich sagen, dass …«

Es war ihm völlig egal, was sie ihm zu sagen hatte. Er wollte vor allem eines wissen: »Hast du Bernier getötet?«

Hazels Hand hob sich gegen das Mondlicht ab, als sie mit ihr in ihren Haaren spielte. »Ich will ehrlich zu dir sein: Ja.«

Ihre Antwort kam so kurz und trocken, dass er einen Moment nachdenken musste, um sie überhaupt zu verstehen. Er hatte mit Leugnen gerechnet, seinetwegen auch noch mit einem Geständnis, das von einer langen Begründung gefolgt wurde. Doch sie sagte einfach lediglich ›ja‹ zum Tod eines Mannes!

Mit einem Mal überkam ihn unbändige Wut. Er wusste selbst, wie sinnlos es war, sich mit einem Vampir anlegen zu wollen. Sie waren schneller, sie waren stärker, und sie bissen schmerzhafter zu als jeder Tiger. In diesem Moment war es ihm völlig egal, Frédéric wollte nur eines: Er wollte ihr wehtun, und er wollte sie büßen lassen!

Das tiefe Knurren vibrierte in seiner Brust, und er ballte die

Fäuste. Mit einem Satz sprang sie von dem Fensterbrett und war in der nächsten Sekunde bereits an der Tür. Frédéric rutschte aus dem Bett und krallte sich seine Hose. Nur war gleichzeitig zu rennen und in die Hose zu steigen mit Sicherheit sogar für den talentiertesten Hexer ein Ding der Unmöglichkeit. Er krachte gegen die Flurwand, als er es versuchte. Aber dort konnte er sich wenigstens gleich anlehnen und sich in die Hosenbeine fädeln. Verflucht, wahrscheinlich war Hazel schon längst auf und davon. Trotzdem stürzte er die Treppe hinunter und Richtung Garten.

»Ich habe deinen Mentor getötet«, flötete es allerdings von der Vorderseite des Hauses.

Frédéric wirbelte herum, durchquerte den Flur und rannte hinter Hazel her durch die offene Eingangstür auf die Straße. Hazel lehnte an der Einfriedung des benachbarten Grundstücks.

»Du machst es mir wirklich leicht«, seufzte sie. »Ist dir klar, dass ich dich in dem Haus niemals mit Gewalt entführen könnte?«

»Was?«

»Es ist voller Magie, die ihre Bewohner schützt.«

»Funktioniert spitzenmäßig, wenn sie Einbrecher reinlässt, die dann Cecile betäuben!«

»Es wusste, dass ich ihr nicht ernsthaft schaden wollte, und ein wenig Magie trage ich ebenso in mir.« Sie kam näher. »Durch dein Blut. Ich habe genug von dir getrunken, um hinein zu gelangen.«

Das war ja mal wieder eine Spitzenleistung von ihm. Er ließ sich von ihr überrumpeln, beißen, und zu allem Überfluss drückte er ihr damit die Eintrittskarte für Ceciles Heim in die Hand. Die Wut tobte noch immer in ihm, doch da war auch die Stimme der Vernunft, die ihm zukreischte, schnellstens ins Innere zu flüchten, was ihn offenbar ein wenig schützen konnte.

Schritt für Schritt wich er zurück. Er kam nicht einmal ansatzweise bis zur untersten Stufe der kleinen Treppe, die in Ceciles Haus führte. Hazel schoss auf ihn zu, packte ihn an der Schulter und wirbelte ihn herum. Ehe er sich versah, legte sie die Arme fest um ihn. Er spürte ihren Atem an seinem Hals, und im ersten Augenblick rechnete er wieder mit dem stechenden Schmerz ihres Bisses. Aber er blieb aus. Stattdessen hielt sie ihn wie in einer Schraubzwinge. Frédéric verlor den Boden unter den Füßen, und die Umgebung rauschte in völlig überhöhter Geschwindigkeit an ihnen vorbei.

Sie trug ihn wie eine verflixte Schaufensterpuppe. Mit verstörender Leichtigkeit, und so sehr er sich gegen ihren Griff stemmte, er konnte keinen Muskel rühren. Er wusste gerade noch, wo oben und unten war, und zu gern hätte er herausgefunden, ob er sie mit Magie stoppen konnte. Die vorbeipfeifende Umgebung machte ihn jedoch völlig wirr im Kopf. Sein Magen machte einen spontanen Salto, und ihm wurde fürchterlich schlecht.

»Ich kann leider nicht warten, bis ihr eins und eins zusammenzählt, sonst hätte ich dir eine Einladungskarte geschickt«, spottete Hazel in den pfeifenden Wind.

Er hatte keine Ahnung, was sie meinte. Er hatte genauso wenig den geringsten Schimmer, wo sie waren. Hätte sie ihn nicht einfach bewusstlos schlagen können? Dann müsste er nicht diese zweifelhafte Reise miterleben. Seine Arme schmerzten von ihrem festen Griff, die Zugluft trieb ihm die Tränen in die Augen. Wann immer er in seinem Inneren nach seiner Magie kramen wollte, wechselte sie abrupt die Richtung, und jedes Mal verlor er seine mühevoll aufgebaute Konzentration. Es war, als könnte sie Gedanken lesen.

Die Reihenhäuser wurden weniger, dafür säumten hohe Mehrfamilienhäuser die Straßen. Wann immer sie Autos oder nächtliche Fußgänger sah, wechselte Hazel die Richtung und tauchte mit ihm in schmale Seitengassen ein. Die waren die Schlimmsten. Die vorbeizischenden Wände verstärkten seine Übelkeit, bis er meinte, sich gleich übergeben zu müssen. Wann hatte er zuletzt etwas gegessen? Vermutlich sollte er dankbar sein, dass es wohl schon etwas her war. Andererseits könnte er sonst damit seinen Weg markieren wie Hänsel und Gretel ihren mit Brotkrumen. Dann wüsste Cecile wenigstens halbwegs, wo sie ihn suchen konnte, sobald sie allein im Bett aufwachte. Ein Stöhnen entfuhr ihm. Würde sie überhaupt nach ihm suchen, wenn sie merkte, dass nur er und seine Hose fehlten? Oder glaubte sie, er wäre Hals über Kopf halbnackt getürmt? Ganz so unrealistisch war diese Vermutung im Hinblick auf sein Verhalten der letzten Zeit nicht unbedingt. Merde, er saß noch tiefer in der Tinte, als er angenommen hatte.

Eine Weile schien sich Hazel der Innenstadt von Paris nähern zu wollen, doch dann landeten sie wieder in einem Vorort. Keine fünf Minuten später sprintete Hazel mit ihm über eine weite Wiese, an der eine Bahnlinie entlangführte. Im Augenwinkel nahm Frédéric eine Bewegung wahr. Das war ein Mann! Er rannte in der gleichen Geschwindigkeit wie Hazel, seine schulterlangen Haare wehten im Wind, aber Frédéric konnte nicht erkennen, wer es war. Doch die Gestalt holte auf und rammte schließlich mit voller Wucht die Vampirin.

Hazels Umklammerung löste sich, er verlor den Halt und rollte über den Boden. Ehe Frédéric auch nur daran denken konnte, sich auf die Beine zu hieven, wurde er am Arm gepackt und fortgeschleift. Über Gras, Steine, Erde in rasender Geschwindigkeit hinweg. Er spürte jede verdammte Unebenheit, sein Rücken brannte wie die Hölle, und plötzlich hörte es auf. Der unbarmherzige Griff an seinem Arm verschwand.

Ächzend drehte sich Frédéric auf den Bauch. Hatte ihm die Rutschpartie die Haut vom Kreuz gerissen? Jeder Muskel in seinem Körper schmerzte und schrie beleidigt auf, als er sich auf die Arme stützte und den Kopf hob. Er erkannte eine geteerte Straße, die eine Siedlung mit Einfamilienhäusern zu umschließen schien. Ein Aufschrei ließ ihn sich umdrehen. Hazel packte den Mann, der sie gerammt hatte und trat ihm mit voller Wut in den Bauch. Aber der schüttelte sich nur wie ein Hund und sprang ein Stück zur Seite, in den diffusen Schein der Straßenlaterne.

Moment, diesen Hünen kannte er. Die langen Haare, das kantige, makellose Gesicht. Salvatore! Frédéric wusste wirklich nicht, ob er froh sein sollte, ihn zu sehen. Als die ehemalige Mumie jedoch Hazel packte und gegen einen Laternenpfosten schleuderte, konnte sich Frédéric mit Mühe davon abhalten, Salvatore Beifall zu spenden.

Hazel hinterließ in dem Ding eine deutliche Delle, als sie daran herunterrutschte. Knurrend zwang sie sich auf die Knie. Allerdings stürzte sie sich nicht auf Salvatore, sondern auf Frédéric!

Ihr Arm legte sich um seinen Hals, riss ihn nach oben und presste ihn gegen sie. Frédéric packte ihren Arm, versuchte, ihn von sich wegzuziehen, aber Himmel. Genauso gut könnte er auch versuchen, einen 3,5-Tonnen-Bagger von der Straße zu schieben. Hazel verstärkte hingegen ihren Griff und drückte ihm für einen Moment so die Luft ab, dass seine Knie nachgaben und sein Gewicht noch stärker auf ihrem Arm lastete.

Salvatore trat Schritt für Schritt näher, doch als Hazel ihn anzischte, hielt er inne.

»Bleib stehen«, sagte Hazel kalt. »Du brauchst ihn.« Ein leises Kichern drang aus ihrer Kehle. »Oh ja, du brauchst ihn – den gefallenen Priester. Ich kann dir sagen, dass er tief gefallen ist. Er hat seinen Schwur des Zölibats gebrochen, und er wollte mir bestimmt nicht nur den Hintern versohlen.«

Wenn er die Gelegenheit dazu bekam, würde Frédéric ihr den werten Hals umdrehen!

»Bleib stehen«, zischte Hazel, als Salvatore nicht auf ihre Worte reagierte, sondern einen weiteren Schritt nach vorn machte.

»Du entkommst mir ohnehin nicht«, zischte dieser in die Dunkelheit. »Ich bin schneller, ich bin stärker, und das weißt du auch.«

»Das ist keine Kunst, wenn man jahrhundertelang in einer Gruft liegt«, giftete Hazel. »Andere müssen Tag für Tag zusehen, wie sie überleben, während du faktisch im Schlaf an Stärke gewonnen hast.«

Salvatore strich sich über das Kinn. »Das Leben ist nun einmal unfair.«

»Es wird sehr viel unfairer, wenn du uns nicht gehen lässt«, fauchte Hazel. »Du brauchst ihn lebend. Aber für mich wäre sein Tod sogar von Vorteil.«

»Du kannst mich nicht töten«, ächzte Frédéric. »Mein letzter Fluch würde dich treffen.«

»Wer sagt denn, dass ich dir nicht einen Böller in den Hintern stecke und ihn anzünde?«, schnurrte Hazel. »Feuer hebt den Fluch auf. Eine Explosion ist so gut wie Flammen.«

Grundgütiger, diese Feinheiten kannte Frédéric eindeutig nicht. Die Wahrscheinlichkeit, dass sie darüber eher Bescheid wusste, war blöderweise ziemlich hoch. Überhaupt … Was würde ihm der verdammte Fluch nützen, wenn er mit zerdrückter Kehle das Zeitliche segnete? Nicht das Geringste!

Im besten Fall konnte er dann vor der Höllenpforte zusehen, wie Hazel sich unter dem letzten Fluch wand und ihm anschließend beim Teufel Gesellschaft leistete. Die Aussicht behagte ihm herzlich wenig.

Sich mit Salvatore gegenüberzustehen schien in einer Patt-Situation zu enden. Wer zuerst blinzelte, verlor. Oder wem als Erstes die Luft ausging, und das war dann wohl eindeutig Frédéric! Ob es auch den Todesfluch unterband, wenn sie ihn langsam erwürgte? So langsam, dass besagter Fluch gar nicht mitbekam, dass sein Besitzer in diesem Augenblick das Zeitliche segnete? Er würde es jedenfalls nicht ausschließen. Er musste schleunigst aus Hazels tödlicher Umarmung, und dazu brauchte er Magie. Entspannen, hatte Cecile gesagt. Ja, wahnsinnig einfach, wenn man kaum noch Luft bekam! Dann an jemanden und eine Situation denken, die das pure Glück bedeutete. Es war eindeutig gestern Abend gewesen, als er sie im Kerzenschein unter der Weide stehen sah. In dem Garten, der das Spiegelbild ihrer Seele war. Er besaß die gleiche Unangepasstheit. In ihm wuchs die Schönheit der Natur, wie es ihr einfiel. Es gab keine gerade geschnittenen Hecken, nur zerzauste Büsche. Der Rasen war alles andere als englisch gewesen, vielmehr ein bunter Mischmasch aus Blumen und Gräsern. Er war so schön wie sie – störrisch, ursprünglich, ungezwungen und voller Frieden. Dort hatte er verstanden, dass sie sich nicht an seine Fersen geheftet hatte, um ihn zu ärgern, sondern weil sie sich Sorgen machte. Um ihn. Er wusste nicht, wann sich das letzte Mal jemand um ihn gesorgt hatte. Oder ihm so unverblümt gezeigt hatte, dass man ihn mochte. Er unterhielt keinerlei gefühlsmäßige Bindungen. Freunde waren in seinem Stand Mangelware – andere Priester waren Kollegen, mehr nicht, und an Frauen war nicht zu denken.

Frédéric spürte, dass die Magie nicht wie sonst mit Gewalt aus ihm herauswollte, sondern sich in seinem Innersten zu schlängeln schien, sich an ihn schmiegte – an seine Seele. Sie wärmte seinen Bauch, seinen gesamten Körper und zog durch jede einzelne seiner Nervenbahnen, bis sie sich schließlich auf seine Arme konzentrierte. Sie kroch in seine Hände, die Hazels Arm umklammerten. Nur noch ein Stück, dann konnte er sie gewiss einfach von sich fortschleudern.

Doch da bohrten sich ihre Zähne in seinen Hals. Der Schmerz fuhr wie ein Dolchstich direkt in sein Gehirn, unterbrach jegliche Denkverbindung und erst recht jede Konzentration. Sein einziger Instinkt bestand lediglich darin, sich losreißen zu wollen.

Als sie von ihm abließ, keuchte er schmerzerfüllt und kniff die Augen zusammen. Könnte ja sein, dass das half, wenn er schon nicht die Finger auf die geschundene Stelle legen konnte.

Hazel knurrte ihm leise ins Ohr. »Du kämpfst gegen die Fal-« Scharf sog sie die Luft ein. »Merde«, fluchte sie und riss ihn unvermittelt zur Seite. Seine Kehle drückte gegen ihren Arm, und es fühlte sich an, als würde Frédérics Adamsapfel an die Luftröhre gequetscht. Er sah Wolken vorbeirasen, seine Beine schleiften über die Erde, aber sie war zu schnell, um Tritt oder gar Halt zu finden.

Ein ohrenbetäubender Knall zerriss die Nacht und die Vampirin offenbar von den Füßen. Einmal mehr landete er auf dem Boden und holte röchelnd Luft. Gott, hätte er das lieber gelassen.

Es stank nach einer Mischung aus verfaulten Eiern, einem umgekippten Güllewagen und seltsamerweise gleichzeitig süßlich wie Schokolade. Oder sein Gehirn hatte einen empfindlichen Schaden genommen. Frédéric presste die Hand auf die Nase, um dem grässlichen Gestank zu entkommen. Hazels Arm rutschte an ihm herunter, völlig kraftlos. Ha, sie hielt ihn nicht mehr fest! Schnell robbte Frédéric von dieser verrückten Vampirin weg und warf einen Blick zurück. An ihrer Stirn spiegelte sich das diffuse Licht in ihrem glänzenden Blut. Ihr Mund stand ein Stück offen, die Augen waren geschlossen. Vorsichtig legte Frédéric die Hand auf ihren Hals. Er fand keinen Puls. Mist, sie war ja ein Vampir! Natürlich hatte sie keinen Herzschlag. Allerdings atmete sie auch nicht. Atmeten Vampire überhaupt? Himmel, er hätte besser auf Jasons und Gaylords Gewohnheiten achten sollen.

Salvatore zog einen handlangen Holzpfahl aus seiner Tasche, und ehe Frédéric erahnen konnte, was er vorhatte, beugte er sich über Hazel und rammte ihr das Ding mit voller Wucht in die Brust. Sie bäumte sich auf, ein ersticktes Gurgeln drang aus ihrer Kehle, und ihre erschrockenen Augen brachen im gleichen Moment.

»Du hast sie umgebracht«, stieß Frédéric heraus.

»Ja«, lautete Salvatores emotionslose Antwort.

Frédéric hörte das Hämmern des eigenen Herzens in den Ohren, und sein Puls schien zu rasen. Salvatore hatte sie getötet! Ohne auch einen Moment zu zögern. Eigentlich sollte Frédéric Genugtuung empfinden. Diese Frau hatte seinen alten Mentor ermordet, trotzdem konnte er es nicht. Er war schlichtweg geschockt. Hazel war nicht die erste Leiche, die er zu sehen bekam. Weiß Gott nicht. Er hatte Menschen in ihren letzten Minuten begleitet, die über Jahre hinweg gelitten hatten und mit einem erleichterten Lächeln auf den Lippen gingen. Er hatte Siechende gesehen, die absolut nicht bereit zum Sterben gewesen waren. Die sich mit aller Macht an ihr Leben geklammert hatten, vor Angst zitternd, und letztendlich doch hinweggerafft wurden. Aber noch niemals hatte er einem so kurzen, brutalen Prozess beigewohnt.

Salvatore hockte sich neben Hazel, und wie ein erfahrener Totenschänder durchsuchte er ihre Taschen. Er fand eine Pistole in ihrer Jackentasche und in ihrer Umhängetasche ein niedriges Holzkästchen. Als er es öffnete, fiel Frédéric beinahe vom Glauben ab. In dem Kasten lag ein Dornenkranz. Und das war nicht irgendeine Dornenkrone! Er kannte sie, er hatte sie schon oft genug in dem durchsichtigen Aufbewahrungsring gesehen. Es war die in der Kathedrale von Notre-Dame aufbewahrte Dornenkronen-Reliquie! Dieses verfluchte Weibsstück musste sie gestohlen haben!

»Da ist es«, hauchte Salvatore ehrfürchtig.

Frédéric konnte sich nur mit Mühe zurückhalten, ihm den Kranz nicht einfach aus den Fingern zu reißen.

»Wir bringen das zurück nach Notre-Dame«, sagte Frédéric scharf. »Auf der Stelle! Ich …«

Weiter kam er nicht. Eine stahlharte Hand schloss sich um seine Kehle und unterdrückte jedes weitere Wort. Und jeden Atemzug. Alles in ihm schrie nach Luft und nach Freiheit. Er wand sich in dem Griff, aber er fügte sich letztendlich nur selbst Schmerzen zu.

»Warum zum Teufel sollte ich das tun?«, knurrte Salvatore. »Damit habe ich, was ich brauche. Endlich kann ich meinen Zweck erfüllen und den Platz einnehmen, der mir gebührt.«

Wollte er sich mit der Dornenkrone zum Kaiser krönen, oder wie? Frédéric ächzte, und plötzlich ließ ihn Salvatore los. Frédéric taumelte zurück und presste die Hand an seine Kehle. Sie schmerzte, als er Luft holte und herrlicher Sauerstoff seine Lunge durchflutete. Dieser Kerl nahm das mit dem Todesfluch eindeutig nicht ernst!

»Ich habe alle drei Teile«, murmelte der Vampir. »Endlich ist es vollständig …«

Obwohl Frédéric mit Atmen beschäftigt war, stutzte er. Drei Teile? Er hatte doch nur zwei. Den Rosenkranz und den Becher! Zumindest ging Frédéric davon aus, dass Salvatore den Becher meinte, den er aus Lucias Grab geholt hatte. Sollte er fragen? Im Moment besser nicht. Er musste einen Weg finden, ihm beides wieder abzunehmen. Niemand hatte damit irgendwelchen Nonsens anzustellen! Herrgott noch mal, das waren heilige Reliquien! Wie gern hätte er die Tirade losgelassen, doch aus seiner Kehle kam nur ein Ächzen. Er versuchte es erneut und würgte das Wort »Drei?« heraus.

»Ja, drei«, sagte Salvatore ruhig.

Sein Blick gefiel Frédéric nicht im Geringsten. Unwillkürlich stolperte er zurück, in Richtung der Straße. Wenn jetzt ein Auto käme, das ihn mitnähme, würde er Gott auf Knien danken. Leider hatte er das Gefühl, dass nicht einmal ein Wagen ihm etwas nützen würde. Salvatore würde ihn nicht gehen lassen. Einem Elefantenbullen gleich stapfte der Vampir auf ihn zu, der Dornenkranz schaukelte an seinem Handgelenk wie ein bizarres Armband. Seine Hand schoss vor, packte Frédéric am Kinn, und beinahe sanft dirigierte er diesen zu dem Laternenpfahl. Mit einem Ruck schlug er seinen Kopf seitlich gegen den Pfahl. Frédéric hörte den dumpfen Schlag, sein Gehirn schien zu explodieren, und undurchdringliche Schwärze umfing ihn.

Kapitel 20

Wer suchet, der findet?

Helle Sonne blendete sie, als sie erwachte. Himmel noch eins. Sie sollte nicht ständig vergessen, die Vorhänge zuzuziehen. Sie fühlte sich völlig erschlagen. Obwohl, nein, erschlagen war nicht das richtige Wort. Gerade fühlte sie sich ein wenig schwindelig und wie in viel zu raue Wolle gepackt. Sie könnte sich auf die Seite drehen und den Arm um Frédéric legen, dann ging es ihr sicher besser. Andererseits waren ihre Glieder verflucht schwer und ihre Motivation, mehr als einen Finger zu rühren, offenbar auf die Bahamas geflüchtet. Nach ein paar Minuten überredete sie sich, sich umzudrehen, allerdings fiel ihr Arm bloß auf die Bettdecke. Da war kein grummeliger Priester. Da war ebenso wenig ein befriedigt grinsender Frédéric, sondern eine leere Bettseite. Überrascht setzte sie sich auf und bereute es im gleichen Moment. Sie rülpste, und für einen Moment fürchtete sie, sich übergeben zu müssen. Zum Glück stieg nur ein brennendes Gefühl in ihrer Kehle auf. Dafür drehte sich ihr Schlafzimmer umso schneller um die eigene Achse.

Am liebsten hätte sich Cecile wieder hingelegt. Schlich sich eine Migräne an? Mit jeder Sekunde wurde der pochende Schmerz hinter ihrer Stirn stärker. Er schien sich über ihr gesamtes Gesicht zu ziehen, sogar bis in ihre Zähne hinein. Bleierne Müdigkeit überrollte sie und erstickte ihre Sorge um Frédéric im Keim. Er war abgehauen. Zum wievielten Mal? Ach, sollte er sich eben mit vatikanischen Hexenjägern anlegen. Vielleicht begegnete er Salvatore. Bestimmt brachte er wieder ein Gebäude zum Einsturz. In dem Fall brauchte sie lediglich der Spur seiner Verwüstung folgen. Dann reichte es doch, wenn sie sich erst heute Nachmittag auf den Weg machte, oder? Cecile ließ sich zurück in die Kissen sinken, und sie drückte das Gesicht in die weichen Daunen. Es roch tatsächlich noch nach Frédéric. Diesem ständig flüchtenden Hundesohn. Oh, der konnte etwas erleben, sobald sie ihn fand. Sie würde ihn anschließend an ihre verflixte Heizung ketten. Mit magischen Fesseln, die nicht mal der älteste Vampir aller Zeiten sprengen konnte! Dann durften seine Gemeindemitglieder gern hier ein- und ausgehen und die Beichte ablegen. Vielleicht bekam sie dabei ein paar spannende Geschichten zu hören. Ein Gedanke, über dem sie mit Leichtigkeit wieder einschlief.

Frédérics Schädel dröhnte, und er fühlte sich so elend wie nie in seinem Leben. Keine zehn Migränen konnten mit dem Gefühl mithalten, das ihn ergriff, als er unseligerweise zu Bewusstsein kam. Warum musste man immer zu den unpassendsten Zeitpunkten wieder aufwachen? Reichte es nicht, wenn man zu sich kam, sobald die Schmerzen weg waren und der Körper erholt? Blöder Überlebensinstinkt.

Dass die Umgebung nicht nur ungesund schnell an ihm vorbeizog, sondern auch noch schaukelte, verschlimmerte seinen Zustand immens. Genauso wie die Schulter, über die er hing und die ihm in den Magen drückte. Warum konnte er nicht einfach in Ceciles Bett aufwachen? Dann wäre sein einziges Problem, eine Rechtfertigung vor sich und Gott für den Bruch seines Schwurs zu finden. Stattdessen war er der ›gefallene Priester‹, den Salvatore brauchte. Zum Henker, wofür eigentlich? Um eine Armee der Untoten zu erwecken?

Als Salvatore über einen Bach sprang, schlug dessen Schulter tiefer in Frédérics Bauch. Unweigerlich begann er zu würgen. Dabei hatte er das Sodbrennen erst losbekommen.

Sein Laut schien Salvatores Aufmerksamkeit zu wecken. Denn der Vampir stoppte, nahm endlich die Hände von Frédérics Hintern und warf ihn von sich herunter. Ja, er *warf* ihn. Frédéric krachte auf den Boden, der Aufprall trieb ihm die Luft aus der Lunge, und er stöhnte erstickt. Das würde er diesem Kerl heimzahlen. Er wusste zwar nicht wie und wann, aber irgendwas fiel ihm schon ein.

»Du hast recht. Wir brauchen eine Pause«, sagte Salvatore.

Für Frédérics Begriffe sah der Vampir nicht sonderlich erschöpft aus, sondern wie der blühende Frühling. Frédéric hingegen fühlte sich, als wäre er spontan um fünfzig Jahre gealtert. Er versuchte, sich zu bewegen und wenigstens auf die Seite zu wälzen, damit er leichter auf die Beine kam. Doch er drehte sich nur ein paar Zentimeter, und jeder Muskel in seinem Inneren fragte, ob er bescheuert sei. Okay, dann blieb er einfach liegen. Es war sowieso viel bequemer. Auch wenn ihm ein Stein in den Rücken pikste. Ein verdammt spitzer Stein. Gott musste ihn hassen.

Zu Frédérics Überraschung zog Salvatore ein Handy aus seiner Hosentasche und tippte darauf herum. Mit einer Schnelligkeit, die selbst Teenager ein ›voll krass‹ der Bewunderung abringen würde.

»Für eine alte Mumie bist du auf einem sehr aktuellen Stand der Technik«, keuchte er.

»Sie sind praktisch«, gab Salvatore zu. »Welcher Magier hat sie erfunden?«

»Keine Ahnung. Steve Jobs?«

Salvatore runzelte die Stirn. »Ist er so mächtig wie du?«

»Vor allem ist er tot«, schnaubte Frédéric.

»Schade.«

Stöhnend wälzte sich Frédéric auf die Seite, weg von diesem verflixten Stein. »Ich dachte, du verabscheust Magie.«

»So ist es auch«, erwiderte Salvatore. »Aber alles ist von ihr durchdrungen. Ebenso der Vatikan und der Papst.«

Das war ja mal etwas ganz Neues. Frédéric stemmte sich auf seinen Ellenbogen und zwang seinen Oberkörper in die Höhe, damit er wenigstens sitzen konnte. Der Papst sollte magisch begabt sein? Kein Muggel, wie Jason so schön sagen würde? Im Ernst? Andererseits ... Wieso nicht? Vielleicht war Jesus ja ein Vampir gewesen. Neuerdings schloss er nichts mehr aus. Er bekam davon nur höllische Kopfschmerzen. Warum verurteilte die Bibel so unnachgiebig Magie und vermeintlich dämonische Wesen wie Vampire, wenn sie selbst von ihr vereinnahmt war? Sollte ihm jetzt jemand sagen, das Buch der Bücher wäre von einem Scherzbold geschrieben worden, würde er auf der Stelle kündigen und einen Job als Animateur in einem Hotel annehmen. Dort bekam man wenigstens kostenlose Drinks.

»Was willst du von mir?«, fragte Frédéric.

»Du wirst mir helfen.«

»Hast du nicht gesagt, du brauchst meine Hilfe nicht mehr?«

»Ich habe mich geirrt. Deine Magie ist notwendig, um meinen Zweck zu erfüllen. Du wirst einen Zauber wirken.«

Darauf würde Frédéric keine Wette abgeben wollen. »Ich habe meine Magie nicht unter Kontrolle«, presste er heraus. »Ich fürchte, ich kann dir nicht helfen. Selbst wenn ich wollte.«

Das hätte er wohl besser nicht gesagt. Salvatore verlor jegliches Interesse an dem Smartphone in seiner Hand. Stattdessen legte sich sein wütender Blick auf Frédéric, und seine Augen glühten scharlachrot. Unweigerlich rutschte Frédéric zurück. Er brauchte genügend Abstand, um auf die Füße zu kommen und dann ... ja, um was zu tun? Rennen? Das war völlig sinnlos, sein Verstand fand die Idee hingegen nicht so schlecht. Frédéric kam gerade mal auf die Beine, jedoch nicht dazu, einen einzigen

Schritt zu tun. Innerhalb eines Wimpernschlages stand Salvatore vor ihm, und instinktiv hob Frédéric die Hände zu seinem Hals. Der wollte ihn sicher wieder an der Kehle packen. Aber Salvatore packte weiter unten zu. Genau genommen an Frédérics nackter Brust, direkt über seinem wild schlagenden Herzen. Er grub nicht nur seine Nägel, sondern gleich noch seine Finger in Frédérics Fleisch, als würde er es ihm von den Rippen reißen wollen. Niemals hätte Frédéric geglaubt, dass das so wehtun könnte.

»Du wirst deine Magie zu nutzen wissen«, knurrte Salvatore. »Oder du wirst sterben.«

Welch reizende Aussichten. Wer hätte gedacht, dass ihm Jason eines Tages sympathisch werden würde? Der drohte ihm bloß mit der Streichung seiner Spendengelder. In diesem Moment wünschte sich Frédéric tatsächlich, er wäre hier. Damit er auf der Stelle das Rundum-Sorglos-Personenschutz-Paket buchen konnte! Vielleicht bekam er noch Cecile als Krankenschwester dazu. Wenn Salvatore so weitermachte, brauchte er die. Oder womöglich gleich einen Bestatter.

Ein großer, schwarzer Geländewagen näherte sich, und für einen Moment keimte in Frédéric die irrwitzige Hoffnung auf, es könnte jemand sein, der ihm half. Doch bliebe Salvatore dann so ruhig? Jener lockerte den Griff an Frédérics Brust, und endlich konnte der Priester erneut Luft holen, ohne dass stechender Schmerz durch seinen Brustkorb fuhr. Das verbesserte seine Lage lediglich minimal. Denn als der Wagen hielt, stieg jemand aus, den er am liebsten nie wiedergesehen hätte. Merde. Das war Venturo! Gütiger Herr, warum bitte? Und was hatte der mit Salvatore zu schaffen?

Die Augen des Padre musterten Frédéric kalt.

»Ist damit alles komplett?«, fragte er. Dabei nahm er allerdings nicht den Blick von Frédéric.

Der wusste mit der Frage im ersten Moment herzlich wenig anzufangen, es war ohnehin Salvatore, der zustimmend brummte.

»Dann beeilen wir uns. Bis Rom ist es ein weiter Weg.«

Bis Rom? Das war nicht ihr Ernst, oder? Konnten sie die Welt nicht von Frankreich aus zerstören? Nahmen sie wenigstens den Wagen? Er musste hoffentlich nicht den gesamten Weg über Salvatores Schulter hängend hinter sich bringen, oder? Ach, er wollte überhaupt nicht nach Rom! Weder im Auto noch mit dem Vampir-Express! Aber die stornierten bestimmt nicht sein Ticket, wenn er darum bat. Auch, wenn sie im ersten Moment nicht zu merken schienen, dass er sich Zentimeter für Zentimeter zur Seite schob.

Ein Vampir zu sein, das wäre augenblicklich ein Segen. Oder wenigstens seine Magie so weit zu beherrschen, dass er sich wegbeamen konnte. Elender Mist, warum hatte er sie in all den Jahren nicht einfach zugelassen? Dann könnte er jetzt vielleicht ein friedliches Leben führen und würde nicht mit dem Rücken plötzlich gegen Salvatore stoßen. Hé, der war doch gerade noch zwei Meter weiter links gewesen! Nun stand der Vampir wie eine Mauer hinter ihm, packte ihn im Nacken und versetzte Frédéric damit einen so gewaltigen Schubs, dass er mit der Nase zuerst auf dem Boden aufschlug.

Zum Henker, das war nicht fair!

Ein Tritt warf ihn herum, und Salvatore stellte den Fuß auf Frédérics Brust. Irrsinnigerweise waren es verdammt teure Lederschuhe. Wo zum Teufel hatte er die her? Von Cecile ganz bestimmt nicht. Jedenfalls konnte Frédéric daran herumzerren, wie er wollte. Der Vampirfuß bewegte sich keinen Zentimeter, geschweige denn, dass der zugehörige Blutsauger den Anstand besaß, auch nur ein wenig zu schwanken.

Venturo kniete sich neben ihn, tränkte ein Tuch in einer Flüssigkeit und presste ihm ebenjenes auf Mund und Nase. Instinktiv hielt Frédéric den Atem an. Er würde das Zeug nicht einatmen. Nicht, wenn er die Wahl hatte. Dieser frönte er vielleicht eine Minute lang, und Venturo hatte eindeutig Geduld. Salvatore verstärkte den Druck auf Frédérics Brust und quetschte ihm die letzte Atemluft heraus. Bevor Frédéric nach Luft schnappen konnte, hatte Venturo das Tuch erneut befeuchtet und hielt es ihm ein weiteres Mal ins Gesicht. Im verzweifelten Verlangen nach Sauerstoff sog Frédéric die Luft ein, obwohl er sich im gleichen Moment dafür hasste.

Es stank widerlich, süßlich, einfach abstoßend, und es brannte wie die Hölle. In seiner Nase, in seinem Hals und hinterließ einen ekelhaften Geschmack auf seiner Zunge. Seine Sicht verschwamm, die gesamte Umgebung tanzte. Selbst das Grinsen Salvatores stellte sich zur Seite, und hinter Frédérics Stirn bildete sich ein hartnäckiger Schmerz. Einer, der sich aber bald auflöste. Er spürte, wie sein Geist immer benebelter wurde und schließlich ganz abdriftete.

Sein letzter Gedanke schoss ausgerechnet zu Cecile. Was würde er dafür geben, ihr Gesicht über sich auftauchen zu sehen. Sie suchte doch nach ihm, oder?

Mit einem Ruck erwachte Cecile und saß im nächsten Moment aufrecht in ihrem Bett. Sie sah nach rechts. Es könnte ja sein, dass Frédéric tatsächlich wieder aufgetaucht war. Aber da war niemand. Nur keimte in Cecile diesmal nicht das Gefühl, dass dieser elende Bastard sich davongeschlichen hatte, weil ihn der Starrsinn und die Panik vor sich selbst überkam. Nein, da war etwas anderes. Sorge und Angst. Als wäre ihm etwas zugestoßen. Mist! Sie schwang die Decke zur Seite und setzte die Füße auf den Boden. Er fühlte sich kühl unter ihren Sohlen an, und sie wollte sich gerade aufrichten, da sah sie Frédérics Schuhe zwischen Bett und Tür liegen. War er doch hier und nicht abgehauen?

Vorsichtig richtete sie sich auf, und da entdeckte sie eine Unterhose, die eindeutig einem Mann gehörte, und Frédérics schwarzes Hemd. Daneben lag das Kollar. Nur seine Hose sah sie nicht.

Cecile ging zum Fenster und spähte in den Garten. Dort war er schon mal nicht, also tappte sie vorsichtig in das Gästezimmer Frédérics. Seine Tasche stand neben dem Bett. Die war auch keine Ablenkung. Als sie hineinsah, hatte sie den Eindruck, dass das wirklich all seine Habseligkeiten waren. Kleidung, Hygieneartikel, Bücher und Bilder. Ihr träges Gehirn begann zu rattern. Er könnte seine Sachen in ihrem Schlafzimmer liegen gelassen haben, um sie nicht zu wecken. Dann hatte er eben Klamotten aus seiner Tasche angezogen. Womöglich hatte er sogar ein anderes Paar Schuhe mitgehabt. Wie hoch war die Wahrscheinlichkeit, dass er sich bis auf die Hose komplett frische Kleidung (inklusive Schuhe) gegönnt hatte und in eine seiner Kirchen gefahren war?

Cecile wirbelte herum und rannte erst in ihr Schlafzimmer, bevor sie die Stufen ins Untergeschoss polterte und in ihrer Küche nachsah. Nirgends fand sie eine Notiz, die darauf hindeutete, dass er nur einen kleinen Ausflug machte.

Verflucht, damit konnte sie ausschließen, dass er vorsätzlich abgehauen war. Doch was war dann passiert? Waren ihre Kopfschmerzen vielleicht ein Hinweis? Mit einem Mal wurde ihr wieder so schwindlig, dass sie sich am Türrahmen abstützen musste. Sie hatte auch einen komischen Geschmack auf der Zunge. Den kannte sie. Jason hatte ihr vor einem Jahr Betäubungsmittel verabreicht, weil dieser Vollidiot unbedingt hatte wissen wollen, ob ihre hellseherischen Fähigkeiten sie davor warnten. Hatten sie natürlich nicht. Sie waren schließlich nicht ihre Bodyguards. Als sie damals erwacht war, hatte sie sich ähnlich gefühlt – müde, wie auf den Kopf geschlagen und ein wenig benebelt.

Merde, das alles ließ eine einzige Schlussfolgerung zu: Jemand hatte sie betäubt und Frédéric aus ihrem Haus geklaut! Nur wer, zum Teufel? Salvatore? Der Padre aus dem Vatikan? Die hätten sie ja wohl kaum unbehelligt liegen lassen. Frédéric war von jemandem entführt worden, der sie zwar ruhiggestellt, jedoch ihr sonst kein Leid zugefügt hatte. Wer kam da schon infrage? Oh, sollte das Jason gewesen sein, würde sie ihn umbringen!

Kapitel 21

Bella Italia!

Keine zehn Minuten später saß Cecile in ihrem Wagen und brauste durch die Straßen von Paris. Es war halb elf. Wenn sie Glück hatte, fand sie Jason in seinem Büro. Er hatte letztens behauptet, kürzer treten zu wollen. Das hieß nicht, dass er öfter zu Hause war, sondern dass er sich mehr Zeit nahm, seine Assistentinnen in den Wahnsinn zu treiben. So lange bis Helen ihn anbrüllte und ihm einen Kunstgegenstand googelte, den er gefälligst klauen sollte. Meistens warf sie ihm dann den Satz ›lass dich ruhig erwischen und ein paar Jährchen einsperren‹ hinterher.

»Erlaubte Geschwindigkeit geringfügig überschritten«, behauptete der verflixte Wagen.

»Mach dir nicht ins Hemd«, fauchte Cecile. »Wie schnell fahr ich denn?«

Sie hatte keine Zeit, auf die Anzeige zu sehen. Sie musste die Straße und die unfähigen anderen Verkehrsteilnehmer im Blick behalten. Konnten die nicht ordentlich fahren? Wie wäre es mal mit blinken, wenn man abbog? Wieso hupte der Typ hinter ihr sie an, und warum zum Teufel schlichen die alle so? War hier neuerdings Tempo 30?

»Fünfzig Sachen …«, erwiderte das Auto.

Na also, das war überhaupt nicht zu schnell!

»… über der erlaubten Geschwindigkeit.«

Ups. Cecile äugte auf den Tachometer. Merde, er hatte recht. Die anderen schlichen nicht, sie raste. Cecile bremste ab, auch wenn sie vor Ungeduld am liebsten ins Lenkrad gebissen hätte. Aber es fehlte ihr wirklich noch, dass die Polizei sie anhielt. Sie hörte nämlich schon eine Sirene. Bestimmt nur ein Krankenwagen. Cecile warf einen Blick in den Rückspiegel. Verdammt, nein, es war ein Polizeiwagen und dieser gab ihr nun Lichtzeichen, gefälligst anzuhalten. Mist, Mist, Mist.

Okay, sie hatte zwei Optionen. Anhalten und sich rausflirten. Dummerweise hatte sie sich die ersten Klamotten übergeworfen, derer sie habhaft geworden war und die waren nicht sonderlich vorteilhaft. Eine Haremshose und ein weites Shirt. Dann blieb lediglich Möglichkeit zwei. Wieder aufs Gas treten und vor denen bei Jasons Büro sein. Es waren ja nur noch ein paar Kilometer. Bei hundert Stundenkilometern waren das keine fünf Minuten. Cecile stoppte nicht an der rot werdenden Ampel, stattdessen bretterte sie darüber hinweg und gab Gas. Sie nutzte eine Lücke im Gegenverkehr, überholte einen Motorradfahrer und nahm eine Abkürzung, indem sie den Park nicht umfuhr, sondern gleich den Mittelweg benutzte. Die sollten mal alle nicht so seltsam gucken! Allerdings musste sie für einen Moment über die Wiese schießen, weil sich eine Entenfamilie spontan entschied, mitten auf dem Weg eine Kaffeepause einzulegen!

Vor dem Haus, in dem Jason sein Büro hatte, parkte sie in zweiter Reihe, riss den Schlüssel aus der Zündung und drückte sich blitzschnell aus dem Wagen. Sie dachte im letzten Moment daran, ihre Tasche zu schnappen, da rannte sie schon über den Gehweg, die Stufen zur Eingangstür hinauf und warf sich dagegen. Im Treppenhaus raste sie in die erste Etage und wollte sich mit Schwung in Jasons Büro katapultieren, aber verfluchter Mist, die Tür war verriegelt. Warum war die Tür abgeschlossen? Bitte, bitte, Helen und Linett waren hoffentlich nicht beide ausgeflogen!

Unten hörte sie aufgebrachte Männerstimmen, und sie hämmerte gegen die Bürotür.

Als diese plötzlich aufgerissen wurde, holte sie gerade erneut aus, und das fehlende Hindernis brachte sie völlig aus dem Konzept. Sie kippte nach vorn, direkt in Jasons Arme.

»Wie oft habe ich dir gesagt, dass ich ein verheirateter Mann bin? Und nein, ich möchte keine Affäre mit dir, egal, wie sehr dein Hormonpegel durcheinander ist«, spottete der Vampir.

»Mein Hormonpegel tritt dir gleich in die Eier«, drohte Cecile.

»Ist das wirklich das Erste, was dir einfällt, warum ich an deine Bürotür hämmern könnte?«

»Die Alternative wäre, dass du spitz auf Helen bist.«

Cecile riss sich von Jason los und warf die Tür hinter sich zu. Peppi trappelte zu ihr und stupste seine feuchte Nase gegen ihre Beine. An den beiden Schreibtischen saßen Helen und Linett und starrten sie verblüfft an.

»Hast du Frédéric aus meinem Haus geklaut?«, platzte Cecile heraus.

»Ich würde ihn höchstens ausborgen«, gab Jason zurück. »Allerdings wüsste ich nicht, wofür. Ihn meinen Pool reinigen zu lassen würde mir vor allem eines einbringen: sein ewig unzufriedenes Genörgel. Wie ich den Kerl kenne, würde er selbst meinen Hund gegen mich aufhetzen und Amélie überreden, lieber Nonne zu werden, als weiter mit mir verheiratet zu sein.«

»Dass er dir die Nutten ausgespannt hat, sitzt tief, was?«, tönte Helen im Hintergrund.

»Er ist weg«, fauchte Cecile dazwischen. Herrgott, konnten sie nicht ein einziges Mal beim Thema bleiben?

»Und du schlägst fast die Tür ein, nur um mir das zu sagen?«, fragte Jason desinteressiert. »Er ist mal wieder abgehauen. Hattest du zufällig Sex mit ihm?«

Blöderweise spürte Cecile ganz genau, wie die Hitze in ihre Wangen schoss.

Jasons Grinsen wurde mitleidiger. »Du hattest Sex mit ihm, und danach ist er getürmt. Wenn du ihn nicht gerade suchen willst, um ihm bei der weiteren Einhaltung seines Zölibats zu unterstützen, indem du ihn zum Eunuchen machst, solltest du dir die Mühe sparen.«

»Das ist nicht komisch!«, schimpfte Cecile. »Ich mache mir Sorgen.«

»Dann orte ihn.«

»Das kann ich nicht, und das weißt du auch!«

In Jasons Augen trat ein spöttischer Schimmer. »Ach ja, er ist die Bella für dich, Edward.«

»Hör auf, diese verdammten Bücher zu lesen«, blaffte Cecile.

»Er wird wieder auftauchen. Schönen Tag noch«, sagte Jason.

Jetzt versuchte der Vampir ernsthaft, sie aus der Tür zu schieben.

»Nichts mit schönen Tag«, donnerte Cecile. »Hilf mir, ihn zu finden.«

»Ich wollte mir den Rest des Tages freinehmen und mit Amélie meinen ehelichen Pflichten nachkommen«, brummte Jason. »Das lass ich mir von deinem prüden Priester bestimmt nicht vermasseln.«

»Wie viele Mädels haben bei dir gekündigt?«, fragte Cecile.

»Zu viele«, fluchte Jason. »Und das nehme ich dem verflixten Kerl persönlich übel. Egal, wo er ist, er soll gefälligst dort das Rotlichtmilieu zu Grunde richten!«

»Jetzt hilf ihr schon«, mischte sich Linett ein. »Er bedeutet ihr eine Menge, und manchmal ist er nett.« Ihre Augen funkelten. »Außerdem soll er Gaylord und Pauline trauen. Er ist der einzige wissende Priester, den wir kennen.«

»Je eher man das Gesindel ausrottet, umso besser«, brummte Jason, aber er drehte sich zu Helens Schreibtisch um. Er trat neben die Blondine und bat sie, ein Programm zu öffnen. Neugierig folgte Cecile ihm und stellte sich daneben.

Helen scrollte durch eine schier endlose Liste abstruser Dateinamen. ›CS_CS-AMZ1401‹ könnte so ziemlich alles sein. Ein Virus, eine neumodische Droge, die Bezeichnung für ein weiteres verrücktes Auto seines Fuhrparks! Jason ließ Helen sechs davon anklicken. Ebenso viele Fenster öffneten sich, und Cecile sah die grauen Bilder, die so typisch für Überwachungskameras waren. Moment mal, was die da zeigten, kannte sie doch! Das war ihr Garten! Das war auch ihre Eingangstür! Und das war ihr Schirmständer!

»Du lässt mein Haus videoüberwachen?«, schrillte Cecile.

»Dank mir später«, lachte Jason und wich aus, als sie nach ihm boxte.

Er spulte die Aufnahmen zurück, minimierte die einzelnen Fenster und sortierte sie auf dem Bildschirm so, dass sie alle ansehen konnten. Er hatte sechs Kameras installiert! In ihrem Flur, zwei in ihrem Garten, an der Eingangstür, im Gästezimmer und in ihrem Schlafzimmer.

»Du hast eine Kamera in meinem Schlafzimmer deponiert?«

»Bist du jetzt fertig damit, das Offensichtliche festzustellen?«, fragte Jason und deutete auf das Bild, das ihren Garten zeigte.

»Das ist gestern Abend.«

Ach was. Das wusste sie selbst. Sie sah nämlich ihre eigene Gestalt, wie sie die Kerzen aufstellte, und aus dem Blickwinkel der anderen Kamera erkannte sie auch, dass Frédéric eine Weile in der Tür stehen blieb und sie beobachtete, bevor er zu ihr kam. Jason spulte vor, und sie sah im Schnelldurchlauf, wie Frédéric den ganzen Garten zum Schillern brachte und wie sie sich auf seinen Schoß schwang.

»Ts ts«, machte Jason. Immerhin war er klug genug, sich jeglichen Kommentar zu verkneifen, als sie die Zähne bleckte. Sie hatte zwar keine Eckzähne, aber er sollte ja nicht denken, dass sie nicht ebenfalls beißen konnte!

Als Frédéric sie packte und sie beide über die Kameras hinweg in Ceciles Schlafzimmer wankten, kam von Jason nur noch unterdrücktes Gurgeln. Sie starrte ihn böse an, und der Vampir presste die Faust auf den Mund, allerdings bekam er es nicht mal so hin, nicht doch zu lachen.

»Überspring das gefälligst«, fauchte Cecile.

»Och, warum denn? Das ist bestimmt unterhaltsam«, warf Linett ein, die sich ernsthaft mit einer Tafel Schokolade auf ihrem Stuhl herangerollt hatte und das Geschehen auf dem Bildschirm gebannt verfolgte.

»Überspring! Das!«, donnerte Cecile.

Jason lachte heiser. »Du solltest Linett wirklich den Spaß lassen, offenbar ist ihr Sex mit Jeremy ein wenig eingerostet und …«

»Was?«, brüllte Linett.

»… sie braucht ein paar visuelle Anreize, um wieder Pfeffer hineinzubringen«, beendete Jason ungerührt seinen Satz.

»Du … du … du …«, presste Linett heraus.

»Sei brav«, ermahnte Jason sie. »Du willst doch nicht noch eine Abmahnung wegen Beleidigung des Vorgesetzten.«

»Wie viele hat sie denn schon?«, fragte Cecile verblüfft.

»Siebzehn«, grinste Helen. »Du müsstest sie mal lesen. Da steht auch der genaue Wortlaut drin.«

»Was hat dir Jeremy erzählt?«, platzte Linett heraus und fuchtelte mit der halben Tafel Schokolade vor Jasons Gesicht herum.

Dessen Züge verwandelten sich in ein einziges strahlendes Grinsen. »Überhaupt nichts. Im Gegensatz zu dir gerade.«

Linetts Wangen färbten sich feuerrot. »Ich weiß nicht, was du meinst. Mit unserem Liebesleben ist alles in Ordnung. Wir nutzen jede Sekunde, die Raphael abgelenkt ist, um uns den Wonnen von …«

»Netflix hinzugeben«, ergänzte Jason.

»Das stimmt überhaupt nicht!« Linett kniff die Augen zusammen. »Hé, hast du bei uns ebenfalls Kameras installiert?«

»Natürlich nicht«, gab Jason viel zu aalglatt zurück.

Linett starrte ihn misstrauisch an, aber immerhin hatten sie über dem Intermezzo einen ganzen Teil der nächtlichen Eskapaden Ceciles und Frédérics übersprungen. Denn Helen hatte tatsächlich weitergespult. Während Cecile friedlich mit Frédéric im Bett lag und bereits zu schlafen schien, machte sich jemand an ihrer Vordertür zu schaffen.

»Hast du mir nicht ein Sicherheitsschloss eingebaut?«, wandte sich Cecile an Jason.

»Eigentlich schon«, gab der zurück und deutete auf den Bildschirm. »Sie scheint Magie zu benutzen. Dagegen ist dein Schloss nicht ausgerüstet. Du hast dich doch selbst um den magischen Schutz kümmern wollen.«

Der Eindringling sah nach oben, direkt in die Kamera, bevor er sich gegen die nachgebende Tür lehnte. Jetzt erkannte Cecile, wer der Einbrecher war!

»Das ist die Nutte aus deinem Club!«, rief sie aus.

Oh, dieses Weib! Deswegen hatte sie Frédéric gebissen! Nicht, um ihn zu verführen, sondern um seine Magie durch sein Blut aufzunehmen! Weil er in dem Haus gewesen war, hatte auch sie es betreten können! Ohne dass Ceciles Magie Alarm geschlagen hatte. Verflucht, damit hatte sie nicht gerechnet. Jeder normale Hexer hätte sich gewehrt und Hazel allein bei dem Versuch, ihn zu beißen, im besten Fall nur einmal quer durch das Kirchenschiff geschleudert. Aber Frédéric war der hilfloseste Hexer aller Zeiten!

»Wirklich?«, fragte Linett erstaunt. »Ihr hattet eben Sex und braucht zusätzlich noch eine Prostituierte?«

»Nein, zum Teufel«, rief Cecile aus. »Sie war überhaupt nicht eingeladen.«

»Das verwirrt mich«, gestand Linett. »Hattet ihr jetzt einen Dreier oder nicht?«

»Im Schlafzimmer ist sie ja schon mal«, steuerte Helen bei.

»Was?« Cecile wandte sich wieder dem Bildschirm zu und tatsächlich! Das Weib beugte sich erst über Cecile und verflixt, sie konnte nicht erkennen, was das verdammte Miststück trieb, aber mit Sicherheit betäubte sie Cecile gerade! Keine Minute später wandte sie sich Frédéric zu und flüsterte ihm offenbar ins Ohr. So lange, bis er sich rührte. Als er sich zur Seite drehte, zog sich Hazel auf die Fensterbank zurück und schien geduldig zu warten, bis Frédéric endlich aufwachte und sich ihr zuwandte.

War sie eben froh gewesen, dass die Aufnahmen nicht auch noch Ton zu bieten hatten, verwünschte sie es jetzt. Sie wüsste zu gern, worüber die beiden sprachen! Vor allem als Frédéric einen Satz aus dem Bett machte und Hazel zur Tür raste.

»Also entweder ist das die brennende Leidenschaft eines Priesters, der wieder die Freuden der Lust kennengelernt hat und unbedingt ein Mädchen jagen wollte, oder er ist sauer auf sie«, stellte Jason fest. »Auf jeden Fall will er sich an ihr vergreifen.«

Gebannt sahen sie zu, wie Frédéric aufsprang, seine Hose schnappte und sich darin verhedderte, während er hinter Hazel aus der Tür jagte und schließlich aus dem Fokus der Kamera verschwand. Aber nicht lange. Nach einer Weile schob er sich Stück für Stück zurück, wetzte die restliche Distanz zum Eingang, doch Hazel bekam ihn noch vor der Tür gepackt und rauschte mit ihm mit der rasanten Geschwindigkeit eines Vampirs davon.

»Ts«, machte Linett. »Das Miststück hat dir deinen Gespielen geklaut.«

»Er ist nicht mein Gespiele!«

»Dann eben die Liebe deines Lebens«, brummelte Linett. »An

deiner Stelle würde ich ihr die Reißzähne ziehen.«

»Dafür müsste ich sie finden«, seufzte Cecile. Sie setzte sich auf die Schreibtischkante und rieb sich mit den Fingern über die Augen. »Sie kann ihn überall hin verschleppt haben. Ich weiß ja noch nicht mal, was sie von ihm will. Warum hat sie ihn nicht in der Kirche geschnappt? Hatte sie mit ihm spielen wollen, und dann war ich ihr dazwischen geplatzt? Oder hat sie erst Frédérics Mentor töten wollen, bevor sie sich ihn krallt?«

»Hazel ist nur halb so dumm, wie sie tut, außerdem ist sie verspielt«, stellte Jason fest. »An ihrem ersten Tag habe ich gesehen, wie sie jagt. Jede Katze tötet schneller als sie.«

Toll, das waren Spitzenaussichten. Sie würde mit Frédéric spielen, bis der um seinen Tod bettelte?

Jason kratzte sich die Bartstoppeln. »Irgendwelche Kerle tauchen aus dem Vatikan auf. Eine Prophezeiung bezieht sich auf den Papst, und Hazel tötet womöglich einen alten Priester, der mit Frédéric in Verbindung stand. Ich lehne mich weit aus dem Fenster und vermute, dass wir deinen Pfaffen samt der liebreizenden Hazel in Italien wiedersehen werden. Präzise gesagt in Rom.«

»Rom ist groß«, stöhnte Cecile. »Selbst der Vatikan ist riesig. Wo sollen wir suchen?«

»Och«, machte Jason verschmitzt. »Man muss die richtigen Leute kennen, dann findet man jeden.«

»Du solltest auf jeden Fall Gaylord mitnehmen«, verkündete Linett mit vollem Mund und schob das Stück Schokolade von einer Wange in die andere.

»Warum zum Henker sollte ich das machen?«

»Er war früher mal Priester«, erklärte Linett listig. »Wenn euch einer aufgabelt, kann er wenigstens halbwegs überzeugend Bibelzitate vortragen, während du ja nur Harry Potter deklamieren kannst.«

»Damit habe ich eindeutig das nützlichere Wissen«, knurrte Jason.

»Oh ja«, spottete Linett. »Sie bewerfen dich mit Kreuzen und Weihwasser, und du zitierst Dumbledore. Die werden vor Ehrfurcht in die Knie gehen.«

Sie kassierte einen bitterbösen Blick von Jason, aber sie zuckte nicht einmal mit der Wimper. Stattdessen steckte sie sich ungerührt ein Stück Schokolade in den Mund. Im nächsten Moment entspannten sich Jasons Gesichtszüge bereits wieder.

»Du wirst ebenfalls mitkommen«, verkündete er. »Wir werden in Italien einen alten Freund besuchen. Ich bin sicher, du wirst dich freuen, ihn zu sehen.«

Kapitel 22

Regelbrüche sind reine Ansichtssache

»Du Mistkerl«, rief Linett. »So haben wir nicht gewettet.« Sie boxte Jason gegen den Arm, sodass dieser ein Stück das Lenkrad verriss und der Wagen auf dem Kiesweg einen Schlenker machte.

»Genau genommen haben wir überhaupt nicht gewettet«, gab Jason zurück.

»Aber …«

»Ich sagte, wir besuchen in Italien einen alten Freund. Wenn du nicht selbst dahinterkommst, wen ich meine, und rechtzeitig aus dem Wagen springst, kann ich dir auch nicht helfen.«

»Du weißt, dass ich meine Pfanne dabeihabe?«, fragte Linett lieblich.

Jason zog die Augenbrauen hoch. »Dir ist klar, dass ich weiß, wo der nächste Laden mit Schokolade ist?«

Linett verzog die Lippen und warf Jason einen Blick zu, der deutlich machte, dass er ihr bald eine neue Abmahnung schreiben musste. Doch der Vampir grinste nur und sah Cecile durch den Rückspiegel an.

»Das Rettungskommando für deinen Priester wirkt zwar unprofessionell, aber ich stelle dir trotzdem den vollen Preis in Rechnung.«

»Wenn wir ihn dort rausholen, bevor meine Nerven medizinische Hilfe brauchen, zahl ich dir auch einen Bonus, indem ich dir nicht deinen Pool mit einem fleischfressenden Jasmin zuwuchern lasse, der dich in deinen verwöhnten Hintern beißt, sobald du baden willst«, fauchte Cecile nach vorn.

Jason wiegte den Kopf und nickte schließlich. »Klingt fair.«

Cecile stöhnte und ließ sich auf der Rückbank zurücksinken. Ihre Beine schmerzten. Sie waren völlig eingerostet. Wie viele Stunden waren sie unterwegs? Sie wusste es nicht. Es war jedenfalls finsterste Nacht. Die Strecke von Paris nach Italien war eben verdammt lang. Erst recht, wenn man sich das Auto mit Jason, Linett und Gaylord teilte. Aber jetzt waren sie endlich da. Zumindest hoffte Cecile das.

Jason hielt vor einer schneeweißen Villa. Dicke Säulen stützten die Balkone der ersten Etage und verliehen ihr den Touch eines römischen Palastes. Akribisch beschnittene Buchsbäume säumten in großen, braunen Töpfen die Auffahrt. Die Vordertür stand offen, als wüsste der Besitzer, dass es ohnehin niemand wagen würde, bei ihm einzubrechen.

Cecile stieß mit einem dankbaren Seufzen die Tür auf und stellte sich endlich wieder auf ihre Füße. Sie trat auf der Stelle, dehnte ihre Muskeln und streckte sich.

Jason marschierte an ihnen vorbei, direkt auf die Eingangstür zu.

»Da geh ich nicht rein«, murrte Linett und lehnte sich gegen den Wagen. »Jetzt weiß ich auch, warum er Jeremy so großzügig erlaubt hat, auf Raphael aufzupassen und den Ausflug sausen zu lassen. Weil Jason ganz genau weiß, dass Jeremy diesen Saftsack in seiner Protzvilla umbringen würde!«

»Der Saftsack in der Protzvilla wird sich freuen, dich wiederzusehen«, behauptete Jason. »Er erkundigt sich immer nach dir.«

»Falls du es vergessen hast, der Kerl hat noch eine Rechnung mit mir offen!«

»Das ist nur fair«, gab Jason mitleidslos zurück. »Wegen dir geht er am Stock. Buchstäblich.«

»Er hat versucht, mich umzubringen. Mehrfach!«

»Wenn ich mit jedem schmollen würde, der das bei mir versucht hat, hätte ich keinerlei Geschäftspartner mehr. Das Thema ist erledigt, wir haben unsere Differenzen beigelegt, und es ist äußerst profitabel für uns beide.«

»Wie schön, dass ihr die Paartherapie erfolgreich hinter euch gebracht habt«, ätzte Linett, trotzdem ließ sie zu, dass Cecile ihre Hand ergriff und sie mit in das Haus zog.

Der Eingangsbereich bestand aus weißen Wänden und hellen Marmorfliesen, und eine breite Treppe führte nach oben. Jason ging an dieser vorbei zu einer weiteren Tür, stieß sie auf, und sie landeten in einem weitläufigen Garten. Der Rasen war genauso penibel gestutzt wie die Bäume in der Auffahrt. Links und rechts der Tür standen jeweils zwei Männer in dunklen Anzügen. Sie hielten die Arme hinter dem Rücken verschränkt, und ihre Sakkos waren ausgebeult, als stecke eine Waffe darunter. Im ersten Moment schloss Cecile nicht aus, dass es sich um Statuen handelte. Aber dann fuhr sich einer der Typen über die Nase. Okay, die waren doch nicht aus Stein. Jedenfalls nicht äußerlich. Der eine hatte die hellgrausten Augen, die Cecile jemals gesehen hatte, darin kein Fünkchen Wärme oder Freundlichkeit.

Ein untersetzter Mann mit unecht weißen Zähnen und zurückgegelten dunklen Haaren hockte auf einer Hollywoodschaukel. Neben ihm lehnte ein Gehstock mit goldenem Knauf in der Form einer Pistole. Gute Güte, der wollte auch jedes Klischee bedienen.

»Lorenzo«, begrüßte Jason den Italiener mit einem breiten Grinsen.

Dieser verzog das Gesicht, als er Linett erblickte. »Willst du sie mir immer noch schenken, um unsere Geschäftsbeziehungen zu verbessern? Ich habe schon mal gesagt: Ich will sie nicht haben. Behalte sie. Sie hat sehr viel mehr Nutzen, wenn sie *dir* das Leben schwermacht.«

»Bis eben hatte ich Angst«, mischte sich Linett ein. »Jetzt bin ich beleidigt!«

»Und mit wem schmollst du genau?«, fragte Jason interessiert.

»Mit euch beiden«, erwiderte Linett. »Ich fasse es nicht, dass du mich ihm schenken wolltest.«

»Das war nach der dritten Abmahnung.«

»Und er mich nicht haben wollte.«

»Wie ich schon sagte, man nehme nicht einen Nagel aus dem Schuh seines Feindes«, seufzte Lorenzo versonnen. »Er könnte ihn eines Tages am Laufen hindern.«

»Entschuldigung, der besagte Nagel steht daneben!«

»Der angebliche Feind auch«, steuerte Jason bei. »Ich dachte, das hätten wir hinter uns.«

Lorenzo hob die Schultern. »Reine Gewohnheit.« Er deutete auf die Stühle, die um den Tisch herumstanden, und schließlich auf ein Beistelltischchen. »Setzt euch und trinkt Limonade.«

»Du bist doch nicht neuerdings Antialkoholiker?«, fragte Jason besorgt und entlockte Lorenzo damit ein dröhnendes Lachen.

»Nein, der Scotch steht daneben. Es ist nicht der Beste. Ich erinnere mich, dass du säufst wie ein Loch. Es spielt also keine Rolle, ob er edel oder mit Essig versetzt ist.«

»Er wird mir langsam sympathischer«, brummte Linett und ließ sich auf einem Stuhl nieder.

Es fiel Cecile verflucht schwer, sich ebenfalls zu setzen. Das hier kam ihr vor wie eine einzige, große Zeitverschwendung! Was machten sie auf dem verdammten Landsitz eines Mafioso? Sie sollten in Rom sein. Sie sollten schon längst im Vatikan sein! Je eher sie diesen umgruben, umso besser!

»Hör auf zu zappeln«, sagte Jason zu ihr.

»Hör auf, meine Zeit zu verschwenden«, zischte Cecile.

»Ist das deine reizende Frau Amélie?«, fragte Lorenzo.

»Nein, das ist Cecile. Sie ist zwar auch reizend, aber nicht im positiven Sinne.«

»Das erklärt ihren verdrießlichen Gesichtsausdruck.«

»Ich bin nicht verdrießlich«, blaffte Cecile und umklammerte die Armlehnen ihres Stuhls. »Können Sie uns helfen, einen entführten Priester im Vatikan zu finden?«

»Hat ihn der Vatikan entführt?«, erkundigte sich Lorenzo.

»Nein, eine Prostituierte.«

Lorenzos Blick schweifte verwirrt zu Jason, der stoisch zurückstarrte.

»Sie ist nicht verrückt«, meinte Jason schließlich. »Zumindest behauptet sie das ständig.«

Cecile sprang auf. »Ihr könnt hier gern eure Teeparty abhalten. Ich gehe ihn suchen.«

»Warte doch«, sagte Jason sanft und griff nach ihrem Arm. »Du weißt überhaupt nicht, wo du anfangen sollst. Erst recht lässt dich niemand einfach so in den Vatikan spazieren. Man könnte sich in die tausenden Touristen am Besuchereingang einreihen, aber der öffnet erst am Vormittag. Genauso gut könnte es sein, dass irgendwelche hochrangigen Penner im Vatikan damit rechnen und dann vorgewarnt sind. Außerhalb dessen kommt man nur mit Genehmigung herein und die muss man Monate vorher beantragen. Oder man ist ein Angestellter des Vatikans beziehungsweise eine Angestellte. Aber seien wir ehrlich, du gibst keine überzeugende Nonne ab.«

Cecile kniff die Augen zusammen. »Was soll das nun wieder bedeuten?«

»Dass du nicht vertrocknet genug aussiehst.«

Sein Glück, dass es sich nach einem Kompliment anhörte. Mit einem leisen Murren setzte sie sich erneut. Jason nahm nicht die Hand von ihrem Arm. Sein Griff war fest, als fürchte er, sie könne wirklich davonwetzen, seinen Wagen klauen und diesen ganzen Humbug hier hinter sich lassen.

»Du kannst uns nicht zufällig heute noch ungesehen in den Vatikan bringen?«, wandte sich Jason an Lorenzo.

Jener drehte den Kopf, sodass nicht nur sein Nacken knackte, sondern auch die Sonne auf seine öligen Haare fiel. »Die Padres schätzen mich«, sagte er, und seine Lippen teilten sich zu einem Colgate-Lächeln. »Ich sollte wieder bei ihnen vorbeisehen. Allerdings könnte eine kleine Spende nicht schaden.«

»Schon gut«, brummte Jason. »Wie viel willst du ihnen spenden?«

»Fünfzigtausend.«

Jason drehte sich zu Cecile um. »Ich kaufe dir einen neuen Priester. Das kostet mich weniger Geld.«

»Ich will keinen anderen!«

»Dass du so verflixt wählerisch sein musst«, kritisierte Jason.

»Meinetwegen. Ich setz es auf deine Spesenrechnung.«

»Ich werde mich daran erinnern, wenn *dein* Hintern das nächste Mal wieder in der Misere hängt!«

»Als ob das geschehen könnte«, spottete Gaylord. »Er ist doch immer allen voraus.«

»Ein neuer Angestellter?«, fragte Lorenzo interessiert.

Ehe Jason aus dem Knurren herauskam und eine brauchbare Antwort gab, sprang Gaylord ein. »Ich werde seine Tochter heiraten. Und es passt ihm nicht.«

Lorenzo gluckste vergnügt. »Das gefällt keinem Vater. Wäre sie meine Tochter, hätten Sie längst Bekanntschaft mit einem Betonmischer geschlossen.«

»Das ist so ziemlich das Einzige, das er bisher nicht versucht hat.«

»Linett, schreib auf, dass ich als Nächstes einen Betonmischer kaufe«, sagte Jason in Richtung seiner Assistentin.

»Schreib auf, dass du einen neuen Chef brauchst, wenn er weiter vom Thema ablenkt«, fauchte Cecile dazwischen.

Linett drehte eine ihrer langen dunklen Haarsträhnen zwischen den Fingern. »Bekomm ich bei dem Neuen mehr Gehalt?«

»Nein«, rief Jason, während Cecile eiskalt mit ›Ja‹ antwortete.

Jason ging zu dem Beistelltisch und füllte ein Glas mit Scotch. »Sind deine auch so?«, fragte er Lorenzo.

»Meine wagen nicht, zu widersprechen«, erwiderte der Italiener gelassen. »Sie wissen, dass sie schnell ihre Stimmbänder verlieren könnten.«

»Vielleicht sollte ich das ebenfalls probieren«, brummte Jason und exte den Scotch. »Wenn du uns reinbringst, sollten wir uns überlegen, wie wir dort nicht weiter auffallen.«

»Ich weiß, wo die Kleiderkammer ist«, steuerte Gaylord bei, und Jason hob die Augenbrauen.

»Ach ja?«

»Der Vatikan verändert sich selten«, gab Gaylord zurück.

»Und du kennst dich in dem Laden aus«, spottete Jason.

»Als Mensch war ich einmal dort, und ich sehe mir Reportagen an. Könntest du auch tun, das bildet«, stichelte Gaylord.

»Schön«, fuhr Cecile dazwischen, bevor Jason den Mund öffnen konnte. »Wann fahren wir los?«

»Sobald Jason den Scheck ausgestellt hat«, lächelte Lorenzo.

Mit einem leisen Knurren griff Jason in die Innentasche seines Sakkos und zog ein Scheckbuch heraus. »Der Teufel soll diesen verfluchten Priester holen. Wenn wir ihn rausholen und er mir als Dank wieder Nutten ausspannt, werde ich ihn an den Betonmischer gebunden in der Seine versenken.«

»Recht so«, lobte Lorenzo. »Obwohl das in Bezug auf den Betonmischer nicht sonderlich umweltfreundlich ist.«

Kalt. Es war erbärmlich kalt. Seine Glieder waren steif, und es würde Frédéric nicht wundern, könnte man sie einfach abbrechen. Vielleicht war er ja tot? Nein, dazu stachen seine Muskeln zu sehr. Dafür war es auch zu dunkel. In der Hölle hatte doch bestimmt niemand vergessen, die Stromrechnung zu bezahlen. Wenn sie nicht gerade zugefroren war, herrschte für die Hölle auch zu wenig Hitze. Also blieb nur eine Schlussfolgerung: Er war ziemlich lebendig, und wenn er den Erinnerungen vertrauen durfte, die ihm sein Gehirn in diesem Moment lieferte, saß er gehörig in der Tinte.

Kühler Stein drückte in seinen Rücken und ließ ihn zittern. Dabei schabte er über die Mauer und erinnerte sich an die Schürfwunden. Hätte er es lieber gelassen. Sofort sprangen seine Nervenzellen ein und klagten ihm ihr Leid. Es brannte wie die Hölle, und als er seine Arme nach vorn ziehen wollte, weil sie langsam taub wurden, klirrten Ketten. Na wunderbar.

Frédéric zwang sich, die Lider zu öffnen, und er brauchte ein paar Sekunden, um überhaupt etwas zu erkennen. Er war in einem Kerker. In einem sehr echt aussehenden Kerker. Die schwere Holztür wies ein kleines Fenster auf, das wiederum mit eisernen Stäben vergittert war. Links und rechts von Frédéric führten tatsächlich dicke Ketten zu Verankerungen in der Wand. Es waren nicht die einzigen Fesseln. Über die Mauer verteilt, gab es mehrere Ösen, Ketten und Schellen. Es roch nach leicht vermodertem Holz. Ein Geruch, der von der breiten Holzbank zu kommen schien. Och nö, war das etwa eine Streckbank? Die gesamte Fläche war mit Zacken übersät. Sonderlich stabil sah das Ding nicht mehr aus, dennoch lud diese ›Liege‹ nicht gerade dazu ein, auf ihr Platz zu nehmen. An der Wand stand ein dicker eiserner Bottich, von der Decke baumelten verrostete Zangen, so lang wie

Frédérics Arm. War das dort ein Pranger? War er in einem schlecht ausgestatteten Museum für Folterinstrumente gelandet? Vielleicht war er auch in ein Wurmloch gefallen und in der falschen Zeit rausgekommen. Aber dazu passten die elektrischen Leuchten an den Wänden nicht.

Das Quietschen der sich öffnenden Tür lenkte Frédérics Blick zu ebenjener. Leider trat nicht der Museumsdirektor ein, der ihm nun erklärte, es sei alles ein mieser Scherz. Nein, es stapfte Salvatore herein, und seine stechenden Augen schienen ihn zu durchbohren.

»Du bist wach«, stellte er fest.

Frédéric wünschte wirklich, er könnte etwas anderes behaupten. »Wo sind wir?«

»Unter dem Vatikan. In der Nähe der vatikanischen Grotten.«

Toll, dann hatte es Frédéric nicht weit bis zu einem netten Grab, in dem ihn nie jemand finden würde.

»Könntest du mir endlich erklären, was das werden soll?«, fragte Frédéric.

»Ich werde mein Ziel erfüllen.«

Beinahe hätte Frédéric seinen Hinterkopf gegen die Mauer gerammt. Diese Antworten halfen ihm nicht im Geringsten weiter!

»Was ist dein Ziel?«, bohrte er nach und gab sich nicht mal Mühe, seinen genervten Tonfall zu verbergen.

»Den Papst töten.«

Wäre auch zu schön gewesen, wenn die Antwort ›den Papst retten‹ gelautet hätte. »Warum?«

»Er zerstört die Kirche.« Das sagte nicht Salvatore, sondern eine wesentlich tiefere Stimme. Die Tür wurde erneut aufgeschoben, und es trat ein Mann in der schwarz-roten Robe eines Kardinals ein. Auf dem dichten dunklen Haar thronte das purpurne Scheitelkäppchen. Himmel noch eins! Das war Venturo!

»Sie haben sich ernsthaft die Robe eines Kardinals geklaut?«, platzte aus Frédéric heraus.

Venturo lachte viel zu laut und viel zu übertrieben.»Nein, ich *bin* Kardinal. Der neue Vorgesetzte Bischof Pierlots, um genau zu sein.«

Toll. Anscheinend wurde neuerdings jeder Depp auf diesen Posten befördert.

Venturos Lippen kräuselten sich spöttisch, und mit überzogen geduldigem Tonfall fuhr er fort.»Ironischerweise ist der Titel des Kardinals eine Würde, die mir der Papst selbst verlieh. Dabei weiß er kaum, was er tut. Er folgt seinem naiven Gewissen. Doch das Gewissen ist mitunter ein schlechter Ratgeber. Was im ersten Moment schlecht erscheint, kann wiederum viel Gutes bewirken. Die Ordnung darf nicht zerstört werden. Aber er lässt sich nicht beruhigen.« Der Kardinal seufzte tief.»In vier Tagen will er neue Prüfer in der Vatikanbank einsetzen. Prüfer, die ihm Berichte geben werden, die keinesfalls widerspiegeln, was tatsächlich geschieht.«

»Korruption.«

»Es hat nichts mit Korruption zu tun. Ich verurteile sie. Dennoch gibt es Mechanismen im Vatikan, die funktionieren. Sie erhalten die Kirche aufrecht. Ohne sie könnten wir keine Armenhäuser unterhalten, keine Kirchen, keine Gehälter bezahlen.«

»Dazu gibt es die Kirchensteuer ... und Spenden.«

»Spenden, die großzügige Menschen machen.«

Ja, genau. Wie Jason Harris. Welchen Vorteil der sich wohl damit erkaufte? Oder war bei Notre-Dame tatsächlich nur sein schlechtes Gewissen am Werk? Ach, das konnte ihm keiner einreden.»Mafia-Gelder.«

»Wir können nicht nachvollziehen, aus welchen Geschäften unsere Spenden kommen.«

»Aber von wem«, protestierte Frédéric. »Und aus der Porto-
kasse von Verbrechern wird es ja kaum durch Möbelverkäufe auf
dem Flohmarkt zustande gekommen sein!«

»Es spielt keine Rolle, ob Sie unsere Beweggründe verstehen«,
gab Venturo eisig zurück.

»Dann hören Sie doch auf zu diskutieren«, knurrte Frédéric.
»Ihr seid selbst schuld, wenn ihr mich hierher zerrt. Ich werde
den Papst bestimmt nicht töten!«

»Das werde ich tun«, sagte Salvatore prompt.

»Soll ich dir dafür den himmlischen Segen erteilen?«, zischte
Frédéric. »Wozu braucht ihr mich?« Er war nicht mal ansatzweise im Kreis der Vertrauten um den Papst. Wie auch? Er war
ein simpler Priester. Kein Bischof, kein Kardinal. Das alles ging
ihn überhaupt nichts an! Paris war verdammt weit weg von Italien! Genauso wenig wie ihn Cecile hier finden würde, hätte
Frédéric jemals im Detail mitbekommen, was hier hinter den dicken Mauern abliefe, wenn ihn nicht ständig jemand einweihen
würde! Erst Pierlot, dann Bernier und jetzt Venturo!

»So mächtig und so unwissend«, schnaubte Venturo. »Den
Heiligen Stuhl umgibt seit Jahrhunderten ein Zauber. Wer des
Amtes würdig ist, wird durch ihn geschützt. Vor den Übeln, die
seinen Tod wollen.«

»Wow«, machte Frédéric. Mehr fiel ihm dazu nicht ein. Dann
hatte Papst Johannes Paul II also außer Glück auch magische Unterstützung gehabt. Vielleicht war er ja ein Werwolf gewesen,
warum zum Teufel leisteten sie sich nicht gleich die volle Palette
der Mythen und Fabeln?

Frédéric presste die Kiefer aufeinander, um nicht mit diesem
Unsinn herauszuplatzen, sondern eine ganz andere Frage zu stellen. »Weiß das der Papst?«

»Das kann ich nicht beantworten. Es spielt sowieso keine Rolle.

Sie werden den Bann aufheben. Nur Sie sind dazu in der Lage. Allein deswegen haben meine Vorgänger Sie überhaupt in Ihrem Amt geduldet. Damit Sie eines Tages Salvatore erwecken und ihn zum Becher der Erkenntnis führen. Ich wäre beinahe zu spät gekommen. Wären Sie oder diese lausige Hexe dahintergekommen, dass sich derjenige Salvatores Treue sichert, der ihn von seinem Blut aus dem Kelch trinken lässt und ihm seine Erinnerung zurückgibt, wäre mein Plan von vornherein zum Scheitern verurteilt gewesen.«

Frédéric konnte nicht anders – er lachte rau und kehlig. Ganz toll. Wären sie ein wenig pfiffiger gewesen, wäre die Geschichte schon vorbei gewesen, bevor sie überhaupt richtig angefangen hatte. Sollte der Herr ihn gerade prüfen, dann konnte sich Gott schon mal damit abfinden, dass er es sicher noch gewaltiger vermasselte. Er war nie ein Prüfungsmensch gewesen.

Oder war das in dieser Situation sogar von Vorteil? Selbst wenn er gewillt wäre, irgendeinen Bann aufzuheben, wusste er ohnehin nicht wie. Klar, der Bann war mit Sicherheit von einem Hexenlehrling ausgesprochen. Vielleicht sollte er ihnen vorschlagen, Jason zu entführen. Der kannte Harry Potter auswendig und damit bestimmt den richtigen Bannkillerspruch. Dann wäre Jason wenigstens mal für was zu gebrauchen.

Gott, verflucht, seine Nerven standen kurz vor dem Kollaps. Wenn das wirklich stimmte, dann war der Bann das Werk eines mächtigen Magiers. Von jemandem, der gewusst hatte, was er tat. Frédéric hingegen war meilenweit davon entfernt, auch nur ein SOS an Cecile auf die magische Reise schicken zu können. Oder sich ein Hemd herzuzaubern, damit er endlich aufhörte, sich den Hintern wegzufrieren! Von einer Bannaufhebung wollte er gar nicht erst anfangen.

Aber wie hatte Salvatore gesagt? Wenn Frédéric ihnen nicht

half, würde er sterben. Dann hatte ihn der ehemalige Zombie am Ende hierher geschleift, um ihn umzubringen. War Salvatore klar, dass er das wesentlich einfacher hätte haben können? Er hätte Frédéric nicht einmal erneut aufwachen lassen brauchen. Frédéric wäre ihm sogar dankbar gewesen, denn sein Kopf fühlte sich an, als würde dort eine Atombombe nach der anderen detonieren.

»Machen wir es kurz«, seufzte Frédéric. »Willst du mich schnell oder langsam töten? Nur, damit ich mich darauf einstellen kann.«

Salvatore starrte ihn ausdruckslos an. Was denn? Vermasselte ihm Frédéric seine Drohung? Er wollte nicht behaupten, dass er nicht am Leben hing, aber er konnte den Bann nicht aufheben. Er *wollte* es auch nicht, und wenn die Konsequenz sein Tod war, dann bitte schön! Sollte der sich einen anderen gefallenen Priester suchen. Vielleicht bekam der es ja besser hin!

»Nicht so schnell«, brummte Salvatore. »In meiner unsäglichen Güte werde ich dir auf die Sprünge helfen.«

Was hatte Frédéric doch für ein Glück.

Kapitel 23

Tot betet es sich auch ganz gut

Mit ›auf die Sprünge helfen‹ meinte Salvatore leider keine Nachhilfestunde in Sachen Magie. Erst recht nicht legte er Ceciles Lehrmethoden an den Tag. Die Ketten riss er kurzerhand aus den Verankerungen an den Wänden und zerrte Frédéric auf die Füße. Dessen taube Arme erwachten urplötzlich zum Leben, kribbelten, und dann kam der Schmerz, den wohl jeder hasste. Er verursachte Frédéric Übelkeit, aber im Grunde war es die reinste Streicheleinheit gegen Salvatores Behandlung.

Das unfreiwillige Bad im Weihwasserbecken steckte Frédéric noch ganz gut weg. Auch wenn er dabei so viel Wasser geschluckt hatte, dass er sich unweigerlich nach einer Toilette sehnte. Als Salvatore ihn bäuchlings auf die Liege mit den Dornen legte und tatsächlich anfing, sich auf ihn zu stützen, wollte Frédéric einiges darauf verwetten, dass ein Zacken sich direkt in mindestens ein lebenswichtiges Organ bohrte. Jedenfalls fühlte es sich so an. Das war die schlimmste Akupunktur aller Zeiten!

»Du wirst diesen Bann brechen«, knurrte Salvatore.

»Du hast dich also für das langsame Töten entschieden«, ächzte Frédéric und bog den Kopf zurück, denn gerade mal ein paar Zentimeter vor seinem Auge war der nächste Dorn. Durch die Spannung verstärkte er selbst sein Gewicht auf die anderen Zacken. Hatte er schon erwähnt, dass er sich von Gott gemobbt fühlte?

Ihm blieb wenig Zeit zum Verschnaufen, als Salvatore ihn runterzerrte und zu dem Eisenklotz bugsierte. Als er den öffnete, war Frédéric bereit, sich selbst die Kugel zu geben, man bräuchte ihm nur eine Pistole reichen. Die flacheren Dornen auf dem Tisch waren schon schmerzhaft gewesen. Im Inneren des beinahe mannshohen Blechkanisters gab es allerdings weitere Eisenspitzen, die das absolute Grauen versprachen. Sie waren lang und dünner als ein Finger. Dort brachte Gewichtsverlagerung nicht das Geringste. Wenn Salvatore ihm die in den Körper jagte, konnte kein Chirurg irgendwas retten.

Ausgerechnet Venturos Hüsteln ließ Salvatore innehalten, als er Frédéric schon in die Mitte der Spitzen gezerrt hatte und unter dessen entsetztem Blick den Bottich schließen wollte.

»Als erste Untermauerung unserer Wünsche sollte das genügen.«

Erste Untermauerung? Das konnte nicht sein verdammter Ernst sein!

»Ich brauche eine Spaghetti-Zange«, wandte sich Salvatore an den Kardinal.

»Ähm ...«, gab jener gedehnt zurück. »Ich fürchte, ich verstehe nicht.«

»Diese Hexe hatte Folterwerkzeuge in ihrem Haus. Eines nannte sie Spaghetti-Zange.«

Würden Frédérics Rippen nicht so furchtbar wehtun, hätte er jetzt gelacht. Andererseits wollte er auch nicht herausfinden müssen, was Salvatore mit dem Ding anzustellen wusste. Der beschränkte sich bestimmt nicht aufs Kochen. Der kochte dann höchstens Frédéric.

Der Kardinal runzelte die Stirn, rieb sich über die Nasenflügel und schüttelte schließlich den Kopf. »Ich glaube, wir brauchen keine, äh, Spaghetti-Zange. Es heißt, wenn der Geist eines Magiers geöffnet und sein Wille gebrochen ist, übernimmt die Magie sein Denken, um ihn zu schützen. Zumindest behaupten das alte Schriften.«

Langsam nervte es Frédéric gewaltig, dass alle mehr über Hexerei zu wissen schienen als er. Als ob er nicht schon inbrünstig genug bereute, diese Fähigkeiten verdrängt zu haben. Die könnten ihn jetzt bestimmt hier rausholen. Stattdessen gaben einfach seine Knie nach, und er sackte inmitten der Dornen zu Boden. Einige streiften ihn, und die kleine Berührung riss bereits seine Haut auf.

Der Kardinal schritt zu dem Tisch, auf dem ein verbeulter Kelch und das niedrige Holzkästchen standen. Letzteres öffnete er und nahm den Aufbewahrungsring mit der Dornenkrone heraus. Sinnierend drehte er ihn in der Hand. »Die einzelnen Dornen wurden in der ganzen Welt verteilt, von der heiligen Reliquie blieb nicht mehr übrig als ein vertrockneter Zweig. Ein recht hübsches Sinnbild für den Zustand im Vatikan, meinen Sie nicht auch, Abbé Durand?«

»Der Teufel soll Sie holen. Jetzt bereue ich, dass Jason Sie in Ajou nicht getötet hat«, brummte ebenjener.

»Der Teufel ist schon längst hier«, gab der Kardinal streng zurück. »Er wohnt im Pontifex und will die Kirche von innen heraus zerstören, indem er Zank und Zwietracht sät. Und er steckt ebenso in Ihnen. Aber nun werden sich die teuflischen Mächte gegenseitig besiegen.«

»Wie oft denn noch? Ich bin nicht besessen!«, fauchte Frédéric.

»Jeder Magier zieht seine Kraft aus dem Bösen.«

Ehe Frédéric auch nur eine halbwegs sinnvolle Erwiderung auf diesen Schwachsinn finden konnte, öffnete der Kardinal den Aufbewahrungsring der Dornenkrone und warf ihm jene in den Schoß. Das trockene Geäst raschelte auf Frédérics Hose und zerbröselte prompt in Dutzende Bestandteile. Es tat Frédéric in der Seele weh. Im Grunde war der Kranz wirklich nicht mehr als zusammengedrehtes Gestrüpp. Zusammengedreht zur Verspottung von Jesus am Kreuz. Ein Sinnbild des Hohns, verehrt von unzähligen Menschen, die eine ganze Religion mit Glauben füllten. Eine Religion, die ihren Gläubigen Halt, Trost und einen moralischen Kompass geben sollte und die über die Zeiten hinweg ständig sabotiert worden war. Von Menschen, die behaupteten, sie wären Diener des christlichen Glaubens, und die selbst nur Halunken waren. Ganz ehrlich? Da war ihm jeder Mafia-Boss lieber. Der stand wenigstens zu seinem Dasein als Verbrecher und beteuerte nicht, es im besten Sinne eines Gottes zu tun, der genau ebenjene verurteilte! Das war doch in sich schon nicht konsequent! Aber offenbar war Frédéric zu dumm, um diese zweifelhafte Logik zu verstehen. Und jetzt zerbröselte ein Relikt des Glaubens, der Millionen Menschen durch Freude, Leid und Trauer brachte, auf seinem Schoß. Bloß weil ein idiotischer Kardinal damit umging, als gehöre es auf den Kompost!

Frédéric wusste nicht, wie lange er darauf gestarrt hatte. Er wusste nur, dass es ihm zutiefst widerstrebte zuzusehen, wie die Dornenkrone in ihre Bestandteile zerbröselte. Egal, wie tief der Glauben fiel, man sollte alles dafür tun, ihn wieder aufzurichten und höher zu halten als zuvor! Es gab zu viele Menschen, die ohne ihn einfach nicht auskämen. Mit einem Mal spürte er wieder das vertraute Kribbeln, und automatisch wanderten seine Gedanken zu Cecile, zu ihrem Garten. Dort hatte der gleiche Schimmer geherrscht, wie er nun den ganzen Raum einnahm. Frédéric hatte nicht gemerkt, dass er die Dornenkrone berührte, aber nun schoss die Magie in dunklen Fäden aus seinen Fingern, wickelte sich wie Garn um den Kranz und fügte ihn wieder zusammen. Mehr noch … Die abgebrochenen Dornen wuchsen nach. Das verdammte Ding begann sogar auszutreiben! Dicke weiße Knospen traten hervor, als würden sie jeden Moment aufbrechen.

»Damit hätten wir Schritt eins unseres Plans«, verkündete Venturo.

Frédéric hatte einen ganz anderen. Seine Magie war da. Jetzt. Also konnte er sie auch nutzen, diesen verfluchten Bastarden die Hölle heiß zu machen. Gerade überlegte er, wie er sie steuern sollte, da bückte sich der Kardinal, hob die Dornenkrone auf und drückte sie Frédéric kurzerhand selbst aufs Haupt.

Frédéric hatte wirklich gedacht, nichts – absolut nichts – könnte Salvatores ›Überredungskünste‹ übertreffen. Nun, was sollte er sagen? Er hatte sich gewaltig geirrt. Als säße er auf dem elektrischen Stuhl, jagte der Schmerz durch seinen Kopf, bis Frédéric meinte, jede seiner Gehirnwindungen einzeln spüren zu können. Er kroch über sein Gesicht, schnürte ihm die Kehle zu und erfasste zunehmend jede Faser seines Körpers. Nicht einmal der kalte Boden bot ihm einen Anker, an dem er seine Gedanken festklammern und den Schmerz irgendwie in den Hintergrund drängen konnte.

Als er glaubte, überhaupt keine Luft mehr zu bekommen, kippte der gesamte Kerker auf die Seite und füllte sich mit gleißendem Licht, das nach und nach alles ausblendete.

Mit einem Mal war der Schmerz komplett fort, aber was er zu sehen bekam, war nicht das Verlies. Es war Hazel.

Die Fahrt in den Vatikan war das absolute Desaster. Das wollte in Anbetracht der Lage durchaus etwas heißen. Für einen Moment hatte Cecile gedacht, Gaylord würde seinen zukünftigen Schwiegervater mit Lorenzos Zaun pfählen. Der wiederum sonnte sich in seiner Idee, Gaylord solle in Lorenzos Kofferraum mitfahren, weil ›es eindeutig zu auffällig ist, wenn wir zu fünft in den Vatikan kutschieren‹.

Als Jason dann noch verkündete, Cecile müsse ebenfalls in den Kofferraum, zischte sie Gaylord zu, dass er den Pflock besorgen solle, sie würde das Pfählen übernehmen.

»Wenn sie clever sind, haben Sie alle Wachen informiert, dich nicht reinzulassen und ihnen dein Konterfei ausgehändigt«, wiederholte Jason zum x-ten Mal sein lausiges Argument. Aber entweder sie diskutierten hier bis zum jüngsten Gericht oder Cecile gab einfach nach.

»Irgendwann zahle ich es dir heim«, versprach sie dem grinsenden Vampir und ließ sich von Gaylord in den Kofferraum helfen.

»Eines Tages bringe ich ihn um«, murmelte dieser und fluchte, als er zu ihr kletterte und Jason schneller die Klappe zuschlug, als er seinen Kopf einziehen konnte. »Pauline wird sicherlich nicht sonderlich traurig sein.«

»Glaubst du das wirklich?«, fragte Cecile.

»Nein, leider nicht. Sonst hätte ich es schon längst getan.«

»Ruhe auf den billigen Plätzen«, drang Jasons Stimme gedämpft durch das Metall des Wagens. Gaylord seufzte inbrünstig, während Cecile versuchte, ruhig zu atmen. Gaylord brauchte als Vampir keinen Sauerstoff mehr. Was man von Cecile eindeutig nicht behaupten konnte! Es war verdammt stickig hier drin! Hoffentlich fuhren die schnell! Die Dunkelheit machte es auch nicht besser und dass sie ständig an die Innenwände des Kofferraums stieß ebenso wenig.

»Du bekommst doch keine Panikattacke?«, flüsterte Gaylord besorgt.

»Ich fürchte schon«, hauchte Cecile.

»Dein Puls ist viel zu hoch, atme tief ein und dann langsam aus.«

Gaylords Rat war absoluter Bullshit! Das Gefühl, keinen Sauerstoff zu bekommen, wurde nur noch stärker. Aber immerhin lenkte es sie so weit ab, dass sie nicht hyperventilierte und verdächtige Geräusche von sich gab, als sie scheinbar den Zugang zum Vatikan passierten und sie harsche, fremde Stimmen hörte.

Als Jason nach endlos scheinenden Minuten endlich den Kofferraum öffnete, war sie bereit, alles zu gestehen, was sie jemals verbrochen hatte. Hauptsache, man sperrte sie nicht mehr in das Ding.

»Für die furchtlose Retterin in schimmernder Rüstung, die den holden Priester retten will, bist du ziemlich asthmatisch«, stellte Jason fest, reichte ihr die Hand und zog sie aus dem Wagen.

Sie hätte zu gern etwas höchst Beleidigendes erwidert, aber sie saugte momentan die Luft in die Lunge und damit war ihr Gehirn leider vollends ausgelastet.

»Lorenzo geht jemanden besuchen. Wir sind also ab jetzt auf uns gestellt«, sagte Jason.

»Viel Erfolg.« Lorenzo winkte ihnen mit Jasons Scheck zu, während er davonmarschierte.

Jason half Gaylord gleichfalls aus dem Wagen, allerdings schleuderte er diesen auf den Gehsteig. »Ups, tut mir leid«, sagte Jason lieblich und packte seinen Schwiegersohn am Kragen, um ihn auf die Beine zu ziehen. »Wo müssen wir lang?«

»Du musst in die Nekropole, links abbiegen, die nächste Weggabelung rechts, anschließend wieder links und immer gerade aus. Dann kommst du direkt in die Hölle«, fauchte Gaylord.

»Sollte mir das Höllenfeuer auch nur eine Haarspitze versengen, ist meine geliebte Tochter schneller trauernde Witwe, als du zwinkern kannst«, gab Jason eisig zurück.

Gaylord riss sich los und strich sein Hemd glatt. Er strafte Jason mit Nichtachtung und nickte in die Richtung eines schmucklosen Gebäudes mit brauner Fassade, hinter dem sich eine hohe weiße Kuppel vor dem Himmel abzeichnete. »Das kenne ich.«

»Wie unfassbar hilfreich«, knurrte Jason. »Das ist der Petersdom.«

»Von dir hat Pauline ihre Intelligenz schon mal nicht.« Gaylord schritt die Treppe des Hauses hinauf. Er lehnte sich gegen die Tür, und Cecile musste nicht hinsehen, um zu wissen, dass er mit seiner vampirischen Kraft das Schloss zerbrach. Gaylord lauschte einen Moment, bevor er ihnen winkte und zumindest Cecile und Linett ihm eilig folgten. Jason ließ sich wesentlich mehr Zeit, aber als Gaylord sie durch die Flure führte, hielt er sich knapp hinter ihnen.

Von außen hatte es wie ein normales Verwaltungsgebäude gewirkt, im Inneren offenbarten sich ihnen breite Flure, dunkle Holzverkleidungen, und an den Wänden hingen Gemälde in schweren Goldrahmen.

Einen Moment lang blieb Gaylord stehen und schien zu überlegen. Doch ehe sich in Cecile die absolute Hysterie breitmachen konnte, ging er weiter und lehnte sich gegen eine Tür. Er lauschte, bevor er sich ein wenig kräftiger dagegenstemmte. Das Schloss gab mit einem lauten Knacken nach, und sie schoben sich in den vollgestopften Raum. Es war tatsächlich die Kleiderkammer.

Lange Regale zogen sich durch den Raum, und bis obenhin stapelten sich Hemden, Talare, Scheitelkäppchen, Nonnenhabits und Schleier.

»Cecile sollte lieber die Tracht eines Priesters wählen, für eine Nonne wirkt sie eindeutig nicht fromm genug. Oder weiblich«, stichelte Jason.

»Vielen Dank«, zischte Cecile und marschierte demonstrativ zu den Nonnentrachten.

»Darf ich ein Bischof sein?«, fragte Linett.

»Nein!«, antworteten Gaylord und Jason synchron.

»Dann eben nicht« murrte Linett und stellte sich neben Cecile, um ein paar Kleidungsstücke anzuheben und nach der Größe zu suchen.

»Nimm lieber die Tracht einer Novizin«, riet ihr Gaylord. »Für eine Nonne wirkst du zu jung.«

»Danke«, erwiderte Linett erfreut, bevor sie Jason fixierte. »Hörst du das? So macht man Komplimente.«

Jason murmelte etwas, was sich gewaltig nach ›irgendwann steck ich diesem Bastard einen Pflock in seinen Hintern, damit sein Stock eine Verlängerung bekommt‹ anhörte. Es reagierte niemand darauf. Zum Glück. Denn sonst wären ihnen wohl die näher kommenden Schritte entgangen. Gaylord packte Linett und Cecile und zerrte sie hinter ein Regal, wo sie sich duckten. Jason hingegen wandte sich mit einem breiten Grinsen der Tür zu.

Ein schmächtiges Jüngelchen in der schwarzen Kluft eines einfachen Priesters stieß die Tür auf und blieb bei Jasons Anblick verblüfft stehen. »Wer sind Sie?«

»Der Klamotteninspektor«, erwiderte Jason, packte den Mann blitzschnell und donnerte ihn mit dem Kopf voran gegen die Wand. Er sackte in sich zusammen und landete bewusstlos auf dem Boden.

»Die Buße dafür wird mich bestimmt ein paar Tausend Euro kosten«, seufzte Jason, hob den Priester hoch und legte ihn auf den Kardinalsroben ab. »Andererseits … So nah wird der dem Posten nie wieder kommen.«

Eilig zogen sie sich um. Gaylord wählte die Tracht eines Priesters, während Jason das anzog, was er Linett verweigert hatte – die Robe eines Bischofs.

»Es ist ein Wunder, dass ihr nicht in Flammen aufgeht«, seufzte Cecile.

Gaylord kaufte sie der Pater ohne Weiteres ab. Jason hingegen grinste eindeutig zu viel.

»Priester lächeln milde«, behauptete Cecile, aber Jason ließ sich davon nicht abhalten.

»Du musst es ja wissen«, sagte dieser, kramte in den Untiefen seiner Soutane und holte sein Kraut hervor.

»Steck das Zeug weg«, befahl Gaylord. »Hier wird nicht gekifft.«

»Das behauptest du«, spottete Jason.

Linett hatte sich in das Gewand einer Novizin gezwängt und sah darin aus wie die katholische Variante eines Schulmädchens auf der Suche nach den ersten sexuellen Erfahrungen.

»Mach die Knöpfe zu«, befahl Cecile, und murrend knöpfte Linett ihren Ausschnitt wieder zu. Das rettete nicht sonderlich viel. Ihre Kurven waren zu unanständig, und die Kleidung saß zu eng. Ihre Handtasche, die der Ausbeulung nach zu urteilen, ihre Pfanne versteckte, passte ebenfalls nicht im Geringsten zu einer Nonnenanwärterin. Mist, verfluchter, sie hatten nicht genügend Zeit, um Linett noch mal umzuziehen. Gaylord starrte sie ebenso kritisch an, zuckte allerdings auch nur mit den Schultern. Jason öffnete die Tür, spähte nach draußen und winkte sie alle hinaus.

»Hast du eine Ahnung, wo wir hinmüssen?«, fragte Cecile.

Verdammte Hölle. Es wäre alles viel leichter, wenn sie Frédéric orten könnte. Es gelang ihr ja nicht einmal bei dieser verflixten Hazel. Der Vatikan brachte scheinbar sämtliche Schwingungen durcheinander.

»Ich dachte, du wärst ein professioneller Personenschützer«, blaffte Cecile Jason an. »Im Auffinden von Personen bist du einfach nur mies!«

»Wenn du mal den Mund halten könntest, wüssten wir es vielleicht bald«, stichelte Jason.

»Würdest du mal aufhören zu kiffen, wären wir womöglich

schon längst wieder auf dem Weg nach draußen«, fauchte Cecile.

»Seid leise«, zischte Gaylord. »Fliegen wir auf, sind wir alle dran. Der Vatikan ist eine wesenfreie Zone.«

»Du bist dir da ziemlich sicher«, stellte Jason fest. »Kriechst du nach all der Zeit immer noch im Hintern der Kirche rum oder woher weißt du das?«

»Wenn ich in einen Hintern kriechen wöllte, würde ich doch deinen nehmen«, zischte Gaylord. »Aber der ist mir zu unhygienisch.«

»Wie ich sehe, bist du bereit, alles für Pauline zu tun«, spottete Jason.

»Die würde dir genauso wenig in den Hintern kriechen, sondern ihn in die Luft sprengen«, knurrte Gaylord. »Genau genommen existieren dafür schon konkrete Pläne.«

»Wenn ihr euch nicht zusammenreißt, spreng ich euch beide weg«, giftete Cecile und fasste nach Linetts Hand. »Du wirst diesen Ausschnitt nicht wieder aufknöpfen!«

»Er drückt auf den Hals.«

»*Ich* drück dir gleich auf den Hals.«

»Als Nonne bist du ja noch untervögelter.«

Wie sehr würde es einen Gott verärgern, wenn man in seinem Allerheiligsten mehrere Morde verübte? Einfach nur so. Zum Spaß. Zum Abreagieren!

»Wir sollten uns aufteilen«, schlug Gaylord vor. »Jason und ich suchen in den vatikanischen Grotten und in der Nekropole. Ihr seht bei den Lagerhäusern nach.«

»Sehr schön«, murrte Linett. »Schickt die Frauen zu den Lagerhäusern und nicht zu den Gräbern. Das ist sexistisch.«

»Ist mir egal«, gab Gaylord zurück. »Aber Nonnen, die in Gräbern wühlen, sind wesentlich auffälliger als Priester, die das tun.«

»Wir müssen uns über die Frauenquote unterhalten.«

»Oh Gott«, sagte Jason und packte Gaylord am Arm. »Lass uns verschwinden. Von dem Vortrag bluten uns sonst die Ohren.«

Ach, wenn es darum ging, vor Linett zu flüchten, waren sich die beiden plötzlich einig. Es war erstaunlich, wie schnell sie um die Ecke bogen.

»So was nennt man Teambuilding«, verkündete Linett stolz und warf sich ihre Tasche mit der dumpf klingenden Pfanne über die Schulter. »Und jetzt suchen wir deinen Lover, äh, Priester.«

Langsam war Cecile egal, wie Linett ihn bezeichnete. Hauptsache, sie fanden ihn, bevor sie einen Nervenzusammenbruch bekam.

»Hazel!«, sagte er überrascht.

»Es war nicht unbedingt geplant, dich so wiederzusehen«, seufzte die Vampirin. »Obwohl tot zu sein jetzt nicht sooo schlecht ist. Genau genommen ist es recht angenehm. Man schlägt sich nicht mehr mit Vollidioten herum, muss sich keine Sorgen um die Zukunft der Welt machen, und es gibt keine Wohnung, die ständig gestaubsaugt werden muss.«

»Wie … nett«, gab Frédéric zurück.

»Du wirst es erleben.«

»Ich bin tot?«

»Nicht doch«, wehrte Hazel ab. »Aber du schrammst ziemlich knapp dran vorbei. Die Dornenkrone ist nicht gerade für ihre entspannende Wirkung bekannt.«

Nein, wirklich nicht. Es hatte sich wie ein verdammtes Kraftwerk angefühlt.

»Ich bin dir im Übrigen eine Erklärung schuldig«, unterbrach Hazel seine Gedanken. »Und deine Ohnmacht können wir nutzen, solange sie andauert.«

»Ich habe ohnehin nichts Besseres zu tun«, seufzte Frédéric. »Was willst du mir sagen?«

»Nun, zuerst müsste ich dir wohl verraten, wie du den schützenden Bann über dem Pontifex aufheben kannst, damit Salvatore endlich aufhört zu nörgeln und ihn einfach umnietet. Das ist nämlich der Sinn, warum du die Dornenkrone überhaupt trägst«, sinnierte Hazel. »Aber Pech für die Idioten, dass ich deine Leitung zum Übernatürlichen besetze und nicht so ein verräterischer Mistsack bin, der denen hilft, den Papst umzubringen und …«

»Bitte komm endlich zum Punkt«, flehte Frédéric. Den Vortrag hielt er mit seinem schmerzenden Kopf nicht aus. Obwohl er im Moment eigentlich überhaupt keine Schmerzen fühlte. Es war alles luftig und sorgenfrei, und trotzdem wurde er das Gefühl nicht los, gleich komplett wahnsinnig zu werden.

»Gut, kommen wir zum ersten Punkt: Der Papst kann nur getötet werden, wenn du den Bann aufhebst.«

»Das kann ich nicht.«

»Doch, könntest du, denn deine Vorfahren haben ihn erschaffen.«

»Was?«

»Damit kommen wir zu Punkt zwei«, erläuterte Hazel vergnügt. »Die dritte Prophezeiung von Fatima bezieht sich meiner Meinung nach nicht auf Johannes Paul II, sondern auf das jetzt und heute.«

Frédéric stöhnte auf. »Dann stirbt der Papst inmitten von brennenden Pfeilen und Gewehren?«

Hazel legte den Kopf schief und lächelte ihn so süß an, wie sie es in dem Bordell getan hatte. »Es gibt eine vierte Prophezeiung. Genau genommen gibt es insgesamt sieben, die anderen spielen allerdings keine Rolle.«

Ganz toll. Bis er in der nächsten Misere landete, die ausgerechnet Maria irgendwelchen Hirtenkindern vorausgesagt hatte. »Wie lautet die Prophezeiung?«, fragte Frédéric vorsichtig. Er war sich ziemlich sicher, dass er es überhaupt nicht wissen wollte, aber zum Teufel, tiefer konnte er kaum im Pech versinken, oder?

»Dass ein Priester, dem es nicht möglich ist, das Kreuz und die Bibel zu ertragen, die Welt rettet«, verkündete Hazel strahlend, und als er sie fassungslos anstarrte, zuckte sie die Schultern. »Ein Priester, nicht in der Lage, Kreuze und Bibeln zu berühren, Prophezeiungen stehen auf solche Widersprüche. Sie übertreiben auch ein wenig. Ich gehe weniger von der Weltrettung aus, als einfach von der des Papstes. Der Wortlaut ist etwas umständlicher, deswegen ist das meine Interpretation. Im Grunde heißt es, dass der abtrünnige Priester den Ausschlag gibt, ob die dritte Prophezeiung wahr wird oder nicht. Deswegen konnte ich dich nicht in der Kirche wegfangen, du warst nämlich noch keineswegs gefallen. Und meinen Versuch, dich zum Sündigen zu verleiten, hast du ja nicht sonderlich souverän weggesteckt. Ich wette, selbst die Jungfrau Maria wäre begeisterter gewesen als du.«

»In der Kirche ist mir eine Bibel in den Händen verbrannt«, wandte Frédéric ein.

Hazel seufzte. »Hätte ich das gewusst, hätte ich dich vielleicht wirklich schon mitgenommen. Aber letztendlich gibt es kaum einen besseren Fall für einen Priester als den Bruch des Zölibats. Sicher ist sicher.«

Wunderbar. Sie hatte also gewartet, dass er auf ganzer Linie versagte. »Warum hast du all das nicht vorher verhindert?«

»Bin ich deine Gouvernante?«, fragte Hazel pikiert.

»Nein«, rief Frédéric aus. »Ist dir nicht in den Sinn gekommen:

kein gefallener Priester, keine dritte Prophezeiung?«

»Ich fürchte, so funktioniert das nicht. Du hättest auf Dauer sowieso nicht die Finger von Cecile lassen können. Egal, wie langweilig dein Leben geblieben wäre.« Hazel schüttelte den Kopf, und warum auch immer tanzten Lichtfunken um sie herum. Sie setzten sich in ihre Haare. Wenn die jetzt einen Heiligenschein bildeten, ging er sofort in Rente. Wie viele infame Unterstellungen musste er sich noch anhören?

»Warum hast du Bernier getötet?«, forschte er.

»Er war auf der Suche nach dir.«

»Das rechtfertigt natürlich die Todesstrafe«, ätzte Frédéric.

»Denk doch mit«, mahnte Hazel. »Er hat dich gesucht, weil deine Macht ebenso nutzen wollte wie Salvatore. Dennoch wollte er nicht mit Venturo zusammenarbeiten. Die Idee, dass du helfen könntest, den Papst zu töten, gefiel ihm hingegen außerordentlich gut. Er wollte nämlich selbst den Stuhl einnehmen.«

»Also hast du ihn umgebracht.«

»Ich töte jeden, der den Papst bedroht«, gab Hazel zurück. »Erst recht einen wie diesen. Es wird Zeit, dass mal jemand aufräumt. Und bei Gott, die sollen sich nicht so anstellen. Es wäre nur gerecht, wenn er sie alle nackt vor die Stadttore jagt. Tut er das? Nein. Er reformiert, doch zu ihrem Glück behält er auch den Ruf der Kirche im Auge und macht es eher unauffällig. Außerdem mag ich ihn. Ich kenne ihn seit seinen sehr frühen Jahren. Ich habe ihn schon immer besser beschützt als die bestechlichen Schwächlinge von der Leibgarde.«

»Du bist tot«, rief Frédéric aus. Wie zum Teufel wollte sie aus dem Jenseits jemanden beschützen? Wollte sie dem Pontifex als Geist hinterherschweben und seine Gegner zur Mitternacht mit einem ›Buh‹ aus dem Schlaf spuken?

»Ich sagte doch, das war nicht einkalkuliert«, fauchte Hazel.

»Und gern geschehen, dass ich einen deiner Feinde eliminiert habe, damit er dich nicht in deiner unsäglichen Nostalgie wegen alter Zeiten manipuliert. Denn genau das hat er versucht! Jetzt hast du nur noch Venturo und Salvatore.«

»Da wäre mir Bernier lieber gewesen«, blaffte Frédéric. Pah, sollte sie denken, er wäre undankbar!

»Wer ist gefährlicher?«, fragte Hazel. »Der Feind, den du als Feind erkennst, oder den du für einen Freund hältst? Die Prophezeiungen hat Bernier nicht hinterlegt – er hat dich angelogen! Er hätte Salvatore selbst zum Leben erweckt, wenn du ihm nicht zuvorgekommen wärst!«

»Woher willst du das wissen?«, murrte Frédéric. Zum Teufel, er hasste es – aber sie hatte recht. Er hatte Cecile nicht hören wollen, als sie angedeutet hatte, Bernier stünde auf der falschen Seite, und jetzt sagte ihm das tote Weibsbild nichts anderes, als dass Cecile recht hatte.

»Weil *ich* die Prophezeiung dorthin gelegt habe«, gab Hazel zurück. »Vor vielen Jahren. Im Falle, ich sterbe vor dem Zeitpunkt, an dem Salvatore wieder aufersteht.«

»Woher weißt du das eigentlich alles?«, beharrte Frédéric.

Hazel verzog die Lippen zu einem süßen Lächeln und riss die Augen auf, sodass sie wieder fürchterlich naiv wirkte. »Weil ich nicht nur eine dumme kleine Nutte bin.«

»Das ist keine Antwort.«

»Es ist die einzige, die du bekommst.«

Frédéric knirschte unweigerlich mit den Zähnen. Schön, sie wollte es ihm nicht sagen. Entweder, weil sie ihm nicht traute oder einfach, weil sie ein launisches Miststück war, das selbst vom Tode aus noch ihr eigenes Spiel trieb.

»Kümmere dich um die beiden«, befahl Hazel. »Oder ich lauere dir in jedem Traum auf und verstöre dich so, dass du dir freiwillig den Strick nimmst.«

»Und du fragst dich, warum ich im Beichtstuhl nicht von dir begeistert war«, knurrte Frédéric. »Was soll ich mit den beiden machen? Ihnen Lieder vorsingen, damit sie vergessen, was sie vorhaben?«

»In Zeiten wie jenen musst du dich entscheiden – entweder du hebst den Bann auf und stellst dich gegen den Papst. Oder du verstärkst ihn.«

»Ich kann ihn verstärken?«

Hazel grinste breit. »Du kannst den Pennern so richtig die Tour versauen. Du musst nur herausfinden wie.«

Und da fing das Problem wieder an. Er wusste nicht wie! Von den vielen Fakten schwirrte ihm der Kopf. Wie sollte da jemand mitkommen? Okay, das Meiste hatte er verstanden. Der Papst hatte zu viele Feinde, und jeder in höherer Position schien von Salvatore gewusst zu haben. Und von seinem Zweck, wie dieser so schön sagen würde.

»Du kannst mir nicht zufällig verraten, wie ich den Bann verstärke?«, forschte Frédéric, und Hazel lächelte.

»Mit Liebe, mein Freund. Mit sehr viel Liebe. Für dich, für deinen Gott, deinen Papst und für eine gewisse Hexe. Denk an all die Liebe, die du empfindest.« Sie kicherte leise. »Ich weiß, für einen Griesgram wie dich gar nicht so leicht.«

Hé, das wollte er sich verbitten! Gerade wollte er eben genau das auch verbal tun, da löste sich Hazel in tausend Funken auf. Sie machte im Ernst einfach nur ›puff‹, verwandelte sich in ein mickriges Feuerwerk und ließ ihn völlig planlos zurück. Die gnädige Ohnmacht schien damit vorbei zu sein, denn zunehmend schob sich der Schmerz erneut in Frédérics Bewusstsein. Er erwachte mit einem Ruck, holte rasselnd Luft, und der Kerker nahm wieder Gestalt vor seinen Augen an. Er sah noch, wie

Venturo und Salvatore auf ihn herabstarrten, als die Tür aufflog und gegen die dahinterliegende Wand knallte.

Zwei Männer stürmten in den Raum, doch sie bewegten sich so schnell, dass Frédéric sie nicht genau erkennen konnte. Salvatore geriet unter ihrer Wucht ins Wanken, schlug blindlings um sich, und ein lautes ›Au, verflucht!‹ ertönte. Die Stimme kannte er! Gaylord? Der andere viel zu schnelle Schatten packte Venturo und schleuderte ihn über das Weihwasserbecken hinweg.

Salvatore machte einen Satz auf Frédéric zu und zerrte ihn an den Ketten nach oben wie eine Marionette. Frédéric verlor den Halt unter den Füßen und fühlte sich vorwärts gestoßen. Er sah den hölzernen Tisch mit den Dornen immer näher kommen. ›Das wird gleich ziemlich wehtun‹, war das Einzige, das ihm dazu einfiel. Er rechnete mit unmenschlichem Schmerz, da packte ihn jemand um die Taille und riss ihn weg. Sie krachten zu Boden, und er sah über sich ein Kinn mit rotblonden Haarstoppeln. Jason!

»Wenn Sie jetzt sagen, Sie freuen sich nicht, mich zu sehen, bin ich ernsthaft beleidigt«, sagte der Vampir und wurde prompt im nächsten Moment herumgewirbelt. Salvatore warf ihn gegen eine Wand wie einen Frosch, und selbst Frédéric hörte das Brechen diverser Knochen, das nicht einmal Jasons Stöhnen übertönen konnte.

Venturo setzte sich gegen Gaylord zur Wehr, überschüttete ihn mit dem Weihwasser, und Gaylord wich fluchend zurück. Dort, wo das Wasser ihn traf, ätzte es die Haut entweder wie Säure ganz weg oder ließ sie eiternde Blasen werfen.

»Also hier ist schon mal kein Frédéric«, seufzte Linett. »Wenn sie ihn nicht gerade geknebelt haben, würden wir ihn fluchen hören.«

Oh, das würden sie definitiv, sofern er noch zum Fluchen in der Lage war! Aber warum sollten sie ihn herbringen, wenn sie ihn töten wollten? Gott, verdammt, es war ja nur Jason, der vermutete, dass Frédéric hier war. Wahrscheinlich suchten sie an der völlig falschen Stelle!

»Tu untertänig und gottesgläubig und so«, zischte Linett plötzlich, und Cecile sah auf. Zwei Priester kamen ihnen entgegen, mit den finstersten Gesichtsausdrücken, die ein Mensch zustande bringen konnte.

Ähm, wie verhielten sich Nonnen, wenn sie Priestern begegneten? Linett verschränkte die Finger vor ihrem Bauch und sah aus, als sei sie wieder schwanger und müsste ihre Babykugel halten. Dabei starrte sie äußerst fasziniert auf die Bodenmarmorfliesen. Cecile fiel nichts Besseres ein, als es ihr gleichzutun, und sie setzten sich in Bewegung. Beschäftigt auszusehen oder als hätte man es furchtbar eilig zog doch immer.

Aber die Männer liefen nicht etwa an ihnen vorbei, sondern geradewegs auf sie zu. Wollten die, dass ihnen die Frauen aus dem Weg gingen? Cecile warf einen schnellen Blick in ihre Gesichter. Nein, die fixierten sie und Linett und schienen ganz genau zu wissen, auf wen sie da zusteuerten.

Sie waren aufgeflogen!

»Heiliger Kuhmist«, fluchte Linett. »Dabei sehen wir so überzeugend aus.« Sie ließ die Tasche von ihrer Schulter gleiten, fasste hinein und kaum, dass der größere der Priester auf sie losstürzte, hatte sie schon die Pfanne in der Hand und hieb ihm gegen das Knie.

Cecile verpasste ihrem Gegner hingegen einen Schlag ins Gesicht. Zumindest hatte sie das beabsichtigt. Aber zwischen Zielen und Treffen gab es immer noch einen langen Weg, auf dem sich jemand wegducken konnte. Oder auch nur ihre Faust einfangen, so wie er es tat.

Während Linett ihren Gegner unter dem dumpfen Dröhnen ihrer Pfanne wie ein Schnitzel zu klopfen schien, hielt Cecile mit dem Kerl, der sie packen wollte, einen regelrechten Indianertanz ab. Wenn es innerhalb der nächsten zehn Minuten zu regnen begann, lag das eindeutig an ihnen.

Immer wieder wich sie ihm aus, landete aber keinen einzigen Treffer, um ihn endgültig abzuschütteln. Mal sehen, was er von netten Muskelkrämpfen hielt. Denn ebenjene würde ihr Zauber verursachen, den sie ihm hineinjagte, als sie seinen Arm packte.

Allerdings schien ihre Magie durch ihn hindurch zu gehen, wie Strom durch einen geerdeten Menschen. Obwohl, nein, sie verschwand nicht im Boden. Sie bündelte sich in dem Kreuz, das auf der Brust des Priesters wippte, ließ es rot aufglühen, und in der nächsten Sekunde wandte sich ihr eigener Zauber gegen sie. Er kehrte zurück in Ceciles Körper, und sie stöhnte gepeinigt.

Verfluchter Mist, das war unfair! Langsam ging ihr die Macht des Vatikans und irgendwelcher Reliquien gewaltig auf den Zünder. Verdammte Axt. Sie hasste es, wenn Jason recht hatte.

Sie hätte seine Mahnungen, sich nicht auf ihre Magie zu verlassen, beherzigen müssen und seine Angebote, ihr Selbstverteidigung beizubringen, annehmen sollen. Er hätte zwar von einer Stunde Unterricht fünfzig Minuten gelacht, aber mit Sicherheit hätte sie in den restlichen zehn Minuten etwas gelernt, mit dem sie den Bastard umhauen könnte! Sonderlich geschickt schien auch er nicht zu sein. Er packte ihr Handgelenk, wollte es auf ihren Rücken zwingen, da trat sie ihm mit Schmackes auf den großen Zeh. Sein Gejaule klang nach einem eingewachsenen Zehennagel. Im nächsten Moment warf er sich plötzlich mit seinem vollen Gewicht auf sie. Sie wollte ausweichen, doch sie prallte an einer Tür ab. Merde, sie hatte nicht aufgepasst! Bevor sie die Klinke finden und herunterdrücken konnte, schlang er von hinten bereits die Arme um sie und zerrte sie weg. Sie stemmte sich gegen ihn und versuchte, ihn aus dem Gleichgewicht zu bringen. Ihr Ellenbogen bekam nicht genug Spielraum, um ihm diesen in den Magen zu rammen. Sie stupste höchstens ein wenig seine Rippen an, wenn überhaupt. Im Augenwinkel sah sie Linett, die ihren Gegner an der Schulter traf.

»Du bist wohl einer von denen, die nicht totzukriegen sind?«, fauchte Jasons Assistentin.

Erneut warf sich Cecile gegen den Priester, der sie festhielt, aber der keuchte nur und packte sie noch fester. Schön, dann eben anders! Sie konzentrierte sich auf die Bilder, die an den Wänden hingen. Sie schickte ihre Magie in die Wände, in die Gemälde und befahl ihnen, sich von der Wand zu lösen. Sie wackelten an ihren Befestigungen und zerrten daran. Cecile seufzte erleichtert, als sich das erste Gemälde löste und direkt auf Linetts Angreifer losschoss. Er griff gerade nach ihr, als der Rahmen ihn seitlich am Kopf traf und anschließend mit voller Wucht durch das Fenster jagte. Ha, indirekte Magie schienen ihre Kreuze nicht abhalten zu können! Linett gelang es, sich aus seiner Umklammerung zu winden, und mit einem dumpfen ›Dong‹ donnerte die Pfanne gegen seinen Schädel. Stöhnend sackte er auf den Boden, allerdings schaffte er es, Linetts Knie einen Tritt zu versetzen und sie zu Fall zu bringen. Die Pfanne fiel ihr aus der Hand und polterte über den glatten Boden.

Cecile bäumte sich im Griff ihres Häschers auf und trat ihm mit voller Kraft ein weiteres Mal auf den Fuß. Er knurrte, doch er ließ sie nicht los. Stattdessen schien er sie an der Wand mit seinem Gewicht zerdrücken zu wollen. Während sich Linett aufrappelte und zu ihrer Pfanne taumelte, konzentrierte sich Cecile auf das nächste Bild. Aber zum Teufel, war das angeschraubt? Ihre mentale Kraft zerrte daran.

Stimmengewirr lenkte ihre Aufmerksamkeit auf einen Pulk Männer in Uniformen.

»*Gendarmeria*. Hierher. Sie sind Einbrecherinnen«, rief der Kerl, der mit Cecile rang.

Verflucht. Das lief überhaupt nicht so, wie es sollte! Nicht im Geringsten!

Die waren eindeutig in der Überzahl. So viele Bilder gab es hier nicht, und so viel Konzentration besaß sie auch nicht. Sie war noch nie eine Hexe gewesen, deren Macht man bei einem Kampf einsetzen konnte, doch jetzt versagte sie auf sämtlichen Ebenen.

»Lauf«, rief sie Linett zu.

Sie würde nie wieder etwas an Linett kritisieren. Das kluge Mädchen ließ sich das nämlich nicht zweimal sagen. Sie bockte nicht heroisch, Cecile nicht im Stich lassen zu wollen. Sie tat das einzig Richtige. Sie wirbelte herum, duckte sich unter den Händen des Priesters hinweg und rannte, als wäre der Teufel persönlich hinter ihr her. Hoffentlich fand sie Gaylord und Jason. Für einen Moment war sie tatsächlich versucht, darum zu beten. Zum Glück ließ sie es. Denn da oben hatte jemand einen ausgesprochen schlechten Humor!

»Verfolgen Sie die Novizin«, befahl einer der Priester, die sich mit ihrem vollen Gewicht an Cecile hängten. »Wir kümmern uns um sie.«

Die meisten Polizisten folgten seinem Befehl, vier blieben jedoch stehen und waren offenkundig der Meinung, ihnen helfen zu müssen. Cecile verstand kein Wort von der Diskussion, die sie auf Italienisch führten. Die Kerle zogen erst ab, als die beiden Priester vor Wut puterrot anliefen und sie anbrüllten, dass das verflixte Gemälde, das sich eben noch gegen ihren Zauber gewehrt hatte, von selbst von der Wand fiel.

Leider wichen sie ihm aus, als Cecile es auf sie zufliegen ließ. Ihr Lohn bestand in einer Ohrfeige und in einem Metalldraht, den sie um sie wickelten. Er besaß Stacheln, die sich in ihre Haut bohrten, aber das Schlimmste war: Das Zeug hemmte ihre Magie. Sie konnte nicht mehr zaubern! Es bildete eine Barriere um sie, die sie einfach nicht durchbrechen konnte. Sie versuchte es immer wieder, als die Priester sie eine steinerne Treppe hinunterzerrten, hinab in den Keller. Der Weinkeller war es garantiert nicht. Eine Vermutung, die sich bestätigte, als sie eine schwere Tür aufstießen. Nein, das sah eher nach der Folterkammer aus! Oder spielten die in ihrer Freizeit Fakir und schliefen auf dornenbesetzten Tischen? Ceciles Blick schweifte weiter, und was sie sah, zog ihr das Herz zusammen. Frédéric lag bewusstlos auf dem Boden, dafür waren Jason und Gaylord hier. Nur schienen sie die Situation keineswegs so souverän im Griff zu haben, wie Cecile es gern hätte.

Jason scheiterte an Salvatores Kraft wie schon auf dem Platz vor Notre-Dame. Sein Gesicht war zerschlagen, aus seiner Nase rann Blut. Gaylord hingegen wand sich unter den Schmerzen, die ihm offensichtlich Weihwasser zufügte. Immer wieder schöpfte Venturo Wasser aus einem Becken und schüttete es über den Vampir.

Als er Cecile erblickte, hielt er inne und brüllte: »Keiner rührt sich oder das Hexenweib stirbt!«

Jason steckte einen letzten Hieb von Salvatore ein, der ihn in Richtung Gaylord katapultierte. »Als ob die wirklich noch ein Druckmittel bräuchten«, brummte Jason und ließ sich neben Gaylord auf die Knie sinken. »Du sahst auch schon mal hübscher aus«, murmelte er schwach und lehnte sich gegen die Mauer. »So wird dich Pauline keineswegs heiraten.«

»Das sollte dir ja nur entgegenkommen«, ächzte Gaylord.

Venturo zog eine Pistole aus seiner Soutane und richtete sie auf Gaylord.

»Sind da wenigstens Holzbolzen drin?«, fragte Jason schwach.

»Natürlich!«

»Bei euch Idioten weiß man nie, ob ihr mitdenkt.«

»Ehe wir hier das Zeitliche segnen, sollte ich dir unbedingt noch etwas sagen«, stöhnte Gaylord.

»Ja, ja, du hasst mich. Ich hasse dich. Ich denke nicht, dass wir uns unsere gegenseitige Abneigung erklären müssen, bevor wir gemeinsam in die Hölle gehen.«

»Eigentlich wollte ich sagen, dass Pauline schwanger ist.«

»*Was?*«

Jason kam mit einem überraschend kräftigen Satz auf die Beine. Just in dem Moment, als Venturo auf Gaylords Brust zielte, hechtete Jason in die Schusslinie und taumelte augenblicklich zurück. Er griff sich an die Brust, dort wo sein untotes Herz saß, und brach über Gaylords Beinen zusammen. Sofort zerriss der nächste Schuss die Stille. Er traf Gaylord an der gleichen Stelle. Für Cecile war es, als würde die Welt mit einem Ruck in Scherben brechen. Wenn ein Vampir eines nicht überlebte, dann waren es Holzkugeln ins Herz. Das war die elegante Version des Pflocks, allerdings nicht weniger tödlich.

Plötzlich tat ihr alles weh. Ihre Knochen, ihr Kopf, ihr Herz. Das konnte nicht sein! Das war nur ein Scherz, oder? Die waren doch nicht wirklich tot?

Salvatore stieß mit dem Fuß gegen Jason und wälzte ihn herum. Aber Venturo hatte dort genauso ins Schwarze getroffen wie bei Gaylord. Aus dem Loch rann ein wenig rote Flüssigkeit. Das, was sonst einen Vampir am Leben erhielt – Blut.

Kapitel 24

Von der Liebe und grünen Daumen

Warum musste ihm ständig jemand etwas über den Schädel ziehen? Linett hatte er noch verstanden, schließlich hatte er kurz davor gestanden, eine Straße in die Luft zu sprengen, doch alle weiteren Male waren schlichtweg unnötig gewesen. Was konnte er schon gegen die Kraft eines Vampirs ausrichten?

Er hatte seine Magie nicht unter Kontrolle, und seine Kickboxer-Zeiten waren nicht nur lange vergangen, genau genommen hatten sie nie existiert. Fahrradfahren brachte einem eindeutig keinen Vorteil, wenn es um das nackte Leben ging.

Ein Tritt in die Rippen katapultierte ihn aus dem Dämmer seiner wütenden Gedanken zurück in die Realität. Der Schmerz zog durch seine Brust und ließ ihn stöhnen. Er wurde herumgezerrt, und der Dornenkranz rutschte von seinem Kopf. Die bisher losen Ketten an seinen Handgelenken wickelte Salvatore um seine Arme und seinen Oberkörper, bis sie ihm fest ins Fleisch schnürten. Als er die Augen öffnete, sah er einen verschwommenen Umriss, der so gar nicht zu dem bulligen Salvatore oder dem schwarz-rot gewandeten Kardinal passen wollte. Nein, dieser hier besaß eindeutig weibliche Kurven und zu lange Haare. Oh, das war Cecile.

Sie sah fürchterlich verhärmt aus und hing mehr im Griff eines Priesters, als dass sie stand. Jener Pater blutete aus einer Wunde an seiner Augenbraue, aus der Nase, und seine Lippe war aufgeplatzt. Er sah aus, als hätte er zu innig eine Litfaßsäule umarmt.

Cecile presste die Lippen aufeinander, und mit einem Mal machte sie einen Satz vorwärts, auf Venturo zu. »Das wirst du büßen«, fauchte sie, aber bevor sie nach ihm ausholen konnte, klammerte sich der lädierte Priester an sie, als müsste er einen

Bären bändigen. Dabei war Cecile mit dünnen Ketten umwickelt wie mancher Weihnachtsbaum mit Girlanden.

»Sie sind Kreaturen der Finsternis«, schnaubte Venturo. »Genau wie ihr. Hexen, Ausgeburten der Hölle, Verbündete des Teufels und ...«

»Ich muss doch sehr bitten«, knurrte Cecile. »Sie kriechen hier dem Teufel bis zum Anschlag in den Hintern.«

»Schweig.«

»Ich wüsste nicht wieso«, blaffte Cecile. »Das ist Rufmord, Freiheitsberaubung, Körperverletzung und Mord! Wenn hier jemand dem Teufel die Ghetto-Faust reicht, dann Sie!«

Frédérics Blick fiel endlich auf die zwei regungslosen Gestalten auf dem Boden. Oh, bitte nicht. Der eine sah gewaltig nach Gaylord aus, und der andere grinste üblicherweise. Warum tat er es jetzt nicht? Verfluchte Hölle. Warum lag Jason lediglich herum? Seinetwegen sollte der Vampir noch vierhundert Jahre lang Bordelle betreiben, solange er sie hier rausholte! Hatten die Bastarde sie betäubt? Oder gar Schlimmeres? Fragend sah Frédéric zu Cecile, und er sah Tränen in ihren Augen glitzern. Es waren hoffentlich Tränen der Wut! Als sie ihren Blick ihm zuwandte, sah er den Schmerz darin, und sein Herz krampfte sich zusammen. Gütiger Himmel. Die hatten die zwei Vampire nicht nur betäubt. Das war nicht wahr, oder? Jason sollte ernsthaft nie wieder dämlich grinsen oder seine verflixten Joints anzünden? Einfach so? Gott steh ihnen bei, so schnell zerschlug sich ein Hoffnungsschimmer. Genau genommen krümmte sich jegliche Hoffnung in Frédéric gerade in Embryonalstellung zusammen und nuckelte am Daumen. Doch zu der Verzweiflung der Aussichtslosigkeit ihrer Lage, gesellte sich noch ein anderes Gefühl. Das tiefschwarze, bittere Schuldgefühl. Das alles war seine verdammte Schuld. Hätte er bloß nie Ceciles Haus verlassen. Wäre er nur nie

Priester geworden, elender Mist! Bereits da lag schon der Fehler im System!

»Wir haben genug Zeit vergeudet«, schnarrte Venturo. Er bückte sich nach der Dornenkrone, hob sie auf und drehte sie zwischen den Händen. »Ziehen wir die unfreundlicheren Saiten auf.«

Die unfreundlicheren? Was hatte er bis jetzt getan? Eine Kuschelparty veranstaltet?

Ceciles Häscher zerrte sie zur Tür hinaus, während Salvatore Frédéric am Kragen packte und ebenfalls mit sich zog. Sie schleiften sie einen langen, feuchten Gang entlang. Das Wasser tropfte von den Wänden, und Frédéric fröstelte.

»Es wird gleich wärmer«, höhnte Venturo.

Frédéric hatte ein mieses Gefühl, ein sehr mieses. Es übertrumpfte sogar jeden Magenschmerz, den er empfand, seit er das erste Mal auf Venturo getroffen war. Das würde nicht gut für sie ausgehen, egal, was sie anstellten.

Sie blieben in den unterirdischen Kellern und landeten schließlich in einem weiten, gemauerten Raum, der sich nach oben hin wie zu einem Kamin öffnete. Frédéric spürte einen Luftzug. Durch den Schacht ging es nach draußen! Wenn ihnen allerdings nicht spontan Flügel wuchsen, nützte ihnen das auch nichts.

Im Abstand weniger Meter standen dort zwei Podeste, aufgebaut aus ordentlich gestapeltem Holz. Jeweils in der Mitte ragte ein Pfahl aufrecht empor, und Venturo nickte dem Priester zu. Dieser zerrte Cecile zu dem linken Stapel. Für einen Moment gelang es ihr, sich ihm zu entwinden. Blitzschnell trat sie ihm in seinen, äh, heiligen Glockenturm. Aber entweder waren die zur Inventur oder die Nervenstränge waren vor Langeweile abgestorben. Jedenfalls brach er nicht mit schmerzverzerrtem Gesicht zusammen, so wie es mit Sicherheit Ceciles Plan gewesen war.

Seine Antwort bestand in einer schallenden Ohrfeige. Mit einer solchen Wucht, dass sie gegen die Wand taumelte. Die Steine schrammten ihre Haut auf, als sie zu Boden rutschte. Der Priester zog sie ungerührt nach oben, hob die zappelnde Hexe auf und setzte sie einfach auf den Holzstapel.

»Lasst die Finger von ihr«, fauchte Frédéric. »Glaubst du wirklich, deswegen fällt mir schneller ein, was ich nicht weiß?«

»Das Dumme ist, dass ich dir nicht glaube«, knurrte Venturo. »Solltest du nicht lügen, so wird Gott ihre Seele sicherlich in Gnaden aufnehmen. Doch vielmehr erwarte ich, dass dir dennoch etwas einfällt. Schließlich ist mindestens dein Leib ihr zugetan.«

»Der Kerl hat uns bespannt?«, fragte Cecile entsetzt.

»Nein«, stöhnte Frédéric. »Genau genommen hat uns Hazel verpetzt.« Gefallener Priester, pah. Sie hätte Salvatore auch gleich ein Video seiner Schandtaten übergeben können.

»Sie bezeugte, wie ein Priester seinen Schwur brach«, höhnte Salvatore. »Nun wird er am Tod des Papstes mitwirken.«

»Du glaubst hoffentlich nicht, dass du den Platz auf dem Petrusstuhl einnehmen wirst«, ätzte Frédéric. »Sobald du den Weg freigeräumt hast, wirst *du* aus selbigem geschafft!«

»Ich werde mein Leben in dieser Welt weiterführen, während es der Hexe nicht mehr vergönnt sein wird.« Salvatore packte Frédéric unter den Armen und warf ihn auf das nächste Podest. Fluchend wälzte sich Frédéric auf den Holzbohlen herum und stemmte sich auf die Knie. Fassungslos sah er zu, wie Salvatore auf Venturos Wink Cecile an den Haaren packte, zu dem Pfahl zerrte und sie daran festband. Venturo hingegen zündete ernsthaft mit einem Feuerzeug eine Fackel an. Wozu er die brauchte, musste Frédéric keiner erklären. Der wollte ein Lagerfeuer machen. Merde, ihm musste schleunigst etwas einfallen! Am besten noch irgendwas Kluges!

»Hören Sie auf«, donnerte Frédéric. »Ich breche den Bann um den Papst!«

Ihr schwindelte vor Schmerz. Das hielt doch niemand im Kopf aus. Sie hatte bereits vieles erlebt, aber das hier sprengte alles Dagewesene. Hätte sie in einer Vision diese Zukunft für sich selbst gesehen, wäre sie auf die Kanaren ausgewandert und hätte sich in einem Haus verschanzt. Die Natur wusste schon, warum ihre hellsichtigen Hexen nichts über ihre eigene Zukunft erfuhren. Dabei hätte genau das sie davon abgehalten, nicht alles falsch zu machen. Sie hatte es vermasselt, und Frédéric musste es ausbaden. Er versprach dem Bastard Dinge, die er nicht einhalten konnte.

Den Bann um den Papst brechen? Den gab es bestimmt nicht erst seit gestern. Wie sollte man einfach mal einen Jahrhunderte alten Bann loswerden? Das ging nicht! Das schaffte höchstens ein Zirkel! Und hier war kein Zirkel. Dafür fehlten noch exakt zehn Magier und Hexen.

Aber Frédéric könnte denen gerade einen Weihnachtsmann persönlich versprechen, es war Cecile egal. Hauptsache, die schlugen sie nicht mehr. Ihre Gedanken huschten immer wieder zu Jason und Gaylord zurück. Ob die im Jenseits warteten, bis Cecile endlich auf den ersten Rauchschwaden angeritten kam? Denn darauf würde es hinauslaufen. Die Ketten unterbanden ihre Magie, und die Widerhaken jagten ihr unzählige Schmerzensstiche durch ihre Nervenbahnen. Zu allem Überfluss roch es bereits nach Rauch.

Feuer hob den letzten Fluch auf. Das wusste seit der Inquisition jedes Kind, und leider hatten die hier in der Schule nicht gefehlt. Die wollten ihr die Hölle heiß machen, buchstäblich. Jetzt hätte sie wirklich nicht das Geringste gegen eine Rettung einzuwenden. Ob Linett es zu Lorenzo geschafft hatte? War es ihr gelungen, Hilfe zu holen? Oder hoffte sie, dass Jason und Gaylord die Lage retten würden? Himmel, die konnten überhaupt nichts mehr zum Guten wenden. Sie hatten ja noch nicht mal sich selbst retten können.

Kurzum: Es gab keinen besseren Zeitpunkt, alles zu bedauern. Und sie bereute es inbrünstig. Sie hätte sich niemals so in Frédérics Leben einmischen dürfen. Sie hatte wirklich gehofft, sie käme näher an ihn heran, wenn er erst einmal einsah, dass er so war wie sie. Magisch. Hatte sie prima gemacht. Statt der Erfüllung einer Liebelei bekam sie nun den Tod. Sie hatte den womöglich verdient, aber Frédéric doch nicht. Sie hätte niemals mit Gewalt lösen dürfen, was er so leidenschaftlich in sich verschlossen hatte. Dann hätte er Salvatore nicht erweckt. Obwohl … vielleicht hätte es jemand anders getan. Ach, verflucht, war das kompliziert.

»Brich endlich den Fluch«, verlangte Venturo. In seinen Augen glomm die blanke Gier auf, und Frédéric schauderte es unweigerlich. Wenn das Böse eine Gestalt hatte, wohnte es definitiv in Venturo. Fehlte nur noch, dass dessen Iriden anfingen, wie rote Kohlen zu glühen. Obwohl … Das war ja eher eine Nummer für Vampire.

»Lasst sie gehen, dann helfe ich euch«, beharrte Frédéric.

Nun, was sollte er sagen? Seine Ausgangsposition war mehr als schlecht. Er fror, er war ratlos, und Cecile saß auf einem Holzstapel, während Venturo mit der Fackel in der Hand aussah wie ein entarteter Kerzenhalter.

Venturo reichte Salvatore die Fackel, und mit einem breiten, triumphierenden Grinsen stapfte der Vampir damit auf Ceciles Holzhaufen zu. Venturo hingegen starrte Frédéric wortlos an.

»Schon gut«, seufzte Frédéric. »Ich war im Verhandeln noch nie sonderlich geschickt.«

»Du würdest auf jedem Basar über den Tisch gezogen«, brummte Cecile. Sie drückte sich gegen den Pfahl, als könnte sie ihn zurückschieben.

»Ich brauche die Dornenkrone«, verlangte Frédéric. »Und den Becher.«

Venturo gab Salvatore einen Wink. Der Vampir warf die Fackel zur Seite und marschierte aus dem Raum. Das war Frédérics Chance! Er suchte in sich nach dem bekannten Kribbeln der Magie, und zu seiner Überraschung fand er es sofort. Er befahl ihr, aus seinen Händen in den Boden überzugehen und …

»Das würde ich lassen«, schnarrte Venturos Stimme. Der Kardinal hatte die Fackel aufgehoben und war damit erneut Cecile bedrohlich nah gekommen. Das war nicht fair! Da fand Frédéric endlich seine Magie, und sie wurde im Keim erstickt.

»Könnten Sie vielleicht woanders Funken sprühen?«, fragte Cecile nervös. »Wir würden gern ungesehen entkommen.«

Venturos Antwort bestand aus einem bellenden Lachen. Salvatore kehrte mit dem Kelch zurück, die Dornenkrone hielt noch immer Venturo in der Hand.

»Macht mich los«, bat Frédéric. Zwar schienen die Ketten nicht seine Magie zu behindern, aber sie drückten schmerzlich in seine Arme, seine Brust und seine Gelenke. Salvatore warf Venturo einen fragenden Blick zu, doch der nickte.

»Ich kann den Fluch nicht aufheben, sodass er überhaupt nicht existiert«, sagte Frédéric vorsichtig und erntete prompt ein wütendes Grollen von Salvatore. Venturo hob allerdings die Hand und gebot ihm damit, sich gefälligst zusammenzureißen. Mit jeder Sekunde erinnerten die ihn mehr an Herrchen und Hündchen.

»Aber?«, fragte Venturo.

»Der Dornenkranz ist die Lösung. Ihn kann ich so verzaubern, dass der Bann für den unwirksam ist, der ihn trägt.«

»Er soll den Zauber aufheben.« Salvatore wollte auf Frédéric zugehen, doch Venturo legte ihm die Hand auf die Brust und starrte ihn streng an.

»Solange das Ziel das Gleiche ist, spielt der Weg für mich keine Rolle.« Sein Blick senkte sich kalt auf Frédéric. »Tu es.«

»Er hintergeht uns«, fauchte Salvatore.

Venturos Lippen kräuselten sich höhnisch. »Das wäre weder gut für ihn noch für die Hexe. Und beides ist schließlich die Gegenleistung.«

Als ob … Aber das verkniff sich Frédéric. Er traute Venturo nicht im Geringsten. Irgendwas musste der Kerl in der Hinterhand haben, um Salvatore dermaßen unter Kontrolle zu haben. Salvatore war ein Vampir, er könnte Venturo doch mit Leichtigkeit das Genick brechen und tun und lassen, was immer ihm einfiel. Stattdessen knurrte Salvatore nur und nahm Frédéric tatsächlich die Ketten ab. Erleichtert atmete dieser tief durch, bevor er seine Arme ausstreckte. Sie kribbelten, als das Blut wieder vollständig durch seine Adern kreisen konnte. Salvatore gab ihm die beiden Reliquien, und Frédéric kletterte zu Cecile auf deren Holzpodest.

Sie schenkte ihm ein schiefes Lächeln, als er sich neben sie setzte. »Weißt du, was du da tust?«

»Nein. Ich folge nur einer Ahnung«, seufzte Frédéric. »Der Dornenkranz ist eines der wichtigsten Relikte des Christentums.«

»Es besitzt viel Magie«, bestätigte Cecile. »Erschreckend viel

Magie. Eine Bundeslade im Mini-Format.«

Als ob er nicht schon beunruhigt genug wäre. Die Bundeslade hatte eine komplette Stadt niedergewalzt. Machte er es am Ende schlimmer und legte den gesamten Vatikan in Schutt und Asche? Nur, was blieb ihm? Zusehen, wie sie Cecile verbrannten? Darauf hoffen, dass sie die Geduld mit ihm verloren und ihn auf die gleiche Weise töteten? Feuer tat verdammt weh. Überhaupt war Sterben für ihn keine akzeptable Lösung, und erst recht nicht könnte er zulassen, dass Cecile etwas zustieß.

»Das ist eine beschissene Idee«, murmelte Cecile. »Genau genommen ist die beschissener als jeder Plan, den Jason je hatte. Dessen Messlatte liegt dafür wirklich sehr tief. Aber du passt locker drunter durch.«

»Was soll ich machen?«, gab Frédéric zurück. »Dich brennen lassen? Damit Salvatore dem Brandstifter in sich frönen kann?«

»Als ob die das danach nicht trotzdem täten«, brummte Cecile.

Das war auch seine Befürchtung. Andererseits war es einen Versuch wert. Eine andere Chance sah er nicht. Er könnte es sich nie verzeihen, es nicht wenigstens versucht zu haben.

»Hazel sagte, Liebe und Hass können den Bann beeinflussen«, murmelte Frédéric.

»Es sind die stärksten Gefühle, die es auf der Welt gibt.«

»Und Blut ist die wertvollste Flüssigkeit.« Für einen Moment hielt er inne. »Kann Blut Gefühle übertragen?«

»Eigentlich nur Krankheiten«, lachte Cecile viel zu schrill, bevor sie ernster wurde. »Doch, kann es. Manche Vampire quälen ihre Opfer so lange, bis sie Todesangst empfinden. Das Adrenalin verändert den Geschmack des Blutes. Sie sagen, es würde das Blut prickelnder machen, so wie Champagner. Einige andere sind der Meinung, dass es die Wirkung des Blutes verstärkt. Warum sollte es mit Hass und Liebe anders sein?«

Anscheinend hatte es nie jemand probiert oder derjenige war nicht anständig genug gewesen, seine Erkenntnisse an die große Glocke zu hängen. Aber Cecile war ein Wesen voller Liebe und Güte. Und ja, das sagte ausgerechnet er. Noch vor einer Woche hätte er das Gegenteil behauptet. Nicht unbedingt das komplette Gegenteil, definitiv wären jedoch in seiner Beschreibung die Adjektive ›renitent‹, ›nervtötend‹ und ›unbelehrbar‹ vorgekommen. Dabei war sie loyal, fürsorglich, warmherzig und absolut verführerisch.

»Gibst du mir von deinem Blut?«, fragte Frédéric.

»Bisher habe ich jeder Krankenschwester einen Fluch angehängt, sobald sie mir Blut abnehmen wollte.« Ceciles Lippen teilten sich zu einem schwachen Lächeln. »Aber bei dir kann ich nicht ›nein‹ sagen, und selbst wenn du mir fünf Liter abzapfen würdest.«

»Damit ich dann deinen Todesfluch abbekomme, schon klar«, stichelte Frédéric. »Wer weiß, was der beinhaltet. Jede Kirche zu zerlegen, in die ich gehe.«

»Würde nicht viel am Urzustand ändern.«

»Dauerhaft gute Laune für den Rest meines Lebens«, schlug Frédéric vor.

Cecile verzog das Gesicht, und doch zuckte ein Lächeln über ihre Lippen. »Damit wärst du wirklich fürs Leben gestraft. Stell dir vor, du fändest keinen Grund mehr zum Meckern.«

»Furchtbar.«

»Absolut grausam und unmenschlich.«

»Ihr erlebt mich gleich grausam und unmenschlich, wenn ihr euch nicht beeilt«, fauchte Venturo dazwischen.

Schade. Für einen Moment hatte Frédéric vergessen, wo sie waren und was sie hier taten. Ihm blieb wirklich nichts anderes übrig, als zu hoffen, dass sein Zauber so funktionierte, wie er sich das vorstellte.

»Gebt mir ein Messer«, bat Frédéric.

Salvatore maß ihn misstrauisch, aber er griff an seinen Gürtel und zog einen schmalen Dolch hervor. »Damit kannst du ihre Fesseln nicht lösen«, warnte er, bevor er Frédéric die Waffe reichte.

Wie wenig sprach es wohl für Frédérics Intelligenz, dass er die Hoffnung nicht mal gehabt hatte? Seine Konzentration lag darauf, es nicht endgültig zu versauen und diesen Bastarden den Weg frei zu machen. Im Gegenteil, er wollte ihnen einen zusätzlichen Stein vor die Füße werfen.

Er setzte die Klinge an Ceciles Oberarm an und sagte leise: »Denk an was Schönes.«

»Ich muss nicht mal dran denken«, lächelte Cecile, während sie ihm in die Augen sah. Doch sie zischte vor Schmerz, als er die Schneide in ihr Fleisch bohrte. »Gut, vielleicht mag ich dich gerade nicht ganz so sehr.«

Solange sie ihn nicht hasste. Denn das wäre eindeutig der falsche Weg! Frédéric hielt den Kelch unter ihren Arm, damit das Blut hineinlaufen konnte, und beugte sich vor, um sie zu küssen. Cecile bog sich ihm entgegen, und als wäre all das nicht schon wahnwitzig genug, genoss Frédéric das herrliche Kribbeln, das sich erst durch seinen Bauch und schließlich durch jede verfügbare Nervenbahn zog.

»Und das soll funktionieren?«, brummte Salvatore im Hintergrund.

»Sei still«, zischte Venturo. »Du darfst sie beide verstümmeln, wenn das lediglich eine Farce ist.«

Widerwillig löste sich Frédéric von Cecile und setzte das Messer bei sich an. Er dachte daran, wie es war, Cecile im Arm zu halten, ihre Wärme zu spüren und jetzt nur neben ihr zu sitzen.

Sogar in der größten Misere aller Zeiten zu hocken, war mit ihr wesentlich erträglicher als allein. Aber seine Gedanken wanderten weiter, während sein Blut Tropfen für Tropfen in den Kelch fiel. Er fühlte die Liebe zu seinem Glauben. Jede Religion hatte ihre Schwachstellen, ohne Frage. Nicht selten fingen diese da an, wo Menschen ins Spiel kamen, die sich über andere stellten und behaupteten, sie wären dem jeweiligen Gott am nächsten. Im Christentum zum Glück völliger Schwachsinn. Es gab keine Mittler zwischen der höheren Macht und dem einfachen Menschen. Jeder, der glauben wollte, trug Gott im Herzen. Er musste keine Kirche betreten. Er brauchte keinen Pfarrer, um Gehör zu finden. Sie waren nur Hilfsmittel, Veranschaulichungsmaterial – jedenfalls, wenn sie ihren Job nicht völlig missverstanden hatten. Die Kirchen waren Orte der Ruhe und Zuflucht. Sie schenkten den Raum, mit sich selbst in Einklang zu kommen und Konzentration zu finden. Priester gaben Denkanstöße oder sie hörten sich Sorgen an. Sie sorgten für die, die womöglich nicht einmal mehr für sich, geschweige denn für andere sorgen konnten. So verstand er seinen Beruf, und er liebte jede Facette davon. Sogar Hochzeiten.

Diesem Glauben und dieser Kirche konnte nichts Besseres als ein Papst passieren, der weder an Geld noch Klüngeln interessiert war und der genau das zu unterbinden suchte. Frédéric dachte also auch an seine Loyalität zu seinem Kirchenoberhaupt. Als er das Blut über den Dornenkranz verteilte, geschah im ersten Moment nicht das Geringste. Frédérics Herz zog sich zusammen. Er hatte sich verrechnet. Seine Idee war Schund, absoluter Schwachsinn, und vor allem würde er damit niemandem irgendwas in den Weg legen. Außer den Grund für einen gewaltigen Lachanfall.

Grundgütiger! Bevor ihm die ersten Flüche über die Lippen kamen, schien der Kranz das Blut regelrecht aufzusaugen. Als wäre es Wasser. Aber nicht nur das. Frédéric spürte, wie sich die Dornen in seine Haut bohrten, ohne dass er Druck ausübte. Sie verbanden sich mit ihm, und seine Kraft floss in seine Hände, seine Magie, seine Lebenskraft. Mit jeder Sekunde nahm die Schwäche zu, während der Kranz immer blühender und voluminöser wurde. Als hätte er das Ziel, ein überdimensionaler Busch zu werden.

»Frédéric«, sagte Cecile scharf. »Du musst aufhören. Du kannst ihm nicht alles geben.«

Er hörte ihre Stimme, ihre Worte. Er verstand auch den Sinn dahinter. Aber er konnte es nicht beenden. Es gelang ihm nicht, sich loszureißen. Erst Ceciles Tritt riss ihn aus der Starre, und er ließ den Kranz fallen. Von den Dornen war kaum noch etwas zu sehen. Dicht an dicht drängten sich die weißen Blüten mit den gelben Stempeln.

»Das nenne ich mal einen grünen Daumen«, seufzte Cecile.

Im nächsten Moment krallte sich Venturo den Kranz, schloss genüsslich die Augen, und ein hässliches Lächeln erschien auf dessen Lippen. »Ich spüre die Macht«, hauchte er. »Als könnte ich die Welt aus den Angeln heben. Mit einem Fingerschnippen.«

Wie schön. Dann ging es wenigstens einem von ihnen außerordentlich gut. Frédéric fühlte sich völlig erschlagen, und zu spät registrierte er, dass Salvatore auf ihn zumarschierte. Keine zwei Sekunden später hatte er Frédéric mit den gleichen dünnen Ketten umwickelt wie Cecile. Als wäre das nicht bereits genug, schnappte sich der Vampir auch noch ein Seil, legte es ihm um den Hals und zerrte ihn auf das andere Holzpodest, bis ihm der Pfahl in den Rücken drückte.

Salvatore band den Strick fest, und zu gern hätte ihm Frédéric sein makelloses Gesicht zerschlagen, als es dem Frédérics immer näher kam. »Wie heißt es so schön? Brenne, Rom, brenne.«

Kapitel 25

Entflamme nicht zu sehr für die Arbeit

Verfluchter Mist. Das Seil drückte auf seinen Hals. Er konnte kaum schlucken und keinen Muskel mehr rühren. Und wenn er es tat, stachen die Spitzen der Ketten in sein Fleisch. Wer fesselte schon jemanden mit solchem Zeug? Er konnte erkennen, dass die Spitzen zu kleinen Kreuzen gedreht waren. Da hatte irgendein Idiot seine sadistische Kreativität ausgiebig ausgelebt. Der Geruch von Rauch wurde stärker, und das erste Knistern von Flammen jagte ihm das pure Adrenalin durch die Adern.

Wenn noch ein Zweifel bestünde, dass es die Idioten ernst meinten, wurde dieser regelrecht weggebrannt. Frédéric wünschte sich nichts mehr als einen spontanen Regenschauer, aber nicht einmal eine Wasserleitung hatte den Anstand zu platzen.

Himmel, wie hatten sie nur in diesen Mist geraten können? Die wollten zwei Morde inmitten der vatikanischen Mauern verüben! Hatten die keine Angst, dass der Brandgeruch jemandem auffiel?

Allerdings waren die Kerker so weit unten, dass sich vermutlich wirklich alle wundern würden und doch nicht die Ursache fänden.

Unweigerlich riss er an seinen Fesseln. Er erreichte einzig, dass er sich die Dornen tiefer in die ohnehin schon geschundene Haut rammte.

Den Brandflecken auf dem Steinboden nach zu urteilen waren sie auch nicht die Ersten, die dieses Schicksal ereilte. Ein Schicksal, in das er Cecile hineingeritten hatte. Durch seine unsägliche Dummheit.

»Gehen wir«, sagte Venturo zu Salvatore. »Du hast einen Auftrag zu erfüllen.«

Salvatore grinste gehässig, nahm von Venturo den Dornenkranz entgegen und wandte ihnen einfach den Rücken zu. Venturo bellte den Priestern einen Befehl zu, den Frédéric nicht verstand. Zu laut war das Feuer, das an den Ecken der Holzstapel leckte. Das erschrockene Keuchen Ceciles lenkte Frédérics Aufmerksamkeit wieder auf die Hexe.

»Das war so alles nicht geplant«, stöhnte sie. »Ich wollte doch nur …«

»Es tut mir leid«, rief Frédéric ihr zu. »Wenn ich auf dich gehört hätte, wären wir überhaupt nicht hier.«

Gott allein wusste, wie sehr er es bereute, sich ständig gegen sie, gegen Jason, gegen die Aufmerksamkeit der gesamten Bande gestemmt zu haben. Hätte er gleich auf sie gehört, hätte er seine Kräfte so im Griff gehabt, dass ihn nicht einfach jemand hätte klauen können. Dann hätte er vielleicht auch Venturo sofort durchschaut.

»Nein«, seufzte Cecile. »Ich bin schuld. Ich habe deine Macht gesehen, genauso wie den Bann darum. Entstanden durch deinen Unwillen, sie zu benutzen.«

»Was?«

»Sie wäre niemals hochgekommen, wenn ich nicht …«, wimmerte Cecile. »Wenn ich sie nicht mit einem Ritual freigelassen hätte.«

Er wiederholte sich nur ungern, dennoch: Was? Ihm fiel keine gescheitere Frage dazu ein. Genau genommen kamen die Informationen zwar in seinem Gehirn an, doch verarbeiten konnte er sie nicht. Sie war schuld, dass ihn neuerdings die Kräfte übermannten? Wegen ihr hatte er seine Lieblings-Dorfkirche einstürzen lassen?

»Es tut mir leid«, klang ihre Stimme kläglich zu ihm durch.

»Ich werde an der Himmelspforte auf dich warten«, brüllte

Frédéric. »Und ich werde ziemlich sauer sein!«

Die Flammen schlugen zunehmend höher. Sie leckten bereits über die Holzklötze hinweg in seine Richtung, und das Feuer qualmte derart, dass es ihm die Luft zum Atmen raubte. Mit ein wenig Glück starben sie an einer Rauchgasvergiftung, bevor die ersten Flammen sie erreichten. Allerdings fühlte er deutlich die Hitze an seinen nackten Füßen, und er zuckte zusammen, als es neben ihm besonders laut knackte und einige Glutfunken seine Haut versenkten. Der Rauch schnürte ihm die Kehle zu, brachte ihn zum Husten, und in seinen Ohren toste das Prasseln des Feuers. Noch etwas mischte sich hinein. Gebrüll und Schmerzensschreie. Für einen Moment dachte er, sie kämen von Cecile. Aber die Hexe fixierte nur die Flammen, als könnte sie diese mit purer Gedankenkraft davon abhalten, auf sie überzuspringen. Vielleicht konnte sie das, denn sie murmelte vor sich hin.

Verfluchte Hölle. Er sollte schleunigst seine Kräfte in den Griff bekommen! Doch egal, wie sehr er in seinem Innersten danach suchte, er fand sie einfach nicht.

Ein dunkler Schatten sprang über die Flammen hinweg und blieb vor ihm stehen. Für einen Moment glaubte Frédéric, er hätte lediglich geträumt. Vielleicht ging er ja in diesem Moment geradewegs in die Hölle über. Dort sollte es ja auch verdammt heiß sein. Der Schmerz schien allgegenwärtig, und er wurde sogar schärfer, als die Gestalt an seinen Fesseln wackelte.

»Blöder Mist«, behauptete die leibhaftige Inkarnation Satans.

Ein Ruck trieb Frédéric die Dornen tiefer ins Fleisch, bevor der Schatten sie wegschleuderte, und plötzlich verlor Frédéric sämtlichen Halt. Für einen Moment rasten sie direkt durch die Flammen hindurch. Sie landeten im Gang, und dieser zog ebenso rasend schnell an ihm vorbei. Das hatte er zuletzt mit Hazel und Salvatore erlebt. Aber wer von denen sollte ihn schon retten? Die eine war tot, der andere ein elender Bastard.

Völlig unvermittelt stoppten sie in einem Teil des Kellers, in dem die Wände weiß getüncht waren. Dem Boden unter seinen Füßen war Frédéric nicht gewachsen. Er verlor das Gleichgewicht und brach zusammen. Er rang nach Luft und fühlte sich am Arm auf die Beine gezerrt. Mit dem Rücken wurde er an eine Mauer gelehnt, und dort fand er endlich den Halt, um aufrecht zu stehen.

»Und uns wollen Sie nicht als Freunde«, spottete eine Stimme, von der er nie gedacht hätte, dass er sich freuen würde, sie zu hören. Jason! »Dabei haben wir nie ernsthaft versucht, *Sie* abzufackeln. Ich habe mich auf Notre-Dame beschränkt.«

»Trample nur weiter«, keuchte Frédéric. »Ich verdiene es ja.«

»Wenn ich die Erlaubnis habe, macht es keinen Spaß.«

»Aber wie …«, stammelte Frédéric. Wie zum Teufel konnte es sein, dass die noch lebten? Sie hatten ziemlich überzeugend tot ausgesehen.

»Später.« Jason stützte ihn am Arm und zog ihn voran, raus aus dem Keller und über eine Treppe nach draußen. Mit der frischen Luft in seiner Lunge wich die Todesangst, dafür hatte er nun Kapazitäten für etwas ganz anderes – die Sorge um Cecile! Wo war sie?

»Cecile ist in Sicherheit. Wir treffen sie gleich«, sagte Jason, als könnte er seine Gedanken lesen, und Frédéric meinte, das Plumpsen des Steins auf seinem Herzen zu hören. Sie blieben zwischen zwei Gebäuden stehen, und Frédéric lehnte sich erneut gegen die Mauer. Jason klopfte sich den Ruß von der Soutane und betrachtete kritisch die Brandlöcher, bevor er einen Joint hervorzog und ihn sich anzündete. Unweigerlich zuckte Frédéric bei dem Klicken des Feuerzeugs zusammen. Es würde mit Sicherheit noch eine Weile dauern, bis er vor Feuer nicht mehr automatisch zurückwich.

Endlich tauchte Gaylord auf, im Arm eine regungslose Cecile. »Sie sollte wirklich öfter aus dem Haus gehen«, sagte Jason kritisch, während er ihr über den Hals strich. »Sie fällt etwas zu oft in Ohnmacht. Aber ihr Puls ist in Ordnung.«

Gaylord verdrehte die Augen. »Sie hat eine Rauchgasvergiftung. Dabei werden die meisten gern mal bewusstlos.«

»Sie sollte mehr gewohnt sein.«

Ihre Lider flatterten, und sie schlug die Augen auf. »Irgendwann zünde ich dich an, und mal sehen, wann du dann in Ohnmacht fällst«, brummte sie leise.

Unweigerlich machte sich Erleichterung in ihm breit. Gütiger Himmel, sie hatte keinerlei bleibenden Schaden davongetragen. Aber zur Hölle! Ihm fiel gerade etwas ganz Anderes wieder ein. Sie war an dem Desaster schuld? Oder war das eine Wahnvorstellung in seiner Angst gewesen?

Er schwankte noch zwischen beiden Möglichkeiten, als Gaylord die Hexe auf die Füße stellte. Cecile schwankte, taumelte auf Frédéric zu, und während der bereits die Arme öffnete, um sie aufzufangen, legte sie ihm die Hände an die Wangen und küsste ihn inbrünstig. »Ich bin so froh, dass es dir gut geht.«

»Jetzt wird's schmalzig«, lachte Jason im Hintergrund.

Pah, nur weil er selbst schon zu lange verheiratet war. Frédéric vergaß den Grund, warum er sauer sein sollte, und legte seine Arme um Cecile. Seine Finger strichen über ihren Rücken, und sie seufzte an seinen Lippen.

»Es tut mir wirklich leid«, sagte sie leise, als sie absetzte.

»Oh, ich werde dafür sorgen, dass es dir leidtut«, gab Frédéric zurück. Er hatte zwar keine Vorstellung davon, allerdings konnte sie sich darauf verlassen, dass er ihr das hier bis zum Lebensende vorhielt!

Cecile biss sich auf die Lippe. »Ich war dumm.«

»Definitiv.«

Jetzt flammte ein Funken Wut in ihren Augen auf. »Wie lange willst du darauf herumhacken?«

»Bis zu deinem letzten Atemzug. In jeder freien Minute.«

Cecile öffnete den Mund, dann zögerte sie und schloss ihn wieder.

»Drei … zwei … eins … Erkenntnis«, kommentierte Jason, und Cecile warf ihm einen vernichtenden Blick zu.

»Nur weil ich froh bin, dass du lebst, bedeutet das nicht, dass du nicht gleich gewaltig fällig bist.«

»Ich zittere bereits«, gab Jason zurück. »Vielleicht sollte ich ein Feuerchen machen, um mich zu wärmen.«

Cecile knirschte mit den Zähnen, bevor sie sich wieder Frédéric zuwandte. »Soll das heißen, du gehst mir nicht den Rest meiner Tage aus dem Weg, weil du sauer auf mich bist?«

»Wie ich sagte – in jeder freien Minute werde ich es dir vorhalten.«

»Dann kann ich mich in jeder freien Minute entschuldigen«, schlug Cecile mit einem treuherzigen Augenaufschlag vor.

Okay … so weit hatte er jetzt nicht gehen wollen. Er wusste schon, wie ihre Abbitten aussahen. Sie zerrte ihn ins Bett, setzte sich auf ihn oder küsste ihn. Und eigentlich dürfte sie überhaupt nichts davon.

»Wir werden sehen«, erwiderte er ausweichend, und die aufkeimende Enttäuschung in ihren Augen stach ihm für einen Moment ins Herz. Doch er konnte ihr keine Antwort darauf geben. Er hatte nicht den kleinsten Schimmer, wie es weitergehen sollte, ob er noch Priester war oder was ihm die Zukunft brachte. Ob er überhaupt eine hatte. Denn wie sollte die aussehen, wenn Salvatore den Papst tötete?

Er ließ die Hände sinken und trat zurück. Cecile holte tief Luft und drehte sich dann zu Jason um.

»Wie habt ihr das geschafft?«, fragte sie leise, und ihre Stimme kippte. Aber Frédéric sah nur ihren Rücken. Er konnte nicht sagen, ob ihre Stimme von dem Rauch rau war oder ob mehr dahintersteckte.

»Glaubst du wirklich, wir würden uns von solchen Pennern das Licht ausblasen lassen?«, spottete Jason. »Das sollten die lediglich denken.«

»Ihr habt sie reingelegt«, gab Frédéric lahm zurück.

»Es war uns vorher klar, dass wir im direkten Angriff keine Chance haben«, steuerte Gaylord bei. »Der Raum war zu klein. Sie haben durchaus damit gerechnet, dass sie Schwierigkeiten bekommen könnten, und waren deswegen auch besonders wachsam. Hätten wir sie gleich überwältigen können, wäre es natürlich leichter gewesen. Aber so haben wir uns eine Rückversicherung überlegt.«

»Genau genommen habe ich sie mir ausgedacht, weil du wie ein verdammter Held einfach reingestürmt wärst«, behauptete Jason.

»Ja ja, du hast recht«, brummte Gaylord. »Oh Herr der finsteren Pläne.«

»Denk ja nicht, ich hätte bereits wieder vergessen, dass du meine Tochter erst umgebracht, dann geschändet und anschließend geschwängert hast.«

»Also das mit dem Schänden ist reine Ansichtssache«, gab Gaylord zurück. »Ich kann ja manchmal noch nicht mal in Ruhe duschen gehen.«

»Du hast mein aufrichtiges Beileid«, spottete Jason. »Soll ich dich töten und von deinem Leid erlösen?«

»Ich würde dir zwar liebend gern zumuten, von deiner

Tochter die Haut bei lebendigem Leibe abgezogen zu bekommen, allerdings ist mir der Spaß dann doch nicht nachhaltig genug, um dafür zu sterben und …«

»Wie habt ihr die Schüsse überlebt?«, rief Cecile dazwischen, laut genug, um Gaylord zu übertönen. »Venturo hat genau auf eure Herzen geschossen. Und auch getroffen.«

»Der Typ war ein guter Schütze. Das muss man zugeben«, seufzte Gaylord und steckte die Hand unter seinen Talar. Dort konnte man das Einschussloch erkennen. Er holte eine Bibel heraus. In der Mitte steckte die Kugel und ein Stück Plastikfolie.

»Der Glaube ist mächtiger als die Pistole«, stellte Frédéric erleichtert fest.

»Genau genommen liegt es am Papier. Blutkapseln habe ich immer einstecken«, mischte sich Jason ein. »Die einzige Herausforderung war, darauf zu achten, dass dieser Idiot die richtige Stelle traf und uns nicht einfach das Hirn wegballerte. Bis wir uns davon erholt hätten, hätten wir nur noch eure Asche zusammenkehren können.«

»Hattest du ebenfalls eine Bibel einstecken?«, fragte Frédéric interessiert.

»Teufel, nein. Obwohl man kaum verleugnen kann, dass die Dinger praktisch sind.« Jason griff in sein Sakko, doch holte er keine Bibel hervor, sondern …

»Das ist ein Knochen!«, rief Frédéric aus. »Wenn das ein Knochen des heiligen Petrus ist, dann …«

»Dann habe ich etwas von Wert geklaut«, grinste Jason und drehte den handhohen, durchsichtigen Kasten zwischen den Händen. »Der heilige Petrusdaumen.«

Der Daumen allein hätte eine Kugel nicht abhalten können, aber das Gefäß, in das er eingeschlossen war, hatte es geschafft. Mittendrin steckte wie bei Gaylords Bibel eine Kugel.

»Du hast eine Reliquie ruiniert«, fauchte Frédéric.

»Genau genommen hat mir mein Hang zum Diebstahl den Hintern gerettet.«

Frédéric streckte fordernd die Hand aus. »Gib es zurück!«

»Willst du wirklich deinen Leuten erklären, warum eine Kugel drinsteckt?«

Unweigerlich ließ Frédéric die Hand sinken. Wenn er sich das eingehender überlegte, wollte er das nicht. Ach, zum Teufel, sollte es Jason eben behalten. Frédéric konnte genauso wenig wie Gott seine Augen überall haben, und gerade war er gewillt, sie zuzukneifen, bis kein bisschen Licht mehr durchdrang.

»Schlafen kannst du ein anderes Mal«, erreichte ihn Jasons Stimme. »Gehen wir nach Hause.«

»Nein«, stöhnte Frédéric. »Wir müssen den Papst retten. Der Dornenkranz sollte den Bann nicht umgehen können, sondern eher noch ein zusätzliches Hindernis sein. Ich habe ihn mit Liebe gefüllt, auch mit Liebe zu dem jetzigen Papst. Aber ich fürchte, wenn jemand vor dem Heiligen Vater steht und direkt auf sein Herz zielt, kann das selbst die beste Magie nicht aufhalten. Erst recht nicht meine.«

»Und ich dachte schon, wir kämen drumherum, die Apokalypse aufzuhalten.«, seufzte Cecile.

Kapitel 26

Notre-Dame war schlimmer dran

Mit dem Tod eines Papstes ging die Welt nicht unter, zumindest wollte das Frédéric doch hoffen. Erstrebenswert war es trotzdem nicht und ja, verflucht, sofern sie dazu in der Lage waren, wollte er es verhindern.

Nichts wäre schlimmer, als wenn Venturo seinen niederträchtigen Hintern auf den Heiligen Stuhl schieben würde. Es wäre eine Schande für die gesamte Kirche.

»Wir müssen in den Apostolischen Palast«, drängte Frédéric. »Dort sind die Privatgemächer und die Büros des Pontifex.«

Jason hob die Hand, als Frédéric in genau diese Richtung gehen wollte, und legte den Kopf schief. »Wenn mich nicht alles täuscht, höre ich Linett schimpfen.« Er lauschte einen Moment, und ein breites Grinsen bildete sich auf seinen Lippen. »Wenn sie nicht bald der Blitz trifft, weiß ich auch nicht. Im Vatikan in Gottes Namen die übelsten Verwünschungen auszustoßen oder jemandem damit zu drohen, ihn mit einem Rosenkranz an den Geschlechtsteilen aufzuhängen, würde ich mich ja nicht trauen.«

»Würdest du schon, wenn es dir einfiele. Sammeln wir Linett ein und dann zum Papst.«

»Wenn wir Linett finden, sind wir schon bei ihm«, erwiderte Jason und musterte Frédéric von oben bis unten. »Du könntest was zum Anziehen gebrauchen.«

»Dafür haben wir keine Zeit!«

»Nimm das.« Gaylord zog den Talar über seinen Kopf, sodass er in Hose und Hemd dastand, und reichte den Überwurf Frédéric. So ging es natürlich auch. Jedenfalls fühlte sich Frédéric nur noch halb so nackt, als er diesen überstreifte. Nur die verflixten Steine drückten in seine Fußsohlen. Aber die Büßer gingen gern barfuß, warum sollte er sich davon ausnehmen? Zu büßen hatte er eine ganze Menge.

Eilig folgten sie Jason zum Petersplatz. Mittlerweile schob sich die Sonne wieder über den Horizont, und die ersten Strahlen tauchten den Himmel in helles Rot. Nachts und am Morgen war der Petersdom geschlossen, jedenfalls für Touristen. Für Vampire offenbar nicht. Denn Jason zögerte nicht, über die Absperrung zu springen und die beiden Wachleute mit den Köpfen zusammenzustoßen.

Gaylord half Cecile über die Barriere, während Frédéric selbst einen Satz darüber machte.

»Es war leider nötig«, sagte Frédéric zu den beiden bewusstlosen Männern, bevor ihn Cecile auch schon am Arm packte und mit sich zerrte.

»Du kannst dich bei allen Geschädigten entschuldigen, wenn wir Salvatore den Arsch aufgerissen und ihm den Dornenkranz genau da hineingesteckt haben.«

»Das ist eine heilige Reliquie, die gehört in niemandes Hintern!«

»Dann nehmen wir eben einen Rosenkranz.«

Das machte es nicht viel besser, aber Herrgott. Dieser Vampir hatte jegliche Strafe verdient und wenn es das Höllenfeuer war. Das Innere des Doms war hell erleuchtet und als sie den quadratischen Teil, die Vierung, des Doms erreichten und unter der monumentalen Kuppel Michelangelos stehen blieben, vernahm Frédéric ebenfalls Linetts Schimpfen. Es schallte durch den gesamten Raum, wurde zurückgeworfen, und manchmal hörte man das Echo, wenn Linett gerade Luft holte.

»Wo sind sie?«, zeterte sie, und ihre Stimme schraubte sich immer weiter in die Höhe. »Ich schwöre dir, sollte Jason nur eine Bartstoppel fehlen, werd' ich dir die Gedärme mit einem Stock durch die Harnröhre ziehen.«

Jason war stehen geblieben, lehnte sich mit verschränkten Armen an eine Säule und spähte um die Ecke in das Hauptschiff der Kathedrale. Gaylord stoppte hinter ihm, genauso wie Frédéric und Cecile. Sie drängten sich an Jason und warfen ebenso einen Blick in die Richtung, aus der Linetts Gezeter kam. Neben dem wuchtigen Papstaltar, der unter dem steinernen Baldachin thronte, wirkte Linett winzig. Doch ihre mangelnde Körpergröße machte sie durch die Wut in ihrer Stimme wieder wett.

Linett stand mit dem Rücken, aber mit erhobener Pfanne vor einem Mann, der kaum größer als sie selbst war.

Sein Gesicht war von Falten durchzogen und sein Ausdruck sichtlich irritiert. Er trug ein strahlend weißes Nachthemd mit den Insignien des Oberhaupts der katholischen Kirche und auf seinem Kopf thronte völlig schief eine Schlafmütze mit Bommel. Wenn die zur vorgeschriebenen Kleidung eines Papstes gehörte, fraß Frédéric einen Besen mit Mayonnaise.

Die dunklen Augen des Pontifex blickten abwechselnd von Linett zu Salvatore, der den blühenden Dornenkranz in der Hand hielt.

»Einen Schritt näher und ich mach dich endgültig zum Blumenmädchen«, fauchte Linett.

»Geh zur Seite, Weib, oder spüre meinen Zorn«, donnerte Salvatore. Das ließ sich Linett nicht zweimal sagen. Sie sprang vor, wedelte mit der Pfanne und traf Salvatore am Knie.

Dieser reagierte mit einem Knurren, versuchte Linett zu packen, doch die riss ihre Waffe hoch und knallte sie ihm mit einem klangvollem ›Dong‹ ins Gesicht.

»Sehr zielsicher«, lobte der Papst, während Salvatore sich vor Schmerz krümmte.

Wo war eigentlich Venturo? Frédéric sah sich aufmerksam um,

doch den Kardinal sah er nicht. Verschaffte der sich gerade ein Alibi und überließ Salvatore die Drecksarbeit? Einem Vampir, der ernsthaft vor einer Frau mit wutblitzenden Augen und einer verbeulten Pfanne zurückwich?

Frédéric wollte vortreten, da streckte Jason die Hand aus und hielt ihn zurück.

»Ich will sehen, wie sie ihn fertig macht«, grinste der Mafioso. »Genau deswegen habe ich sie mitgenommen. Sie hat schon zu lange niemanden mehr verdroschen. Dann wird sie nämlich unzufrieden und launisch.«

Ah ja …

Fahrig kratzte sich Frédéric das Kinn. »Sie kommt nie gegen einen Vampir an.«

»Unterschätz sie nicht.«

Sacrebleu! Linett war doch nur ein Mensch, wie sollte sie es mit Salvatores Kraft aufnehmen? Andererseits ließ sie ihm auch keinerlei Chance, sich an ihr zu vergreifen. Wann immer der versuchte, ihrer habhaft zu werden, knallte sie ihm die Pfanne gegen ein Körperteil. Nase, Knie, Rippen, seinen Hintern. Himmel. Beim Zusehen wurden Frédéric ja schon die Arme lahm, während Linett herumwirbelte, als würde sie ein Band schwingen. Salvatore bekam sie um die Hüfte zu fassen und schleuderte sie gegen eine vordere Säule des Baldachins.

»Au!«, stöhnte Linett, rutschte an dem Stein herunter und krabbelte über den Boden, auf ihre beim Flug verlorene Pfanne zu. »Eure Eminenz oder so haben nicht zufällig irgendwie Leibwächter, die uns helfen können?«

»Wenn ich Sie daran erinnern darf – die haben Sie niedergeschlagen. Und dann haben Sie mir verboten, um Hilfe zu brüllen, und von mir verlangt, Ihnen einen unbemerkten Weg durch die Nekropole in die hinteren Keller zu zeigen. Weswegen wir überhaupt hier sind«, erklärte das Oberhaupt der Kirche und wich zurück, als Salvatore sich mit Schwung auf Linett warf.

»Ach ja«, rief diese aus. »Nicht sonderlich weitsichtig von mir.« Sie bekam den Stiel ihrer Pfanne zu fassen und knallte sie gegen Salvatores Stirn, doch ihr fehlte eindeutig die Bewegungsfreiheit, um ordentlich Kraft aufzuwenden. »Geh weg«, fauchte sie. »Du stinkst nach Rauch!«

Die Pfanne fiel wieder scheppernd auf die Fliesen, aber das hielt Linett nicht von Gegenwehr ab. Sie trat und strampelte. Als Salvatore sich keuchend auf ihre Arme stützte, sie auf dem Boden festnagelte und sich mit gebleckten Zähnen ihrem Hals näherte, zog sie das Knie an und rammte es ihm zwischen die Beine. Als Salvatore wimmerte, hob sie den Kopf und biss den Vampir einfach selbst in den Hals.

Salvatore fluchte inbrünstig, legte seine Hand auf Linetts Kehle und riss sie von sich weg. Ihr Kopf knallte auf die Fliesen, und sie stöhnte.

»Okay, den bekommt sie wirklich nicht allein kaputt«, behauptete Jason. »Helfen wir ihr.«

Na endlich!

Jason und Gaylord schossen in Vampirgeschwindigkeit auf Salvatore zu. Gaylord zerrte ihn von der sich windenden Linett herunter und hielt ihn fest, damit ihm Jason einen gezielten Schlag ins Gesicht versetzen konnte. Nur ließ sich Salvatore im entscheidenden Moment fallen, und Jason traf Gaylords Nase.

»Verflucht seist du«, schimpfte der auf seinen Schwiegervater und krümmte sich vor Schmerz. Cecile rannte auf Salvatore zu, der Gaylord an der Kehle packte und das Ziel zu haben schien, ihn zu erwürgen oder ihm das Genick zu brechen. Sie sprang auf Salvatores Rücken, drückte ihm die Finger gegen die Stirn und jagte einen Magiestrom durch seinen Kopf.

Frédéric stoppte seinen Lauf bei dem völlig überforderten Papst. »Eure Heiligkeit«, sagte Frédéric. »Bitte haben Sie keine Angst.«

»Angst?«, erwiderte der Nachfolger Petri. »Oh, vielleicht sollte ich die haben. Aber da prügelt sich ein Mädchen mit einer Pfanne mit einem Vampir um einen Blumenkranz, und jetzt entwickelt sich das Ganze zu einer ausgedehnten Schlägerei. Ich bin mir nicht sicher, über wen Gott am meisten den Kopf schüttelt.«

Frédéric würde darauf auch keine Wette abgeben, das konnten sie jedoch hinterher immer noch auswerten. »Wir müssen von hier weg«, sprach er eindringlich. »Solange die sich schlagen, rührt Sie keiner an.«

»Das Mädchen sagte was von einem Mordkommando«, sinnierte der Papst. »Sie hat mich aus dem Bett geworfen. Und meine Wache k. o. geschlagen.«

Er wollte es gar nicht so genau wissen, wie Linett es geschafft hatte, an den Pontifex persönlich heranzukommen und was sie ihm erzählt hatte, um ihn überhaupt zum Mitgehen zu bewegen.

»Kommen Sie«, drängte Frédéric, und endlich schien der alte Mann aus seiner verblüfften Starre zu erwachen.

»Da sag' ich bestimmt nicht nein.«

»Leider werden Sie nirgends mehr hingehen«, ertönte plötzlich Venturos Stimme hinter ihnen.

»Auch du, mein Sohn?«, seufzte das Kirchenoberhaupt. »Julius Cäsar hat mich schon immer fasziniert, aber ehrlich gesagt, wollte ich ihn nie so genau studieren, um zu wissen, wie er sich fühlte, als er von Verrätern umgeben war.«

Der Kardinal stand auf den Stufen, die vor dem Baldachin nach unten in die vatikanischen Grotten und zur Confessio führten. Aus dem Zugang zu der tieferen Altaranlage drängten sich immer mehr bewaffnete Männer. Sie trugen keinerlei Uniformen, sondern Tarnkleidung, schusssichere Westen und Sturmmasken.

Während Venturo die letzten Stufen gemächlich erklomm, drängelten sie sich an ihm vorbei, verteilten sich in einer großen Runde um die Vampire, den Papst und den Baldachin. Innerhalb weniger Sekunden waren sie in dem Ring der bewaffneten Männer eingeschlossen.

»Ts, und ich dachte, das wären die Herzschläge der Ratten«, knurrte Jason.

»Vermutlich sind es Söldner, also hast du nicht allzu weit danebengelegen«, steuerte Gaylord bei und wich vor Salvatore zurück, der sich aufrichtete und das Blut aus seinem Gesicht wischte. Dabei tropfte immer noch einiges aus seiner Nase.

»Ich hätte das auch allein regeln können«, behauptete er und starrte geringschätzig Venturos Schergen an. Der Kardinal musterte ihn verächtlich. »Du hast dich von einer *Frau* verprügeln lassen.«

»Hast du was gegen Frauen?«, schnappte Linett und schob sich ein weiteres Mal vor den Papst. »Dich haben wohl zu viele abgewiesen, und jetzt kompensierst du deinen sexuellen Frust mit einem Dutzend Männer mit großen Dingern.«

»Dingern?«, echote der Pontifex in ihrem Rücken.

»Penissen.«

»Grundgütiger. Woher wollen Sie das wissen?«

Linett stöhnte genervt. »Meinetwegen, dann eben mit großen Waffen.«

»Wartet mal …« Jason marschierte auf einen der Soldaten zu und starrte ihm in die auffallend hellgrauen Augen. Mit einem Ruck zog er ihm die Sturmmaske herunter. »Du bist einer von Lorenzos Leuten!«

Der Mann grinste spöttisch, während Venturo bellend lachte. »Lorenzo ist ein guter Freund von mir.«

»Dem reiß ich den Hintern auf!«, fluchte Jason.

»Ha, und du wolltest mich ihm schenken!«, lamentierte Linett.

»Das mach ich auch trotzdem noch, solltest du Helen nur ein Wort davon petzen. Sie hat gesagt, ich könnte ihm nicht trauen, und ich hasse es, wenn sie recht hat.«

Linett grinste breit, aber sie hielt den Mund. Als Salvatore sie mit blanker Mordlust in den Augen anknurrte, zeigte sie ihm den Mittelfinger.

»Lorenzo möchte ebenso so sehr wie ich, dass im Vatikan wieder Ruhe und Frieden einkehrt«, verkündete Venturo.

»Sagt der mit den Söldnern und den Maschinengewehren«, brummte Frédéric.

»Wir brauchen einen Papst, der sich um die Gläubigen kümmert und die Finanzen denen überlässt, die wissen, was sie tun.«

»Den Bestechlichen und Machthungrigen.« Frédéric wusste ganz genau, dass er besser den Mund halten sollte. Cecile zwickte ihm warnend in die Seite, aber er konnte sich seinen Senf einfach nicht verkneifen.

Venturo warf ihm einen hasserfüllten Blick zu, bevor er sich zu erinnern schien, dass er allen Grund hatte, triumphierend zu grinsen. »Du wirst mich nicht von meinem Weg abbringen, kleiner Magier. Ich bin gewillt, die Prophezeiung in jeder Hinsicht zu erfüllen.«

»Von welcher Prophezeiung sprechen wir noch mal?«, fragte das Oberhaupt der Kirche.

»Der Bischof in Weiß geht halb zitternd und mit wankendem Schritt …«

»Und mit Bommelmütze?«, tönte Linett süffisant dazwischen, aber Venturo ignorierte sie einfach.

»… durch eine halb zerstörte Stadt. Als er vor einem großen Kreuz niederkniet, tötet ihn eine Gruppe von Soldaten mit

Feuerwaffen und Pfeilen [3]«, rezitierte Venturo.

»Oh«, machte der Papst. »*Diese* Prophezeiung.« Er zerrte nervös am Kragen seines Nachthemds. »Die halb zerstörte Stadt ist welche?«

»Die halbe Welt ist zerstört«, behauptete Venturo pathetisch.

»Neunzig Prozent deiner Gehirnzellen sind zerstört«, fauchte Linett. »Pack deine Pinkelmänner ein und verpiss dich!«

»Pinkelmänner?«, fragte der Papst echauffiert.

»Spontane Wortschöpfung«, gab Linett zurück und zuckte mit den Schultern. »Hab' ich von meinem Chef gelernt.« Sie deutete auf Jason.

»Ein außergewöhnlicher Mann.« Die Feststellung des Stellvertreter Gottes klang eigentlich mehr wie eine Frage, Jason zeigte sich davon ohnehin nicht beeindruckt.

»Die Feuerwaffen sind klar, aber wo sind die Pfeile?«, fragte er stattdessen.

Venturo nickte einem seiner Männer zu, und selbst dem Pontifex traten die Augen aus den Höhlen, als Venturo eine Armbrust in die Hände gelegt wurde. Höhnisch kräuselten sich seine Lippen. »Diese Waffe ist übrigens auch zur Bekämpfung nutzlos gewordener Vampire äußerst effektiv.« Kaum hatte er das letzte Wort ausgesprochen, schnellte er herum und zielte auf Salvatore. Ehe der verräterische Vampir nur den Versuch unternehmen konnte auszuweichen, bohrte sich ein Pfeil in seine Brust. Allein das gefiederte Ende des Holzstabes lugte heraus. Fassungslos stierte Salvatore noch einmal nach unten, bevor er zu Boden krachte.

»Es ist immer schön, wenn sich die Feinde gegenseitig umbringen«, kommentierte Jason.

---

[3] Auszug aus der Prophezeiung ‚Geheimnisse von Fatima‘

»Bei Gott«, murmelte der Pontifex und bekreuzigte sich eilig.

»Räumt die Überflüssigen aus dem Weg«, befahl Venturo seinen Männern. »Ich kümmere mich um Seine Heiligkeit.«

Jason und Gaylord kannten kein Zögern. Die Vampire schossen so schnell aus dem Kreis, dass Frédéric sie nur noch als Schemen sah. Die Männer wirbelten herum, legten auf sie an und drückten ab. Das Knattern der Schüsse hallte ohrenbetäubend laut unter der riesigen Kuppel.

Venturo legte einen neuen Pfeil auf die Armbrust, packte den Dornenkranz und war gerade im Begriff, sich jenen aufzusetzen, als aus Ceciles Fingern lange Lichtstrahlen sprangen. Sie wanden sich um die Armbrust, zerrten daran. Venturo stemmte sich dagegen, das Gesicht vor Wut verzerrt, doch mit einem Ruck entriss Cecile dem Kardinal die Waffe. Sie brachte sich damit allerdings selbst aus dem Gleichgewicht.

»Verflixte Hölle«, stöhnte Cecile, als sie unter dem Ding begraben zu Boden fiel.

Venturo stürzte auf sie zu, Frédéric stellte sich ihm in den Weg und schlug ihm mit sämtlicher Wut, die er empfand, ins Gesicht. Endlich ließ Venturo den Dornenkranz fallen, packte mit beiden Händen Frédérics Kehle, aber dieser jagte einen Magiestoß durch den Kardinal, der ihn zurückschleuderte. Noch immer ratterten Schüsse, hin und wieder unterbrochen von einem Schmerzenslaut. Es war verdammt schwer zu sagen, ob die Schreie von Jason und Gaylord oder Lorenzos Männern stammten.

Ein Söldner segelte brüllend durch die Luft, direkt auf den Kardinal zu und riss ihn von den Füßen.

»Ha, Volltreffer«, tönte Jasons Stimme gedämpft durch den Tumult.

Die Kugeln zerschlugen die prachtvollen Malereien und Verzierungen an den Wänden. Sie ließen Stücke an den Säulen abplatzen und verwandelten sich in unberechenbare Querschläger. Im ersten Moment schienen sich Lorenzos Männer auf die Vampire konzentriert zu haben. Dafür nahmen nun drei von ihnen Linett und den Pontifex ins Visier.

Die beiden sprinteten um den Altar herum, doch die drei waren ihnen unerbittlich auf den Fersen.

Frédéric konzentrierte sich auf seine Magie. Es war erschreckend, wie leicht es auf einmal funktionierte. Er brauchte nur noch an Cecile und ihre Küsse denken, damit fand er sie innerhalb von Sekunden. Nun sandte er sie in den Boden. Ein Riss zog sich durch die Marmorfliesen, raste auf die drei Männer zu, die dicht beieinander standen und immer wieder auf Linett und den Papst feuerten. Als der Riss die Männer erreichte, wurde er nicht mehr länger, sondern breiter. Der Stein zerbrach, offenbarte einen tiefen Spalt, der den Männern beharrlich folgte, als diese zurückwichen. Aber eingenebelt in Staub und Schutt zu sein, erschwerte ihnen die Sicht. Endlich brachen die Fliesen unter den Männern. Ihr Kreischen erklang, als sie den Boden unter den Füßen verloren und in die darunterliegende Etage stürzten. Dumpfe Schläge, gefolgt von lautem Stöhnen, zeugten von ihrem Aufprall.

Im Augenwinkel sah er eine Bewegung. Linett packte den Pontifex am Kragen, half ihm auf die Beine und erstarrte, als hinter ihnen ein weiterer Soldat zu ihnen herumwirbelte und eine Salve losließ.

Der Papst stieß Linett zu Boden, in den Schutz des malträtierten Altars und schien völlig vergessen zu haben, dass er sich verflucht noch mal selbst retten sollte! Frédéric wollte auf ihn zu rennen, ihn aus der Schusslinie der unzähligen Kugeln holen, aber da ließ ihn ein goldenes Funkeln innehalten. Die Luft um den Papst schien zu flimmern, tauchte sich in schillerndes Licht, und die Kugeln drangen zwar in den Schleier ein, doch im nächsten Moment schienen sie zu Staub zu zerfallen.

Ein Sirren setzte der Salve ein Ende. Cecile hatte sich aufgerappelt, die Armbrust gepackt und dem Schützen von hinten einen Pfeil durch den Körper gejagt. Er sackte mit einem Keuchen in sich zusammen.

Der Papst bebte, aber er stand unverletzt aufrecht. Er strich sich mit zitternden Fingern über das Nachthemd und befühlte sich den Kopf, bevor er ihn schüttelte.

»Krass«, rief Linett aus. »Wir sind das bisher völlig falsch angegangen. Ich verstecke mich einfach hinter Ihnen.«

Der Papst schien über diesen Kompetenzenwechsel nicht sonderlich erfreut zu sein. Erst recht nicht, als zwei weitere Soldaten auf sie aufmerksam wurden und Linett in seinem Rücken in Deckung ging. Der Pontifex versteifte sich und breitete die Arme aus.

»Wenn Sie jetzt anfangen zu beten, schreie ich«, fauchte Linett.

Frédéric hechtete auf die beiden zu, wollte den Papst an der Robe packen und zu einer Nische lotsen. Aber es blieb beim Wollen. Erneut erklangen Schüsse, und Frédéric packte Cecile, um sich mit ihr auf den Boden zu werfen. Allein der Papst stand aufrecht wie eine Eiche. Eine bebende Eiche, um die noch immer der goldene Schimmer lag, während sich Linett hinter ihm duckte.

»Keiner rührt sich!«, bellte Venturo.

Von einem Dutzend Söldnern waren lediglich vier übrig. Die standen hinter Venturo, ihre Waffen auf sie gerichtet. Ein anderer lag auf den Stufen der Treppe vor dem Papstaltar, das Gewehr mit zitternden Armen im Anschlag. Er musste zu denen gehört haben, die Frédéric mit dem Riss hatte abstürzen lassen. Die restlichen Schergen Lorenzos lagen im gesamten Dom verstreut, manche mit völlig verdrehten Gliedern. Zwei wiesen ein zerschmettertes Gesicht auf, ein dritter wiederum lag in einer Lache seines eigenen Blutes, von Kugeln durchsiebt. An einem sah Frédéric zwei tiefe Löcher in dessen Hals wie vom Biss eines Vampirs. Mist, wo waren Gaylord und Jason? Zweiteren sah er tatsächlich, als er sich den Hals verrenkte. Er lag auf dem Boden, die Hände abwehrend erhoben, und über ihm stand ein Mann mit der Armbrust im Anschlag. Frédéric korrigierte seine Zählung – es waren fünf Männer übrig. Verfluchte Hölle. Das waren immer noch zu viele. Sie mussten irgendwas machen. Cecile sah sich hektisch um, rang die Hände, während sich Frédéric selbst im Kreis drehte, auf der Suche nach einer verdammten Möglichkeit. Wenn er unter Venturo den Boden wegbrechen ließ, lief er Gefahr, den Papst zu erwischen. Ach, Herrgott!

»Du bist ein wandelnder Komposthaufen«, blaffte Linett Venturo an. »Kein Mensch wird jemals glauben, dass du ein Papst sein könntest. Ein verwesender Grünkohl hat mehr Kompetenz!«

Aber selbst sie hielt ausnahmsweise mal den Mund und sprang einen Satz zurück, als einer der Männer ihr vor die Füße ballerte.

Venturo packte seinen Vorgesetzten, stieß ihn vor dem Altar zu Boden und richtete die Mündung einer Pistole auf seine Stirn.

Cecile lehnte sich ächzend gegen Frédéric und krallte sich an seinem Hemd fest, um nicht kurzerhand zu Boden zu fallen. »Wenn er das überlebt, fresse ich einen Besen«, murmelte sie.

»Der Bann wird das verhindern«, behauptete Frédéric, und zwar so laut, dass es Venturo hören musste.

Der Kardinal zögerte, und endlich fiel dem verflixten Kerl offenbar ein, was er in seinem Mordwahn vergessen hatte – die Dornenkrone.

»Gib sie mir«, bellte er dem Mann zu, der dem blühenden Kranz am nächsten stand. Dieser bückte sich danach, schüttelte den Staub ab und warf sie Venturo zu.

»Nun werde ich deinen Platz einnehmen«, rief Venturo triumphierend und setzte sich die blütenbesetzte Dornenkrone auf den Kopf. Für einen Moment schien die Welt stillzustehen. Es könnte aber auch daran liegen, dass Frédéric die Luft anhielt und mit wild schlagendem Herzen darauf wartete, dass irgendetwas geschah. Es musste etwas geschehen! Er hatte den Kranz doch hoffentlich nicht mit einem völlig wirkungslosen Zauber belegt! Er war so sehr auf Venturo fixiert, dass er im ersten Moment überhaupt nicht mitbekam, wie die Erde bebte. Der gesamte Petersdom schien regelrecht in Wallung zu geraten.

Cecile rammte ihm die Fingernägel beinahe durch den Stoff ins Fleisch, so fest klammerte sie sich an ihn. Es war ein Wunder, dass ihnen der Dom nicht kurzerhand über dem Kopf zusammenbrach. Die Steine knirschten. Mit einem lauten Donnern kippte die Petrusstatue von ihrem Podest.

Ein riesiges Stück Gemäuer löste sich aus der Kuppel und stürzte herab. Direkt auf den Baldachin zu, unter dem noch immer der Papst vor dem Altar hockte.

Ein Schemen rauschte heran, packte den alten Mann und zerrte ihn zur Seite. Jason schlitterte gerade mit dem Pontifex über den Boden, als der Brocken den bronzenen Baldachin zermalmte und eine undurchdringliche Staubwolke sie einhüllte. Der Nebel reizte Frédérics Lunge und verflucht, man konnte nicht erkennen, ob sich über ihnen nicht auch etwas löste! Aber das Beben ließ nach, und endlich senkte sich der Staub.

Der Mann, der Jason mit der Armbrust bedroht hatte, saß wie eine große Puppe gegen eine Säule gelehnt, nun selbst mit einem Pfeil in der Brust.

Jason schlug dem letzten stehenden Soldaten in den Bauch, packte ihn an der Kehle und rammte seine Zähne in dessen Hals. Schnell wandte Frédéric seinen Blick ab. Es gab Dinge, die wollte er nicht sehen. Dafür erspähte er Venturo. Der Kardinal lag vor dem völlig zerstörten Altar regungslos auf dem Rücken. Ein Stück der Kuppel begrub seinen Unterkörper unter sich, während unter der gefallenen Petrusstatue nur noch ein Arm hervorschaute. Einen letzten, schauderhaften Moment zuckte er, bevor er ruhig liegen blieb.

»Ist er tot?«, kiekste Cecile und deutete auf Venturo.

Frédéric holte zitternd Luft. »Lass uns nachsehen.«

Aber Cecile schüttelte vehement den Kopf. »Nein, danke. Ballern wir ihm aus der Entfernung ein Magazin Kugeln rein und äschern ihn am besten zur Sicherheit ein.«

»Warum müsst ihr immer alles anzünden?«, brummte Frédéric.

Sie stemmte sich gegen Frédéric, der sie jedoch Schritt für Schritt näher zerrte. Also, wenn Venturo noch lebte, dann würde er verdammt sauer aufwachen. Sein Blick war starr nach oben gerichtet, der Mund stand offen, als würde er schreien. Sein ganzes Gesicht war zu einer Grimasse des Schreckens verzerrt. Seine Haut war fahl und bläulich.

Der Papst rappelte sich auf, trat zögernd näher und schlug mit den Händen ein Kreuz. »Möge Gott seiner Seele die größte Schande, äh, Barmherzigkeit zukommen lassen.« Er seufzte tief. »Und möge Gott dafür sorgen, dass uns nicht der Rest der Kuppel auf den Kopf fällt und das bisschen zertrümmert, das heil geblieben ist.«

Halt. Was? Vielleicht sollte er es lieber bleiben lassen, aber Frédéric löste seinen Blick von dem toten Venturo und sah sich zögernd um. Ja, er hätte es definitiv unterlassen sollen, sich genauer umzusehen. Fassungslos starrte Frédéric auf das Chaos. Man sollte meinen, er hätte sich mittlerweile an diese katastrophalen Anblicke gewöhnt. Vermutlich würde er das jedoch nie. Durch das Loch in der Kuppel konnte man die ersten Sterne sehen. Die Petrusstatue lag mit dem Gesicht voran auf den Fliesen. In den Wänden steckten Kugeln, in den Mosaiken fehlten Dutzende Stücke, vergoldete Stuckverzierungen waren zertrümmert, und auch die Figuren hatten so manche Hand, ein Stück ihres Gesichts oder ihrer Gewandung lassen müssen. Bestimmt die Hälfte der Fliesen war zerschlagen, von dem Riss, den er verursacht hatte, wollte er gar nicht erst anfangen. Ein Weihwasserbecken war völlig zertrümmert, bei dem anderen lagen die Spitzen der goldenen Engel auf dem Boden. Im Altar steckten mehrere Kugeln oder Stücke waren abgeplatzt, dort, wo die Kugeln ihn nur gestreift hatten. Das Einzige, was dem Chaos getrotzt hatte und ordentlich dastand, waren die Bänke.

Inmitten des Chaos lag Salvatore, und Frédéric konnte einen Söldner erkennen, der tatsächlich überlebt hatte. Er klemmte unter einer zerborstenen Säule und verfluchte lautstark, heute überhaupt aufgestanden zu sein. Jason ging zu ihm und verpasste ihm einen Schlag gegen die Schläfe. Als er Frédérics indignierten Blick auffing, zuckte er die Schultern. »Ich habe gerade keine Schmerzmittel einstecken.«

Aber da schimpfte noch jemand stöhnend, und die Stimme kam Frédéric ziemlich bekannt vor. Sie umrundeten den Sockel der Petrusstatue, und dort lag Gaylord. In einer riesigen roten Lache.

»Himmel, ist das viel Blut«, ächzte Linett und presste sich die Hand auf den Mund, während sie würgte.

»Wenn mein letzter Anblick ist, wie du dich übergibst, nehm ich dir das übel«, keuchte Gaylord. Mit einem schmerzerfüllten

Stöhnen ließ er den Kopf wieder auf den Boden sinken. Jason beugte sich über ihn und zerriss Gaylords Hemd mit wenigen Handgriffen. Was darunter zum Vorschein kam, trieb selbst Frédéric die Übelkeit in den Magen. Es gab kaum eine Stelle an Gaylords Oberkörper, die nicht blutverschmiert war und in der keine Kugel zu stecken schien.

»Merde«, wimmerte Cecile und kniete sich ebenso wie Frédéric neben den niedergeschossenen Vampir. »Er verblutet.«

»Für einen Vampir ist das doch sicherlich nicht schlimm, oder?«, fragte Frédéric

Jason stemmte Gaylord nach oben, worauf dieser hustend einen Schwall Blut hervorbrachte. »Das waren Kugeln mit Eisenkraut. Das Zeug verhindert, dass sich seine Wunden innerhalb kürzester Zeit schließen. Er wird also unaufhörlich Blut verlieren, und ein blutleerer Vampir hat noch herzlich wenig zu melden, wenn er nicht gerade Salvatore heißt und mit Magie in ein Loch eingesperrt wurde, um dann als lebende Mumie von einem Hexer geweckt zu werden.« Er schob das Knie in Gaylords Rücken und krempelte seinen Ärmel hoch.

»Wann hast du dich das letzte Mal genährt?«, fragte Jason streng.

»Keine Ahnung«, stöhnte Gaylord. »Kurz vor der geplatzten Hochzeit.«

»Ach, hat dich wieder die Moral davon abgehalten, zwischendurch einen Snack einzunehmen? Der jetzt praktisch wäre, um das Dutzend Kugeln zu überstehen?«

»Wer ahnt denn so was?«, maulte Gaylord schwach.

»Ich bin dein zukünftiger Schwiegervater«, erwiderte Jason. »Jeder Tag, an dem nicht auf dich geschossen wird, ist faktisch ein Feiertag.«

Mit der gleichen Inbrunst, mit der sich Linett in einer Ecke übergab, hustete sich Gaylord beinahe die Lunge aus dem Leib. Bei dem vielen Blut war wirklich schwer zu sagen, ob da nicht Organe dabei waren.

Als der Anfall vorbei war, sackte er in sich zusammen und röchelte.»Sag Pauline, dass ich sie liebe.«

»Bist du des Wahnsinns? Sag ihr das gefälligst selbst«, blaffte Jason ihn an und riss sich mit einem Eckzahn das Handgelenk auf. Er drückte die blutende Wunde gegen Gaylords Lippen, der nach einem kurzen Aufbäumen zu schlucken begann. Es war erstaunlich. Sämtliche Schusslöcher schlossen sich. Nur das Husten schwand nicht. Kaum entzog ihm Jason sein Handgelenk, hustete Gaylord erneut Blut.

Jason sah zu ihnen hoch.»Hat jemand zufällig ein Skalpell einstecken? Ist ja schön, wenn seine Wunden zu sind, aber die Kugeln sind noch drin.«

»Faszinierend«, murmelte der Pontifex.»Ich bin mir ziemlich sicher, dass ich das nicht sehen sollte.«

»Machen Sie die Augen zu, wenn Sie den Anblick von Blut nicht ertragen können«, knurrte Jason.»Gebt mir irgendwas Spitzes.«

»Was Spitzes«, murmelte Cecile und sah sich hektisch um. Frédéric tat es ihr gleich. Denn zum Teufel, was konnte man hier mal eben als Skalpell zweckentfremden? Es gab viele Trümmer, allerdings keine Messer oder ähnliches. Frédéric stand auf und näherte sich den regungslosen Männern Lorenzos. Diese Kerle hatten mit Sicherheit eher etwas Spitzes einstecken als ein Kirchendiener. Doch da lenkte etwas anderes Frédérics Blick auf sich. Die Dornenkrone. Venturo musste sie verloren haben, als das Beben begann. Sie war völlig verdreckt, und ein paar ihrer Blüten waren verwelkt. Er traf keine rationale Entscheidung, er folgte einfach nur seiner Eingebung. Eilig bückte er sich nach der

Dornenkrone und eilte damit zu Gaylord.

Während Jason ›Was zum Henker soll das werden?‹ fragte, setzte Frédéric den Kranz auf Gaylords Kopf.

»Ist ein bisschen früh für das Beerdigungsgesteck«, meckerte Jason. Als sich die weißen Blüten blutrot färbten, hielt er schlagartig den Mund. Gaylord holte rasselnd Luft, und mit einem Mal schien ein Stromschlag durch seinen Körper zu gehen. Er zuckte so sehr, dass er Jason entglitt, und seine Wunden öffneten sich ein weiteres Mal. Dessen nicht genug – die Kugeln platzten heraus. Vielmehr *schossen* sie heraus.

Cecile riss Frédéric zu Boden, und er spürte den Luftzug einer vorbeizischenden Kugel. Sie drangen in die Säulen ein oder gleich in die Wände.

»Au!«, donnerte Linett. »Passt auf, wo ihr hinschießt!«

Sie hob die Hand, auf der sich eine rote Linie abzeichnete.

Atemlos richtete sich Frédéric auf und starrte wie alle anderen auf Gaylord hinab. Nach und nach schlossen sich dessen Wunden, wie in Zeitlupe. Er setzte sich auf, fuhr mit den Fingern über seine blutverschmierte Brust und hustete probeweise.

»Das nenn ich mal eine Wunderheilung«, murmelte er.

»Wirklich famos«, verkündete der Pontifex und bückte sich nach dem Dornenkranz. Von den Blüten war nichts mehr zu sehen. Stattdessen hielt der Papst den vertrockneten, dornenlosen Kranz in den Händen, wie er schon seit Jahrzehnten in Notre-Dame lagerte.

»Erst Notre-Dame, jetzt der Petersdom«, seufzte er und sah hinauf, zu dem Loch in der Kuppel. »Das zu erklären wird äußerst, äh, interessant.«

»Vampire sollten bei der Erklärung keine Rolle spielen«, warnte Jason.

»Das hatte ich auch nicht vor. Manchen Leuten hier wäre jeder

Anlass recht, um mich als dement abzustempeln«, gab der Papst zurück. »Aber ich bin kein sonderlicher Held im Lügen. Sie können mir nicht zufällig mit einer Begründung aushelfen, warum innerhalb einer Stunde eines der wichtigsten Monumente des Vatikans zertrümmert worden ist?«

»Erdbeben?«, schlug Jason vor.

»Das wäre doch recht lokal«, wandte der Papst ein.

»Die Statik hat nachgegeben?«

»Nach über fünfhundert Jahren?«

Jason seufzte. »Dann legen wir eben ein Feuer.«

»Du wirst nicht schon wieder eine Kathedrale abfackeln!«, rief Frédéric aus.

»Mit Feuer kann man vieles vertuschen.«

»Lass die Finger vom Petersdom oder ich schwöre, als Nächstes stürzt dein Haus ein!«

»Also bitte«, erwiderte Jason und steckte sich einen Joint zwischen die Lippen. Das Ding hatte einiges abbekommen. Es war zerknittert, verbogen und die Spitze zerfleddert. »Es ist glimpflich ausgegangen. Der Petersdom ist, äh, nicht einsturzgefährdet«, behauptete Jason. »Außerdem war diesmal nicht mein Auto schuld, sondern Venturo, diese Pinkelmänner, wie Linett so schön sagte, und deine Magie!«

Der Papst hüstelte. »Bringt Ihr Auto sonst Gebäude zum Einsturz?«, fragte er interessiert.

Jason zögerte und erwiderte schließlich gedehnt: »Nein.«

Frédéric verdrehte die Augen. Nicht einmal, wenn sie ihm mit einer Beförderung winken würden, würde Frédéric freiwillig eingestehen, wie Notre-Dame wirklich in Brand geraten war. Es reichte, dass er das wusste. Es musste nicht auch noch das Oberhaupt der katholischen Kirche wissen. Der hatte schon genug um die Ohren. Gerade schüttelte er sich den Staub von der Robe und betrachtete zweifelnd das Werk der Zerstörung.

»Kardinal Venturo …«, setzte der Pontifex an. »War er verrückt?«

»Wer ernsthaft Pfeile einsetzt, um jemanden zu meucheln, hat definitiv nicht alle Rosenkränze am Altar«, gab Jason zurück.

»Ich fürchte«, seufzte der Papst. »Wir werden uns sehr ausführlich unterhalten müssen. Vielleicht in einer Viertelstunde? Ich muss dringend auf die Toilette. Mein letzter Tee und die Aufregung schlagen mir doch gehörig auf die Blase.«

Kapitel 27

Karriere auf Werkseinstellungen zurückgesetzt

Die Geschichte war so komplex und lang, dass sie die Erzählung zweimal unterbrechen mussten und in den Privaträumen des Papstes allein zurückblieben, während jener seiner nervösen Blase Tribut zollte.

Himmel noch eins, konnten sie nicht einfach fertig werden? Immer wieder sah Cecile zu Frédéric, aber der verflixte Kerl ignorierte sie mit einer Konsequenz, die sie beinahe in den edlen Schreibtisch des Kirchenoberhauptes beißen ließ. Verflucht, warum hatte sie ihm sagen müssen, dass sie seine Kräfte geweckt hatte? Das verzieh er ihr doch nie im Leben. Und selbst wenn – jetzt wollte er gewiss wieder in sein ruhiges Leben als Priester zurück. Was das für sie hieß, konnte sie sich selbst ausrechnen – einsame Nächte, in denen sie an Frédéric dachte, während der Priester vermutlich nicht einen einzigen Gedanken an sie verschwendete.

Sie waren gerade bei dem Teil mit dem verweigerten Bannbruch angelangt, als sich der Pontifex erneut erhob, sich entschuldigte und aufs Klo eilte.

»Also, gesund ist das nicht«, murmelte Jason. »So viel geht ja nicht mal Cecile pinkeln.«

»Hör auf, davon zu reden. Ich muss schon seit zwei Stunden und trau mich nicht«, zischte Cecile. Sie rutschte auf ihrem Stuhl nervös hin und her. »Meinst du, der Papst würde mich auf seinen Lokus lassen?«

»Wenn du ihn mit diesem Wortlaut fragst, geb ich dir einen aus«, grinste Jason. Er kramte in seinen Taschen nach Räucherwerk und fand auch welches. Nur offenbar kein Feuerzeug.

»Schön, schön«, murmelte der Papst, als er zurückkehrte und sich ächzend auf seinem Stuhl niederließ. » Abbé Durand hat den Bann freundlicherweise nicht gebrochen, sondern einen besseren mit der Dornenkrone geschaffen.«

»Ganz recht«, erwiderte Jason. »Sie haben nicht zufällig Feuer?«

Der Pontifex warf ihm einen missbilligenden Blick zu. »Ihre Probleme lösen sich nicht durch den Gebrauch von Drogen.«

»Nein, die löse ich meistens durch den Einsatz von Gewalt.«

Der Papst seufzte und sah zur Zimmerdecke. »Verzeih ihnen, selbst wenn ich fürchte, er weiß ganz genau, was er tut.« Offenbar beschloss er, dass es besser war, Jason zu ignorieren, und konzentrierte sich auf Gaylord und Linett. »Und Sie sind das Brautpaar, mit dem alles begann?«

»Was?«, fragte Linett entsetzt.

»Niemals!«, protestierte Gaylord, und Linett wandte sich ihm mit blitzenden Augen zu.

»Hé, was soll das heißen?«

»Dass ich eher ins Kloster gehen würde, als dich zu heiraten! Jeremy kommt mit dir ja schon leidlich zurecht. Außerdem kann ich Jason sehr viel besser ärgern, wenn ich seine Tochter zur Frau nehme und nicht eine seiner Assistentinnen.«

»Denk ja nicht, ich hätte die Beleidigung nicht gehört«, fauchte Linett, bevor sie sich aufrecht hinsetzte und das Kinn vorschob. »Zu deiner Information: Wärst *du* der einzige Mann auf der Welt, würde *ich* ins Kloster gehen.«

»Ha!«, rief Gaylord aus. »Es wäre innerhalb weniger Minuten bis auf die Grundmauern abgebrannt.«

»*Ich* habe bisher kein Gebäude zerlegt!« Sie zeigte mit dem Finger auf Jason und Frédéric. »*Die* waren das!«

»Sind sie immer so?«, wandte sich der Papst an Cecile. »Normalerweise halten sie sich weniger zurück.«

Die Mundwinkel des Pontifex zuckten, und er sprach so laut, dass er das Gezanke von Gaylord und Linett übertönte: »Ich nehme an, die Zeremonie wurde noch nicht nachgeholt?«

»Wir hatten nicht die Gelegenheit dazu«, erwiderte Gaylord.

»Sie verstehen, dass der Vatikan seinen Dank nicht offiziell verkünden kann, und auch in Belohnungen sind wir schlecht«, sagte Seine Heiligkeit. »Jedenfalls, was monetäre Dinge anbelangt. Aber was hielten Sie davon, vom Oberhaupt der katholischen Kirche getraut zu werden?«

So wie jetzt hatte Cecile Gaylord nie zuvor gesehen. Er schien nicht nur vom Donner berührt, sondern gleich einen Hirnschlag zu bekommen. Er starrte den Papst an wie eine Erscheinung und bekam den Mund nicht auf.

Jason verdrehte die Augen. »Er war früher selbst mal Priester. Wahrscheinlich überlegt er gerade, wie er Ihnen die Füße küsst.«

»Das ist nicht nötig.« Der Papst runzelte die Stirn. »Ihre Braut ist doch Katholikin?«

Endlich kam wieder Leben in Gaylord. »Ja, sie war beim Unterricht.«

»Sie war schrecklich«, murmelte Frédéric. »Ich bezweifle, dass sie je verstehen wird, warum Jesus nicht vor den Römern floh. Oder schlimmer noch: mit ihnen kämpfte.«

»Sie ist nun mal der Meinung, sie hätte den Römern an Jesus' Stelle eine übergezogen«, gab Gaylord zurück.

»Sie hat sich stundenlang darüber aufgeregt, dass es unfair gewesen sei«, seufzte Frédéric. »Um es mit ihren Worten zu sagen: Nur weil so ein Vollpfosten mal eben ein Exempel statuieren wollte. Warum hat Jesus nicht einfach dessen Kopf aufgespießt und vor die Stadttore gesteckt?«

»Gab's damals schon Pfannen?«, sinnierte Linett. »Das hätte sicherlich Eindruck gemacht.«

»Jesus opferte sich voller Liebe«, erklärte der Papst sanft. »Wer die Liebe versteht, versteht auch das.«

»Dann bin ich bei dem Thema raus«, erwiderte Linett.

»Würden Sie für Ihr Kind oder Ihren Mann nicht Ihr Leben opfern, wenn es hieße, ihres zu retten?«

»Doch, natürlich!«, rief Linett aus.

Der Pontifex lächelte milde, als hätte Linett etwas unsagbar Schlaues gesagt. »Nichts anderes tat Jesus. Nur waren sein Kind und seine Liebe die gesamte Menschheit.«

»Aber er hat ja nicht mal versucht, jemanden zu verprügeln«, widersprach Linett. »Er hätte wenigstens jemanden beschimpfen können. Früher gab es mit Sicherheit bereits Schimpfworte. Nein, nein, die Story ist völlig unglaubwürdig!«

Frédéric seufzte. »Sehen Sie, Eminenz, womit ich es zu tun habe?«

»Gott prüft gern seine stärksten Schäfchen.«

»Toll!«

Der Papst schnaubte und fixierte Frédéric. »Vielleicht möchten die anderen draußen warten. Ich habe etwas mit Ihnen zu besprechen.«

Cecile konnte nicht anders – in ihrem Bauch braute sich das blanke Misstrauen zusammen. Der Pontifex mochte einen gütigen und gelassenen Eindruck machen, aber er war immer noch der Anführer der katholischen Kirche. Der Institution, die herzlich wenig von Magie hielt, es sei denn, man päppelte eine ihrer heiligen Kathedralen ein wenig auf. Dafür war Hexerei gerade gut genug. Was galt es da schon, dass sie ihm den faltigen Hintern und die nervöse Blase gerettet hatten? Wer sagte ihr, dass er Frédéric nicht reinlegte und sobald sie draußen waren, jemand durch die Hintertür kam und ihn doch in Brand zu setzen versuchte?

»Nein!«

Endlich, das erste Mal seit Verlassen des Petersdoms sah Frédéric sie direkt an. »Was spricht dagegen?«, fragte er verblüfft.

»Alles!«

Und damit meinte sie wirklich alles. Nicht nur die Gefahr eines Hinterhalts. Wenn ihn der Papst nicht reinlegte, dann bestätigte er ihn mit Sicherheit in seinem Berufsstand oder versetzte ihn gleich nach Afrika zu hungernden Kindern. Die Kinder hätten bestimmt etwas davon, aber verflucht noch eins, sie war nun mal egoistisch: Sie wollte Frédéric in Paris, bei sich, haben und nicht auf einem anderen Kontinent.

»Ihr könnt direkt vor der Tür warten«, schlug Frédéric vor.

Sie wollte auf gar nichts warten. Sie wollte die Worte ›Ja, du hast Mist gebaut, als du meine Kräfte geweckt hast, trotzdem verzeihe ich dir‹ hören! Und dann wollte sie ihn küssen, und dann sollte er sie auf das nächste verfügbare Bett werfen. Okay, vielleicht müsste sie vorher pinkeln, danach stand sie jedoch für jegliche Schandtat zur Verfügung!

»Wartet draußen!«, sagte Frédéric eindringlich.

Jason, Gaylord und Linett waren bereits aufgestanden und starrten sie genauso verständnislos an wie Frédéric. Mist, elender. Widerwillig erhob sich auch Cecile und warf dem Papst einen warnenden Blick zu. »Wenn Sie einen Exorzismus an ihm durchführen, sprenge ich Ihnen den Vatikan unter dem Hintern weg!«

»Cecile«, stöhnte Frédéric.

Schön, dann ging sie eben!

Was stimmte nur mit dieser Frau nicht? Erst schaffte sie es nicht einmal, ihm in die Augen zu sehen, dann weigerte sie sich, ihn mit dem Papst allein zu lassen. Womit rechnete sie? Dass der Teufel aus der Wand sprang? In dem Falle war er endgültig raus aus der Nummer.

Frédéric sah der Truppe nach, die zur Tür marschierte, und er hörte deutlich Ceciles Worte. »Du hast doch im Zweifel eine ordentliche Bombe da, oder, Jason?«

Die Antwort des Vampirs verstand Frédéric nicht mehr. Wahrscheinlich zum Glück. Die Tür schlug hinter ihnen zu, und Frédéric blieb mit seinem höchsten Vorgesetzten zurück.

»Ich möchte Ihnen wirklich keinen Grund zur Wut geben«, setzte der Papst an. »Aber ich denke nicht, dass ein magisch begabter Priester eine gute Idee ist.«

Frédéric starrte den alten Mann wortlos an. Wahrscheinlich hätte er es längst erahnen können.

»Es grenzte bereits an einen Weltuntergang, als mein Kardinalstaatssekretär herausbekam, dass ich Signore Harris auf sein Angebot, Notre-Dames Wiederaufbau magisch zu unterstützen, nicht mit einem ›Wie können Sie es wagen?‹ antwortete.«

»Sie haben ihm die Zustimmung geschickt?«, entfuhr es Frédéric verblüfft.

»Ich weiß, warum ich meine Post manchmal abfange, bevor sie in meinen Vorzimmern landet. Sie wollen mir alle Arbeit abnehmen, aber mitunter können sie nicht meine Gedanken lesen und vollständig in meinem Sinne antworten.« Ein vergnügtes Lächeln legte sich auf die Züge des Pontifex, bevor er ernster wurde und den Kopf wiegte. »Ich habe wieder die Stelle eines Kardinals zu besetzen. Augenblicklich täte ich nichts lieber, als Ihnen diese Würde und Bürde anzutragen.«

Für einen Moment zog es Frédéric ernsthaft in Erwägung, dass er gewaltig einen auf den Kopf bekommen hatte und jetzt halluzinierte. Frédéric und Kardinal, das konnte unmöglich sein Ernst sein! Er hatte eben gesagt, dass ein magisch begabter Priester keine gute Idee war. Außerdem war Frédéric nicht gerade das Vorbild eines Priesters. Er hatte das Zölibat gebrochen, er umgab sich mit Berufsverbrechern (ja, verflucht, langsam störte es ihn nicht einmal mehr), und dann war da Cecile ... Nein, das konnte der Papst unmöglich gesagt haben. Vielleicht war Frédéric in all dem Chaos doch zu Tode gekommen, in der Hölle gelandet, und der Teufel verhöhnte ihn. Allerdings klang die Stimme des Papstes verdammt real, als er weitersprach:»Aber ich fürchte, ich würde Sie damit mehr Gefahren aussetzen, als es die Sache wert wäre. Nicht nur, weil nun ja eine ganze Abteilung eher etwas gegen Dämonen hat und sich mit Exorzismen beschäftigt. Und eben auch mit der Bekämpfung von Magie.«

»Und Sie wollen nichts daran ändern?«

»Eigentlich hatte ich das durchaus vor, leider ist die Kirche eine alte Institution. Wir ändern unsere Gepflogenheiten langsam, und wer weiß, wie viel Zeit mir Gott auf dieser schönen Erde gibt. Der nächste Papst wird die Sache vielleicht wieder anders sehen als ich.«

»Die Magie gegen Vampire hört auf zu wirken, wenn der Vampir zu Gott betet«, sagte Frédéric eindringlich.»Es gibt keinen besseren Beweis, dass Vampire durchaus in Gottes Schöpfung vorgesehen sind. Warum sollte das auch nicht auf Magier zutreffen?«

»Das will ich nicht abstreiten. Jedoch hat nicht Gott hier das Sagen über die Menschen, sondern die Menschen. Und Menschen sind fehlbar.«

Wahnsinnig genial.

»Außerdem dachte ich, ich täte Ihnen mit einer Abberufung vom Priesteramt viel mehr einen Gefallen.«

»Eine Kündigung ist stets ein gutes Geburtstagsgeschenk«, erwiderte Frédéric sarkastisch.

»Ich hatte nicht vor, Sie komplett hinauszuwerfen. Einen Historiker benötigt die Kirche immer. Notre-Dame muss wiederaufgebaut werden, und der Petersdom braucht, nun ja, auch eine kleine, detailgetreue Renovierung. Vielmehr war meine Idee, dass eine gewisse Hexe und ein Hexer, bei denen die Funken fliegen, dass man damit den Petersdom in Brand setzen könnte ...«

»Sie wollen mich an Cecile abschieben? Habe ich nicht alles dafür getan, dass hier nichts abgebrannt oder abgerissen wird?«

»Mit mäßigem Erfolg würde ich sagen.« Der Papst lachte. »Wenn Sie es vorziehen, Signora Cecile nicht zu nahe zu kommen, dann behalte ich Sie gern als Geistlichen im Dienst der Kirche. Das mit der Kardinalswürde kann ich immer noch nicht so recht aus meinen Gedanken streichen.« Er legte die Fingerspitzen aneinander. »Doch wollen Sie das?«

Das war eine hervorragende Frage! Wollte er Cecile wirklich den Rest seines Lebens auf Abstand halten müssen? Nur, um ein Zölibat einzuhalten? Das bekäme er vielleicht hin, letztendlich stand ihm etwas ganz anderes im Weg: Er liebte Cecile wesentlich mehr als jedes andere Geschöpf auf dieser Erde. Das allein bewies schon seinen Wahnsinn. Andererseits konnte er auch nicht sagen, dass er diesen Wahnsinn schlecht fand.

Vielleicht wurde es ja Zeit für etwas Neues. Er war den Großteil seines Lebens Priester gewesen, und er bereute keine Sekunde davon. Wenn er jetzt aber daran dachte, nach Hause zurückzukehren, dann dachte er da eher an Cecile als an sein Pfarrhaus.

Frédéric wusste nicht, wie lange er stumm ins Leere gestarrt hatte, während seine Gedanken ratterten. Der Pontifex sah währenddessen summend in die Luft und schien sich nicht daran zu stören, dass Frédéric gerade seine Zeit vergeudete.

»Ich bin mir nicht sicher«, gab Frédéric zu.

»Ich bitte Sie«, sagte der Papst heiter. »Sagen Sie ruhig, dass Ihnen die Liebe einer Frau lieber ist als der Dienst an der Allgemeinheit.«

Frédéric verzog das Gesicht, aber sein Gegenüber gluckste bloß.

»Das war kein Vorwurf. Ich bin sicher, Sie werden trotzdem noch genügend tun, was in Gottes Sinne ist. Nur eben nicht mehr mit einem Kollar. Liebe ist ebenfalls in Gottes Sinne.«

»Wenn Sie so weitermachen, müssen Sie mein Trauzeuge sein, sollte ich sie je heiraten.«

»Ich will doch hoffen, dass Sie sie heiraten«, sagte der Papst und maß ihn plötzlich streng. »Ich weiß auch schon wo. Bis dahin haben wir bestimmt die Kuppel des Petersdoms geflickt.«

»Mit Sicherheit«, stimmte Frédéric zu.

»Dann ist es entschieden.« Der Papst lächelte milde. »Vielleicht wollen Sie zu ihr gehen, bevor sie uns wirklich in die Luft sprengt, weil sie denkt, ich würde Sie festhalten.«

Zögernd erhob sich Frédéric und wandte sich Richtung Tür. Sobald er durch diese ging, war er kein Priester mehr. Keine Predigten, keine Beerdigungen, keine Seelsorge, keine Suppenküchen, keine Hochzeiten. Nur noch er, der Wiederaufbau Notre-Dames und womöglich des Petersdoms und … Cecile. Samt dem verrückten Chaotenhaufen, der immer in ihrer Nähe war.

Das war also das Ende seiner Priesterlaufbahn? Ein kurioses Ende, mit dem er nie im Leben gerechnet hätte. Allerdings hatte er so einiges nicht einkalkuliert.

»Danke«, sagte er mit einem Blick zurück auf den Heiligen Vater, aber er zögerte. Hazel hatte erwähnt, dass sie den Papst beschützte, aber jener wusste noch nicht einmal, dass seine Beschützerin nicht mehr auf dieser Erde weilte. »Ich weiß nicht, ob es Ihnen schon bekannt ist«, setzte er an. »Hazel ist tot.«

Die Gesichtszüge des Pontifex veränderten sich. Statt des stets leichten Amüsements zeigte sich nun tiefe Traurigkeit. Er seufzte leise. »Ich dachte es mir schon, als sie vorhin nicht im Dom auftauchte.«

»Ich kann Ihnen ungefähr sagen, wo sie liegt. Dann können wir sie bestatten.«

»Das würde ihr gefallen, glaube ich. Bis dahin bete ich, Gott möge sie in seine beschützenden Hände nehmen.« Der Papst winkte ihm müde zu und erhob sich schwerfällig von seinem Stuhl. Mit dem Elan eines zutiefst niedergeschlagenen alten Mannes schlurfte er zu einer anderen Tür, während Frédéric sein Büro verließ.

Im Flur hörte er zuerst die Stimmen von Gaylord und Jason, die gerade über Kindernamen debattierten. Linett schüttelte ihre Tasche zurecht, weil ihre Pfanne wohl nicht hineinpasste, und es klapperte metallisch. Cecile hingegen lehnte an einer Säule, starrte ins Leere und sah erst auf, als er auf sie zuging. Er konnte ihren Blick nicht richtig deuten. Für einen Moment wirkte er regelrecht unsicher.

Ob er sich mit seiner Entscheidung wirklich einen Gefallen getan hatte? Wenn sie jetzt verkündete, lieber ein Leben ohne einen Ex-Priester führen zu wollen, hatte er ein mächtiges Problem. Aber wer nicht wagte, gewann bekanntlich selten.

»Ich wurde gefeuert«, sagte Frédéric. »Oder vielleicht habe ich auch gekündigt. Ich bin mir nicht ganz sicher.«

»Das sind die besten Rauswürfe«, kommentierte Jason.

Ceciles Augen blitzten hingegen angriffslustig. »Dem werde ich was geigen! Niemand hat dich rauszuwerfen! Du hast dem alten Knacker den Hintern gerettet und …«

»Manchmal ist sie schwer von Begriff«, raunte Jason Frédéric zu.

Oh ja, da hatte er recht. Cecile schien wirklich nicht zu begreifen, was sein Rauswurf genau hieß. Oder bedeuten könnte, wenn sie es denn wollte.

»… und dann zünde ich denen alles unter ihren selbstzufriedenen, völlig untervögelten Ärschen an«, fluchte Cecile.

Frédéric zog sie an sich und küsste sie. Endlich hielt sie in ihrer Tirade inne. Sie lehnte sich an ihn und erwiderte den Kuss innig.

»Findest du es jetzt immer noch furchtbar, dass ich kein Priester mehr bin?«, fragte Frédéric.

»Ähm …«

»Es gibt kein Zölibat mehr für mich«, sagte Frédéric eindringlich.

»Das hat dich bisher auch nicht abgehalten.«

»Vielleicht sollte ich mir eine schlauere Geliebte suchen.«

»Nur, wenn ich ihr Akne anhexen darf«, murrte Cecile, ihre Augen jedoch begannen zu strahlen.

»Dann fang mal bei dir an«, stichelte Frédéric und zog sie in seine Arme. Cecile schmiegte sich mit einem leisen Seufzen hinein. »Aber ein letztes Mal will ich mit einem Priester Sex haben«, verkündete sie. »Hier gibts bestimmt eine Besenkammer.«

Äh, was? Mit entschlossenem Griff nahm sie seine Hand und zog ihn mit sich.

»Wir warten dann hier«, rief ihnen Jason nach. »Also keine Eile. Wir stoppen bloß die Zeit!«

Hatte er bereits erwähnt, dass er den Vampir hasste?

Epilog

Um im Petersdom getraut zu werden, brauchte man sonst sehr viel Geduld. Wenn einem der Papst allerdings sein Leben schuldete, wurde auch die schwerfälligste Bürokratie ruckzuck außer Kraft gesetzt. So schnell, dass dem Bräutigam nicht mal genügend Zeit blieb, die Falten aus seinem Anzug bügeln zu lassen, und die Gäste mit Jasons Privatjet anreisen mussten, um überhaupt pünktlich zu sein.

Albert zupfte sichtlich unzufrieden an Gaylord herum, bis dieser seine Hände wegschlug. »Nein, wir warten nicht, bis du einen Dampfbügler besorgt hast«, schimpfte Gaylord. »Ich will endlich heiraten, verdammt noch mal. Bevor wieder irgendwas dazwischenkommt! Danach kann von mir aus die Welt explodieren, das ist mir scheißegal, aber bringen wir es endlich hinter uns.«

Der Pontifex hüstelte vernehmlich, und hinter seiner faltigen Hand sah man seine Mundwinkel zucken. »Sind Sie bereit?«, fragte er mit einem milden Lächeln.

»Ich übernehme keine Garantie, dass die Bilder dann einwandfrei werden«, näselte Albert.

»Dafür gibt es Photoshop«, warf Amélie ein und versetzte dem pikierten Vampir einen Stoß. »Auf deinen Platz und wehe, du holst jetzt gleich die Fusselbürste raus!«

»Wir müssen doch nicht beten?«, fragte Linett besorgt. »Ist es Blasphemie, wenn man betet, obwohl man kurz vorher auf Gott geflucht hat?«

»Bei einer Hochzeit wird immer gebetet, für den Segen des Paares.«

»Ich habe Angst, dass uns der Rest über dem Kopf zusammenfällt«, widersprach Linett.

»Der Herr ist gütig und geduldig«, mischte sich Frédéric ein. »Aber ich nicht. Also jetzt setzt euch gefälligst hin!«

»Vielen Dank für das Machtwort«, murmelte der Pontifex, und Frédéric nahm Cecile am Arm, um sich mit ihr neben Jason und Amélie auf die schweren Holzbänke zu setzen.

»Du könntest nicht zufällig den Rest hier einstürzen lassen?«, raunte ihm Jason zu.

»Nein!«

»Sehr bedauerlich.«

»Find dich endlich damit ab, dass deine Tochter heiratet.«

»Möglicherweise hätte ich Gaylord einen Keuschheitsgürtel umnieten sollen, dann kann er die Ehe nicht vollziehen.«

»Papa, was ist ein Keuschheitsgürtel?«, fragte Raphael seinen Vater so laut, dass es durch den Dom schallte. Jeremy lief puterrot an, während Frédéric die Augen verdrehte. Die Hochzeitsgesellschaft mochte zwar nur noch halb so groß sein wie beim ersten Versuch, aber sie versuchte eindeutig schon wieder, die Zeremonie zu sabotieren!

Anders war hingegen Jasons Grinsen. So hatte er bei der ersten Hochzeit nicht gefeixt. Vielleicht fiel es ihm diesmal leichter?

Pauline und Gaylord nahmen auf den beiden Stühlen direkt vor dem Altar Platz und legten die Hände ineinander.

»Erbitten wir Gottes Segen, dass diese Trauung vollzogen werden kann, ohne dass uns der Himmel auf den Kopf fällt«, erklärte der Pontifex. »Das ist übrigens aus Asterix und Obelix. Die Comics sind außerordentlich amüsant.« Er hielt inne, und sein Blick senkte sich vergnügt auf das Brautpaar.

»Für alles andere scheint es mir, braucht es allein Gottes gütiges Auge, damit ihr wohl durch die Welt getragen werdet. Über eure Ehe muss jedoch gewiss niemand wachen. Denn dass ihr es überhaupt bis hierher geschafft habt, zeigt eure Liebe und eure Entschlossenheit, euch zueinander zu bekennen. Wie diese Hürden werdet ihr, dessen bin ich mir sicher, auch die anderen

Hürden eures gemeinsamen Lebens meistern. Wenn nicht, dann erinnert euch daran, dass der Petersdom, obwohl halb zerstört, trotzdem in seinen Mauern unerschütterlich steht, und wie er werden eure Liebe und eure Achtung selbst nach einem katastrophalen Einschlag wieder in ihrer alten Pracht erstrahlen, sofern ihr mit Geduld und Fleiß Stein für Stein das Gebilde eurer Ehe aufbaut.«

»Sind solche Predigten üblich?«, hauchte Cecile.

»Ist es üblich, in den Trümmern des Petersdoms zu heiraten?«, gab Frédéric zurück.

»Gut, du hast gewonnen.« Für einen Moment schwieg sie. »Wann heiraten wir eigentlich?«

»Nachdem Jason das Weiße Haus zerlegt hat, und jetzt pst.«

»Kommt drauf an, welche Mumie du als Nächstes weckst. Vielleicht eine, die die Präsidentschaft an sich reißen will?«

»Wäre bei dem derzeitigen Amtsinhaber kein Unterschied in der katastrophalen Wirkung«, brummte Frédéric, und er hörte Jasons belustigtes Schnauben neben sich.

»Du brauchst übrigens noch einen Job. Schließlich bist du jetzt arbeitslos«, spottete der Vampir leise. »Du könntest als Erstes Lorenzo einen unvergesslichen Besuch abstatten und seine Hütte über seinem Kopf zusammenkrachen lassen. Dann muss ich mir nicht die Mühe machen, ihm eine Lektion zu erteilen, die er bis an sein Lebensende nicht vergisst. Denn sein Lebensende wird bei mir ziemlich kurz ausfallen.«

»Ich bin nicht arbeitslos, und bevor ich für dich arbeite, schlafe ich lieber im Obdachlosenheim.«

»Oder in meinem Gästezimmer«, hauchte Cecile.

»Da ist wesentlich besser«, brummte Frédéric, und endlich hielten alle die Klappe. Mit Ausnahme des Pontifex, der gerade fragte, ob Gaylord Pauline zur Frau nehmen wolle.

»Ja«, rief der aus. »Und wehe, jetzt quatscht einer dazwischen!«

Der Papst gluckste und wandte sich an Pauline. »Wie steht es mit Ihnen, mein Kind?«

»Also …«

»Das kann nicht wahr sein«, stöhnte Gaylord, und Pauline grinste noch breiter, bevor sie die Schultern zuckte. »Doch, ich will. Allein schon, um meinem Vater zusehen zu können, wie er sich beim Zähneknirschen die Eckzähne abbricht.«

»Motivation ist das A und O im Leben«, kommentierte der Papst und hob seine Hände zum Segen. »Damit erkläre ich euch zu Mann und Frau. So gebt euch einen Kuss, und danach rufen wir dem Brautvater einen Zahnarzt.«

»Sehr witzig«, brummte Jason.

Allerdings musste ihm Frédéric zugutehalten, dass er nicht mit den Zähnen knirschte und keiner der Vampire spontan in Flammen aufging, als der Papst einen Psalm vorlas und dann alle zum Gebet aufforderte.

Gott liebte die Vampire eben doch, so schwer es Frédéric mitunter fiel, das nachzuvollziehen.

Hand in Hand schritten Gaylord und Pauline im Kirchgang an ihnen vorbei, gefolgt von Albert, Linett und Jeremy.

Frédéric nahm Ceciles Hand, und auch sie erhoben sich, um dem Brautpaar nach draußen zu folgen.

»Ich habe eine kleine Bitte an Sie, Signore Harris«, sagte der Papst freundlich. »Ich wäre Ihnen sehr verbunden, wenn das Gemälde ›Die Berufung des Matthäus‹ von Caravaggio den Weg wieder zu uns zurückfinden würde.«

Niemals hätte er gedacht, dass dieser Vampir fähig war, sich zu schämen. Und ja, ein Vampir konnte tatsächlich rot anlaufen.

»Du hast nicht im Ernst ein Bild aus dem Vatikan geklaut«,

platzte Frédéric heraus.

»Natürlich nicht. Es war in der Kirche San Luigi dei Francesi ausgestellt, und die liegt keineswegs im Vatikan.«

Der Papst hob die Augenbrauen, und Jason verdrehte die Augen. »Nennen wir es geliehen. Um den Wert schätzen zu lassen.«

»Um es zu fälschen?«, fragte Cecile.

»Die Ausrede ist sogar noch glaubwürdiger«, spottete Jason. »Danke.«

Der Pontifex seufzte und warf Jason über den Rand seiner Brille einen mahnenden Blick zu. »Wäre es für Sie ein grober Rückschlag, wenn Sie es zurückbringen würden? Ich mochte es wirklich sehr, es ist eines meiner Lieblingsbilder.«

»Schön«, brummte Jason. »In einer Stunde haben Sie es wieder.«

»Im Original, bitte.«

Jetzt knirschte Jason tatsächlich mit den Zähnen. »Natürlich.«

»Wie außerordentlich freundlich von Ihnen«, sagte der Papst vergnügt. »Sie können es von mir aus nach meinem Tod stehlen. Dann hat mein Nachfolger gleich bei der Amtseinführung ein kleines Abenteuer.«

ENDE

Nachwort

Ihr lieben Leser,

es ist tatsächlich schon der fünfte Band der verflixt und zugebissen-Reihe und wie immer trenne ich mich mit einem lachenden und weinenden Auge von der Geschichte. Für alle, die sich fragen, ob es weitere Bände geben wird: Ja, wird es. Zwei um genau zu sein. Wann sie erscheinen? Ich weiß es noch nicht. Ich schreibe bereits am sechsten Band, doch mit dem Nachwuchs kam für den ersten Moment auch die Entschleunigung. Wenn man in graue Babyaugen sieht, vergisst man gerne mal die Welt um sich herum, auch die der Vampire. Aber es wird auf jeden Fall die beiden Bände noch geben. Ich schwör! ☺

Die Geschichten um meine Vampire wären wohl niemals in dieser Form entstanden, gäbe es da nicht ein paar liebe Freundinnen.

Gefunden über ein Harry-Potter-RPG haben wir irgendwann unser eigenes Ding in Sachen RPG, Vampire, Werwölfe, Hexen und Jäger gedreht. So entstand der Rahmen für die Eigenschaften der Vampire dieses Buch (zum Beispiel: die Abneigung gegen Eisenkraut; die Arten, sich ein untotes Gefolge zu generieren), die ihr in diesem Buch findet.

Es werden sicher noch viele Figuren des Forums ihre großen Abenteuer in Büchern erleben und egal, von welchem dieser Autoren – sie werden euch ebenso süchtig machen wie mich. Sollten euch also bei einer Harper Johnson und Holly McLane die Rahmenbedingungen über die Eigenschaften der Vampire und Hexen bekannt vorkommen, so wisst ihr nun, warum das so ist.

Dazu danke ich allen, die mich bei diesem Buch unterstützt haben. Meine lieben Testleserinnen Elvira und Harper, die mich immer mit ihren Kommentaren aufheitern und in die richtige Richtung lenken, meine Lektorin und mein Ehemann, der sogar Tageszeiten nachrechnet (weil ich es nie hinbekomme). Auch Tiara danke ich sehr, für ihr letztes Adlerauge, und ihren Support auch bei all meinen anderen Büchern. Genauso wie die vielen Bloggern, die mich immer so herzlich unterstützen. Ihr seid toll! Ohne euch wäre die Bücherwelt nur halb so schön und ich bin immer wieder dankbar für die Zeit und liebevolle Mühe, die ihr in eure Blogs und die Unterstützung von Autoren steckt.

Der größte Dank gebührt aber euch Lesern. Ohne euch, ohne eure Begeisterung hätte es niemals diese fünf Bände gegeben. Danke, dass ihr diese Truppe ebenso liebt wie ich!